国家社科基金
后期资助项目

美国中产阶级文化变迁的文学记忆

郝蕴志 著

科学出版社
北京

内 容 简 介

本书从美国研究的角度，结合各个历史时期的特点，对美国文学中描写中产阶级文化与生存状况的作品进行了研究，以揭示政治文化变迁与文学作品之间的互动关系，也旨在说明文学作为重要的人类历史文化发展进程的记录形式，反映了各个历史时期普通人的切身感受。本书是将区域国别学的研究方法与文学研究相结合的一个尝试，用跨领域、跨学科的研究思路对两个领域都未深入研究的交叉内容进行了探索，为区域国别学和文学方向的研究者带来了新视角、新理念、新方法。

本书适合从事美国研究、区域国别学研究和美国文学研究的学者、教师以及研究生阅读。

图书在版编目（CIP）数据

美国中产阶级文化变迁的文学记忆/郝蕴志著. —北京：科学出版社，2024.6

国家社科基金后期资助项目
ISBN 978-7-03-077160-5

Ⅰ. ①美⋯ Ⅱ. ①郝⋯ Ⅲ. ①文学研究-美国 Ⅳ. ①I712.06

中国国家版本馆 CIP 数据核字（2023）第 236138 号

责任编辑：王　丹　贾雪玲 / 责任校对：贾伟娟
责任印制：赵　博 / 封面设计：润一文化

科 学 出 版 社 出版
北京东黄城根北街 16 号
邮政编码：100717
http://www.sciencep.com

天津市新科印刷有限公司印刷
科学出版社发行　各地新华书店经销

*

2024 年 6 月第 一 版　　开本：720×1000　1/16
2025 年 1 月第二次印刷　　印张：21 1/4
字数：306 000

定价：108.00 元
（如有印装质量问题，我社负责调换）

国家社科基金后期资助项目
出版说明

  后期资助项目是国家社科基金设立的一类重要项目，旨在鼓励广大社科研究者潜心治学，支持基础研究多出优秀成果。它是经过严格评审，从接近完成的科研成果中遴选立项的。为扩大后期资助项目的影响，更好地推动学术发展，促进成果转化，全国哲学社会科学工作办公室按照"统一设计、统一标识、统一版式、形成系列"的总体要求，组织出版国家社科基金后期资助项目成果。

全国哲学社会科学工作办公室

目 录

导论 ……………………………………………………………………… 1
　第一节　美国中产阶级与中产阶级文化 ………………………………… 2
　　一、美国中产阶级 ………………………………………………………… 2
　　二、美国中产阶级文化 …………………………………………………… 3
　第二节　对美国文学中的中产阶级从众文化研究的必要性 …………… 4
　第三节　本书的目的和内容——揭示从众内涵随时代的
　　　　　变迁而产生的变化 ………………………………………………… 7

第一章　从众——中产阶级的生存策略和上升之路 ……………… 12
　第一节　从众的由来——个体与群体的关系 ………………………… 12
　第二节　个体的生存策略——从众 ……………………………………… 15
　　一、从众 …………………………………………………………………… 15
　　二、从众的原因 …………………………………………………………… 16
　　三、从众思维形成的认知因素 …………………………………………… 18
　　四、从众思维的心理成因 ………………………………………………… 20
　　五、从众行为对社会的损害 ……………………………………………… 21
　第三节　非从众思维与群体思维的矛盾与冲突 ……………………… 23
　第四节　美国中产阶级对从众的坚守 ………………………………… 25
　第五节　城镇的功能对中产阶级从众思想和行为的规训 …………… 28

第二章　建国初期中产阶级文化的形成 …………………………… 32
　第一节　经济发展与契约精神、从众意识的形成 …………………… 32
　　一、城市经济发展与中产阶级物质文化的形成 ………………………… 33

二、伴随工业革命而来的异化现象与中产阶级文化
从众性的加强……………………………………………35
第二节　赫尔曼·梅尔维尔与《录事巴托比》……………………36

第三章　西部开发与从众心理的演变……………………………………43
第一节　西部开发与新移民的美国梦………………………………43
一、西部开发的历史功绩……………………………………43
二、西部早期拓荒者的生活和市镇建设……………………46
第二节　薇拉·凯瑟与她的中西部题材小说………………………48
一、西部开拓初期的艰辛……………………………………48
二、中西部中产阶级文化的形成……………………………54
三、凯瑟小说中对从众思维的描写…………………………56

第四章　工业化时期的中产阶级从众文化………………………………60
第一节　19世纪末至20世纪初美国的经济发展与中产阶级
文化的确立……………………………………………………60
一、工业化进程与文化效应…………………………………60
二、工业化带来的家庭成员关系和分工的变化……………64
三、美国的都市化进程………………………………………66
第二节　威廉·迪安·豪威尔斯与《塞拉斯·拉帕姆的发迹》…71
第三节　凯特·肖邦与《觉醒》……………………………………76
第四节　舍伍德·安德森与《小城畸人》…………………………83
一、书中的人物与主题………………………………………83
二、《小城畸人》对19世纪末美国小镇状况的追述………92
第五节　伊迪丝·华顿与《纯真年代》……………………………95
一、对个人幸福的追求与社会规范之间的矛盾……………95
二、传统道德标准下对自我克制和自我牺牲的宣扬………98

第五章　进步主义从众思维与价值坚守…………………………………101
第一节　美国进步主义的兴起与中产阶级的社会稳定剂作用……101
一、中产阶级群体的扩大……………………………………101
二、劳工运动…………………………………………………105

三、城市中的改革 ·· 106
　　四、进步主义的兴起与中产阶级的价值坚守 ················· 107
第二节　西奥多·德莱塞与《嘉莉妹妹》······························ 110
　　一、中规中矩的成功人士对社会规范的顺应与叛逆 ········ 111
　　二、叛逆者的悲剧和弄潮儿的上升之路 ······················· 113
第三节　厄普顿·辛克莱与《屠场》······································ 115
　　一、对恶劣生活及工作环境和卫生条件的揭露 ·············· 116
　　二、对肉类加工行业存在问题的揭露 ·························· 118
　　三、引发中产阶级对社会进步和改革的呼吁 ················· 119

第六章　消费时代社会规范与中产阶级的从众思维 ············· 121
　第一节　消费主义生活方式的形成 ···································· 121
　　一、工业化与消费主义的兴起 ···································· 121
　　二、广告语传媒 ·· 123
　　三、消费主义产生的条件 ·· 124
　第二节　辛克莱·刘易斯与《巴比特》和《大街》················ 128
　　一、《巴比特》·· 129
　　二、《大街》·· 135
　第三节　弗兰西斯·司各特·菲茨杰拉德与《了不起的
　　　　　盖茨比》和《夜色温柔》································· 138
　　一、《了不起的盖茨比》·· 139
　　二、《夜色温柔》··· 144

第七章　第二次世界大战后美国市郊社区兴起背景下的从众行为 ····· 153
　第一节　第二次世界大战后市郊社区的兴起 ······················ 153
　　一、市郊社区的历史与现状 ······································ 153
　　二、美国中产阶级的身份认同与社区意识 ···················· 157
　　三、战后社区的物理空间、社会功能与伦理约束 ·········· 159
　第二节　亚瑟·米勒与《推销员之死》································ 162
　　一、对美国梦的追求和梦想的破灭 ····························· 163
　　二、第二代对主人公期待的背离和前途的迷茫 ············· 164

三、梦碎者为顺应主流价值观所做的最后努力 …………… 166
　第三节　约翰·契弗与他的"绿荫山"世界 ……………………… 167
　　一、《乡下丈夫》 ………………………………………………… 167
　　二、《啊！青春和美》、《杜松子酒的悲哀》和
　　　　《游泳者》 …………………………………………………… 171
　第四节　斯隆·威尔逊与《穿灰色法兰绒套装的男人》 ……… 177
　　一、美国梦与物质主义追求 …………………………………… 177
　　二、个人梦想与现实之间的落差 ……………………………… 180
　　三、个人追求与群体期待和伦理道德之间的矛盾 …………… 181
　　四、战争创伤的治愈与对新生活的期冀 ……………………… 183
　第五节　理查德·耶茨与《革命之路》 ………………………… 185
　　一、生活环境的压抑与梦想的破灭 …………………………… 185
　　二、真正的叛逆者和他们凄惨的结局 ………………………… 190
　　三、海伦——脚踏实地的职业女性形象与社区文化和
　　　　秩序的卫道士 ……………………………………………… 193

第八章　动荡年代中产阶级的从众思维与自我追求 ………… 196
　第一节　战后纷争动荡的 40 年 ………………………………… 196
　　一、暗流涌动的 20 世纪 50 年代 ……………………………… 196
　　二、"垮掉的一代"和"反文化"运动 ……………………… 198
　　三、激变的 20 世纪 60 年代和 70 年代与民权运动、
　　　　妇女解放运动及其他争取权益的运动 …………………… 202
　第二节　杰罗姆·大卫·塞林格与《麦田里的守望者》 ……… 204
　　一、从众的成年人与"垮掉的一代" ………………………… 205
　　二、霍尔顿的叛逆之路 ………………………………………… 206
　　三、霍尔顿叛逆行为的背后——"垮掉的一代"与
　　　　"反文化"的兴起 ………………………………………… 210
　第三节　杰克·凯鲁亚克、"垮掉的一代"与《在路上》 …… 213
　　一、反传统、反英雄的主要人物以及他们对正统文学
　　　　形象的冲击 ………………………………………………… 214

二、大城市与小城镇、道路与汽车——《在路上》的
　　　　文化主题分析……………………………………………216
　　三、《在路上》对美国主流文化的冲击与"反文化"
　　　　运动的兴起………………………………………………220
　第四节　约翰·厄普代克与《兔子，跑吧》和《兔子回家》……223
　　一、《兔子，跑吧》——个人对幸福的追求与社会规范
　　　　的冲突……………………………………………………223
　　二、《兔子回家》……………………………………………231
　第五节　索尔·贝娄与《赫索格》………………………………237
　　一、多方面相互冲突的矛盾体………………………………237
　　二、自我封闭、依然具有良心的知识分子和思想巨人……239
　　三、对个人生活和时代变迁的消极顺应……………………241

第九章　后现代消费主义话语体系与从众思维……………………244
　第一节　后现代社会语境与消费主义话语体系…………………244
　　一、大型购物中心与"限制工业化"过程…………………245
　　二、消费主义话语体系的建立………………………………246
　　三、消费主义话语体系的非强制性…………………………247
　　四、消费主义与个人主义……………………………………249
　　五、后现代消费文化对人的规训……………………………254
　第二节　唐·德里罗与《白噪音》………………………………257
　　一、大众传媒的恐惧营造……………………………………258
　　二、死亡恐惧与消费主义的抚慰功能………………………260
　第三节　约翰·厄普代克与《兔子富了》和《兔子安息》……265
　　一、《兔子富了》……………………………………………266
　　二、《兔子安息》……………………………………………275

第十章　多元文化主义与从众思维的嬗变…………………………281
　第一节　后现代社会与多元文化主义……………………………281
　　一、大众文化的多元化………………………………………282
　　二、后现代主义与多元文化主义运动的兴起………………282

三、从怀疑、抵制到默认、顺应——中产阶级对多元
　　　　文化主义的态度 287
　第二节　菲利普·罗斯与《美国牧歌》和《人性的污秽》...290
　　一、《美国牧歌》... 291
　　二、《人性的污秽》... 297
　第三节　乔纳森·弗兰岑与《纠正》............................. 307
　　一、不断崩塌的传统价值体系和男权世界与艾尔弗雷德 ... 307
　　二、强势、老派的家庭主妇伊妮德 308
　　三、卡在传统文化和新潮思想之间的加里 309
　　四、奇普——逃离旧世界，却被新世界抛弃 312
　　五、丹妮丝——家里的乖孩子到双性恋的蜕变 314

结语 317

参考文献 322

导　论

谈到美国，当代人的注意力往往被其国内复杂的种族矛盾所吸引，不错，在 21 世纪的美国，随着多元文化主义（multiculturalism）运动的不断深入，对种族、族裔问题的关注已经逐渐成为美国意识形态的重要组成部分，而与其相伴的"政治正确"也已经成为当代美国社会话语体系的核心。然而，在这个貌似无阶级的社会，代表着顶级社会精英的华尔街的大资本家们却无时无刻不在控制着社会的方方面面，而作为人口最多的中产阶级，自开始在美国出现，就一直是一股不容忽视的社会力量。它决定着美国社会文化的本质，无论是在历任美国总统的口中，还是在普通人的思维模式里，中产阶级依然是最能代表美国普通人生存状况和政治文化诉求的阶层实体。

根据兰德公司 2021 年发布的一份调查报告，美国中产阶级在全国人口中的比例约为 51%，虽然该报告同时指出，与婴儿潮期间出生的美国人相比，千禧一代中成为中产阶级的比例已经降低（Wenger & Zaber，2021），但不可争辩的事实是，中产阶级依旧是占美国人口比例最高的社会阶层。如上所述，他们的文化价值观依旧是美国主流价值观的集中反映。因此，对中产阶级及其文化的研究一直以来是美国研究这一领域的重要内容。作为美国中产阶级文化的表现方式，以各历史时期中产阶级生存状况和价值观为主题的文学作品也应当成为美国中产阶级文化史研究的一部分。作为本书的导论部分，本章将集中就中产阶级及其文化的概念和内涵，以及美国中产阶级文学在文化史研究中的重要性进行深入讨论。

第一节　美国中产阶级与中产阶级文化

一、美国中产阶级

通常人们所谈的"中产阶级"是一个社会学概念，在社会学中，中产阶级的定义多种多样，马克思将其定义为一个包括小工业家、小商人、小食利者、富农、小自由农、医生、律师、牧师、学者和为数不多的管理者的社会阶层（周晓虹，2005）。美国社会学家莱特·C.米尔斯（Wright C. Mills）则在其1951年出版的代表作《白领：美国的中产阶级》（*White Collar: The American Middle Classes*）中将美国的中产阶级分成老中产阶级和新中产阶级，其中，老中产阶级包括工业化之前美国社会的主体，即农场主、小业主、小商人等；新中产阶级则是美国19世纪末20世纪初社会转型的产物，他们内部根据职业分为上层和下层。一部分经理、专业人员与部分办公室人员构成白领上层，白领阶层中三个最大的职业团体——教师、商店与企业推销人员、各种办公室人员构成白领下层。上层白领成员具有良好的背景，受过高等教育，大都是名牌大学的毕业生，在企业内部占据着重要的地位，并与上层阶级有着一致的利益。下层白领成员则来自或出身于老中产阶级或劳工家庭，他们具有以下特点：①依附于庞大的机构，专事非直接生产性的行政管理与技术服务工作；②无固定私产，没有对于服务机构的财产分配权，较难以资产论之；③靠知识与技术谋生，领取较稳定且丰厚的年薪或月俸；④思想保守，生活机械单调，缺乏革命热情（米尔斯，2006）。

在当今社会，对美国人而言，属于中产阶级就是字面上的"处于社会中层"，认为自己属于底层阶级对他们来说无法接受。虽然从社会调查来看，仍然存在几千万生活在贫困线以下的人士[①]，而且根据皮尤研究中心的调查结果，由于金融危机的影响，2008~2012年，

---

① 据统计，2010年美国贫困人口达到4620万人。

全美中产阶级的比例从 53%下降到 49%。①然而在接受采访时，多数人还坚持认为美国依然是一个中产国家。②这是因为在崇尚个人奋斗的美国，虽然有些人无法避免贫穷，但这毕竟不是一件光彩的事情（栾国生等，1997）。这也是为什么美国中产阶级占总人口比例的统计结果经常出现一定的偏差，这一偏差是由美国人对其中产阶级身份的认同与其实际经济地位之间的落差造成的。

从美国中产阶级这一社会阶层的构成来看，从其出现开始，便以白人为主体，至少在米尔斯进行关于中产阶级的研究的 20 世纪 40 年代，情况还是如此。然而，随着少数族裔，其中包括非裔、西班牙裔、亚裔等非白人群体，自 20 世纪 60 年代后期社会地位、教育水平和经济状况开始改观之后，美国中产阶级的结构便开始变化，越来越多的少数族裔家庭已经跻身这一阶层。

二、美国中产阶级文化

在美国学者爱德华·斯图尔特（Edward Stuart）看来，文化事实上由两个基本方面构成：一方面为主观文化，即文化的心理特征，包括观念、价值和思维方式；另一方面为客观文化，即某一文化的社会制度及人工制品，例如其经济体系、社会习俗、政治结构以及加工工艺、艺术、技艺和文学。在此基础上，他认为，美国文化通常指主要由白人男性中产阶级成员构成的美国主流社会的思维和行为模式（斯图尔特和贝内特，2000）。20 世纪 60 年代以来，美国社会政治文化产生巨变，人们对美国文化的定义也有了一些新的变化。根据目前美国文化的特点，一般可以认为：美国文化是以个人主义为核心、基督教为主流、种族关系为基础、多元文化为特色、大众文化为主宰的文化。因此，可以在斯图尔特观点的基础上，参照数十年来美国发生的

---

① http://www.pewsocialtrends.org/2012/09/10/a-third-of-americans-now-say-they-are-in-the-lower-classes/[2021-06-30].
② Anat Shenker-Osorio. Why Americans All Believe They Are "Middle Class". http://www.theatlantic.com/politics/archive/2013/08/why-americans-all-believe-they-are-middle-class/278240/[2021-07-11].

变化，将美国中产阶级文化定义为"由不同种族背景的中产阶级成员构成的美国主流社会的思维和行为模式"。我们可以说，当今美国中产阶级文化既是多数人的文化，同时也是主流社会的文化，是从20世纪初的白人盎格鲁-撒克逊新教徒（White Anglo-Saxon Protestant，WASP）文化演变而来的。从20世纪中叶起，越来越多的少数族裔由于社会地位、教育水平的提高和经济条件的改善而进入这一阶层。他们的加入不但引起了中产阶级整体结构的变化，而且也使中产阶级所代表的美国主流文化更加多元化。在米尔斯的研究中，中产阶级作为一个整体，通常显示出保守的政治态度。然而，自20世纪60年代以来，随着美国高等教育覆盖面的扩大，越来越多的人接受了高等教育，同时越来越多的人也成为知识分子。他们虽属于中产阶级，但其中大部分人所反映出的左翼自由派政治立场和文化取向已不能用20世纪50年代之前对美国中产阶级文化的定义所囊括，他们对美国中产阶级文化整体上所表现的政治属性的影响必须加以考虑。因此，研究美国中产阶级文化的变迁能使我们更为透彻地了解美国社会的发展历程，以及美国中产阶级文化对美国政治经济和社会的影响。

第二节　对美国文学中的中产阶级从众文化研究的必要性

在近代历史的各个不同时期，中产阶级在人类社会的政治、经济和文化等各个方面一直扮演着重要角色。20世纪以来，随着世界经济的发展，中产阶级在各国的比例总体上得以提高，美国中产阶级作为一个重要的社会阶层，对社会进步产生越来越多的影响，他们的政治立场、文化取向和价值观体系一直以来是各领域研究的重要组成部分。美国文学中不乏善于描写中产阶级生活的作家，他们的很多作品都反映了不同历史时期中产阶级的生存状况和生活风貌。这些作家包括薇拉·凯瑟（Willa Cather）、威廉·迪安·豪威尔斯（William Dean Howells）、伊迪丝·华顿（Edith Wharton）、凯特·肖邦（Kate Chopin）、西奥多·德莱塞（Theodore Dreiser）、辛克莱·刘易斯[①]（Sinclair Lewis）、亚瑟·米勒（Arthur Miller）、约翰·契弗（John Cheever）、约翰·厄普代克（John Updike）、唐·德里罗（Don DeLillo）、菲利普·罗斯（Philip Roth）等，而厄普顿·辛克莱（Upton Sinclair）等人的作品虽没有直接描写中产阶级的生存状况，但所涉及的文化主题则与美国中产阶级文化的形成和演变息息相关。这些作家在美国文学史中占据着重要的位置，他们的作品对于美国文学本身以及其中各个流派的发展壮大都曾做出过不可磨灭的贡献。同时，他们的作品中所反映的各个时期美国中产阶级文化的特点和演变过程为美国中产阶级从众文化研究提供了丰富的素材。

中产阶级和中产阶级文化一直以来都是社会学、人类学、历史学、文化学等学科的重要研究内容。20世纪中叶以来，国外关注度较高的研究成果包括美国社会学家米尔斯于1951年出版的《白领：美国的中产阶级》，该书因对新老中产阶级的划分和对中产阶级思维及行为方式的独特研究已经成为中产阶级研究领域的经典之作（米尔斯，2006）。此外还有美国历史学家约翰·斯梅尔（John Smail）的《中产阶级文化的起源：1660—1780年的约克郡的哈利法克斯》（The Origins of Middle-Class Culture: Halifax, Yorkshire, 1660-1780），该书以英国哈利法克斯（Halifax）地区为例，对1660～1780年这一英国中产阶级文化形成的重要阶段进行了研究（斯梅尔，2006）；美国文化史学者彼得·盖伊（Peter Gay）所著的《施尼兹勒的世纪：中产阶级文化的形成，1815—1914》（Schnitzler's Century: The Making of Middle-Class Culture, 1815-1914）以1815～1914年这一历史时期的一位短篇小说家施尼兹勒的个人生活为蓝本，描述了维多利亚时期欧洲中产阶级的经济状况、生活方式和文化模式（盖伊，2006）；瑞典民族学家奥维·洛夫格伦（Orvar Löfgren）和乔纳森·弗雷克曼（Jonas Frykman）的专著《美好生活：中产阶级的生活史》（Den Kultiverade Människan）对在19世纪末20世纪初这一阶段的瑞典中

---

① 也译作路易斯。

产阶级和农民阶级生活方式和价值观的变迁进行了研究，其中包括居住方式、生产方式和个人与环境卫生理念的改变等（洛夫格伦和弗雷克曼，2011）。英国社会学家劳伦斯·詹姆斯（Lawrence James）的《中产阶级史》（The Middle Class: A History）更是详尽地展现了从13世纪至20世纪初英国中产阶级的发展、成长和壮大的过程，并剖析了中产阶级如何推动工业化和大英帝国霸权的确立等，这显示了中产阶级在一系列历史重大事件中所发挥的作用（詹姆斯，2015）。

在研究方法方面，各个学科一般采用访谈、问卷调查和田野调查等研究方式来掌握中产阶级群体的生活和消费的脉络、对公共服务和项目的反应和态度，以此来满足自身学术研究的需要，同时也可作为智库专家为政府相关政策的制定提供所必需的数据支持。

然而，通过文学作品来研究中产阶级文化史的方法自然与以上这些学科有所不同，对文学作品的研究一般不使用田野调查、定性与定量研究方法，而且很难通过数字来说明文化的变迁，但通过分析文学作品，我们能够了解那些冰冷数据背后的活生生的人对生活境遇的内心感受，这一点是其他学科无法做到的。文学作品中的前景故事虽为虚拟，作品本身所反映的时代背景却往往可以被视为社会历史文化变迁的忠实记录。研究文学中反映的中产阶级文化对其他领域的中产阶级研究来说是一个良好的补充和延伸。在国外，有大量的专著和学术及学位论文针对作家所描写的美国城市和小城镇中产阶级生活，以及小说的社会文化背景进行细致、专业的研究。然而，大多数研究都集中在针对某个作家作品的剖析上，所涵盖的时代也比较有限，因此不太容易使人领悟到中产阶级文化变迁的脉络。而且至今除了各类美国文学选读以外，几乎还没有把这些不同时代的重要作家放在一起，以他们所描绘的中产阶级家庭生活、人物的性格和心理为对象，同时结合当时社会文化环境所进行的综合性专题研究。同样，在国内，多年以来文学界对相关作家作品进行文本解读、艺术欣赏和文化分析的个案研究一直是美国文学研究的重要组成部分，但至今依旧缺乏以小说中共有的中产阶级人物为主体，以他们的生存状况、生活方式、身份认同、文化政治宗教取向、心路历程，以及小说的社会历史背景等方面为对象的综合性研究。

第三节　本书的目的和内容——揭示从众内涵随时代的变迁而产生的变化

本书的目的在于将文学作品视为历史和文化文本，将中产阶级文化中的从众性作为研究焦点，通过探索美国不同历史时期中产阶级个人意识与群体约束之间关系的变化来揭示出美国小说中反映出的中产阶级从众文化的变迁史。研究内容包括中产阶级的物质追求与消费主义生活方式、品位追求与地位恐慌、身份认同与政治取向、宗教信仰与生存焦虑，以及女性权利意识与社会参与等方面。

对中产阶级的从众思维和行为的批判一直是美国文学的重要主题之一。从美国的立国之本出发，文学家们继承了拉尔夫·沃尔多·爱默生（Ralph Waldo Emerson）等先贤们为建立鼓励和褒扬独立思维的民族文化所付出的努力，以作品为武器，不断推动社会改革，同时，也通过呼唤人们的良知，去宽容那些思维和行为与自己不同的人，不断为独立思维争取更大的生存空间。由于时代进步和社会发展，中产阶级从众文化的内涵也随之不断发生变化。这些变化最先反映在人们生存环境的改变上，这里指的环境包括物理环境和社会环境。

首先是物理环境的变化。北美殖民地建立初期，恶劣的物理环境会使人们无法保证通过个人的努力获得足够的食物、适当的栖身场所和有效的安全保障，因此必须要依仗群体的共同努力来达到以上目的。同时，脱离群体后，由于交通不便，人们通常无法很快到达其他群体的聚集地，这样就无法确保在旅途中自身的生命安全。因此，人们为了生存不得不强迫自己去顺应所在群体的其他成员，尤其是重要成员的价值观、思维和行为方式以及好恶等，以换取他们的信任和包容，得以在群体中获得一席之地。换句话说，稳定而封闭的社会有利于社会习俗和礼节，乃至宗教道德伦理体系的建立和作用的发挥，其约束力同时也利于诱发人们的从众思维。在清教时期，违背教义和道德规范的行为都被认为是无法接受的，人们会因此受到严厉的惩罚，甚至会被处决。清教统治当局往往会通过惩罚少数离经叛道的成员而警告其他成员去遵守殖民地的法律和规范。为此，人们会极力表现出自己的顺从，不敢表现出与众不同。然而，随着生产力的发展，个人逐渐能够凭借自己的知识、经验和能力，以及必要的工具来保障自己的生存，同时，逐步便利起来的交通提高了人们在不同群体之间的流动性，使人们能够走更远的路来寻找更适合自己生存的群体。因此，人们就不会像前人那样表现出如此之多的从众性。

其次是社会环境的变化。随着社会的发展，社会和群体中普通成员的权益得到了有效的保护，人们因为自己特立独行的非从众行为而受到惩罚的情况越来越少，人们越来越敢于展现自己与众不同的一面。同时，随着群体间经济活动和文化交流的增加，经济政治力量较为强大的一方开始影响实力较弱的一方。影响内容包括价值观、宗教信仰和道德伦理，这种影响可以是自发性的，也可以是强制性的。这种外来的影响往往会对原有社会体系的稳定性造成破坏，因此会受到该群体内既得利益者的抵制，但同时也会受到有反叛心理成员的同情和支持。在这种情况下，原先占统治地位的道德规范体系对人的引领和约束作用受到弱化，个人从众思维的统一性降低。这使他们通常会更多地根据自身的需要选择顺应的目标。美国社会学家艾琳·塔维斯·汤姆逊（Irene Taviss Thomson）的研究表明，在20世纪50年代，人们的从众方式以满足社会与他人期待以及社会角色的需要为主，而到了20世纪80年代，虽然人们又重新开始表现出从众心理，但其方式已经发生改变，从重视社会期待转而重视与周围人的相互关系（Thomson，1992）。因此，环境压力减小会使人们的从众度降低，但绝对不会消除从众现象。原因在于，当代美国人从众更多是出于自身利益的考虑而做出的选择，而很少去被动地顺应已经内化了的社会规范。

因此，本书首先将通过对美国不同时期不同作家文学作品的研究，揭示出其中所蕴含的美国中产阶级文化史的特点，以及从众文化的内涵随时代的变迁而产生的变化，进而把握美国主流文化作为一个整体的变化轨迹和发展趋势。本书还将说明文学作品作为文化先驱，虽然往往偏重塑造对抗从众意识和行为的特立独行的人物，以体现个人与群体和社会之间的张力，但从客观上也反映了不同时代背景下社会道德规范对个人的限制，以及由此引发的大多数中产阶级成员的从众思维，而这种思维一般更多的是从作品中次要人物身上反映出来的。

其次，本书还会以作者的态度，以及不同年代的读者和媒体对作品的不同反应作为研究对象之一。作品中对主要人物对抗从众行为的描写首先是对其所处时代的反映，其次代表了作者对这些行为的态度。然而，有时作者因迫于社会道德规范、读者预期以及出版商的压力，也会表现出从众的趋势，从而做出顺应和妥协。詹姆斯认为，中产阶级读者在阅读过程中往往存在一个强大的不断增长的信念，即道德的内容是各种文学的终极尺度，不论这种信念在多大程度上限制了作者的创造力，作者和出版商都必须考虑这样的要求，因为中产阶级代表的是他们最大的消费者市场（詹姆斯，2015）。作者在对书中人物的离群心理和行为描述的过程中或持谴责态度，或保持中立，希望由读者自行体会，作者的真实态度则往往无从知晓。但是，对历史人物对从众的反抗精神，作者一般则可以持褒扬的态度而不受影响。与此不同的是，作家在描述某个历史时期人物的从众心理和行为时，无论是主要人物还是次要人物，无论是出于客观描述还是批评目的，则都没有什么制约，也无须有太多顾虑。因此，文学作品中对从众心理和行为的描写更加客观真实，能够恰如其分地反映出一个时代社会文化的特点。出于顾忌同时代的读者对作品的反应，作者对主要人物的塑造和描写往往因承载了自己的期望而过于理想化，而次要人物的塑造往往会更为真实可信，他们的心理和行为则更能够体现一个时代的文化脉搏，对于文化研究也就具有更大的价值。

本书共分十章，第一章将对从众现象进行分析，同时对相关理论进行阐述。第二章通过对赫尔曼·梅尔维尔（Herman Melville）的小说《录事巴托比》（Bartleby the Scrivener）中人物的分析说明美国建国时期中产阶级契约文化与价值观的形成和深化。第三章对凯瑟反映中西部开发的系列小说进行分析，说明生存环境和经济状况对个人与群体关系的影响。第四章主要研究豪威尔斯的《塞拉斯·拉帕姆的发迹》（The Rise of Silas Lapham）、肖邦的《觉醒》（The Awakening）、舍伍德·安德森（Sherwood Anderson）的《小城畸人》（Winesburg, Ohio）和华顿的《纯真年代》（The Age of Innocence），以及其中所描述的工业化时期美国中产阶级所面临的社会道德规范的约束，以说明主人公个人意识所受到的压抑和对个人幸福追求的失败，同时也将研究作品出版年代中产阶级读者对作品的接受程度。第五章对德莱塞的《嘉莉妹妹》（Sister Carrie）所勾勒的 20 世纪初的美国社会进行研究，并通过分析男女主人公赫斯特乌（Hurstwood）和嘉莉社会地位的此消彼长以及伴随他们的痛苦和彷徨经历，来说明当时读者的从众期待；该章也将对辛克莱的小说《屠场》（The Jungle）进行分析，以说明小说虽然以描写芝加哥肉类加工厂新移民工人恶劣的工作和卫生环境为主，但其中不乏中产阶级的身影，而且中产阶级对该书的反应也说明了其希望社会改革而拒绝革命的心态。第六章以美国首位诺贝尔文学奖获得者刘易斯的两部小说《巴比特》（Babbitt）和《大街》（Main Street），以及弗兰西斯·司各特·菲茨杰拉德（Francis Scott Fitzgerald）的《了不起的盖茨比》（The Great Gatsby）和《夜色温柔》（Tender is the Night）为对象进行研究，以说明在 20 世纪 20 年代美国新兴的中产阶级为了在群体中获得良好的生存环境，不得不顺应他人的思维方式和角色期待。第七章以对米勒的剧作《推销员之死》（Death of a Salesman）和契弗的短篇小说，以及斯隆·威尔逊（Sloan Wilson）的《穿灰色法兰绒套装的男人》（The Man in the Gray Flannel Suit）和理查德·耶茨（Richard Yates）的《革命之路》（Revolutionary Road）的研究为重点，以表明主人公们不得不苦苦应对被时代内化了的社会角色的要求和群体规范，同时必须装扮成家庭幸福、事业成功的中产人士。第八章将对杰克·凯鲁亚克（Jack Krouac）的《在路上》（On the Road）、杰罗姆·大卫·塞林格（Jerome David Salinger）的《麦田里的守望者》（The Catcher in the Rye）、厄普代克的兔子系列小说的前两部《兔子，跑吧》（Rabbit, Run）、《兔子回家》（Rabbit Redux）进行分析，以揭示在 40 余年中美国中产阶级所面临的社会认同危机、价值观及宗教信仰问题。第九章将以德里罗的小说《白噪音》（White Noise），以及厄普代克的《兔子富了》（Rabbit Is Rich）为研究对象，借以探究在媒体文化主导个人生活的后现代社会，中产阶级的个人意识和主体性如何受当代媒体和消费主义生活方式的影响和侵蚀。第十章中，犹太作家罗斯的小说《美国牧歌》（American Pastoral）和《人性的污秽》（The Human Stain），以及乔纳森·弗兰岑（Jonathan Franzen）的《纠正》（The Corrections）更是在深层次上对长期受从众文化影响的中产阶级面对时代变迁时苦闷和焦虑的内心世界进行了刻画。

第一章 从众——中产阶级的生存策略和上升之路

中产阶级是美国人数最多的社会群体，对其价值观的研究是对这一特定的社会阶层文化发展历程的探索中最重要的部分。如前所述，纵观历史，在中产阶级价值观的组成部分中，对上流社会文化模式的追随态度，即从众思维，一直以来是中产阶级的主要生存策略，而其从众行为则为他们的上升铺平了道路。本章将详细论述从众的概念和内涵，以及中产阶级从众心理和行为的原因所在。

第一节 从众的由来——个体与群体的关系

与其他阶层相比，美国中产阶级更趋向于从众、受群体制约、与群体妥协，以得到相应的经济和社会地位的回报，同时又通过自己的努力，以相对温和，同时又是潜移默化的方式左右和改变着社会的整体特征。随着中产阶级人数的增加，美国人心目中特立独行的个体的逐渐消失和"凡夫俗子"的大量涌现是一个并行不悖的过程。因此，本书所遵循的一条主线是对文学作品中存在的中产阶级的从众思维和行为，以及与其相关的文化现象进行研究。美国中产阶级的从众思维虽然与个人主义理念相矛盾，但确实是在个人主义文化环境中产生的，因此有着自身的特点。在从众过程中，中产阶级往往在与群体利益的求同和个人主义的存异之间不断调整自己。从历史发展上看，美国中产阶级的个人意识有着逐步增强的趋势，例如个人的权利意识越来越突出，价值观、宗教信仰和生活方式越来越多元化，而美国社会对这个最大群体变化的包容性也在不断加强。因此，可以说美国的个人主义精神与群体利益之间的关系一直处于动态调整的过程中。这种关系的平衡不仅受社会文化进步的影响，还受美国和全球经济发展状况的左右。

"个人主义"这个术语最早出现在法国学者亚历西斯·德·托克维尔（Alexis de Tocqueville）的著作《论美国的民主》（Democracy in America）中。托克维尔认为，个人主义是一种只顾自己而又心安理得的情感，它使每个公民与同胞大众隔离，与亲属和朋友疏远。因此，当每个公民各自建立了自己的小社会后，他们就不管大社会而任其自行发展了（托克维尔，1988）。但与此同时，托克维尔也发现美国人在宣扬个人主义精神的同时，十分清楚地意识到由此带来的利己主义的危害性。他认为，美国人不仅崇尚个人主义，同时还擅长处理个人和群体之间的关系（托克维尔，1988）。

那么，群体对美国人如此重要的原因是什么呢？有关个体和群体之间的关系，西格蒙德·弗洛伊德（Sigmund Freud）认为，个人心理学只有一小部分不涉及个人与其他人的关系。因此，从一开始，个人心理学同时也就是群体心理学。群体心理学所关心的还是个人，只不过这个个人是一个种族、一个国家、一个阶级、一个行业、一个机构或群众的成员，这个个人是在某一特定的时间，为了某种目的而被纳入群体的组织之中的（Freud，1921）。由此可见，弗洛伊德认为，个人与群体是分不开的。

埃里希·弗罗姆（Erich Fromm）对个人和群体之间的关系做了进一步的研究，并提出了"始发纽带"（primary ties）这一概念。他认为，始发纽带只能使人们通过自己的或团体的接口——如加入帮派、社会性或宗教性团体——去认识自己，而不是以人类的身份去认识自己，因此会阻碍人们的正面发展，并妨碍其理性与关键性能力的提升。另外，弗罗姆也承认，个人不希望被孤立的倾向极深也极强。能使个人获得更多自由的"自然纽带"（natural ties）使其与其他人更好地整合、结伙、团结,这可以增强个人的力量,但也会导致他"孤独感和不安全感日益增加,也意味着个人对自己在宇宙中的地位,对生命的怀疑增大,个人的无能为力感和微不足道感也日益加深"(弗罗姆,2007:28)。与此相对的是,始发纽带也发挥另一种正面的作用:"个人与自然、部落、宗教浑然一体,能获得安全感。他属于并植根于有组织的整体,他在那里有无可置疑的位置。他或许遭受饥饿和压迫,但不会有最大的痛苦——完全的孤独与疑虑。"(弗罗姆,2007:27)始发纽带给人带来的是真正的安全感以及自己知道何去何从的归属感。个人之所以归属于他的基本群体,说到底,就是他在那儿不是孤立的(alone),而除了极少数的人,孤立正是所有人都感到害怕的。在基本群体中,一个人不仅不是孤立的,而且只要他选择留下来并归属于群体,就没有人能够否定或拒绝。那是任何人无法予以抹杀的一种身份,即便他自己想要掩饰、放弃或改变,也属徒然。

中国著名学者梁漱溟在他的著作《中国文化要义》中对欧美国家个人与群体之间的关系也进行了深刻的讨论。他认为,在西方,集团(群体)对个人的约束由来已久,首先是宗教,教会通过基督教的道德伦理体系实现了对教众个人思维和行为的控制,使其不能够不顾及他人的利益和好恶而随心所欲,这种意识以文化的方式存在于西方社会,即使在宗教控制力被大大削弱的今天,对集团规范的敬畏意识依然存在,并影响着人的行为;其次是各种行业协会,它们在中世纪欧洲便已经存在,在维护成员们利益的同时,对他们的经营行为也进行严格的引导和控制,且这种模式一直持续到今天(梁漱溟,2005)。行业协会的存在和运作与教会一样,它们使人们在潜意识中产生对各类规范的敬畏。

总之,如果将群体视为主体,将个人视为个体的话,它们之间的关系即可用如下文字表述:主体并非个体,即使它们是由个体所产生的。个别的个体要经由"主体"这种集合性的社会行动者来获取他们的经验中的完整性的意义。从个人与群体的关系看,人们的认同是由群体认同和自我认同所构成的连续统。自我认同指的是个人对自己在社会阶层结构中所占据的位置的感知。群体认同则是有关某个群体的共同认同，它强调群体成员之间的相似性。认同的稳定性对心理安全和幸福感来说是最重要的。认同的提高会带来更大程度的幸福感，而认同的扩散则导致焦虑和崩溃，获得群体认同的一个重要途径就是从众。

第二节　个体的生存策略——从众

个人与群体之间的关系随着时代的变迁在不断地变化，个人对群体的依附形式也会有所变化。这种依附关系可以很容易地用从众性表达出来。

一、从众

从众（conformity）是指为了顺应（conform to）[①]他人的反应、行为，或为了与周围的人相匹配而改变自己的行为（肯里克等，2011）。进一步讲，与顺从（compliance）和服从（obedience）不同，人在从众时会自发通过与他人行为保持一致来减少风险，保证效率，或建立临时或长久的依存关系，而不需要他人的提醒或命令。从众的原因取决于个人和群体的关系的特点，既有心理需要，又有对名誉和利益的追求。从众能使人们获得归属感，为了找到归属感，人们往往不惜改变甚至放弃自己的想法、立场和信仰来与群体内的其他人保持一致。人们首先对其生存环境、群体压力和自身情况进行最初判断，然后进行利害关系的权衡，最后做出改变或放弃的决定。因此，从众过程中人们对自身的调整受到时代和环境的左右。

[①] 有学者将 conform 一词译成"顺从"，但为了与顺从（compliance）区分开来，本书将其译为"顺应"。

二、从众的原因

一般情况下，人们从众的原因可以归结如下。

第一，从众是人类社会等级结构和社会身份的产物。

作为社会性动物，人们需要应对他人期待、社会压力、舆论压力。为了生存，人们首先要学会了解所处社会等级和自己的社会身份，并据此来调整自己的思维和言行方式，以被所在群体和社会所承认和接受。虽然这种调整有时会在外界的影响下进行，但多数情况下，人们会自觉地进行。其原因在于，人们在出生后便生活在群体和社会特定文化环境中，其所学习和领会的文化因素，无论是有形的还是无形的，都会像计算机中的软件那样，成为其日后思维和言行的指南（Hofstede，1991）。那些对该群体和社会以外的人来说是难以接受的事物，在群体成员看来则是很自然的事情。他们的从众思维当然也是在文化准则指导下的必然结果。通过从众，人们可以找到归属感。早在1959年，美国社会学家理查德·韦德贝克（Richard Videbeck）和艾伦·贝茨（Alan P. Bates）就对社会角色与人们的从众心理之间的关系做过较为系统的研究，发现人们的社会角色期望会在一定程度上促使其表现出从众的倾向（Videbeck and Bates，1959）。

第二，从众同样是人们适应环境，提高自身生存质量的有效策略之一。

人类的待人处世方式是先人经过长时间的摸索和提炼，以文化的方式代代相传的，其中蕴含一代代人的智慧和知识，已经适用于特定群体和社会所处的环境和时代，因此都有一定的合理性。遵照先人的方法来处理问题可以省去大量的时间和精力，同时，先人的经验可以使人们少犯错误。当这种思维方式作为一种文化理念深深地植入群体和社会成员的大脑后，最终会以从众行为的方式体现出来。这样，个人的从众行为经过他人的模仿和深化，会逐渐变为集体行为，这一行为最终受其文化大环境所影响和加强。在多数人看来，从众可以使他们少走弯路，避免犯错，规避风险。作为结果，他们就能确保他们自己和家庭成员过上稳定和殷实的生活。此外，人们还会为了在群体中获得友情、爱戴和拥护，主动调整自己的兴趣、处事方式等，进行自我塑造，来迎合多数人的喜好和遵从的标准，从而获得较为理想的人际关系，最终提高自己的生活质量。美国社会学家帕特里夏·费森·休林（Patricia Faison Hewlin）曾对一些公司的年轻员工的从众性做过调查，她发现这些员工都会有意识地根据公司文化或上级的好恶来修正自己的言谈举止，甚至衣着风格，以便与其他人保持一致（Hewlin，2003）。

第三，从众行为是人类为了维护自身经济利益而主动做出的妥协。

在出于实用主义考虑来维护自身经济利益方面，人们同样会表现出从众性。在个人主义文化中，追求个性发展往往被许多人视为重要的人生目标，然而，也有很多人会出于经济原因在子女的教育方面追求社会上的热门行业，劝其放弃个人爱好。在购买耐用消费品方面为了保本增值而不得不去迎合大众的口味。出于这一考虑，许多人会欣赏具有独特设计理念和风格的产品，包括汽车和住房，最终却会选择那些设计平庸的产品。根据美国的一项研究，人们在购买耐用消费品时常常会表现出从众心态，避开那些设计独特的产品而追随多数人的选择。研究发现，这种从众行为的背后是出于对经济利益的考虑。耐用消费品往往会在使用一段时间后就进入二手市场，这时，设计风格平庸的产品容易找到更多的潜在买家，因此要比设计前卫、独特的产品更易出手。那些购买设计独特的产品的人士一般会将产品用于出租，对于那些想度假或临时摆脱日常生活模式的人群来说，这些产品会给他们带来一种变化和新鲜感（House and Ozdenoren，2008）。

第四，从众行为是人类提高决策效率和准确度，降低决策压力的有效策略。

在对较为陌生的事物进行选择时，人们一般会很自然地通过各种渠道去了解他人，特别是他们认为的该领域的专家人士，他们关注专家的观点和选择，并在经过一定思考后决定所应模仿的对象，但往往人们会跟随多数人选择。他们认为，这样可以减少了解陌生事物所用的时间和精力，同时通过专家和多数人的选择来证明他们决定的正确性，也可以降低在做选择时他们所经受的压力。人们在选择商品和服务时更容易受他人的选择的影响。人们在陌生的地区寻找餐馆就餐时，往往会找那些食客较多的地方。如果通过网络搜寻，许多人会更依赖他人，特别是亲朋好友的点评和介绍，而不仅仅是分类广告。

第五，从众是人类在匆忙或应急状态下做出的意在缩短决策时间的本能反应。

归根结底，从众是一种动物本能，它是大自然中包括人类等社会性动物为了生存而采取的对环境做出判断的最高效手段。例如在群居的食草动物中，似乎每个成员都负有为群体预警的责任，只要有一只动物开始奔跑，其他动物即使还未察觉来袭的食肉动物，一般也会朝同一个方向奔跑。这样群体共担的预警系统可以大大减轻每只食草动物所承担的压力，以避免长时间处于过分紧张的状态。从众性的奔跑方式可以分散食肉动物的注意力，同时也可以降低被捕食的概率。在大自然中，落单的食草动物是很难生存的。因此，食草动物的从众行为可以减轻个体的预警压力，共用生存经验，降低被捕食的概率。同样，人类在面临恐惧、危险和战争时，会频繁借助于这种"集体预警"，因此会比平日有更多的从众行为。例如，人们在面临公共危机，如自然灾害、政治动荡时，会出现集体抢购行为；人们在听闻某家银行出现危机时，会出现挤兑现象。

三、从众思维形成的认知因素

从众是人们在对外部环境感知的基础上利用大脑中储存的文化图式进行判断，从而使其自发地调整和规范自己行为的结果。瑞士心理学家让·皮亚杰（Jean Pieget）使用图式这一概念来研究儿童语言学习的发生过程（皮亚杰，1981），而文化图式则可以用于理解人类的文化习得过程。文化图式的形成受人们所生活的文化环境和历史时期的影响，而人们在儿时受到的来自家庭和群体的调教和熏陶，即非正规教育，以及之后所接受的正规教育是其文化图式的决定因素。

首先是人们在儿时接受的非正规教育。人们在出生后便开始感知周围的世界文化因素，先是显性的，即可以直接感知的事物，后是隐性的，往往是由家庭和群体成员的言传身教来完成的。这一部分包括成年人为帮助儿童学习所发出的口头指令，而影响儿童文化图式形成的因素则是家庭成员通过语言或体罚对儿童进行的行为约束，以诱导其形成服从的行为。同时，儿童一般在年幼时就开始接触各种寓言、民谣和童话故事，甚至开始学习具有道德引领意义的经典，这些聆听或阅读体验便会诱导而且有助于儿童形成顺从行为。

其次，人们一生中在各类学校接受的正规教育也是其文化图式形成的重要原因。正规教育使人们能够学到大量与这个世界有关的知识和进一步获得知识的方法，同时，正规教育教导人们去思考、判断好与坏、是与非。在接受正规教育期间，人们一般会阅读大量书籍，从中获得知识、信息，更重要的是，人文类的书籍为其提供了如何树立价值观、人生观和世界观的典范和途径，有助于其生成一个思想和行为的文化图式，同时也为生活在同一文化环境中的人们所共有的从众行为模式的形成奠定了基础。

最后，在完成正规教育后，人们还会继续通过大众媒体接收信息，这些信息往往有着政治和文化导向，可以以更为潜移默化的方式来巩固、影响或改变一个人的文化图式，最终完成价值观的内化。虽然人们对大众媒体有选择的自由，但不同媒体本身所具有的相同因素，即同一种文化中的共性，会不断地以独特的方式影响其受众群体，受众群体除了表面的爱好、兴趣和取向有所不同之外，其深层次内容却有着相同的性质。因此，生活在同一个文化环境中的成年人会在某些问题上展现出相似的思维方式，即使是进行没有他人在场的独立思考，其相似性也会导致人们做出相似或相同的决定，因此在客观上就会显示出较强的从众性。

人们的顺从和服从行为经过长期的重复和内化之后，逐渐成为指导其思想和行为的文化图式。因此，一个成年人所展现出来的从众行为，追其根源，是由先前的顺从和服从行为内化而来的。这在一定程度上可以解释来自不同文化地区的人其从众程度会有所不同。由此可见，即使在做决定时无参照对象，许多来自同一文化背景的人也会做出相似或相同的决定，而这些一般会被解释成从众行为。

四、从众思维的心理成因

前面讲过，人对周围环境和群体要求的反应会包括一个内化的过程。经过最初阶段的顺从和服从，人逐渐将这些外在的要求变为自身内在的行为标准。弗罗姆在讨论人的逃避机制时认为，放弃自我而顺应外部环境是"现代社会里的大多数常人所采取的方式。简而言之，个人不再是他自己，而是按文化模式提供的人格把自己完全塑造成那类人，于是他变得同所有其他人一样，这正是其他人对他的期望。'我'与世界之间的鸿沟消失了，意识里的孤独感与无能为力感也一起消失了。这种机制有点类似于某些动物的保护色，它们与周围的环境是那么地相像，以至于很难辨认出来。人放弃个人自我，成为一个机器人，与周围数百万的机器人绝无二致，再也不必觉得孤独，也用不着再焦虑了"（弗罗姆，2007：125-126）。经历了社会和群体规范内化过程的人在做出从众举动时，往往不再经历自身利益与外部要求的权衡过程，而会自然而快速地对自己的立场和言行进行选择和调整。当群体拥有强有力的领袖人物后，个人出于对领袖道德和能力的敬重，以及对由于不敬可能给自己带来惩罚的畏惧，会表现出强烈的服从意愿。面对群体中严格的戒律规范时，个人也会出于对违背这些戒律规范可能遭受惩戒的担忧而表现出顺从。久而久之，服从和顺从在个人的社会心理中发生内化。

是否能够对外部规范进行内化当然取决于个人在经过利益权衡之后是否最终会做出与群体对抗，甚至离开群体的决定。个人会为了所在群体和社会的规范而对自身观点、兴趣和利益做出牺牲。如果这种牺牲尚在其容忍的范围之内，此人会乐于进行调整。当外部环境较为宽松，或在群体内部能够找到持同样观点、拥有同样权益的人或人群，这可能会使该成员放弃自我牺牲或调整，同时向群体提出要求，甚至转而采取对抗的方式迫使群体其他成员接受自己的观点，承认自己的权益。这些敢于挑战群体和社会的个人最终会被视为旧规范的反抗者和新规范的建立者。

五、从众行为对社会的损害

从众虽然在客观上起到了保持群体和社会稳定的作用，但对社会依然有着不良影响。中产阶级的从众心理有着种种弊端，正如英国哲学家约翰·斯图尔特·密尔（John Stuart Mill）在其著作《论自由》（On Liberty）中所指出的，在他当时所处的英国社会的公共观念中，存在着一种特别适合于使其对于任何个性之凸显表现不宽容的特征。在当时的英国社会，普通人不仅心智平庸，而且在意向上也是平庸的。他们没有足够强烈的兴趣和愿望，不能做出任何不平常的事，因此，他们不能理解那些有这种兴趣或愿望的人，便把那种人划到他们素来鄙视的野性难驯和不知节制的类型当中。他认为，当时那个时代的趋势使得公众比以前多数时期更加倾向于制定出一般的行为规则，并且力图使每个人都遵守被公认的标准。这个标准，不论明示还是默示，都意味着对任何事物不存有强烈的渴求。具体来讲，这些弊端包括以下几方面。

第一，社会地位符号化鼓励和造就相同或相似的社会角色和人格。在大多数文化中，名利、地位和财富成了衡量一个人是否成功的重要的，甚至是唯一的标准。因此，追逐名利成为一般人反映出的最重要，同时也是最明显的从众行为。在世界上的多数传统文化中，男性被赋予了特定的角色，即家庭经济来源、一家之主、财产继承人、训教子女的师长、部族乃至国家的保卫者和统治者等，因此自幼年起，男性就被灌输其今后所任角色应具有的品质，相应的角色图式逐步建立。步入成年后，男性会通过努力来向家人和社会其他成员证明自身的价值。为了达到这一目的，男性往往会像多数人那样选择所在家庭群体和社会最为重视的品质作为其追求的首要目标，即名利和地位，因为这些以数量统计核算的品行比友善、仁慈、博爱等素质更容易把握和得到他人的认同和尊重，同时还可以为自己带来直接和间接的利益和好处。所以，一般人会把获取名利和地位作为达到人生目的的捷径。出于管理效率的考虑，群体和社会往往也倾向于将名利和地位符号化，以此来褒扬那些拥有者，并把他们作为群体和社会其他成员的学习榜样和角色图式模板，成为所有人遵从的对象。

第二，从众给拒绝接受从众思维倾向的人带来压力，使其不得不放弃自己的积极理想、正确的思维方式和做事方法。然而，非从众思维模式往往是一个群体和社会多元化的重要推动力。从众压力在维持该群体或社会稳定，保持其传统不变的同时，也会直接或间接地剥夺其向更大的包容性转变的机会，增加其文化的单一性和抑制性。一项研究显示，发现自己正在做出不同于别人的判断和做事方式时，人们会呈现出与发现自己在进行违法活动时所显示的同样的脑电波（Chen et al.，2012）。这个研究说明，从众心理往往使人们形成顺应的习惯，一旦发现自己在违背群体内多数人的意愿时，其自然会感到压力倍增。

第三，从众易于造成非理性的盲从。正如法国社会学家古斯塔夫·勒庞（Gustave Le Bon）（勒庞，2005）所言，对于群体来说，理性除了反面的影响，什么作用也无法施加，它接触到的理性越多，就越是憎恶理性，也就变得更加狂热。为了从众，人们往往不惜放弃自己原本理性的想法，去顺应多数人的意见。虽然这些人知道这样做有悖于自己的原则，但对失去安全感和认同感的担心往往会超过这种内心的自责。

第四，从众思维磨灭创新精神。从众行为虽然是基于对先人或他人才智和经验的认可，但却往往忽视时代的发展和变化。先人的经验是基于他们生活的时代得来的，而时代的变化必然使其部分或全部不再适用。作为结果，群体或社会长时间一成不变将会阻碍经济和文化的发展和进步。

第五，过高的从众压力会使人产生心理疾患。从众行为虽然是人们的自发行为，但也是其经过有意识的思考后才做出的决定，而在这一过程中，人们会在不同程度上对自己内心的情感进行控制，甚至压抑。过于严厉的社会规范和行为准则会导致过高的从众期待，因此在该群体或社会中生存的人也就需要更多地压制自己的情感。根据卡尔·古斯塔夫·荣格（Carl Gustav Jung）的理论，为了适应生存环境，人们必须拥有恰当的"人格面具"（persona），即佩戴适当的面具来迎合群体和社会的规范与其他成员对自己的期望，而那些不能被接受的方面，如与性、欲望、愤怒等相关的情绪会被压制在"阴影"（shadow）中（荣格，2011），此举最终会导致不同形式的心理问题。

第三节 非从众思维与群体思维的矛盾与冲突

在美国文化中，非从众（nonconformity）或不墨守成规是在原则上背离主流社会规范、行为准则和思维模式，并试图建立起独立的道德规范体系、行为准则和思维模式。它追求自我或小群体独立规范体系的行为和个人的特立独行，远离现行体制、社会和群体。

非从众思维和行为包括各个时期对传统价值观和道德伦理体系的对抗态度和反叛行为，包括反对传统婚姻、反对针对女性个人发展的种种限制、反对针对少数族裔的歧视和限制等。另外，非从众思维和行为也包括较温和的对多数人从众思维和行为进行抵制的态度，例如：坚持自己立场，不盲从；对社会上的流行思潮持怀疑态度；等等。

和善于从众的人不同，非从众者对显性的社会和群体的各种制度和体系往往表现出不同程度的叛逆，其原因就是不愿意为顺应他人而牺牲自己的权利和幸福感，不愿意为群体和社会规范做出让步和调整自己的行为。非从众者这样做在短期内可以享受他人无法享受的自由，但从长远角度看，他们会承受来自群体和社会以及其他成员的压力，包括道德伦理谴责、歧视、排斥和边缘化，失去工作和生活来源等，甚至因此会受到惩罚和失去群体成员资格。此外，与从众者不同，非从众者志在摒弃群体和社会现有的思维，必须自己对人生道路、生活方式等方方面面重新进行探索、实践。然而，受到自身才智、外部条件和机遇的制约，非从众者自然会面临更多的挫折和失败。这会使他们对自己的选择产生疑问，对自己的人生之路感到迷茫，会频繁思考是否应该放弃自己的选择，去加入从众者的行列，使其生存简单化。

在美国历史上不乏主张和鼓励非从众思维，同时又对美国文化诞生和发展产生过深远影响的大家——托马斯·潘恩（Thomas Paine）。他是美国独立战争以及建国初期的伟大的革命者和思想家，同时也是独立思维、非从众立场的重要倡导者。爱默生将个人主义定义为美国民族和文化之本，并极力提倡非从众思维，建立独立于欧洲和英国的文化体系（Emerson，1993）。

虽然美国多数的思想家极力反对公民的从众思维，但基于上述原因，从众在人类活动中是无法避免的。多数人甚至把从众作为一种高效的生存策略。作为整体上乐于从众的群体，属于中产阶级的个人会发现他们会为自己的非从众思维和行为付出更大的代价。尽管他们在个人主体性方面要高于下层阶级，即他们有更大的权力、更多的选择和更富裕的物质条件，但这些优势也终将成为他们的思想包袱，使他们更容易患得患失。他们或许会利用自身的优势和资源来争取更大的发展空间。然而，他们是作为利益攸关方的改革者，而不是革命者，为了权益他们一般不会支持任何造成社会动荡的行为。当他们的诉求暂时无法被全部满足时，他们会进行妥协（米尔斯，2006）。最终，他们中的大多数为了自己和家庭的生存不得不就范于社会道德伦理规范的约束。那些少数不惜放弃家庭、地位来追求个人幸福的人往往会成为生活和命运的失败者。

美国的文学作品中，不乏因坚持非从众思维和行为而最终失败的中产阶级人物。由于作家一般受当时社会环境和自身道德意识的影响，他们所塑造的人物往往也不免会因拒绝从众，为追求自身幸福违背社会规范而被群体排斥，最终导致悲惨命运。与作者同时代的读者一般会将这样的结尾视为对"不端行为"的警示,作者所表现出来的似是而非的立场很容易被读者解读成其对人类共同境遇的智慧判断。然而,后来的读者在阅读这些作品时,往往会进行新的解读,进而引发其对当时社会伦理道德标准的批判。

从交互决定论的角度看,美国社会与文化对非从众行为容忍度的演变过程实际上也是美国文化本身的演变过程。作为个人主义价值观和个人主体性的直接体现,非从众行为受到了爱默生的褒扬和推崇。然而,从殖民地时期到21世纪,非从众行为一直在不同程度上受到社会及群体规范的制约。随着美国社会的发展和进步,社会及群体对个人非从众行为的态度变得越来越宽容。随着时代的发展,特别是进入20世纪后半叶之后,在美国的各类权益组织的抗争之下,美国的社会和文化氛围变得日益宽松。之前曾被认为是违背社会伦理道德规范的非从众思维和行为已经被大多数人接受,这些思维和行为至少在法律和多数群体的社会规范方面已经基本上不再属于非从众的范畴。然而,这并不能说明非从众思维和行为的终结,因为只要有社会伦理道德规范的存在,就会有非从众思维和行为的发生。更为广义的非从众思维和行为,如批判性思维和技术创新,将会继续得到教育系统和全社会的鼓励。

第四节 美国中产阶级对从众的坚守

一般来说,美国中产阶级往往热衷于从众。在美国社会中,各个阶级都生活在相同的社会伦理道德和秩序的框架之中,而不同阶级对这一框架的反应会有所不同。如果用事业成功来衡量人对现行体制的反应程度的话,中产阶级则是人数最多的一个群体。从总体上讲,中产阶级的成功依赖于自身的能力和素质,同时在很大程度上归功于他们对现行体制的顺应和依存,并以此作为自己思维和行为的规范和参照。换句话说,他们的成功是社会对他们的顺应和从众行为的奖赏和回报。因此,中产阶级一般并不反感体制的约束,相反,他们是体制的受益者。他们善于甚至会热心于追逐和遵守那些有利于自己地位上升的行为规范，顺应任何能够为自己的个人追求提供保障的制度和法律法规，拥护有利于社会秩序稳定的努力，因为他们熟知这样会给自己带来益处。即使在这个阶层中精致的利己主义者大量存在，但由于中产阶级的从众行为在客观上会给社会带来巨大的正面集约效应，将中产阶级称为社会稳定剂并不为过。

同时，中产阶级的从众行为往往出于让自身有别于下层阶级的渴望。法国学者皮埃尔·布尔迪厄（Pierre Bourdieu）认为，中产阶级为了有别于下层阶级，会刻意在艺术品位追求方面与其保持距离，并极力模仿上层阶级，为的是彰显自己通过自身努力改变社会地位的能力，布尔迪厄称这种对阶级差别的刻意追求为"区隔"（Bourdieu，2010：227）。区隔行为是中产阶级所共有的一种行为，因此也具有从众行为的性质。与上层阶级相比，中产阶级无论是在经济实力方面，还是在社会地位方面，都存在着差距。然而，为了达到与下层阶级区隔的目的，他们会极力模仿上层阶级的生活方式，而且往往会根据自己的经济状况，部分模仿他们的衣食住行方面所体现出来的品位。

出于同样的目的，中产阶级的模仿已经成为一种集体行为，这一事实在美国学者索尔斯坦·凡勃伦（Thorstein B. Veblen）的《有闲阶级论》（*The Theory of the Leisure Class*）一书中早有体现。中产阶级会购买名牌服装，周末去歌剧院，参加上流社会人士参加的晚会，加入高档会所，送子女上贵族学校等，就是为了让自己不同于穷人（凡勃伦，1964），但他们的这种从众行为会给他们的家庭带来较大的经济压力。与拥有高额且稳定收益的上层阶级不同，中产阶级一般主要依靠较高水平的工资来维持他们的家庭生活，一旦作为主要经济来源的家庭成员的职业和健康受挫，其家庭收入便会出现问题，这种极力装扮出来的生活方式便成为无根之木而难以为继。

从客观上来讲，中产阶级对从众行为的偏爱促进了消费社会的大发展，使消费主义充斥于人们生活的方方面面。消费社会的出现是人类物质文明发展的必然阶段，也是其发展的高级阶段。如凡勃伦所言，在工业化社会，出于使生活更加便利、富足的目的，人们注重对商品的购买和拥有，而这一购买行为以获取商品的功能为主要目标。随着人类社会进入后工业化时代，相当数量的国家告别了短缺经济，一般人的物质生活水平得到了空前的提高。在后工业化社会，拥有商品的功能性已经不再是人们关心的问题，消费者的关注点逐渐从商品的功能转移到商品的符号意义。法国学者让·鲍德里亚（Jean Baudrillard）认为，消费社会是人们已经不再注重购买商品的功能性，转而重视商品的符号性价值的商品社会。通过购买商品的符号性价值，消费者可以彰显自身的经济地位和生活品位（鲍德里亚，2014）。于是，为了区隔于下层阶级，中产阶级往往更热衷于符号性消费，以展现自己经济上的成功和社会地位的提高。在追逐符号性消费的过程中，中产阶级又显示出其惯有的从众思维，遵照社会精英和上层阶级划定的模式来主导自己的生活。大众媒体，特别是广告中所描绘出的品位高尚的生活方式，支撑这种生活方式必不可少的高档商品以及其背后的哲学思想和价值观，无不成为中产阶级的追逐目标。

然而，由于中产阶级是美国现行体制中人数最多的受益群体，对消费主义生活方式的追求也在很大程度上是一种从众的行为。因此，相比其他阶级，热衷于物质产品和服务消费的中产阶级会变为德裔美籍学者赫伯特·马尔库塞（Herbert Marcuse）所称的"单向度的人"（马尔库塞，2008：11）。

因此，在美国中产阶级眼中，一切超凡脱俗的事物都属于需要警觉的范畴，因为它们预示着变化。他们虽然最终会在媒体等外部环境的影响下逐步接受这些事物，但很少会主动拥抱这些不同。在社会变革面前，他们或多或少都会体现出这一阶层较为普遍的保守的文化取向和政治立场，而消费主义生活方式能够和他们的实用主义价值观完美地匹配在一起，舒适富足的"单向度"生活也成了他们趋之若鹜的追求目标。

第五节　城镇的功能对中产阶级从众思想和行为的规训

除了以上所提到的内容，美国城镇的建立和发展及其相关的社会道德规范体系的确立对中产阶级文化形成的影响也是本书所关注的重要内容之一。城镇的建立为从众行为的产生创造了绝佳的环境和土壤。从古至今，城镇是人类在具有一定交通枢纽功能的地区上逐步发展起来的，由各种建筑和各等级道路组成的一个较乡村地区更适合人们居住的商业和人文环境。通常，城镇的开始首先是拥有一定或完备功能的商业街，街上坐落着的商店售卖城中和周边地区居民所需的日常生活用品和生产资料。居民们会定期聚集到商业街购买所需物品，逐渐地，商业街的外围也会出现提供各种服务的店铺和设施，如理发店、裁缝店、诊所、律师事务所、邮局等，在此基础上会进一步涌现学校、医院等规模较大的建筑群以及各类宗教场所。不断增加的城镇功能也促进了居民人数的增长，这些居民一般是这些城镇功能得以实现的关键参与者，于是围绕商业街会出现越来越多的住宅。随着人口的增加，各类商业和服务设施的数量也在不断增加，这使城镇的面积得到不断拓展。与此同时，专业的城镇管理者通过选举和委派的方式就职。他们聘用专业人员从事管理和规划工作，使城镇的发展更为合理有序。

在城镇化过程中，商会或行业协会基本上是最早由城镇居民形成的组织和社团。由于从事商业和服务的人口相对集中，城镇也往往是一个区域的商业中心。城镇中的商人们因此会形成一定规模的行业协会。它的功能无外乎是限制同行的无序竞争，维持商品价格，规范市场秩序，对成员进行道德方面的约束。根据梁漱溟的研究，西方城市中的商会最早出现于中世纪，是除基督教会以外有约束和规范人行为作用的组织（梁漱溟，2005）。此后，在重商主义盛行的欧洲各国和美国，城镇生活中都能看到商会的影子。在城镇形成的初始阶段，由于多数成员皆为商人，因此，各类商会和行业协会对城镇的规划、价值观的维护以及文化定位方面的影响力不容小觑。

　　随着城镇的不断完善，各类公共设施和道路的修建是城镇管理者展现他们理念和才智的重要手段，也是一个城镇重要功能实现的重要途径。城镇路网和配套工程的建设代表这个城镇的发展水平，它们不仅连接着城镇的各个角落，而且也为城镇的进一步拓展奠定了基础。市政厅是一个城镇的管理中心。市议会、警察局、法院、监狱、消防队也都是一个城镇权力功能的体现。以上机构和部门所使用的建筑物也就自然拥有了某种权威性。城镇的中心广场、绿地、公园、体育场馆、博物馆、图书馆、停车场、医院等是居民聚集在一起进行集会、娱乐、锻炼、学习、泊车和治疗疾病的场所。它们在为居民提供便利的同时，也要求他们遵守与公共场合相关的行为规范。此外，各条道路除了给使用者提供便利以外，也同时要求他们遵守相应的交通法规。总之，公共设施和道路系统不仅仅是物理存在，与之相伴随的是相关法律法规，尤其是社会规范，它们要求使用这些设施的居民必须遵守相应的行为规范。可以说，随着城镇硬件设施的不断增加和完善，与之相应的行为规范也在不断地增加。

　　与公共设施和道路体系相同，城镇中的居民区不仅仅是聚集在一起的建筑，同时也是组成城镇这一小社会的各个社区的基础，它们体现了各自的文化和价值观以及与之相应的规范体系。基于历史原因，城镇中的居民生活在不同区域，而这些物理上的区域往往是居民根据自身的收入水平、宗教和族裔背景、价值观等的自行选择，因此也是各个社区组成的基础。美国各大城市中曾经和依然存在的由特定族裔组成的社区，如纽约市的华埠、意大利区和非裔美国人聚集的哈莱姆区等（索威尔，2015），就是这一特点的体现。相比之下，新城区往往因不受以上这些因素所影响，会呈现出更加多元化、更具包容性的特点。然而，像第二次世界大战之后美国市郊新建的纯白人中产阶级社区，依然会有许多约定俗成的规范来制约着居民的思想和行为，阻止外人的进入，以确保社区的纯粹、和谐和静谧的生活和文化氛围。

与其他公共设施相比，城镇中的学校则更是完完全全、自始至终地使行为规范和价值观进行内化的地方。学校是对居民子女进行正式教育的主要场所，城镇的各个区域配有各级学校，由于学校所在社区的不同不免会带有特殊性，特别是各种私立学校和教会学校，它们所提供的一些课程通常折射了这个社区的主流宗教信仰、族裔特征和收入水平等。除了按照国家教育管理机构所提供的教学大纲进行教学以外，学校也是信仰和价值观向下一代传播的重要途径，同时成为同一社区相同或相似背景的学生相互影响、相互濡化、获得社区身份认同的重要节点。

　　综上所述，城镇硬件设施的建设和完善过程也是它们的规范体系建立和完善的过程。相比农村地区，由于城镇人口密度大，管理当局面临着更大的挑战。它们不得不对城镇道路体系、公共设施等进行更加认真、细致、合理的规划，以有效保证居民生活的便利性，与此同时，也会出台各种规章制度对居民的行为进行约束，以确保各种公共设施的高效运转。在硬件建设的同时，与其使用相关的规范体系开始出现并日臻完善。与农村居民相比，城镇居民可以享受更多的生活便利和商务、教育等方面的资源，但只有严格按照城镇的规范体系约束自身的思想和行为，居民才能保障自身的生活质量和事业成功。对于那些将个人成功列为人生追求目标的中产阶级来说，顺应规范体系，依照规范行事，同时通过行使自身的公民权参与制定这些规范，是他们上升之路的必要阶梯和保障。因此说，城镇功能规范的内化与中产阶级的从众文化有着重要的因果关系。

　　此外，基于便利的生活和社交条件，以及较那些地广人稀的农村地区更近距离的邻里关系，城镇居民对信息的掌握远优于农村居民，同时也更容易找到更高的、更为单一的追求目标，因此也更具有攀比心理。与邻里和圈内成员的攀比导致了城镇居民具有更强烈的竞争意识。

　　本章从从众的由来等五个不同的方面论述了从众思维的形成，以及其系统化、社会化的过程，同时也论述了从众思维成为中产阶级的生存策略和上升之路的原因所在。本书后面的章节将对 2000 年以前美国出版的涉及中产阶级生活和价值观的小说进行研究，以指出从众思维如何一直伴随着这一社会阶层的演变而演变，借以说明从众思维一直是作为美国主流社会的重要意识形态而存在的。

第二章　建国初期中产阶级文化的形成

从美国建国到美国内战这一时期，美国经济得益于身为国父之一的亚历山大·汉密尔顿（Alexander Hamilton）主导的贸易保护和高关税体制的庇护，得到了长足的发展，从殖民地一举成为世界经济强国，到美国内战前夕，其人均国内生产总值已经超过了德国等欧洲国家。同时，这个安于一隅、因孤立主义外交与欧洲各国交往不多的国家的科技发展却并未因此止步不前。城市中产阶级也开始不断涌现，并逐渐成为美国各大新兴城市的重要组成部分，而此时的中产阶级文化尚处在最初发展阶段，更鲜见于文学作品之中。然而，即使在极为有限的相关作品中，这个阶层正在形成的阶层文化中的从众性特点也可略见一斑。

第一节　经济发展与契约精神、从众意识的形成

在 1851 年伦敦水晶宫举办的世界博览会上，美国代表团展出了一系列先进的工业品，如柯尔特转轮手枪、农作物收割机、硫化橡胶产品等，令人瞩目和赞叹。此外，电报的发明也使美国率先成为享有现代通信手段的国家。这一发明不仅仅推动了工商业的发展，而且也为新闻、文化领域的蓬勃兴起奠定了必要的基础。以上事实皆表明，这个年轻国家经过 70 多年的奋斗已经成为世界工业强国，同时，在其经济发展的推动下，有明显的契约精神和从众意识色彩的城市中产文化也逐渐形成。

一、城市经济发展与中产阶级物质文化的形成

在此波经济发展过程中，美国的城市，如纽约、费城、芝加哥等，既是主要的参与者，同时也是最大的受益者。早在殖民地时期，美国东部就已经开始出现有着一定规模的城市，如波士顿、纽约、费城等，但它们绝对不能与后来城市的大小同日而语。这些城市起初只是当地的商业和贸易中心，如纽约的前身，建立于1625年的新阿姆斯特丹便是荷兰人的皮毛贸易中心。当时这座城市的居民仅为300人，他们往往通过易货贸易，用欧洲的枪支等工业品换取印第安部落的兽皮，之后再把兽皮运往欧洲来赚取利润，而当时的荷兰人却基本上没有在这个名为商品集散地，实则是一个区区小镇上真正定居下来的打算。1664年，英国人在约克公爵的带领下，通过一场小规模战斗就夺取了这个商业据点，并将其重新命名为"纽约"。从此，英国人便开始在这个地方定居，同时纽约也逐渐成为富人们生活和从事商业活动的地方。这些人中有英格兰人、苏格兰人、荷兰人和法国人，他们把欧洲的商业文化和思维方式带到这座刚刚起步的城市。纽约的人口在后面的几十年里迅速增加，到了美国建国后的1790年，纽约超过费城，成为美国最大的城市。此时，纽约人不再仅仅经营毛皮生意，纽约已经成为美国重要的商埠之一，同时也成为这个国家商业精神的摇篮。

贫富不均是美国社区的普遍现象，而在城市里这种现象表现得更加突出。和欧洲相似，美国的城市是富人的天堂。19世纪中期，随着工业革命的出现，更多的积累了大量财富的富人们集中到城市中生活，而城市的管理者也都是坐拥大量土地的商人。根据美国历史学家艾伦·布林克利（Alan Brinkley）的描述，富商和他们的家人住在城市闹市区的豪宅之中，天长日久，这些富人（像南方种植园富人）靠聚集的财富、富丽的家宅、别致的衣着和频繁的社会活动，逐渐建立起自己的社会地位（布林克利，2009）。他们穿名贵的进口服装，坐豪华马车，进出都有随从或仆人陪伴，同时热衷于收藏奢侈品和给豪

华设施赞助（布林克利，2009）。

相比之下，当时城市的普通居民和穷人的生活状况却非常拮据和凄惨。数量庞大的打工仔和穷人衣衫褴褛，住在肮脏拥挤的环境中。这些穷人几乎没有任何生活来源，通常无家可归，依赖慈善组织来维持生存。不少人因饥饿而死，陈尸街头。因此，社会差别在这些城市中显得异常分明。

虽然美国内战之前各大城市中的贫穷现象严重，但有一个阶层却是例外，那就是快速壮大的中产阶级。作为与商业经济和工业发展密不可分的一个阶层，中产阶级享受到了更多工作、经商、创业和管理的机会。大多数中产阶级虽然没有任何土地，但是通过向社会提供有价值的服务而获得了丰厚的回报。19世纪上半叶，中产阶级生活方式逐渐成为美国城市中最有影响力的文化模式。普通中产家庭较当时的穷人家庭来说，生活要殷实得多。他们的平均居住面积虽然无法与富人家庭相比，但要远远大于那些往往是数人共享一个房间的穷人家庭。他们与富人家庭一样，热衷于买房、建房，而穷人家庭则只能租住他们的住房。

当时中产阶级生活方式的重要组成部分就是妇女们的日常起居。和穷人家庭的妇女相同，她们也需要料理家务、抚养儿女，但也可以视家庭条件雇用保姆，使她们从日常繁重的家务劳动，如浆洗衣物中得以解脱。同时，新式的以木材或煤炭为原料的烹调和取暖用炉灶的使用更加方便，也省去了她们不少的体力和时间。

除了住房面积的增加，对住所的功能划分和装饰提高了中产阶级的生活品位。几个儿童同时挤在一张大床上的现象已经不复存在，宽敞的住房中可以分割出更多的卧室。另外，起居室、厨房、餐厅等不同功能区也开始在中产阶级家庭中出现。不仅如此，他们也像富人一样对颇有格调和品质的地毯、壁纸、窗帘和装饰品进行投资，使自己的居住环境发生了本质上的改观。

此外，还有一个重要的方面可以彰显中产阶级生活的优越，那就是饮食。由于当时铁路系统的不断完善，农民可以将新鲜的农产品以较快的速度运送到美国的各个城市。在电冰箱还不存在的年代，简单易用的冰盒子使富人和中产阶级的食品结构较以往丰富了很多，让他们在夏天更容易保存和享用新鲜的肉奶制品和水果蔬菜，而不是仅依赖于腌制肉食和土豆类等淀粉含量高的食品。这在很大程度上提高了他们的健康水平和生活质量。

总体来说，除富人阶级外，中产阶级是经济飞速发展时期受益最大的群体。他们不仅逐渐建立起自己独特的文化和价值观，同时也通过它们来潜移默化地影响着普通市民和都市穷人，使其中一部分人以此作为鞭策自己脱离贫困、提高生活质量、改变自身命运的动力。

二、伴随工业革命而来的异化现象与中产阶级文化从众性的加强

美国建国初期到内战前夕的经济发展除了给城市中产阶级带来物质文化的演变之外，同时也催生了独特的精神文化，并通过职业规范和操守体系的建立加强了他们的从众性。这种变化在美国内战发生之前的19世纪四五十年代就已经在纽约等大城市的商界初现。美国人的商业运作理念无疑受到了欧洲人的影响，其中的管理方法，即针对雇员的规章制度以及职业伦理，在殖民地时期就由欧洲的商人带到了北美。建国之后，虽然美国根据汉密尔顿的保护自身工商业发展的考虑，实行了高关税，同时美国上下的孤立主义思想占有一定的主导地位，但与欧洲的商务贸易往来一直在持续，因此不断有新技术和新的经营管理理念从英法等商业发达国家传入美国。然而，美国广阔的国土面积和社会等级制度的缺失使美国人具有更高的流动性，更容易获得涨工资及提升和改善自身生活水平的机会。与此同时，美国人受个人主义宏观文化氛围的熏陶，自由和自我意识更强，而崇尚自我奋斗、白手起家的独立精神又迫使他们不得不接受社会所赋予的角色要求，脚踏实地地通过努力工作来养家糊口。个人意愿和社会期待之间的冲突使得雇员们面临的顺应规范压力更大，长时间单调乏味的重复性劳动使他们失去自我，消磨着他们对自由生活的向往，因而更容易出现心理问题。

马克思曾在《资本论》等著作中就大机器生产时代出现的异化现象进行了研究，根据他的发现，在阶级产生之日，异化便作为一种社会现象同时出现，是人的物质与精神生产以及产品变成异己力量，反过来统治人的社会现象。私有制是催生异化形成的主要动力，而社会分工固定化则是异化的最终根源。异化的出现，导致人的能动性丧失，使其受异己的物质力量或精神力量奴役，从而使人的个性失去全面发展的可能，只能片面和畸形发展。虽然马克思所关注的异化现象主要发生在工业领域，但当时工业领域使用的现代生产管理理念和方法也完完全全地体现在欧美国家的其他经济领域，特别是商业、法律等行业。

然而，与欧洲国家不同，美国从一开始就形成了自身特色明显的商业文化，即通过提供更高的工资待遇、更多的上升机会和更大的使雇员享受富足的物质生活的可能，并利用他们对个人成功的期盼，鼓励他们自觉服从严苛的规章制度和职业操守，并安于那些单调乏味的重复性劳动。从客观上来讲，这对伴随工业化而来的异化现象给普通人带来的痛苦起到了一定的缓解作用。

第二节　赫尔曼·梅尔维尔与《录事巴托比》

如本章开头所言，美国的城市在 19 世纪中叶还处于发展初期，描写城市人生活的文学作品也刚刚起步，无论在数量方面，还是在质量方面，都远未成熟。梅尔维尔于 1853 年出版的短篇小说《录事巴托比》可谓是描写当时都市中产阶级生存状态的代表性作品。小说的叙事者是位隐去了姓名的老年律师，他拥有一家律师事务所，生活殷实。在小说中，他讲述了自己雇用一位叫巴托比的年轻抄写员的离奇经历。巴托比是一个不善言谈的青年，他工作认真，很快就得到叙事者的赏识。然而，不久之后，他便开始拒绝从事那些单调的法律文书的抄录工作，不管叙事者和其他两位雇员如何极力劝说，都无法使他重新开始工作。开始，叙事者试图解雇巴托比，但他拒绝离开事务所。无奈之下，叙事者叫来了警察，将巴托比抓进了监狱。在狱中，巴托比依然固执地保持沉默，仍以一句"我不情愿做"回应所有的要求，最终绝食而死。

这段故事虽然表明了主人公不屈从外部压力而坚持自我的精神，但更重要的是从侧面描写了当时大都市商业场所普遍存在的对雇员经济上的盘剥和精神上的压榨，他们迫于生存需要而顺从于雇主和工作环境对他们的期待和整肃。这一点也是本书重点关注的方面。小说中律师事务所除巴托比之外还有三位雇员，其分别以"火鸡"（Turkey）、"钳子"（Nippers）和"姜汁饼干"（Ginger Nut）的外号来相互称呼。收入最低的"姜汁饼干"也只是个12岁的跑腿男孩儿，书中没有太多的细节描写。"火鸡"和"钳子"的日常工作只是无尽无休地抄录法律文件，这使他们逐渐失去独立思考的能力和个性。然而，他们为了自己和家庭的生计不得不这样年复一年地工作下去，因此，两位老员工都暴露出了脾气暴躁的毛病。为了使他们安静下来，也是因为不断扩大的生意往来的需要，叙事者才雇用了沉默寡言的巴托比。

如前所述，在工业化的助推下逐渐形成的管理理念和职场文化与传统经济运作模式相比极大地提高了工作效率，为富人创造了无穷的财富，但同时也给普通雇员的体力和精神带来了大得多的压力，这并不和工资的增幅成正比。他们在厌烦所做的单调工作时彰显自我的行为被雇主称为"怪癖"。在小说中，"火鸡"的年龄最大，已经年过60，却依然为生计而辛劳，在事务所从事如此单调的工作。他在清晨尚能安心工作，凭借自己的耐心和经验出色地完成任务，但午饭饮酒之后，便开始乱发脾气，胸中似乎有一股难以压抑的怒火，此时，他面红耳赤，"往往显得精力太旺盛，他激动，慌忙，反复无常，轻率鲁莽。拿钢笔往墨水台里蘸时，他显得那么不小心。他文件上的那些墨渍便都是在正午12点以后弄上的"（Melville，1990：5）。他认为唯一能够让自己保持状态的东西是酒精，似乎只有通过此道才能麻痹自己不安分的灵魂，使自己更好地顺应他赖以生存的工作环境的苛刻要求，但却经常适得其反。然而，到了第二天清晨，"火鸡"却又能够尽职尽责地开始工作。虽然其中的原因小说中未给出，但经过一番思考，读者依然能够理解，身为英国人的"火鸡"心中的社会等级意识较重，这使得他尊重权威，对雇主毕恭毕敬，对个人生存、家庭责任的重视与对美好生活的梦想，总是能够让他调整心态，每天清晨继续面对沉闷冗长、折磨心智的日常工作。单调的工作使他不得不靠酒精来提振精神，浇灭逐渐燃烧起来的个性之火，然而总是适得其反，使自己变得狂躁。最终"火鸡"还是输掉了人格和自尊，不得不依赖于雇主的耐心和理解而继续在律师事务所工作下去。

  与"火鸡"相似，另一位雇员"钳子"同样是一个奇特的人物。在老律师看来，25岁的"钳子"是"野心"和"消化不良"这两大罪恶力量的牺牲品。首先，他不太满足于从事抄抄写写的工作，"有些非常专业的事，譬如起草法律文件，他会不适当地越俎代庖"（Melville，1990：6）。其次，他的"消化不良"使他经常紧张、急躁，充满愤怒情绪。抄写过程中犯的错误会使他咬牙切齿，低声咒骂。每天早上，"钳子"因"消化不良"而烦躁不安，"有时候，办公室里安安静静的，'钳子'会不耐烦地从座位上站起，猫着腰趴在桌子上，把两只胳膊伸展开，抓起整张桌子挪动、摇晃，猛地在地板上摩擦移动，仿佛桌子是个乖戾、有意志的东西，故意和他作对、惹他生气似的"（Melville，1990：6）。老律师认为，幸运的是"钳子"发病的时间恰好和"火鸡"错开，"钳子"午饭饮酒之后，在下午就变成了正常人。

  小说对"火鸡"和"钳子"看到巴托比拒绝服从老律师指令后的反应和行为的描写，显现了梅尔维尔对人性的深刻理解，虽然笔墨不多，但为这篇小说增色不少。"钳子"因为巴托比的消极怠工和罢工行为给自己增添了工作量而咬牙切齿，怒火万丈，个性十足的他绝不可能与同样具有个性的巴托比成为盟友，来对抗雇主、抗拒工作。虽然小说并未对其中的原因进行解释，但读者从"钳子"一心想成为律师的崇高志向中便能意识到他也是现行秩序的拥趸。为了达到目的，每天他尽可能地控制自己的情绪，尽力成为一名恪尽职守的员工。因此，他不可能成为一味与制度对抗的巴托比的盟友。

与"钳子"相比，"火鸡"对巴托比的态度是复杂的。起初，他看到巴托比恪尽职守地完成老律师交代的工作后依然能够沉默寡言、安于一隅时，应是怀着嫉恨之心的。在他的眼中，巴托比肯定是缺乏激情、不食人间烟火的冷漠之人。但随着巴托比开始固执地抗拒老律师的指令，拒绝去做其分内之事时，"火鸡"便摇身一变，成了一名发挥表率作用的"模范员工"。他每天正午之后在酒精的作用下势必燃起的怒火随即转移到了这个不听从老律师命令的雇员身上，声称要用拳头来劝说巴托比放弃抗争，并向老律师建议每天让巴托比和他一样饮酒，来使其不再执拗。其中虽有取悦老律师的因素，但也是他性情的自然流露。这一变化体现出"火鸡"内心两种价值观的剧烈冲突。虽然他由于收入过低不能真正算作中产阶级的一员，但其行为已经反映出典型的中产思维，即维护秩序、反对对抗的心态。他本人内心有着很强的自我和反叛意识，但看到他人把这种反叛意识付诸行动时，他却毫不犹豫地站到了老律师的一边，成为一名现行秩序的卫道士。这说明他前半生作为公司雇员的经历已经将社会期待、制度规范以及现行体制的伦理体现加以高度内化。因此，较之反叛，循规蹈矩对他来说更加轻车熟路。在他看来，虽然巴托比做了他一直想做的事情，但这样的行为的结果无法预知，至少是被现行体制所不容的。他虽然不敢再期盼太多的变化，但老律师的成功之路依旧是一条被更多人承认并被视为典范的人生之路。这样的想法促使他尽力沿着既定的路线走下去，而不是去扰乱和破坏他实现人生梦想的环境保障。

反观故事的叙事者，作为一名年事已高的律师和事务所的拥有者，在作者浓墨重彩的描写中，成了一个鲜活的中产阶级男性形象。他在美国的金融中心纽约华尔街已经打拼了30余年，为人谦和，处世精明老道，从不冒险，作为一名律师他事事审慎，循规蹈矩，因此是一位非常典型的现行制度的维护者。正是因为他对体制的顺应，步入老年时他不仅家道殷实，而且怡然自得。他是那个时代，同时也是后来美国各个历史时期，极为典型的中产阶级一员。虽不能像富人阶级那样把控国际政治经济命脉和发展方向，他在当时社会中所处的位置也足能使他成为都市人膜拜和效仿的对象，他的待人处世方式也让他受人尊敬和模仿。正是他不卑不亢、温文尔雅但不失威严的人格，以及对雇员恩威并施的管理方式，才使雇员收敛起乖张的个性，尽力做好自己的本职工作，扮演好社会要求他们扮演的角色。对于常人无法接受的巴托比，他虽然很担心这个雇员的怪异行为会影响到他的业务以及在律师行业中的声誉，但似乎还是尽到了一位仁慈包容的雇主所能尽到的一切义务。因此可以说，梅尔维尔对这位叙事者的塑造颇为成功，使他具有了应该具有的所有美德，对普通读者来说也是一个可以学习的榜样。

此外，小说另一个重要内容就是通过对无法融入世俗社会、一味消极抵抗的巴托比凄惨命运的描述，在客观上实现了文学作品对世人的教化作用。作为一名雇员，巴托比最初的表现可圈可点，他不辞辛劳、勤勤恳恳地完成了老律师交给他的抄写工作，全无另外两位同事所具有的毛病。然而，他从"模范雇员"到"规则破坏者"身份的转变竟然在三天之后就已经完成。

巴托比身份的转变不仅影响到律师事务所业务的正常进行，而且对其他雇员产生了极为不良的影响。如前所述，"火鸡"和"钳子"由于常年单调的劳动已经出现异常，而巴托比对这种造成异化的工作所进行的抗争势必成为一个反面的典型，很可能会让雇员们揭竿而起，这自然是作为雇主的老律师极为担心的。因此，老律师必须在管理和道义的层面把巴托比置于自己的控制之中。然而，老律师担心的情况并未发生，生活的需求和伦理的约束最终使"火鸡"和"钳子"站到了巴托比的对立面上。此时，巴托比陷入了极端孤立的状态，老律师也避免使用自己并不赞成的高压策略，开始怀柔攻势，希望用自己的善意感化这位年轻人。在这种情况下，一个没有其他生活来源的正常人往往会进行妥协，为保住自己的工作表示忏悔，同时对雇主的怜悯之心和宽宏大量感恩戴德，而巴托比却依旧我行我素，这不但加剧了与规则制定者和雇主的矛盾,而且也让其他雇员为自己做出的正确选择感到庆幸。这样,巴托比数日之内便成为律师事务所乃至社会的弃儿。

小说对巴托比被开除之后行为的描写使读者彻底放弃了对他不幸境遇的任何怜悯态度,最终将其视为一个无法适应社会、不可救药、自作自受的精神病患者。在当时的社会环境下,巴托比的心理疾患完全是一种犯罪行为,因为它导致了对社会秩序的破坏和对他人的妨碍,其行为必将受到法律的严惩,而巴托比的叛逆只剩下了自己尚能控制的方式——结束自己的生命。

对当代读者来说,巴托比所展现出的不屈不挠的反叛精神为世人树立了反抗剥削制度的典范。诚然,根据交互决定论我们可以理解,社会影响是双方面的,不仅个人受群体的影响,群体也会受到个人的影响。孤立无援、无人理解的巴托比那桀骜不驯的反叛精神在美国资本主义的起步阶段已经开始侵蚀其冰冷无情的工商业伦理和操守。这一反叛精神为之后的雇员提高权利意识,重视恶劣的劳动环境给人们带来的负面影响,以及迫使公司出台更为人性化的管理理念和规章制度打下了基础。然而,对当时急着在城市中谋得一席之地的读者来说,小说中对巴托比这一形象的描述无疑使他们为了生存更进一步压制自己的想法,更趋于走一条为世人和社会所广泛接受的从众之路,因此,更多的人会觉得小说的结果令人满意:既然法律无法有效地惩罚这位秩序的破坏者,那就让他自我了断。该小说在客观上完成了其教化读者的功能,使他们成为社会伦理体系忠实的守护者,同时也使更多的人在步入中产阶级之前,完成心智和理性的准备。美国内战之后经济快速发展,更多的美国人将一跃进入中产行列,而这一阶级的文化也将进一步发展、细化,成为美国主流文化的重要组成部分。

如前所述,这一时期的美国中产阶级,特别是城市中产阶级,正处在上升期,但是,由于南北方政治制度和经济模式上的巨大差异,虽然资本主义在北方得到较快的发展,但从整体上来说,南北双方对诸多问题，特别是蓄奴制和高关税态度的不同一直撕裂着这个国家，直至美国内战爆发。因此，城市中产阶级的发展在一定程度上受到了限制。同时，鉴于美国文学也正在从单纯模仿欧洲特别是英国作家的创作方式转为通过书写美国而寻求一条创新之路，真正反映中产阶级生活的作品少之又少，同时文学对中产阶级文化演变的影响也是较为有限的。

第三章 西部开发与从众心理的演变

在众多的历史事件中，西进运动对美国文化的独特性演变的推动可谓是绝无仅有的。西进运动前所未有地突出了美国梦，同时伴随着浪漫情结。作为西进运动的组成部分，中西部地区的开发以及与其同步形成的中西部农业社区特有的文化在美国历史上占据着重要的位置，而研究这一过程可以使我们进一步了解人们为了生存和改善经济条件所展现出的从众心理，以及这种心理在经济环境改善后其内涵的变化。

第一节 西部开发与新移民的美国梦

西部开发的重要性和新移民的美国梦以及他们对美国西部发展和美国中产阶级进一步壮大所做出的贡献主要反映在以下方面。

一、西部开发的历史功绩

西部开发之所以能够成功进行基于以下原因。

第一，政府对西进运动的政策鼓励。

从建国开始，美国联邦政府逐步建立和完善了相关法律体系，以引导土地投资和对市场秩序进行规范。国会从1784年起相继制定了几个土地法，以鼓励东部地区居民和新移民向"准州地区"移民。1806~1832年，国会又通过多个《救济法》（Relief Acts）来推迟未按时付款土地被没收的期限。这些措施对贫苦农民获得土地起了一定的保障作用。1841年，国会通过了永久性法案《优先购买权法》，这项法案给了那些在未勘测地域进行拓荒的农民优先按最低价格购买土地的机会。对西部开发推动力最大的法案莫过于1862年颁布的《宅地法》（Homestead Act）。为鼓励新移民去西部开发农业，使西部变为美国的粮仓，时任总统亚伯拉罕·林肯（Abraham Lincoln）签署了这项后来决定了美国内战走向的法案。《宅地法》规定，凡一家之长或年满21岁、从未参加叛乱之合众国公民，在宣誓获得土地是为了垦殖目的并缴纳10美元费用后，均可登记领取总数不超过160英亩（acre）[①]的宅地，登记人在宅地上居住并耕种满5年，就可获得土地执照并成为该项宅地的所有者。《宅地法》还规定了一项折偿条款，即如果登记人提出优先购买的申请，可于6个月后，以每英亩1.25美元的价格购买之。这一条款后来被土地投机者所利用（布林克利，2009）。《宅地法》在一定程度上满足了西部垦殖农民的土地要求，确立了小农土地所有制，从而为美国农业资本主义的发展创造了有利条件。它的实施也鼓舞了西部农民反对南部奴隶主的斗争，在一定程度上遏制了奴隶制种植园向西扩展。在美国内战中，西部农民为联邦军队输送了半数以上的士兵，并提供了充足的粮食，对北方取得战争的胜利起了关键的作用。

此后，美国国会相继通过了《关于鼓励在西部草原植树的法案》（简称《植树法》，Timber Culture Act of 1873，1873年）、《沙漠土地法》（Desert Land Act，1877年）等一系列法案，这些法案皆规定在被授予的宅地上安家的人有资格额外申请160英亩或更多的土地，只要在法定年限之内履行和满足法律中所涉及的义务和要求，例如在所申请土地上植树，并在有合法见证人的情况下，土地即归个人所有。[②]这些法案的颁布无疑为西部开发起到了保驾护航的作用。

第二，伴随交通状况改善的人口流动性的提高。

美国的西进运动主要是靠当时人类文明最强有力的运载工具——

---

① 1 acre = 4840 yd² = 0.404 686 hm²。
② 《国会议事录》.第42届国会第2次会议.18720610：4463-4464.

火车得以实现的。同时，公路、运河的修建及发展也发挥了巨大的作用。吸引大批白人到西部大平原安家的因素有很多，其中最主要的是铁路的修建。美国内战之前，人们到西部需乘坐马车长途跋涉，但从1823年起，联邦政府为公路、运河及铁路的修建划拨了大量土地，推动了西部交通运输业的发展。1830年，美国第一条铁路——13英里（mi）①长的巴尔的摩—俄亥俄铁路开始投入运营。此后，美国铁路长度以平均每5年翻一番的速度发展，到1890年，美国铁路总长达到163 562英里，超过了欧洲各国铁路的总里程，甚至几乎占全世界铁路里程的一半（比尔德，2017）。

这样，新的铁路网在全国建立起来，人们可以到达许多曾经人迹罕至的地方。铁路不仅为西部农业的发展提供了便利的交通，而且还通过积极鼓励农民西进而增加了服务对象，并有效提高了沿线的土地价值。铁路公司把票价定得很低，使任何人都有能力到西部旅行。后来，铁路公司又将自己拥有的大片土地低价出售给愿意留在西部的人。

第三，中西部开发对个人提高生活水平的必要性。

在《宅地法》签署后的30余年中，中西部各州已经出现了大量的农场主，而他们在到达中西部之前不是在东部各州生活拮据的人，就是从欧洲各国刚到美国寻求美好生活的新移民。因此，最早的西进移民大体可以分为以下几类：第一类是东北地区以小农、工人和自由职业者为主的失意者，他们需要新的机会来改善生活和经济条件；第二类是包括土地投机商和冒险投机商在内的寻求暴富的商人群体，他们看准了中西部地区的发展前景和可能带来的经济利益；第三类则是不断涌入的新移民和新并入领土的原居民。他们同前两类群体一起构成了开发西部的主体力量。

总之，在西进运动过程中，出于一种自发求生存、求发展的目的，大西洋沿岸北美13个州的居民和新进移民几乎是迫不及待地越

---

① 1 mi = 1.609 344 km。

过阿巴拉契亚山，向西去抢占土地，在新的疆域开拓新生活，这构成了移民的热潮。美国还修筑了数万公里的公路。大规模地建造近现代化的全国交通运输网是美国开发旧西部和新西部成功的重要因素之一。

美国西进运动在以上以及其他因素的驱动之下，势不可挡地兴起、发展，不断走向纵深，彻底改变了美国的面貌。到19世纪90年代，西部地区形成了美国最大的牧业基地和一个大农业基地，工商业也开始蓬勃发展。1890年，美国人口调查局公布，未开发的土地大多已被各自为政的定居者所占领。西进这一大规模的移民开发运动终于得以实现，并对美国政治、经济、文化等方面的发展起到了巨大的推进作用。

二、西部早期拓荒者的生活和市镇建设

虽然西部开发无论是在经济方面，还是在社会文化方面，都取得了巨大成就，但西部开发，直至西进的全过程没有丝毫政治家演讲稿中和西部紧密相连的浪漫色彩，有的只是耕作的辛劳和独处的孤寂。那些在旧世界习惯与同村人日常接触的拓荒者们在这广袤的土地上却发现自己与左邻右舍相距甚远，而且有些土地还被一些中途放弃的人所遗弃，因此户与户之间会有接近1英里的距离。定居者驻地之间的物理距离在缺乏有效通信工具的时代不免给人与人之间的交流带来困难，特别是那些本来喜欢交际的人会发现这里使他们寂寞难耐，而当地的气候和地形更加剧了他们的孤独感。

虽然民间传说总是赋予西部的拓荒者顽强坚毅的形象，但这背后却有着无数脆弱和艰辛。他们辛苦劳作，理智地去选择一切，但仍然不得不屈服于各种各样的机遇和命运中的意外。这是因为西部边疆充斥着太多不可预知的因素，因此人们的生活极其不稳定，这从当时寄自西部的一封封家书中就可以看到。意外事故、突然暴毙、分娩伤害、精神错乱、离婚和家庭暴力、经济不治和破产，以及亲情的短暂等日常生活中的很多方面都是难以控制的（路德克，2006）。在不稳定的边疆生活中，家庭成了对抗不稳定因素的唯一堡垒。能在边疆生活下去确实是个人力量和毅力的胜利，但是个人也需要来自家庭的关心和照顾。

为了自身的生存和利益，得到他人的认可和帮助，新移民会尽力与周围邻居和社区其他成员建立起联系，并自愿组成包括来自不同国度、讲不同语言的移民的团体。这些新移民之间的关系从最初的相互依存转变为后来的相互独立，同时他们从当初对自身母国身份的重视逐渐转变为对新国家身份的重视，这一演变过程反映了拓荒者从众心理的变化。对该过程的研究有助于证明美国中产阶级文化的变化轨迹。

西部的城镇在整个西进过程中从无到有，城镇从区区的一条商业街起步。这条街上最初是一些美国人开设的售卖种子、肥料、五金工具的商店以及食品商店，后来由于邮局、诊所、律师事务所、银行、酒吧、理发店、裁缝店等的加入变得繁华起来，成为中心地带。随着越来越多商户的涌入，拓荒者们在商业街附近建起了一座座住宅，随后学校应居民的需要开始出现。之后，随着市镇规模的扩大，逐渐出现市政厅、警察局、消防队等公共设施。为了满足居民的精神需求，教堂也会出现在最初兴建的建筑之中。随着市镇规模的不断扩大，其对周边农村地区的影响力也随之增加。农场主和他们的妻子们通常会在附近的市镇购买生产资料、日常用品，并出售他们的农产品，向银行借贷，同时也会在酒馆里与他们的邻居朋友叙旧聊天；而市镇的居民们，即那些店主和他们的妻子们，也逐渐形成了自己的社交圈子和与之相应的文化。

总之，西部开发为东部的穷人和新移民提供了一个实现其美国梦的良机，也为美国建立了当时世界上任何一个国家都难以与其匹敌的大粮仓、大牧场。与此同时，西部各地也逐渐形成了与东部各州相异的亚文化。然而，由于西部城镇起步较晚，无论是在人口规模、市政规划方面，还是在人口素质方面，都无法和东部城市相比。不仅市容杂乱无章，而且那些自认为是市镇文化中流砥柱的人们也显得故步自封，缺乏东部人有的那种与时俱进的创新精神和高尚品位。因此，在整体上，西部城镇尽管多年来不懈努力，但除中西部的芝加哥和西海岸的洛杉矶、旧金山外，其他城镇依然无法与东部城市相提并论。

第二节 薇拉·凯瑟与她的中西部题材小说

凯瑟以描写西部开发这段历史而闻名，曾出版过此类题材小说包括《我的安东尼亚》（My Antonia）、《啊，拓荒者！》（O Pioneers!）和《云雀之歌》（The Song of the Lark）等，其中所塑造的拓荒者形象不仅是美国文化中的一大独特标志，而且也使美国文学独树一帜。在凯瑟的小说中，为了生存，主人公们勇于和恶劣的自然环境做艰苦卓绝、不屈不挠的斗争，同时与那些来自不同国家、讲着不同语言的邻居互帮互助，建立起牢固的纽带。他们相互协作，克服共同的困难，努力探索行之有效的耕作方法，最后终于获得成功，为使中西部大草原变成美国的大粮仓做出了贡献。

一、西部开拓初期的艰辛

凯瑟的前两部作品着重描写了拓荒者初到中西部大草原时所经历的艰辛和痛苦，这也是两部小说的第一主题。当时在《宅地法》颁布后不久开始西进的人大多是来自斯堪的纳维亚半岛以及欧洲其他地区的新移民，他们携家带口，怀揣着美国梦来到了这块处女地，但他们所遇到的困难是其事先绝对难以想象的。最初的几年，这些拓荒者们发现自己对这块土地所适用的耕作手段一无所知，从欧洲带来的常识和知识在这里没有任何用武之地，而冬季恶劣的天气和大雪通常将他们困在农场里，无边的寂寞使他们难以忍受。在《啊，拓荒者！》中，凯瑟对拓荒者初到大草原时的情形进行了生动的描写。当时的定居者面临着许多困难，首先是他们对这个新环境并不了解，女主人公亚历山德拉（Alexandra）一家就是一个典型的例子。初到中西部时，草原上人类的踪迹在大自然面前是那样的渺小，定居者的那些低矮的用草皮搭建的住房显得如此微不足道，而道路也只不过是人类在草原上留下的浅浅的印记而已。人的力量在自然面前显得如此的纤弱，尽管亚历山德拉的父亲约翰·伯格森（John Bergson）辛苦劳作，却总是与厄运为伍。一年的冬天，他家的牛在暴风雪中都被冻死了，之后的夏天，他的一匹耕地的马的腿陷到土拨鼠洞中折断了，最后他不得不把马杀掉。另一个夏天，他养的猪全部死于霍乱。有好几年，他的庄稼颗粒无收。他的两个儿子也先后因病去世。他辛勤劳作，终于还清了债务后，自己却病入膏肓，去世时他年仅46岁（Cather，1988）。

凯瑟对当时农民在耕作这片新土地时所面临的困难也有着详细的描写：这片土地就像一匹难以驾驭的野马一样，在狂奔中把人的努力和梦想踢碎。新定居者中有许多人到中西部之前是从事其他职业的匠人。他们有的是锁匠、裁缝，有的曾在雪茄厂或造船厂做工，而《我的安东尼亚》中的邻居大叔移民美国之前是波希米亚的一位著名的小提琴家。他们缺乏相应的耕作知识和经验，在这样恶劣的新环境中举步维艰甚至是面临失败都是在所难免的。

虽然面临失败，但留下来的人依然心存梦想，他们在梦想的激励下苦苦挣扎，以求在西部站稳脚跟，但在多舛的命运和恶劣环境的面前，他们中的一些人最终选择了离开。伯格森死后的两三年里，他的儿女们的生活稍有一些转机。然而，随后持续三年的大旱使地里的庄稼颗粒无收，这个地方的每个人都近乎绝望。第一年夏天，亚历山德拉的兄弟们还能鼓足勇气和自然抗争，由于玉米歉收，劳力的价格便宜，他们就雇了两个帮手，并将玉米种植面积扩大到前所未有的水平。然而，他们最终还是落得血本无归。整个郡里的人都受到了巨大的打击，那些已经靠贷款维持生计的农民不得不放弃他们的土地。这样的例子虽然不多，但也足够使整个郡里的人失去斗志。定居者们坐在小镇的路边相互发着牢骚，都不得不认为这片土地根本就不适合人类居住，他们能做的就是回到艾奥瓦，回到伊利诺伊，总之回到任何能让人有活路的地方。

凯瑟小说中的另一个重要主题是家庭在中西部开发过程中的作用，以及家庭成员之间的关系。凯瑟小说的一个特点是主要人物几乎都来自大家庭。几乎所有的主人公都有众多的兄弟姐妹，这也为研究美国当时家庭成员之间的关系提供了很好的机会。小说中的兄弟姐妹之间的关系很难称得上密切，通常只是一种以血缘为依托结成的利益关系。这也许和凯瑟本人的家庭状况有关。凯瑟的自传记载，她与自己的一些兄弟姐妹长期不睦，而书中简单的家庭关系却为人物的个性发展提供了难得的空间。以小说《啊，拓荒者！》为例，女主人公亚历山德拉虽然有三个哥哥，卢（Lou）、奥斯卡（Oscar）和埃米尔（Emil），但在父母过世后她毅然决然地承担起家庭农场的经营责任，而卢和奥斯卡却非常自私，总想将亚历山德拉的劳动果实据为己有。为了农场的生存和进一步寻找发展生产的方法，亚历山德拉一次次做出退让，因此不得不承受这所带来的财产损失。此后，农场有了好转，亚历山德拉利用自己的聪明才智，购买了大量的土地，并找出适合当地土壤和环境的有效的耕作方法和盈利手段。分家后，兄妹之间虽有来往，但经济相互独立。在涉及经济利益时，卢和奥斯卡依然会丝毫不留情面。

在《啊，拓荒者！》中，对这些新到中西部的定居者来说，孤独感则是另一个使他们的生活痛苦难耐的原因，这一点在凯瑟的其他作品中也有体现。因此，通过建立良好的邻里关系，积极参与社区活动和宗教仪式是他们克服孤独感的重要方式。定居者中大部分是来自欧洲，特别是斯堪的纳维亚半岛国家。来美国之前，他们大多是生活在村庄里，每天都能与左邻右舍打交道，作为公共设施的教堂和学校也都距他们只有几步之遥。然而，到了美国中西部后，他们发现自己的家与最近的邻居之间的距离也非常遥远。如前所述，根据《宅地法》，每户定居者拥有不超过160英亩的土地，另外还有预留出的将来用于修建学校、教堂以及其他公共设施的土地。尽快建立与邻居的良好关系是克服这种孤独感的唯一途径，因此，邻里关系是凯瑟小说中另一种重要的人际关系。小说中邻里之间总体上关系和谐，互帮互助蔚然成风。定居者为了确保生存安全建立起由邻居组成的松散群体，以从中寻求庇护和群体认同。这些群体往往由来自同一国家或文化习惯、宗教信仰和语言相近的国家的移民组成，其中当然也不乏例外，但通常由相邻的农户组成，他们的共同点就是被美国人统称为外国人。这些定居者原本拥有的耕作知识十分有限，而且也无法适用于当地的土地状况和气候条件，因此许多定居者在最初的几年内无法获得足够的收成来偿还银行贷款，有的甚至无法糊口。一些定居者由于最终无法适应中西部大草原的生存环境，不得不卖掉自己的农场，回到东部去了。在如此不利的情况下，定居者不得不搁置自己与他人的不同，加强与邻里的联系，互帮互助，共渡难关。虽然定居者居住的农场之间有时会有数公里的距离，相互拜访时需要乘车或骑马，但他们依然坚持定期到彼此家中做客，相互沟通，联络感情，同时向那些遇到困难的人伸出援手。在《啊，拓荒者！》中，亚历山德拉好心收留了一位挪威老人艾瓦尔（Ivar），艾瓦尔也曾拥有一家农场，但由于经营不善，农场倒闭，他也失去了生活来源。关键时刻亚历山德拉向他伸出了援手。书中的玛丽（Marie）是一位法国移民，她也经常去帮助她的邻居——患有风湿病的希勒太太（Mrs. Hiller）。亚历山德拉的弟弟埃米尔则定时去玛丽家的果园帮忙。在《我的安东尼亚》中，来自波希米亚的一家自始至终都能得到邻居们的热心帮助，正是因为有了这些热心的邻居，安东尼亚一家才逐渐摆脱贫困。虽然邻里之间会因为一些琐事而出现争吵，一些人自私自利，但许多人能做到大度谦让，尽可能维持邻里之间的和谐关系。另外，当地的教会在维系定居者之间的关系方面也起着重要的作用，教堂成为人们定期会面、交流的地方。这样，定居者之间形成的这种松散的群体关系帮助他们度过了最困难的日子。

虽然大草原上第一批定居者多数都是外国人，在到达中西部初期曾为了生存组成有别于美国主流社会的外国人群体，但随着经济条件的改善，他们都极力融入美国主流社会，主动去同化自己，以摆脱外国人的身份。他们自己努力学习英语，他们的子女已经被培养成完完全全的美国人了。以下内容很好地说明了定居者的这一心理。亚历山德拉家聚会时，在饭桌上大家都在说英语，奥斯卡的妻子是美国人，她的老家在密苏里，她常常因自己嫁了一个外国人而深感羞愧，因此，她发誓要把他们的儿子们培养成纯正的美国人，不准他们学习他们父亲的母语。因此，孩子们完全听不懂瑞典语。卢和安妮（Annie）夫妇有时会在家讲一些瑞典语，但安妮很担心被人听到。奥斯卡至今还带着浓重的瑞典口音，而卢的英语水平完全能够和艾奥瓦地道的美国人媲美了。虽然定居者之间的联系依旧密切，他们组成的群体依然存在，但这些群体已经逐渐失去外国人群体的属性，演变成美国主流社会乃至美国文化中不可分割的有机组成部分，而他们对英语的态度和对美国的国家认同也表明了他们对美国主流社会价值观的顺应和接受。

另一个变化就是定居者及后代社会地位上升，定居者的女儿们再也不愿意去做佣人。亚历山德拉只好从瑞典老家找愿意做佣人的女孩，而等这些佣人结婚后，亚历山德拉又不得不再从老家找新的女孩子来代替她们。这个变化从一个侧面反映出定居者的生活水平因中西部农业大发展得到了普遍的改善，他们的社会地位得到空前提高。与此同时，中西部也继东部各大城市后成为吸引外国劳动力的主要地区之一。经过了数十年的努力，美国中西部农业区中开始出现拥有土地，同时掌握有效生产手段来维持自己富足生活水平的农场主群体。与早期的定居者相比，他们才是真正意义上的中产阶级。按米尔斯的划分方法，这一群体属于老中产阶级的范畴，他们不但拥有土地，在经济上具有高度的自主性，而且也已经具有自身特定的亚文化，同时又具有美国社会主流价值观的文化身份。

书中继而对家庭的重要性加以说明，正是因为家庭内部的团结使这些外国农民率先致富。在一个典型的新移民家庭中，父亲还清银行贷款之后，女儿们一般都会和邻居家的男孩们结婚，他们往往都来自同一个国度。一些年后，那些曾经在黑鹰镇餐馆的厨房里做工的女孩子们都经营着很大的农场，生活得红红火火。她们的孩子也要比她们先前服侍过的那些城里女人的子女过得好。

凯瑟认为，城里人对新移民家庭的姑娘的态度非常愚蠢。在城里人看来，无论外国人在来美国之前是否从事过高尚的工作，是否有着令人尊敬的社会地位，都是一些不会讲英语的无知的傻瓜。在黑鹰镇找不到像安东尼亚父亲那样，既充满智慧又富有修养，并有着很高知名度的人，但城里人却对安东尼亚和玛丽一视同仁，因为她们都是波希米亚人，都是"伺候人"的女孩。然而，仅仅几年之后，黑鹰镇上的那些商人都忙不迭地把自己的货物、农机和汽车卖给由第一代波希米亚和斯堪的纳维亚女孩们掌管的那些富裕的农场。

当第一批定居者逐渐适应了环境，渡过难关后，便开始给子女更大的空间来让他们选择自己今后的生活。小说中许多家庭的子女都有机会到中西部大中城市甚至东部去接受高等教育。也有年轻人在附近的铁路公司谋职。这表明，家庭作为新移民生存最基本单位的地位已经开始改变，随着经济实力的提高，家庭成员之间的联系和约束开始逐渐减弱，这给新移民群体内充满活力的年轻人普遍提供了走出去，去接触一个更大的世界——美国社会的机会。在那里他们会进一步顺应这个国家的一切，包括语言、传统习俗乃至代表多数人的主流文化，使自己在各方面更像一个美国人。虽然他们有着不同的过去，都和父辈们在这个新家园走过一条艰辛的道路，但他们更愿意往前看，抛掉旧世界的约束，来迎接新的作为美国人的生活。《我的安东尼亚》中的莉娜·林加德（Lena Lingard）是一个自我意识强烈人物，她通过自身努力达到了社会地位上升的目的。少女时期的莉娜曾是书中叙事者的朋友，然而，与安东尼亚不同，莉娜在社区里由于出格的举动经常遭人背后议论。在邻居的心目中，她是一个乱交男友、行为不端的坏女孩儿，但莉娜实际上却是一个充满朝气、敢爱敢恨，同时又头脑清醒的姑娘。面对邻居的流言蜚语，她并不在乎，而是积极寻找比在农场上做工更好的生存机会。由于她聪明能干，很快就在弗雷斯科镇开了自己的裁缝店，此后生意红红火火，最后和同是"坏女孩儿"的蒂妮·索特鲍尔（Tiny Soderball）一同到旧金山去发展，闯出了属于自己的天地。

除去那些出走的"利己分子",依然留在群体内的人对家庭和社区的理解也在发生着变化。作为其中的一员,安东尼亚也在逆境中表现出了坚毅果敢、不屈服于世俗偏见的勇气。虽然她爱邻里,助人为乐,但她强烈的自我意识驱使她拒绝为迎合群体观念和道德标准而放弃自己的自由。在小说中,安东尼亚与她的心上人结婚,怀孕后却被丈夫遗弃。在当时的道德标准下,一个单身母亲抚养一个婴儿是难以想象的,无法被社会所接受。但安东尼亚却不顾家人和朋友的劝阻,毅然决然地承担起抚养女儿的责任。数年后,安东尼亚再次拥有了自己的家庭,成了八个孩子的母亲,生活过得快乐有序。在叙事者的眼中,安东尼亚就像各民族神话中的英雄母亲一样,养育了众多顶天立地的孩子,是一种强大生命力的象征(Cather, 1988)。

二、中西部中产阶级文化的形成

群体对自我意识与个性的压制在凯瑟的作品中也有体现,如在短篇小说《雕塑家的葬礼》(*The Sculptor's Funeral*)中,凯瑟以辛辣的笔触抨击了中西部小镇上人们思想的狭隘和文化的缺失。雕塑家哈维·梅里克(Harvey Merrick)是位从小镇走出去并最终成名,且在美国具有一定影响力的艺术家。在这个文化生活落后的小镇,他本该是受人尊敬的,但在他的葬礼上,镇上的中产阶级群体,包括银行家、房地产商、木材交易商、牲口贩子和牧师等,非但没有表示出任何尊重和哀思,还对他与众不同的性格极力贬损,并对他父母花巨资送他到东部去学习艺术一事深表不解,认为如果他父母把他送去堪萨斯某家商学院学习的话,他可能更成器一些。这些人的言谈举止激怒了哈维的朋友——律师吉姆·莱尔德(Jim Laird)。他与哈维一样,年轻时才华横溢,也到东部求学,但不同的是他毕业后回家乡做了律师。多年来,他娴熟地利用法律,为镇上的客户谋取利益,为此他获得了他们的敬畏,但在葬礼上的所见所闻终于使他按捺不住,痛斥这些平庸势利小人的傲慢无知和冷酷无情。然而,葬礼过后,吉姆不得不继续为他不齿的中产阶级客户们服务。

吉姆曾经与哈维一样，在求学时对生活充满幻想和期盼，希望自己成为伟人，为家乡父老增添荣耀。然而在回到镇上后，他发现这里的人并不希望他成为伟人，而只希望他为他们打官司。为了生存，吉姆不得不屈从于所在群体的需要。作为一名出色的律师，他有着丰厚的收入和受人尊敬的社会地位，但他的自我意识却因为他不得不顺应周围的人和环境而受到压制，他却不能为了实现自我而舍弃他成功的事业，去寻找新的且陌生的生活环境和生活方式，莫测的前途很可能会使他失去一直拥有的安全感。同时，长期形成的对镇上群体的归属感也使他欲罢不能。因此，吉姆渴望活出自己希望的样子，但又为了生存和地位不得不为所在群体提供服务，这使他苦闷之极，不得不用酒精麻醉自己。正如弗罗姆所言："个人不再是他自己，而是按文化模式提供的人格把自己完全塑造成那类人，于是他变得同所有其他人一样，这正是其他人对他的期望。'我'与世界之间的鸿沟消失了，意识里的孤独感与无能为力感也一起消失了。"（弗罗姆，2007：126）在20年来一直压抑的自我得以短暂释放后，便随着哈维一起被埋葬，吉姆又不得不回到现实生活中，继续扮演一名睿智律师的角色，为他的群体服务，最后在为银行家儿子打官司的途中患病而亡。

在小说中，凯瑟对小镇中产阶级群体的拜金主义意识进行了无情的抨击，同时也表示出对当时美国中西部小城镇中产阶级群体过分注重财富积累，普遍缺乏高雅文化生活的无奈。中西部小城镇中产阶级群体对成功的衡量标准只是拥有土地和金钱的多寡。城里的银行家作为最富有的人群往往成为中产阶级群体唯一的膜拜对象，他们认为银行家的人生轨迹是年轻人应该遵循的唯一标准，对艺术的追求则被视为游手好闲和不务正业。因此，对物质的追求成为这里的价值观，并成为年轻人行为的唯一准则，这给年轻一代施加了巨大的从众压力。在家庭与群体期望的重压下，商业上遭受挫折、无法取得成功的年轻人，有的因犯罪被捕入狱，有的则选择自杀来逃避失败。重商主义或许是美国当时虽然经济发展迅速但在艺术成就方面却远远落后于欧洲的原因之一。这一状况在另一位美国作家刘易斯的小说《大街》中有着更为详细的描述。①

经济环境的改善会增强人的自我意识，使人对所处环境和群体选择的能力进一步增强。凯瑟的另一部小说《云雀之歌》中所描写的月亮石镇在发展完善和居民的富足程度上已远非数十年前的黑鹰镇可比，《雕塑家的葬礼》中价值观的同一性以及对个性的压制在这里似乎已经难觅其踪。女主人公西娅（Thea）出生于镇上的一个中产之家，无须为生存烦恼。她在年幼时，便显现出在音乐方面的非凡天分。在家人和医生朋友的呵护和引领下，西娅有充分的机会来实现自我价值，她最终成为著名的歌唱家。她的成长也见证了美国社会的进步和文化的发展。便利的交通和充足的工作机会使人们在不同群体之间迁移的能力大为提高，虽然群体约束依然存在，但人们的自主性却大大提高，个性发展获得了空前的机会。虽然月亮石镇只是科罗拉多州一个偏远小镇，但随着时间的推移，镇上的文化生活开始丰富起来。除了教堂里的唱诗班，那里还有居民自行组织的剧社，定期排练演出。在对儿童艺术修养的培养方面，镇上的居民也开始显露出浓厚的兴趣，各类歌唱和钢琴演奏方面的补习班也开始涌现，有来自德国的音乐家来任教。从月亮石镇居民对文化的态度中不难看出美国中小城镇居民理念的变化，对他们来说，从商已经不是他们后代唯一的选择。人们的个人生活目标开始趋于多元化，这也意味着他们的自我意识和个人发展较其前辈又有了更大的空间。

三、凯瑟小说中对从众思维的描写

如果说纳撒尼尔·霍桑（Nathaniel Hawthorne）的《红字》（*The Scarlet Letter*）刻画了人们在道德规范重压下的从众思维，那么凯瑟小说中的从众现象源自人们对生存的渴望和对物质生活的追求。具体不同之处有三。

其一，与清教徒不同，除了少数人，定居者到中西部来并未怀有

---

① 见本书第六章。

什么宗教和道德抱负，为的仅仅是改善自己和家人的生活。

其二，与清教徒恶劣的生存环境相比，定居者所面临的自然条件同样是比较恶劣的，然而，中西部早期定居者的流动性不再受任何精神和环境羁绊的影响。相对便利的交通使他们能够在需要的时候离开，返回原住地或到其他地方去谋生。因此，虽然条件依然艰苦，但那些最终决定留下来的人完全有为自己选择的权利。

其三，清教徒与地方政府之间的契约阻止他们离开自己的土地，而定居者所享受的国家优惠的土地政策对他们的自由没有丝毫约束，是否离开完全取决于定居者对经济利益的权衡。

基于以上原因，我们可以说，凯瑟笔下的那些定居者为了生存同样显现出较强的从众性，但与清教徒不同，这种从众性是源于定居者纯粹的经济利益的考虑，而不是外部强加的精神束缚。

中西部早期定居者用自己的方式延续了清教时期就有的契约精神。他们为了在中西部扎下根，在考虑自身利益的同时，自然会选择对群体利益的顺应，与邻里建立起互助关系，因为他们深知，在如此严酷的环境中，仅靠自己家庭成员的单打独斗无法在这片新土地上长久地生存下去。他们自发地形成颇为有效的协调机制，确保群体成员之间基本上能够互助并和谐相处，这种机制有着明显的契约性质，且这种契约是定居者自发形成的，而不是外部强加给他们的。因此在这一过程中，地方政府并未发挥太多的作用。

中西部早期定居者从奋斗、扎根到发达这一历程也是美国实用主义精神的具体体现。从凯瑟的小说中我们可以看出，定居者的从众思维的内涵在生活稳定之后便开始发生变化。随着定居者找到适合当地气候和土壤特点的耕作方式之后，农业生产开始盈利，他们的物质生活也开始有了明显的改善。随着第二代定居者开始熟练掌握英语，同时建立起对新国家的认同，最初曾发挥过重要作用的社区的影响力开始减弱。较强的经济实力使定居者变得更加独立，而他们的子女也开始像美国其他地方的年轻人那样，离开自家的农场到城里，甚至其他地方去寻梦。如果此时的定居者依然展现出他们的从众性，那么他们的从众的目标和方式都已经发生变化。

  作为一个活跃于 20 世纪初期的作家，凯瑟在追溯历史时，自然会加入自己的情感和观点，也自然会以自己时代的标准来衡量自己笔下的世界。因此，在颂扬中西部定居者吃苦耐劳的进取精神的同时，她也会毫不留情地抨击这个地区小城镇盛行的那种压制个性的拜金主义从众文化。在凯瑟的短篇小说《雕塑家的葬礼》中，我们可以看到在中西部地区逐渐形成的中产阶级社区的保守和封闭，以及对人个性发展的约束。在经历了最初的成长期后，中西部开始像美国其他地区那样实现了城镇化。与此同时，具有地方特色的中产阶级文化也随之形成。与东部城市不同的是，这些城镇发展相对落后，信息闭塞，人口流动性较差，很难接触到东部地区的新思维。那些居住在小城镇的中产阶级，其中包括银行家、医生、店主等，作为中西部农业社区上层人士，生活在一个封闭的圈子里。像《雕塑家的葬礼》中所描述的那样，他们故步自封，轻视和嘲笑那些代表着先进文化、拒绝与他们为伍的人。在这里，对金钱和成功者的崇拜成为人们生活的模式，年轻人不得不放弃自己的各种梦想，按照家长安排的这种模式去生活，最终，有的年轻人为了达到目的不惜犯罪。在该作品中，再也看不到早期定居者在艰辛生活面前依旧奋力拼搏的拓荒者精神，有的仅仅是对新事物的冷嘲热讽、自成一体而抗拒变化的拜金主义从众心态。在凯瑟的笔下，中西部地区小城镇的弊端被暴露无遗。

  凯瑟提倡的追求艺术、冲破地域阻隔和世俗偏见的藩篱的自由精神在《云雀之歌》中再一次体现。虽然这部作品是她的中西部三部曲的最后一部，但其写作主题已不再是生存，而是对改变的渴望。书中的中西部城镇居民已经开始意识到自身文化的局限性，为了提高生活质量，他们开始重拾以往曾经不齿的艺术，聘请艺术家教似乎成为一种时尚主流。但这一举措依然无法使这些小城镇拥有像东部城市那样的艺术氛围。当地人对西娅到东部求学的积极反应与《雕塑家的葬礼》中艺术家遗体返乡时遭受诟病相比，已经很好地说明时代给这些相对封闭的地方带来的变化。西娅的个人追求不仅得到了家庭的支持，而且获得了社区的承认。这表明随着时代的发展，中西部与外界，特别是东部地区的交流由于铁路交通系统的完善变得越来越便利，当地文化对个人主体性的约束自然会不断被削弱，同时中西部城镇的封闭性和落后性也显露无遗，这也使地区差异所造成的人才流动增多。另外，在19世纪末20世纪初，中西部地区由于粮食价格偏低而导致农民收入下降，才华横溢的年轻人往往会因在家乡无法得到所期盼的发展机会而陆续离开，到东部大城市去实现个人梦想。

总之，从凯瑟的作品中所表现出的主题的变化我们可以看出，当人们的生存与所在群体有很强的依赖关系时，人们会自发地与群体成员维持紧密联系，自觉遵守群体的各项规范，但这种自发和自觉行为并非像清教时期那样是来自外部道德压力的结果，而是源于人们对自身经济利益的考虑。因此，即使是一种依赖关系，人们在这个过程中也还是可以自由选择是否留在群体中。当人们的生存不再那么取决于与群体的利害关系时，曾经的依赖关系就会减弱。社会的发展必然会增强个人的流动性，削弱单一特定群体的约束力，使人们有了更多的选择机会，其结果是在整体上最终降低人们因依赖群体而产生的从众心理。然而，人们却无法避免从众的命运，只是将从众范围从小群体变为整个社会。无论如何，作为社会的一分子，人们最终还需顺应社会规范。

第四章　工业化时期的中产阶级从众文化

美国内战结束后，蓄奴制被废除，美国因此摆脱了南北方制度方面的窠臼，南方各州开始重建，旧的种植园体系被摧毁，而各州的工业则搭上了第二次工业革命的快车开始飞速发展，彻底摆脱了以农场、村庄和小型企业为主的经济模式，由此促进了城乡人口的流动。超大型垄断企业的兴起不仅造就了一批巨富，同时也使中产阶级这一社会阶层的人数猛增，进而使中产阶级文化成为真正反映美国价值观的重要窗口。作为时代背景的忠实记录者，文学家们也通过自己的作品折射出镀金时代美国经济的繁荣和社会的腐败，其中描写中产阶级文化和生活的作品大量涌现，成为中产阶级文化史研究的重要素材。

第一节　19世纪末至20世纪初美国的经济发展与中产阶级文化的确立

一、工业化进程与文化效应

美国内战后，工业迅速发展的重要原因之一是铁路和通信方式的改善。从19世纪60年代内战结束开始，铁路线逐渐遍布全国。新的铁路网将原材料从遥远的地方快捷地运到工厂，又将制成品发送到全国各地。电报在19世纪50年代已经开始使用。第一条横跨大西洋的海底电报电缆于1866年铺设完成。亚历山大·格雷厄姆·贝尔（Alexander Graham Bell）发明的电话机于19世纪70年代开始投入使用。在通信方面取得的另一成就是无线电报的出现，这项发明使无线通信成为可能。这些发明提供了快捷的信息交流方式，而快捷的信息交流对企业的顺利经营至关重要。

这一时期最突出的特点是新兴工业的发展。廉价的新炼钢方法发明后，炼钢业得以迅速发展。钢材在工业化过程中发挥了至关重要的作用。它替代了铁，开始在机器、路轨、桥梁、汽车和摩天大楼中使用。

19世纪50年代初，化学家发现石油可以制成煤油，而煤油可用作灯油，比鲸油价格低、质量好，在1859年，宾夕法尼亚州钻出了第一口油井后，石油的用处开始增多。后来，石油工业促成了汽油机的出现和汽车工业的兴起。

到了19世纪70年代，各个行业开始将电力作为一种能源使用。可以用于商业目的的发电机开始投入使用。托马斯·爱迪生（Thomas Edison）在前人发明的基础上改良了电灯。电动机也开始出现。不久，各地新建立的发电厂便开始逐渐替代此前工业领域广泛使用的蒸汽动力。

在所有的新兴工业中，汽车工业对国民经济的影响最大。使用汽油内燃机的汽车于1885年研制成功。起初，汽车产量很低，价格高昂。20世纪初，兰塞姆·伊莱·奥尔兹（Ransom Eli Olds）和亨利·福特（Henry Ford）开始批量生产汽车。汽车价格下降，销售量迅速增长，这使汽车开始普及，甚至连普通工人都开始拥有自己的汽车。到20世纪20年代，汽车工业已经成为美国最重要的基础工业之一，同时汽车工业又在刺激着其他相关产业的发展。汽车制造依赖钢铁、橡胶、玻璃和精密机械（或汽车零部件产业），人们买车就要向石油公司购买汽油。汽车发展推动了公路建设，并使这一行业变得举足轻重。汽车的发展为人们带来了自由移动的便利，同时刺激了郊区住房的需求，给建筑业的发展注入了新的活力。

在美国工业中，新技术和新机器的使用已司空见惯。由于优惠的条件和广大的市场，美国吸引了很多来自欧洲的工业人才，这些人才绕开本国的法律限制，突破贸易和技术壁垒，将自己的专利和设计带到新世界，以获得更大的成就和收益。因此，美国成了世界上技术转换最快的地方，各种新技术和新机器不断涌现，并很快就能进行规模生产。有了这些技术和机器，商品的产量比使用手工生产增长数倍。新兴的大型制造企业往往会雇用数百乃至数千名工人，每个工人只从事生产流程中的一种特定的工作，因此并不需要过多地对新工人进行培训，不但节省了费用，而且可以随时替换工人。这种组织劳动的系统称为"分工"，它加快了生产的速度，进而也使企业能够降低产品价格。低廉的价格意味着更多的人能买得起产品，从而使销量增长。

工业化自然带来了文化的变化，旧时代的匠人文化逐渐被新时代的机器文化所替代。赫伯特·乔治·古特曼（Herbert George Gutman）指出，当一波又一波具有"传统价值"观念的人们进入工业社会时，工业化以前的传统价值观与工业时代的价值观就会持续产生冲突。古特曼对旧时代人们曾经遵循的工作方式做了以下描写：制烟匠在早上来到店中，先卷几根烟，然后到啤酒屋玩牌或其他游戏……每天大约工作两三个小时；或者是桶匠在周六中午就不工作了，开始在店中喝起酒来，而把工具保养拖到周一再做（Gutman，1976）。古特曼认为这样的情况已经一去不复返了。与前工业化社会不同，美国劳工不得不按照工厂规定的工作时间开始和结束一天的工作，而且在工作时间劳工们必须遵守劳动纪律，必须像一颗颗螺丝钉一样扮演好他们在工业化进程这部机器上的角色，否则将像废旧螺丝那样被厂主换掉。面对生存和外来移民竞争的压力，劳工阶层不得不就范于这种新型的社会常规，而制定和参与制定这些规范的中产阶级也需要以身作则，遵守和维护这一制度体系，于是，遵守和顺应规章制度逐渐成为美国企业文化，乃至全社会文化的重要组成部分。

工业化也使美国在 19 世纪下半叶经历了一次与普通人休戚相关的服装革命。世界上第一台缝纫机于 1790 年由英国人托马斯·山特（Thomas Saint）发明，由法国裁缝巴特尔米·蒂莫尼耶（Barthelemy Thimonnier）于 1830 年改良并由此获得了专利，而缝纫机的大规模应用却是在美国。经过艾萨克·梅里特·辛格（Issac Merritt Singer）

等制造商的努力，到1871年，缝纫机以每年70万台的速度被制造出来，缝纫机这种20年前还是展销会上人们需要花12.5美分才能得见的稀罕之物，在19世纪下半叶已经成为美国服装革命的强大推动力。19世纪末，得益于服装业的发展，在美国人们已经无法像在欧洲那样能够通过他人的衣着来判断其所属的社会阶层。相比之下，在欧洲各国绝大多数能够买得到的服装是富人们不再需要的旧服装，而它们的最终消费者也仅仅是那些无法像富人那样到裁缝那里定做服装的穷人。到了19世纪末20世纪初，服装生产的理念和运作方式已经从外衣拓展到内衣、鞋帽等。服装的生产不仅仅缩小了阶级差别，而且由于它们是大批量生产下的非个性化设计产品，也为服装领域的从众思维开了绿灯。

此外，不断涌现的百货商场也为美国人追随时尚、模仿他人的生活方式打开了一扇窗。不断发展的钢铁业和玻璃制造业使摩天大楼的修建成为可能。相对较轻的钢制骨架使建筑能建得更高，拥有更多楼层，而平板玻璃则为百货商场提供了必需的展示商品的大型橱窗。于是，坐落在市中心的那些高层建筑中的百货商场很容易成为人们注意的目标，而橱窗中琳琅满目的商品更能使人加快追随他人的脚步。

在某种意义上，百货商场在大城市中的出现改变了人们的消费行为，购物转变成一种诱人的活动。马歇尔·菲尔德（Marshall Field）在芝加哥创建的百货公司是美国最早的百货商场之一。其他城市也诞生了类似的商场，如纽约的"梅西百货商场"（Macy's Department Store）、布鲁克林的"亚伯拉罕与施特劳斯商场"（Abraham & Strauss Department Store）、波士顿的"约旦·马仕百货商场"（Jordan Marsh Department Store）、费城的"沃纳梅克百货商场"（Wanamaker Department Store）等。百货商场从以下方面改变了美国人的购物理念。首先，百货商场汇集了各种类型的商品，包括服装、化妆品、家庭用品、家具、玩具、厨房用具、文具以及其他分别销售的各类商品。其次，百货商场试图营造一种奇特而令人兴奋的环境，使购物成为一种对人极具吸引力的活动。新商场的布置别具匠心，给人以奢华高雅的感受，其中还有餐馆、茶馆和舒适的休息间，这说明购物既可以满足需求，同时也是一种社交活动。百货商场雇用穿着体面的服务员（多为女性），热情周到地为顾客提供服务。最后，百货商场同邮购商店一样，利用薄利多销的优势与个体商店竞争，商品价格相对低廉（布林克利，2009）。

由于科学技术的发展，这一时期的美国人更能找到心目中行动的楷模，更能像其他人那样工作和生活。

二、工业化带来的家庭成员关系和分工的变化

在世界上许多国家，特别是在一些亚洲国家，传统的家庭模式往往是三代同堂。虽然当今美国的保守派依旧怀念传统价值观和家庭模式，但令人吃惊的是，目前人们所掌握的史料表明美国历史上从未出现过三代同堂家庭占主导地位的时期。那些令人感到温馨的祖父带着孙子、孙女玩耍，祖母和母亲为全家人洗衣、做饭这样的场景只属于个案。美国早期的家庭模式一般就是核心家庭模式，即由父母和孩子组成的家庭模式。然而，在殖民地时期，美国确实曾经出现过"大家庭"模式，但在那种模式中，成员并不完全属于一个家庭。因为在当时，家庭并不是一个私人空间，而是一个生产场所。这样的家庭与人们通常所理解的核心家庭有很大的不同，往往是供帮工、学徒、佣人以及需要帮助的老人和孤儿居住的地方。为了生存，这些实际上不属于一个家庭的人会生活在一起，或可以称之为"搭伙"（路德克，2006：282）。

"大家庭"模式在美国确实存在了很长的时间，直到20世纪20年代，这种模式依然在不少地区流行。在凯瑟的中西部三部曲中便可以看到这种家庭模式的存在。虽然传统意义上的学徒已经不复存在，但许多年轻人基于种种原因还会寄宿在其他人的家庭中。直到现在，在一些农业地区，作为生产的一个必要组成部分的帮工仍然会在雇用他的家庭中"搭伙"。

"大家庭"模式经历了工业化进程，在美国社会中逐渐被核心家

庭模式所取代。在20世纪20年代以后，随着美国人住房条件、收入水平以及社会福利的改善，人们越来越多地注重家庭的私密性，开始回归到最初的核心家庭模式。随着人们对家庭概念理解的变化，影响私密性的非家庭成员开始逐渐远离家庭活动。

除"大家庭"之外，19世纪或更早期的美国核心家庭实际上也具有多种功能，往往不只是包含情感功能，常常也具有经济功能和服务功能，在这一点上家庭和其所在社区之间存在一定的相似之处。家庭成员之间除了有情感联系，在经济上也会相互支持。例如，当孩子们处于幼年时，父亲便理所当然地是家庭的经济支柱，母亲也尽可能出去工作来补贴家用，而孩子们则被视为家庭的未来工作成员，自幼年起就被教导为从事产业工作做准备。17~18岁的孩子会被他们的父母送去工厂干活，这样他们的收入也会被用来供养那些较小的孩子。正是因为如此，在那个时代，在美国的工厂中常常会看到童工。同时，为了得到孩子们更多的经济支持，有些父母往往迫使家庭中最小的孩子晚婚。从这一方面可以看出，家长通常将对子女的养育视作未来获得生活保障的一种投资行为。在工人家庭中，独身的女性成员能够和男人一样出去工作，她们的收入也被看作家庭经济来源的一部分。因此可以说，在美国的工业大规模发展时期，家庭继续作为集体经济单位发挥着作用，家庭责任，特别是经济来源，由丈夫、妻子和儿女们来共同承担。

19世纪，美国工业化的发展造就了工人阶级家庭成员关系模式。另外，在中产阶级家庭中，工业化使性别角色产生了变化。工业化导致家庭与工作的分离，随后又把家庭美化成远离外部世界的"避风港"。像凯瑟笔下的那种为了生存而组成的大家庭再也无从得见。从19世纪上半叶开始，妇女留在家里来扮演主妇的生活方式逐渐成为潮流。随着全职妈妈的出现和出生率的降低，中产阶级开始越来越看重家庭的情感功能，其私密性也越来越强。家庭逐渐变成以孩子为中心、远离工作和政治的休憩场所。人们对孩子的态度发生了变化，不再将他们视为家庭未来的经济来源，不再让他们过早地出去工作，而且父母对孩子们的保护意识也逐步增强。人们开始期望母亲作为家庭这个"避风港"的经营者来全身心地照顾孩子、处理家务，不需要再为家庭的生计而奔波忙碌。基于这一变化，夫妻从以前的家庭经济责任的共同承担者变为各负其责、分主内外的合作伙伴。同时，家长与子女之间也开始明确分工。于是，一种以温柔、高雅、慈爱、甜蜜及抚慰为核心的价值观开始形成，成为家庭关系的基石（路德克，2006）。这种价值观产生的后果之一就是认定女性的主要活动领域应该是家庭。这无疑为后来妇女走出家庭、寻找自我价值的举动设置了社会上和心理上的障碍。

三、美国的都市化进程

美国的工业化和商业化不仅改变了家庭结构，也改变了社会的方方面面。在建国初期，美国是个名副其实的农业国，这也是托马斯·杰斐逊（Thomas Jefferson）等人所希望看到的。但进入19世纪后半叶，随着工业化的深入，产业开始集中，大量的农民和新移民涌入城市成为工厂的工人，因此扩大了各个城市的规模。然而，城市的硬件设施却无法赶上工业化的脚步，大量的由农民和新移民组成的新市民住在拥挤不堪的街区和住宅里。由于市政服务和公共设施的滞后，这些地区的卫生条件极差，四处污水横流、垃圾成堆，霍乱等传染病经常暴发。与此同时，许多美国人对新都市紧张压抑的生活节奏并不适应，对都市人口中外国人和少数族裔的不断增加而深感不安。

在美国内战结束后的半个世纪之中，城市人口增加了7倍。1920年的人口统计数据表明，美国"都市"（定义为2500人以上）人口首次多于农村人口。纽约及市郊人口从1860年的100万，增加到1900年的300多万。芝加哥在1860年有10万居民，而到了1900年，这个数字增加到100万（布林克利，2009）。当时，人口出生率较低，且落后的医疗保障系统导致了较高的死亡率。所以城市人口的增加仅仅依靠本地居民生育率的增长是无法实现的，人口规模的快速扩大最终取决于农村人口和新移民的涌入。

外来人口大量增加的一个重要原因无外乎城市对他们有着强大的吸引力。城市可以为他们提供便利的生活条件，以及乡村所不具备的休闲娱乐和文化生活，但主要还是高得多的工资收入和更多的工作机会使这些农村人口和新移民趋之若鹜。

此外，逐渐完善的交通系统，包括火车和轮船，使外来人口能以更快捷的方式且以更低的费用前往他们所向往的城市，这也是城市人口暴增的另一个原因。虽然当时美国的火车和轮船的技术和制造水平还不能与欧洲相提并论，事故依然不断，而且偶有伤亡事件发生，这一点使当时曾在美国旅行的英国著名作家查尔斯·狄更斯（Charles Dickens）不免担心自己的人身安全，但对这个美国内战之前还是以农业为主的国家来说，其在交通系统方面所取得的成就已经是一个不小的进步。

农村人口大规模进入城市的另一个原因是美国农村的变化和不断提高的机械化、商业化和集约化水平造成的务农人口过剩。在美国内战之后的几十年中，东部农业区逐渐衰落，其人口的一部分加入了西进的行列，而更多的则进入城市寻找工作机会。与此同时，由于农村机械化和商业化水平的提高，其需要的劳动人口减少。另外，由于邮购业的发展，人们可以轻易购买大城市所生产的服装、生活用品等商品，而那些曾是生产这些商品的家庭作坊主力军的年轻女性已经很难在农场上谋得工作机会，她们不得不来到城市，成为工厂的工人、商店的售货员等。

新市民的另一个组成部分是来自南部各州的黑人。因当时工厂和商店基本上不招黑人员工，他们主要从事家政、厨师、门卫等一些低收入工作。这些工作更适合女性，因此造成女性多于男性的局面。到19世纪末，全美30多个城市都有1万人以上的黑人社区，虽然这些城市大都坐落在南方，但在纽约、华盛顿、芝加哥和巴尔的摩这样的北方城市，也有着较大的黑人社区。这些社区为今后更多黑人的涌入奠定了基础。

然而，19世纪末城市人口增长的主力军则是来自世界各地，尤其是欧洲地区的移民。1880年之后，新移民中开始大量出现南欧人和东欧人，其中包括意大利人、希腊人、斯拉夫人、斯洛伐克人、俄罗斯人、犹太人、亚美尼亚人等。此后，这些人占移民总数的比例超过了50%，而在19世纪60年代他们仅占移民总数的2%。初期来到美国的欧洲移民一般家境较为殷实，他们主要来自德国和斯堪的纳维亚半岛上的国家，在家乡基本上是商人、业主、专业人士和熟练工人，在刚到新大陆时，他们有足够的经济能力来开始新的生活，因此在中西部开拓农场的正是这批移民。1860年以后的移民，包括此前的爱尔兰人，都是因为贫穷才到新大陆谋求生存机会，他们无力负担西进的费用，只得留在东部的工业城市，大多从事非技术劳动。

美国对这些新移民有着很强的同化作用，而这一同化过程是随着城市化的深入进行的。这些新移民一般对新世界抱有浪漫的幻想，尽管这种幻想经常以破灭告终，但他们依然坚信自己能成为真正的美国人。第一代移民尽可能地隔断与母国旧文化的各种联系，第二代移民更是想方设法地达到这一目的。他们尽可能地融入城市生活的方方面面，即使在初期居住在狭窄拥挤的住所中，各种族文化背景的人会表现出不同的特征，他们也试图摒弃这些特征而尽量适应美国的生活方式。以爱尔兰移民为例，该群体不同于其他欧洲移民，由于19世纪上半叶持续不断的天灾人祸，数百万人处于忍饥挨饿的赤贫状态，当时的美国政府出于人道主义的考虑特批准爱尔兰难民进入美国。由于贫穷，爱尔兰移民大多居住在各大城市的贫民区，从事着非技术性劳动。他们中的许多人在爱尔兰就有酗酒、家暴的习惯，而到了美国后，这些问题仍然存在，这使整个爱尔兰社区蒙羞（索威尔，2015）。在爱尔兰人被同化的过程中，城市自然扮演了重要的角色。警察局和法院成了对爱尔兰裔不法分子实行约束和惩罚的有效机构，与城市中其他族裔的交流互动使爱尔兰社区免于被孤立和边缘化的命运。经过数十年的发展，进入20世纪之后，爱尔兰移民的后裔已经逐渐在经济政治方面取得了和其他美国人同等的地位。总之，尽管和其他欧洲国家的移民相比，爱尔兰人有着更为鲜明的民族特点，是最难被同化的群体之一，但如今这种特点已经逐渐让位于他们的美国性。

在城市对移民的同化过程中，本地居民、雇主、学校、商店、教会都扮演了重要角色。城市里的美国人以各种方式对移民施加影响，鼓励他们学习美国人的语言、按美国人的方式行事。公立学校大力推行英语教育，雇主要求移民雇员必须说英语、按照美国人的方式着装打扮。商店里出售的是美国食品、服装和生活用品，这使移民不得不忘记旧的文化习俗和生活习惯。为了方便移民信仰宗教，许多教会甚至对一些教义和仪式进行调整，以适应移民的习惯。

城市改造与城市居住区的划分也是19世纪末美国的一大风景线。在18世纪和19世纪上半叶，美国的各大城市缺乏统一规划，城中土地拥有者都可以按照自己的构想修建住宅和其他用途的建筑，因此，市容往往显得杂乱无章。进入19世纪后半叶，大量人口的涌入造成各个居民区拥挤不堪，所有的公共设施都无法满足新增人口的需求。大量新增的劳动力和由便捷交通带来的较为廉价的建筑材料，使城市改造成为可能。各个大城市的建筑师和城市规划者参照当时也在进行城市改造的伦敦和巴黎的经验，开始在各个市政当局的支持下对城区的改造进行整体的规划设计。他们在设计中加入了公园，意在缓解城市给居民生活带来的压力。老旧的房屋被拆除，在原地建立起更加美观，包括自来水、排水系统等各种配套设施的更加完善的新住房。此外，市中心开始大量出现欧洲大城市中那种气势宏大的博物馆、图书馆、音乐厅、歌剧院等建筑，许多是城市中的富人为提高自己的文化品位而出资或推动修建的。他们还在市中心修建豪华住宅，使这些地段变为排他的富人区。中产阶级和新富则开始利用逐渐便利的道路系统和公交体系（火车、有轨电车等代替原有的马车）在市郊修建住宅，因此，代表中产阶级文化的市郊社区开始形成。

中产阶级作为一个群体，在城市化过程中开始扮演积极的角色。19世纪末的城市化进程给美国社会和文化带来了巨大的变化，但并未从根本上解决长期以来一直困扰着美国社会的都市贫困和暴力犯罪等问题。大量非熟练工人不断涌入城市，由于他们数量庞大，解决他们的就业问题是各个城市面临的棘手难题。在中产阶级的眼中,这些"懒惰、无所事事、无法体面生活的穷人"整日在街头流浪,这对城市来说就是一个潜在的威胁。本土的美国人不无偏执地认为这些移民和他们的后代是社会上违法犯罪现象产生的根源。某些中产阶级因此担心会发生城市暴乱,决定采取必要的保护措施。由中产阶级精英组建领导的城市国家卫队在富人区外围兴建了巨大的兵工厂,储藏了大量武器弹药来应对可能发生的暴乱,但事实上这些臆想的暴乱从未发生过(布林克利,2009)。

在城市化加速进行的过程中,女性在社会中的角色发生了进一步的变化。随着"大家庭"的逐渐解体,许多年轻女性进入城市寻找工作,而消费文化的日臻成熟也给女性提供了更多的就业机会。首先,服装百货业的发展使很多女性开始从事售货员工作;其次,餐饮业的兴起又使她们能够到餐厅做服务员。虽然这些类别的职业尚属非技术行业,但女性开始有机会获得经济独立。

作为女性解放运动的领导者和积极的参与者,中产阶级女性开始崭露头角。如前所言,在美国内战之前,随着中产阶级家庭开始享受省力省时的工业品带来的便利,妇女开始有了一些闲暇时间,她们能够拿出时间阅读文学作品和报纸杂志,在子女教育方面能投入更多精力。美国内战后,这一势头得以持续,并以更快的速度发展。美国经济学家罗伯特·戈登(Robert Gordon)发现,根据1886年的一次计算,一个典型的北卡罗来纳州的家庭主妇每天需要取水8~10次。洗一次衣服(包括洗涤、开水烫和漂洗),需要耗水大约50加仑(gal)[①]。一年下来,她提着水走过148英里,并运送了超过36吨水。家庭主妇不仅需要取水到家,还需要将脏水运出去,更不用提倒夜壶这种不愉快的事情了。但是,运水并不是她们需要做的全部事情。在1870年,尚未发明燃气炉或电炉,因此做饭需要用木柴或煤炭。人们需要将木柴或煤炭运到家中,最后还要将灰烬运出。将纸和

[①] 1gal (US) = 3.78 543 L。

引火物放到火炉里，并要小心调节炉门和烟道，这样才能成功点火。因为没有恒温器来控制火炉的温度，家庭主妇必须全天盯着炉子，保持火燃烧一整天需要消耗 50 磅（lb）[①]煤炭或木柴。在美国内战后，特别是 19 世纪末期，各城市的新建住房，特别是中产阶级的住宅开始安装较为先进的厨房设施、管道系统，如自来水和排水管网以及抽水马桶，这不但极大地改善了居民区的卫生条件，而且又为家庭主妇省下了更多的时间和精力（戈登，2018）。

此外，消费文化的兴起也使一些有知识的妇女开始扮演诸如消费者权益维护组织的发起者和领导者的角色。弗洛伦斯·凯利（Florence Kelley）于 1890 年后领导创立的"全国消费者协会"（National Consumers League）旨在动员妇女消费者的力量，迫使销售商和制造商提高劳动工资，改善工作环境（布林克利，2009）。

第二次工业革命使美国在 19 世纪 90 年代超过德国和英国，成为世界第一大经济体，中产阶级这一社会群体获得了美国建国以来的最佳发展机遇，与之相伴的中产阶级文化也开始逐渐成为美国社会的主流文化。经济、社会、文化的发展推动美国文学进入了一个黄金阶段，涌现出了一大批知名作家，很多作家对中产阶级生活方式和文化价值观进行了描写，本章的后几节将相继介绍他们的代表作品。

第二节　威廉·迪安·豪威尔斯与《塞拉斯·拉帕姆的发迹》

反映工业化时期美国城市文化的小说中最著名的莫过于豪威尔斯在 1885 年出版的《塞拉斯·拉帕姆的发迹》。小说讲述了白手起家的美国中产阶级如何在经济上获得成功，以及在道德和生存面前如何做出抉择的故事。拉帕姆的人生经历正是美国梦的一个写照。在美国内战之后的几十年中，美国通过工业化一跃成为世界第一经济强国，

[①] 1 lb = 0.453 592 kg。

这一过程是和拉帕姆这样的企业家们的奋斗分不开的。也正是凭借着自身的聪明才智和勤奋努力，他们抓住了国家经济快速发展提供的机遇，实现了自己的人生价值。这一时期的美国有着许多像拉帕姆这样的新富，这些新富不仅使美国社会的阶级结构发生了变化，同时也对新型中产阶级文化的产生起到了助推作用。

工业化给美国人家庭关系带来的影响在拉帕姆身上也得以体现。拉帕姆生长在农村地区，小说开篇，他接受波士顿《时事报》（The Events）记者巴特利·哈伯德（Bartley Hubbard）的采访，讲述了自己的发家史，从中可以看到前工业化时期传统文化的烙印，其中寥寥几句就将妇女在家庭中的作用表露无遗。拉帕姆的父母，尤其是母亲，像凯瑟笔下的女性那样，为了把他们兄弟几人培养成人付出了难以想象的辛劳和努力（豪威尔斯，2005）。拉帕姆自己由于对漆矿和油漆公司经营有方，搭上了美国工业化的快车，一跃成为一名新富，他的家庭便开始有了很大的变化。妻子曾经是拉帕姆的帮手，但在拉帕姆发迹之后便当起了阔太太，基本上不再参与公司的事务，两个女儿也像美国上流社会的大家闺秀那样养尊处优，通过阅读文学作品来陶冶自己的情操、提升自己的品位。总之，拉帕姆家的女性在家庭中的角色较前一代已经发生了根本的转变，她们不再像前一代那样辛勤劳作，妻子只是专心营造自家人在上流社会社交场合中的形象，而女儿们也只关心自己是否能找到一个门当户对的如意郎君。中产阶级女性与男性之间的性别鸿沟也由此变得越来越深。

除了家庭关系的变化外，中产阶级新富们面对自己提高了的经济地位，自然而然地产生了附庸风雅、提高品位的需求，产生了融入上层社会的愿望。首先，新富们开始注重自己和家人的穿戴，并刻意模仿上层社会。处于同一时代的凡勃伦对这种社会现象有着精辟的看法，他认为，因为人们穿的衣服是随时随地显豁呈露的，一切旁观者看到它所提供的标志，对于穿衣者的金钱地位就可以了然于胸（凡勃伦，1964），甚至下人的穿戴也要十分体面，凡勃伦将其称为代理性消费，指出这无非是新富们向他人进一步炫耀自己的成功（凡勃伦，

1964)。其次，新富们为了进入上层社会的社交圈，会尽其所能地与上层人士接近，去参与他们的社交活动，进而希望逐渐成为社交圈中的一员。最后，新富们更希望与上层人士一同居住在城市中的"高档社区"，而上层人士却唯恐避之不及，不想与这些"暴发户""同流合污"。

小说中的拉帕姆也不例外。拉帕姆是个地道的"大老粗"，没有丝毫的浮华与虚夸。他把自己的全部精力都投到了生意之中，并将其作为自己的信仰。他是个虔诚的基督徒，经常向慈善团体和公共事业慷慨捐助。然而，他不修边幅的形象、直白粗鲁的言谈举止从一开始就受到了记者巴特利的诟病和讽刺。迫于时下的风气，他也不得不在家人的催促下，学习一些上层人士的风雅，包括穿衣和言谈举止，并尽量结交上层人士作为朋友。在接到科里（Cory）一家的宴会邀请后，一向自信的他便开始为自己是否应该穿燕尾服、是否能在各个方面不给主人留下笑柄而感到惴惴不安，最后不得已买了一本礼仪指南进行参照，并临时决定订制一套新燕尾服。然而，包括其家人在内，没人能对拉帕姆领带选择和手套佩戴等问题给出确切答案，只是告诉他千万不要用叉子剔牙。同时，为了使自己显得谈吐文雅，拉帕姆还在妻女的帮助下努力去掉自己的那些下层阶级才用的口头禅和词语。小说把宴会过程中拉帕姆的手足无措描写得淋漓尽致。可见，急切地想顺应甚至融入上层社会的中产阶级发现，面对那些繁文缛节，他们是那样手足无措，不停地担心愚笨和无知会使自己在上层人士面前失去颜面。

作为新时代的成功人士，拉帕姆一家自然希望在为上层人士开发的地段比肯街海滨盖一幢大房子，并尽早从中产阶级聚集的南基恩广场搬出来。拉帕姆为建造这幢新房投入了其财富的很大一部分，为的是取悦家人，同时寄希望于利用它来彰显自己奋斗十余年所取得的成就。凡勃伦认为，上层人士总是希望其使用的各种用品及住所更加精美，使用这些精美的物品是富裕的证明，这种消费行为就成为光荣的行为；相反不能按照适当的数量和适当的品质进行消费，就意味着屈服和卑贱（凡勃伦，1964）。正是出于这一目的，拉帕姆不惜代价，努力打造住宅典范，试图来引领高档社区的建筑风范。然而不幸的是，他的新房却由于他自己的疏忽而毁于一炬。由于他在建房上投入过多，以致在经营出现问题时，他无法拿出所需的周转资金。最后，以英雄自居的拉帕姆不得不离开自己打拼多年的城市而返回故乡——他事业的原点。

小说在对新兴的中产阶级进行描述的同时，对美国上层阶级在这一历史阶段的生存状况也进行了深刻的刻画。中产阶级在工业革命时期高歌猛进，老牌的上层阶级却面临着如何能够在资源有限的情况下维持自己那种让中产阶级羡慕模仿的高品质生活的困境。上层阶级对中产阶级存在着一种固有的蔑视，因为上层阶级摒弃那些实际上或表面上有用的任何生产活动（凡勃伦，1964），而这恰恰是中产阶级的生存之本。上层阶级看中的是那些能够直接显示他们作为有闲阶级的经济实力、社会地位和文化品位的休闲娱乐方式和对文学艺术的追求。对于那些通过消费极力模仿他们生活方式的新富们，他们并不会给予足够的尊重和重视。科里太太就不无轻视地说："我敢说，他们[1]决不买新书。我最近遇到一些有钱人，他们大手大脚的什么奢侈品都买，然后就是借书，买些廉价的版本。"（豪威尔斯，2005：92）在拉帕姆一家造访的过程中，科里太太也不停地用挑剔的眼光审视着一切。同样，老科里在评论新富时无奈地说："如今暴发户与我们任何人都是平等的。有了钱马上就能买到地位。……世人一般都很精明，知道如何做交易。我敢说，他们会使新发迹的人付出高昂的代价。不过，毫无疑问，现在钱吃香了，成为我们时代的传奇和诗意。"（豪威尔斯，2005：59）

在中产阶级不断向上层阶级靠拢的过程中，一些上层阶级却因经济实力逐渐被削弱而不得不低下高傲的头颅与中产阶级为伍。老科里出身名门，其家族有着植根于欧洲的贵族血统，老科里年轻时试图在

---

[1] 笔者注：指像拉帕姆家这样的中产阶级。

艺术方面有所建树，但一直未能成功。一家人不能从事任何经济活动，守着祖上的遗产坐吃山空。老科里对儿子喜欢上了拉帕姆的女儿并未表示反对，因为他觉得汤姆（Tom）"和她们在一起更容易过上舒闲日子"（豪威尔斯，2005：59）。这也在一定程度上显示出没落的老牌上层人士对于新富的出现，以及美国社会文化变化的无奈。对他们来说，顺应这一变化要比对抗更容易，而且与新富的联姻不仅能维持他们旧时的面子，而且也为下一代继续做上层人士提供了可能。与高傲的父母不同，汤姆却能体察出家道中落将导致的地位滑落这一悲惨的事实。因此，汤姆在继续展现其家族特有的优雅气质的同时，也不得不考虑自己的未来。他喜欢上了拉帕姆的大女儿佩内洛普（Penelope），因此也有机会与未来的岳父谈及油漆生意。他因精通两三种语言，便自告奋勇要求承担公司的外销业务。拉帕姆最终被汤姆超凡的个人能力和诚恳的态度所打动，同意了他的请求："那家伙要是跟我一起干，我能把他培养成个男子汉。他是块料子。"（豪威尔斯，2005：53）在汤姆身上发生的事情无不表明，作为上层阶级的年轻人，他们已经开始发现，正是这些白手起家的新兴中产阶级抢得了美国经济发展的先机。与自己的父辈相比，新兴中产阶级会更积极地通过自己的努力，消除与上层阶级之间的经济差距，而在文化上新兴中产阶级也在不断学习，奋起直追。因此，上层阶级如果再吃老本儿，最终会被社会抛弃。汤姆正是本着这样的思想与拉帕姆相向而行，虽然科里太太坚持认为汤姆还没有到靠自己工作谋生的地步，但汤姆还是毅然决然地投入拉帕姆的油漆生意之中，争取将来在商界获得一席之地，从经济上来维持其家庭的社会地位。这一点也说明，在美国，虽然人们的等级意识存在，中产阶级附庸风雅，崇拜上层阶级的文化品位，但中产阶级绝对不会像欧洲人那样被阶级缚住手脚。对他们来说，最终的结果还需要看经济实力。另外，新老富裕阶层的相向而行体现了实用主义精神，他们把握住时代的脉搏，顺应了时代发展的需要，在经济的基础之上互通有无，在客观上催生了工业化时代的新文化。

然而，作为当时颇有地位和影响力的大作家，豪威尔斯并未止步于对拉帕姆的发迹的叙述。目睹了工业化时代新文化的开端后，豪威尔斯还可以坚守美国传统道德思想，竭尽全力去把拉帕姆塑造成这方面的典范，并加入自己的道德说教（Jacobs，1991）。小说中的拉帕姆虽然面临前合伙人罗杰斯（Rogers）的刁难和滋扰，但在妻子的劝导下还是能够对罗杰斯仁至义尽，尽量把经济损失补偿给他。在工厂的土地被国家征用的时刻，拉帕姆并未像罗杰斯劝说的那样，去欺骗两个有购买意向的英国人，而决定独自承担由此造成的巨大的经济损失。

小说中涉及道德主题细节的描写无疑显示出豪威尔斯的苦心，在描写美国经济起飞的过程时，资本主义原始积累的罪恶也得到了淋漓尽致的显现。为了追求利益最大化，许多资本家，如约翰·洛克菲勒（John Rockfeller），置传统道德伦理于不顾，为了在同行业的竞争者中拔得头筹，不惜对其他从业者进行倾轧欺骗，甚至使用违法手段来达到挤占市场的目的（崔毅，2010）。面对这一局面，豪威尔斯笔下的拉帕姆俨然成了那个时代商业人士道德标准的典范。由此看来，19世纪末，文学作品依然是一个为社会提供道德引领的重要途径。无论是对于那些醉心于提高自己生活品位和修养的中产阶级，还是对于极力适应社会文化变化的上层阶级，都会有一定的警示意义。

第三节　凯特·肖邦与《觉醒》

《觉醒》是美国女作家肖邦于1899年出版的长篇小说，小说的主题是妇女觉醒以及对男权社会的反抗。小说中的故事发生在19世纪末路易斯安那州南部及新奥尔良市，书中女主人公艾德娜·庞德耶（Edna Pontellier）是一位养尊处优的中产阶级妇女，她的丈夫莱昂赛·庞德耶（Leoncé Pontellier）在物质上对她和他们的两个儿子关心备至。然而在莱昂赛看来，艾德娜只是一件属于他的物品而已。为了追求自身价值和自我幸福，艾德娜不顾当时美国南部法裔移民后裔（克里奥人）群体对妇女权益的诸多限制以及男权至上的社会习俗，勇敢地去追求个人幸福，甚至不惜失去生命。在目前的文学批评界，《觉醒》一般被看作一部早期女性主义文学力作，是美国版的《包法利夫人》（Madame Bovary），同时也是反映美国女权运动第一阶段兴起的标志性作品。艾德娜被视为由父权制家庭的奴隶转变为追求个性自由和解放的"新女性"的代表人物（Killeen，2003）。她对爱情的觉醒象征着她自我意识的增强。艾德娜最终对主体意识追求的主动放弃是受传统社会规范和道德习俗压抑的必然结果（谷红丽，2002）。其自身的生活经历和所处的社会环境使她形成了病态的"自恋"，导致她走向死亡（Glendening，2010）。也有学者认为，造成女主人公艾德娜悲剧性命运的根本原因是资本主义社会不断加剧的"异化"以及对处于弱势地位的女性所产生的深刻影响（王卫强，2012）。

艾德娜虽然出生于肯塔基州一个新教长老会信徒家庭，却与法国移民后裔、天主教徒莱昂赛结婚。从小说的原名《孤独的灵魂》（A Solitary Soul）可以看出，肖邦笔下的艾德娜表面上有众多的朋友，经常出入各种社交场合，但在内心深处，她却是一个孤独的人。其原因是艾德娜对生活有着自己的理解和向往，无法顺应生存环境和所处时代的文化以及道德标准。她与莱昂赛的婚姻是一个错误。虽然莱昂赛是位十分成功的商人，可以使艾德娜过着体面富足的生活，但他所在的群体对妇女的种种限制使艾德娜无法获得实现自我的机会。除了宗教信仰的不同，莱昂赛所在的群体具有与其他基督教群体相异的习俗和价值观。群体中的男人们认为自己有责任让家庭过上富足舒适的生活，同时也可以将妻子视为自己的与其他物品相同的附属物，对女性作为妻子和母亲有着非常严格的限制和规定。这些社会规范对艾德娜来说无疑是难以接受的。

书中的两个重要人物，阿黛尔·拉蒂诺尔（Adèle Ratignolle）夫人和雷兹（Reisz）小姐往往被视为艾德娜的密友和生活中的参照系，在对艾德娜人格的理解过程中不妨把她们看作是艾德娜生活模式的两种极端的象征。她们两人完全不同的思维方式和处世哲学左右着艾德娜对生活的抉择。

其一，在克里奥人群体中，阿黛尔无疑是主妇们应该效仿的榜样。作为一个典型的 19 世纪维多利亚时代所称颂的贤妻良母，阿黛尔把几乎所有的时间和精力都花费在相夫教子方面。在社交场合，阿黛尔完全能做到"夫唱妇随"，给外人留下家庭和谐的良好印象。拉蒂诺尔夫妇定时邀请圈内的朋友到家里参加音乐晚会或纸牌游戏，因为他们品位高雅，被邀请的人往往会觉得受宠若惊。因此，在性格、价值观和家庭观方面，阿黛尔恰恰是艾德娜的反面。作为一名家庭妇女，阿黛尔极好地顺应了克里奥人的文化风俗习惯，因此不仅生活幸福，而且也受到了家人和朋友的尊重和爱戴。然而，作为艾德娜的密友，阿黛尔对艾德娜的不羁行为早已有所察觉。如果她真是具有严格的道德标准的话，她就不会将艾德娜当作知己。在暗地里，她也许会敬佩艾德娜摒弃传统的叛逆精神，但作为密友，她很清楚艾德娜的言行会导致灾难性的后果。为了使艾德娜避免因对丈夫不忠而被社会抛弃，阿黛尔甚至在难产的痛苦中，还依然提醒艾德娜要检点自己的行为，让她在做任何决定前都要"想想自己的孩子们"。然而在艾德娜看来，阿黛尔除了丈夫和孩子外就一无所有，没有事业、没有自我。艾德娜对阿黛尔坦诚道："我可以放弃那些无关紧要的东西，我可以放弃金钱，我可以为我的孩子放弃我的生命，但我绝不会放弃自我。"（Chopin，1995：102）

其二，被视作艾德娜另一个参照系的雷兹小姐为了艺术而放弃了感情和家庭，独自一人过着一种清教徒式的生活。她用美妙的音乐打动了那些养尊处优的中产阶级妇女，但她认为只有艾德娜才真正懂得她的艺术。在年轻漂亮，同时又敏感知性的艾德娜身上，雷兹小姐看到了生活中自己无法拥有的部分，因此她很快就成为艾德娜的朋友和生活的导师，甚至不惜充当艾德娜和罗伯特（Robert）的沟通桥梁。对艾德娜来说，雷兹小姐衣着怪异，"丝毫没有一点品位，穿着一件破旧的镶着蕾丝边的黑长裙，一侧的头发上还别着一把人造紫罗兰"（Chopin，1995：54），但当艾德娜第一次听到她的演奏时，便受到心灵上的震撼。艾德娜认为，雷兹小姐对艺术的把握和独立的生活方式不乏为自己提供了一个很好的选择，艾德娜认为自己也可以用擅长的绘画技艺来彰显艺术修养，同时也能使自己摆脱经济上对丈夫的依赖。

然而，艾德娜却不会选择这两种生活方式中的任何一种。首先，她绝对不会像阿黛尔那样为家庭牺牲自我；其次，她也不会像雷兹小姐那样孤独一生。她希望做一个经济独立的女人，同时也依然会为自己的精神和肉体寻找可以依靠的男性，而罗伯特便是她梦想与之厮守的男人。

工业化引起的女性在家庭内部位置和分工的变化在《觉醒》中也有所体现。虽然在东部大城市中，妇女已经开始在社会政治生活中崭露头角，但人数却很少，在大多数地区，更加引人注目的则是她们家庭角色的变化。在19世纪末的路易斯安那州，多数已婚中产阶级妇女不再负责家庭的开销，因此不需要参加任何形式的劳作，她们扮演着为家庭成员提供平静、温暖港湾的好妻子、好母亲的角色。然而，正因为无收入来源、经济地位低下，这些妇女作为丈夫的依存者，理所应当地被他们视为合法财产，同时还须对丈夫忠贞不移。此外，该州多数居民信奉天主教，因此离婚率非常之低。在这样的社会文化环境中，《觉醒》受到激烈的抨击就不足为怪了。

虽然从当代女性主义的角度出发，艾德娜一般会被看作一位敢于与男权制度作斗争、追求幸福和权利的女性，然而在那些生活在小说出版年代的读者看来，艾德娜却是一个行为不检点的已婚女子。从处理个人和群体之间的关系方面来看，艾德娜也似乎更像是一位情商低下、不思后果的失败者。她没有像《红字》中的女主人公海丝特·白兰（Hester Prynne）那样面对无端的迫害依然顽强地活下去，最终用自己的善良和博爱改变了那些迫害她的清教徒对自己的看法。面对恋人的离去和即将失去家庭、被社会所唾弃等重重压力，艾德娜没有勇气像雷兹小姐那样靠自己的能力生存下去，而是最终选择了死亡。一方面艾德娜是一个敢于与传统道德体系作斗争的女勇士，但另一方面她又是一个过于感性、缺乏头脑、在关键时刻不知所措、有勇无谋的逃兵。艾德娜似乎想用自己的死亡来与她拒绝顺应的社会道德规范体系做最后一搏，但实际上却让那些持保守立场的人们看到了一个令人欣慰的结果。

以当时社会的道德标准来看，艾德娜在与群体约束抗争、追求自我的过程中从一开始就注定要成为一个悲剧性人物。

首先，艾德娜始终无法像所在时代的其他人那样从宗教信仰中获得慰藉。在艾德娜的最初的社会关系中，来自宗教的支持是缺失的。肖邦笔下的艾德娜与肖邦本人相似，由于早年先后失去了父亲和哥哥，肖邦无法相信上帝会救人于水火之中，而这种远离宗教信仰的意识无疑也体现在艾德娜的身上。艾德娜既不属于娘家所属的新教教会，同时又拒绝加入克里奥人群体所属的天主教教会，因此在宗教信仰上，艾德娜是独立的，也是孤独的。因此，她不会像海丝特那样在绝望中依然能寻求心灵上的安慰。

其次，克里奥人妻子的身份能够给艾德娜提供安全感，失去这一身份将使艾德娜失去生存需要的物质依托。这一身份虽然没有给予她与她丈夫平等的社会地位，但毕竟在物质生活上满足了她的需要，"和其他女人一样她喜欢钱"，从丈夫那里拿到钱使她"非常满足"（Chopin，1995：13）。此外，莱昂赛对艾德娜关怀备至，即使在度假期间，也会从新奥尔良市给她寄去上好的食品，为此，艾德娜经常受到同行女伴们的羡慕。

再次，克里奥人群体给了艾德娜一种归属感。它虽然不同于新教群体，而且由于风俗不同，在克里奥人中间艾德娜有时也并不十分自在，但也在很大程度上给了她所需要的友情和归属感。她的大多数朋友实际上都属于这个群体。因此，艾德娜婚后的生活基本上是建立在她作为人妻的身份之上。失去这一身份意味着失去社交生活，这将是艾德娜作为中产阶级妇女所难以想象的。

最后，艾德娜既不是一位好妻子，也不是一位称职的母亲。她的所作所为使她成为社会道德体系的卫道士们攻击和唾弃的对象。艾德娜对孩子们的爱冲动而非持久，经常会忘记他们的存在，因此会引起丈夫的不满。她与罗伯特关系暧昧，同时在丈夫远在纽约时，她成了阿罗宾（Arobin）的情妇。如果她的这些不忠和背叛行为广为人知，她会为此承受雷兹小姐不曾承受的沉重的道德压力和生存焦虑。于是，她的自杀便成为令人无奈，但也不得不接受的结果了。

成功离开和摆脱家庭和群体来达到更高一级的生存状态从本质上讲是对艾德娜以前生活的颠覆，开始崭新的生活需要她有必要的物质保障和流动性。然而在当时的历史条件下，她不但不具备这两个条件，无法获得她所期盼的自由，而且对家庭和群体的背叛会使她失去作为克里奥人妻子和成员的身份，进而失去她唯一赖以生存的物质基础和精神支撑。因此说，艾德娜与罗伯特的爱情犹如建立在流沙上的城堡，罗伯特的离开意味着她失去了一切，她将无法应对之后生活将发生的变化。

《觉醒》中对莱昂赛的描写虽然不多，但也较完整地反映出当时中产阶级男性的生活现状。莱昂赛是位比较成功的商人，在新奥尔良市拥有一幢大房子，他最喜欢做的事情就是在他的房子里四处查看他的那些物品是否还在原位，"他把他的那些财产看得很重，主要是因为它们是属于他的。他可以从欣赏那些他购置的油画、雕像、珍贵的蕾丝窗帘中获得无限的乐趣"（Chopin，1995：106）。当他的奢侈作风受到艾德娜的质疑时，他答道："变富的方法不是存钱，而是赚钱。"（Chopin，1995：114）每年夏天莱昂赛都会和家人到格兰岛度假，莱昂赛会从游客中找出可能给自己带来商机的人并要求艾德娜与之认真相处。婚后对于艾德娜物质上的需要他都会慷慨满足，但却从未给过她平等的地位。他和艾德娜的婚姻纯属偶然，他对艾德娜的百般宠爱使艾德娜错误地认为他们无论思想还是品位都十分相似。他爱自己的孩子，对艾德娜也没有像当时一些男人那样通过"权威和胁迫"来使其就范，然而，莱昂赛却并不具备艾德娜理想中男人所应有的素质。莱昂赛缺乏应有的敏感，虽然他们的家庭医生曼德莱（Mandelet）已经发现并向他暗示艾德娜存在的问题，但莱昂赛对艾德娜行为发生的变化仍未及时察觉。当艾德娜从他们的住所搬入"鸽子窝"后,莱昂赛首先意识到的并不是艾德娜与他渐行渐远,而是担心别人会怀疑他们经济上出现了问题,从而会对自己的商业信誉产生影响。由于身在纽约,莱昂赛在艾德娜生活中的缺失无疑给予艾德娜更多的自由空间,但也最终使他们的婚姻走向坟墓。

《觉醒》的女主人公在当时的历史文化环境下所做出的选择可谓惊世骇俗,冲击了道德标准的底线;在当代读者看来,艾德娜所做的却在情理之中,不仅能够被人理解,而且还会得到肯定。社会风尚的这一变化不仅是社会文化发展的结果,而且在很大程度上得益于像肖邦这样敢于维护和倡导个人主体性的作家长达一个世纪的不断的努力和斗争。

如今,《觉醒》已经成为早期女性主义文学的代表作,但在出版时,许多评论家对肖邦在小说中所显现的文学创作技艺表示首肯,却对小说中所宣扬的主人公对自我的追求、对女性规范的蔑视,以及对性爱的描写都无法接受。针对《觉醒》中对性爱的过度渲染,许多媒体都进行了尖锐的批评。《芝加哥时代先驱报》(Chicago Times-Herald)认为,对于肖邦这位具有如此精致绝伦、如诗般优雅语言表达风格的作家来说,加入本来就已经拥挤不堪的性爱小说的领域是非常没有必要的。《民族报》(The Nation)认为,肖邦按照她在以往短篇小说中惯常采用的读者喜闻乐见的方式开头,却以令人遗憾的方式结尾,使人觉得没有必要再去读她那令人不快的小说。这篇评论文章进而把肖邦比喻成"又一位才华横溢但走上邪路的作家"[①]。

在自己的家乡圣路易斯市,作为第一位职业女作家,肖邦作品的出版自然引起了广泛关注,当地的各大报纸对《觉醒》的评价毁誉参半。在《圣路易斯》(Saint Louis)对其赞扬的同时,《圣路易斯共和报》(Saint Louis Republic)则给它贴上了"道德意识薄弱者无法承受的毒药"的标签,而《圣路易斯镜报》(Saint Louis Mirror)更是将主人公艾德娜觉醒的自我意识比喻成如恶虎般凶猛残暴、丑陋无

---

① Review from "recent novels" reprinted from *The Nation* 69 (3 August 1899). In *Critical Essays on Kate Chopin*, ed. By Alice Hall Petry, (New York, 1996).

比的魔鬼（Toth，1999）。当时同样著名的女作家凯瑟在《匹兹堡领导者》（*Pittsburg Leader*）发表的书评中称，在描写都市厌烦的家庭主妇和毫无廉耻的通奸方面，《觉醒》完全可以同居斯塔夫·福楼拜（Gustave Flaubert）的《包法利夫人》相提并论。她表示肖邦应该把她那灵活多彩的创作风格用在表现更好的文学主题上。

小说没有被禁售，但也经过了多次审查。肖邦作为美国南方重要的女作家的声誉无疑受到了很大的影响。与托马斯·哈代（Thomas Hardy）在出版了《无名的裘德》（*Jude the Obscure*）之后再也不能继续创作小说的遭遇类似，在《觉醒》出版后，肖邦不仅再也没有出版过长篇小说，就连短篇小说也不能像以前那样被文学期刊所采纳。在《觉醒》问世五年后，这位已经被世人淡忘的女作家便郁郁而终。

第四节　舍伍德·安德森与《小城畸人》

工业化除了给美国主要城市的经济和文化带来了巨变，对于较为偏僻的小城镇的影响也具有划时代意义。城市中日新月异的变化使那些深陷于一成不变的小城文化圈中的年轻人看到了希望。他们将自己在传统伦理压制下的生活状态与在大城市中打拼的同龄人的相对自由又充满希望的境遇相比，无疑帮助他们下定了逃离的决心。1919年出版的安德森最著名的作品《小城畸人》正是这一时期小城镇文化变迁的生动写照。该作品是一部由24篇内容相互关联的短篇小说组成的长篇小说。该作品所反映的是19世纪末20世纪初发生在虚构的俄亥俄小城的人和事。在小说的叙事者看来，书中的人物都是这个毫无生气的小城中的性格怪异之人，每个人的故事都构成了一个独立篇章，而年轻的《温斯堡鹰报》（*Winesburg Eagle*）的记者乔治·威拉德（George Willard）则是唯一一个贯穿所有故事的人物。

一、书中的人物与主题

书中人物怪异的性格和行为举止基本上是由两个因素引起的，一

2013：182）

　　自我意识很强的艾尔马总是觉得周围没有人愿意和他说话，他们总是自顾自地站在一起，大笑、谈话。他觉得这一切都是那么奇怪，他虽然试图与他们沟通，证明自己是和他们一样的正常人，不是什么"怪人"，但最终放弃了。然而，他忍受不了被镇上人疏离的感觉。他决定到克利夫兰去，因为到了那里就没有人认得他，再也没有人觉得他是个"怪人"，他就可以正常地生活。

　　对婚姻与家庭束缚的抗争对于温斯堡的男性居民来说是一个常见的思维模式。在《无法说出口的谎言》（"The untold lie"）中，雷·彼得森（Ray Peterson）和海尔·温特斯（Hal Winters）都是农场帮工。海尔是个年轻小伙，而雷则已步入中年。海尔的父亲由于酒后不听他人的劝阻驾着马车在铁路上狂奔，随后被疾驰而来的火车撞死。镇上的人虽然都说他的父亲会下地狱，但"他们佩服他这种愚蠢的勇气。他们中的大部分人都希望能够光荣地死去，才不想一辈子做杂货铺的店员，一辈子过着平庸的生活"（安德森，2013：189）。海尔对生活则抱着一种玩世不恭的态度，他勾引了一位少女，并使她怀孕。这时，他希望年长的雷给他一些建议。然而，雷却对他说，婚姻就像是捆绑在马儿身上的马具。除此之外，雷"不能说什么，即使他知道自己该说什么"（安德森，2013：192）。

　　但与海尔的对话使雷陷入沉思，雷默默地在农场上游荡。在雷看来，温斯堡乡村的景色真是漂亮极了，他忍不住要赞叹这美丽的景色。刹那间，他忘记了一切，忘记了自己是一个沉默寡言的农场帮工，他忘情地脱掉大衣，在田野里奔跑。他一边跑一边抗议，抗议他的生活，抗议一切让生活变得丑陋的东西。他认为，自己平庸枯燥的生活完全是由当年自己不理智地做出结婚的决定造成的。婚姻使他失去了自由，无法走出温斯堡到外面去，并且被牢牢地困在无休止的劳作之中，他因此极力劝说海尔远走高飞。然而，海尔却告诉雷他愿意娶自己的女友，在温斯堡成家立业。看着海尔的背影逐渐远去，雷想起自己在那栋摇摇欲坠的房子里与孩子们嬉戏的场景，便自言自语道："这样也好。我告诉他的也不过是一个谎言。"（安德森，2013：195）从梦中醒来的雷又重新回到了自己早已欣然接受的现实中。

《可敬的品格》（"Respectability"）中的男主人公则是行为怪异者的另一个案例。温斯堡的电报员沃什·威廉姆斯（Wash Williams）肥胖、酗酒成性，而且肮脏得让人难以忍受，因此在镇上没有任何朋友，居民们对他避之不及。沃什仇恨社会，而且在他眼中，世界上所有的女人都会欺骗男人，给男人带来痛苦。一天，他遇到乔治与一位年轻姑娘在一起，就把乔治拉到一边，向乔治诉说了自己的经历。沃什年轻时一表人才，在俄亥俄州哥伦布市经营一家电报局。他曾经有妻子，但后来发现这个女人与许多男人有着暧昧关系。沃什因此毅然决然地离开了她。数月后，其岳母为了使二人破镜重圆，特意请他到家里，而使他惊愕的是，妻子竟然全身赤裸地出来见他。他怒不可遏，用椅子砸了岳母，致使其死亡。之后，他虽未被起诉，但被调离岗位。从此，沃什就开始固执地认为世界上的女人都是道德败坏的骗子，而自己变得越来越仇恨社会，生活也开始萎靡、堕落。

非常与众不同，可谓书中怪人之最的莫过于《虔诚》（"Godliness"）中的主人公、农场主杰西·本特利（Jesse Bentley）。杰西在所有哥哥在美国内战中阵亡、父亲去世后接管了家中的农场。他有的是力气，他矮小的身体里汇聚着常人无法想象的力量。在学生时期，他便开始研究《圣经》和上帝，开始认为自己是个与众不同的人。他要像《圣经》中的犹太人那样从邻近的人的手中获得大片的土地，之后要在土地上放牧无数的牛羊。他非常想做上帝的仆人："我是为了给上帝服务才到这片土地上来的。"（安德森，2013：54）

几十年后，他的梦想由于他艰苦卓绝的努力得以实现，他获得了大片的土地，养育了无数的牛羊。农场上的人组成了一个颇有工业革命前美国乡村特点的大家庭：除了四个老人（农场主杰西的三个姐姐和一个叔叔）之外，还有一些人也住在杰西的农场里。他们中有四个男佣人，一个管理家务的大婶，一个整理床铺、帮忙挤牛奶的傻大姐，一个收拾马厩的小厮。

工业时代的到来也给这个闭塞的地方带来了喧哗和吵嚷，穿越城镇和农村的铁路出现了，汽车也被发明出来，这使人们的生活和思想产生了巨大的变化，人人都有书读，新闻报纸和杂志进入千家万户，在火炉边，无论是城里人，还是乡下人，都能够自如地谈论世界上所发生的事情。这些变化无疑对杰西固守的梦想和价值观产生了重大的冲击。

杰西的独生女露易丝（Louise）婚后不幸，变成一个行为难以自控的人，不能给他的外孙大卫·哈代（David Hardy）一个温暖健康的家庭环境。杰西最终获得了大卫的监护权，使大卫在农场上第一次感到家庭的和谐和温暖。后来杰西添置了许多农用机械，农场的生产率大幅上升，赚到了很多钱。杰西觉得上帝给了他大卫，又赋予了他大丰收，他应该像《圣经》中那些虔诚的犹太人一样，向上帝献祭，于是他带着大卫和一只羊羔来到僻静之处，他的行为开始变得诡异，大声呼唤上帝，而且提着刀向大卫走来，大卫终于忍无可忍，在恐惧中用弹弓击昏杰西后逃离了农场。大卫并未回到温斯堡，而是去了西部。醒来后的杰西则认为上帝派人把大卫接走了，并感叹道："因为我太贪婪于荣耀的事，才会有这结局。"（安德森，2013：85）

与多数男主人公相比，对爱情的未果追求和无爱的婚姻则成为小说中几位女主人公怪异行为和心理问题产生的主要原因。书中男主人公乔治的母亲伊丽莎白·威拉德（Elizabeth Willard）虽然才40多岁，但是"因为某种原因不明的疾病耗尽了她的生命。她在乱糟糟又破旧的旅馆里没精打采地走来走去，看着褪色的壁纸和破烂的地毯，来回走动的她尽然成为一名女佣，收拾肥胖的旅客睡脏了的床铺"（安德森，2013：21）。她的丈夫汤姆·威拉德（Tom Willard）也竭力要把妻子忘掉，一想起她，他就愤怒地谩骂。旅馆毫无利润可言，几乎破产，他"但愿自己能与之脱离干系。他把这座破旧的旅馆和与他一起生活的女人，看作是失败和潦倒的产物"（安德森，2013：21）。

无疑，他们二人的婚姻由于缺乏真爱而使他们的生活变得不幸。

小说继而对二人的过去进行了追述。在与汤姆结婚之前，伊丽莎白在温斯堡当地的名声不怎么好。她一直渴望当电影演员，穿着闪亮花哨的衣服，在街上乱转，和父亲旅馆的客人们一起在街上招摇，缠着那些来自大城市的旅馆客人，让他们告诉她大城市的生活是什么样的。有一次，她穿着男装骑着自行车穿过大街，震惊了整个温斯堡。

在那些日子里，伊丽莎白的内心极不平静，心里的欲望一直使她心神不宁，"心里盼望着改变，期盼着自己的生活能够有某种翻天覆地的变化。就是这种感觉把她的心送上了舞台"（安德森，2013：29）。她梦想成为一名演员，加入戏团，去周游世界，但始终找不到这样的机会。为此，伊丽莎白经常与旅客们散步，与他们交流，了解小城外面的世界。婚后的她为日常劳作所累，彻底放弃了少女时期的梦想。当乔治向她吐露了自己想离开小城，到其他地方去，伊丽莎白高兴得浑身颤抖，"简直要欢喜得哭出来了"（安德森，2013：32）。

《死亡》（"Death"）一篇对伊丽莎白悲惨的命运和生命的最后一段日子进行了描述。对这个不幸的女人来说，到诊所去见在妻子亡故后生活在孤独之中、生意每况愈下的瑞菲（Reefy）医生成了她生命中唯一的亮点。书中描写道："在这个空荡荡的诊所里，医生和伊丽莎白相视而坐，他们看起来如此相像。他们的身形不一样，眼睛的颜色不一样，鼻子的长度不一样，生活的环境不一样，但是他们心里有某些东西是一样的，他们都需要发泄，都需要远离旁人的目光。"（安德森，2013：208）同样的孤独感使他们走到一起。

然而，生活套在伊丽莎白身上的枷锁并未真正因为她与瑞菲医生的相爱而移除。伊丽莎白每次去看医生，总会比较放松，讲的话也多了。她跟医生待上一个小时或者两个小时后，便会下楼，去温斯堡大街，呼吸一下新鲜的空气，给自己的身心放松一下。路上的伊丽莎白像个少女一样充满生机，而当她回到房间，坐在那把椅子上的时候，她便又低落、抑郁了。

在与瑞菲医生相处时，伊丽莎白把心中的一些秘密告诉了他。在伊丽莎白年轻时,她那作为旅馆老板的父亲就想要自由,可是旅馆的生意却让他自由不起来。他后来病死了。每天早上他起来的时候都充满了欢喜,可是十点钟一到,他所有的快乐都随风而逝。每当有客人抱怨旅馆的食物不好,或者有服务员因为结婚而离职时,他都会暴跳如雷。"我从来就没有自由过。我那么努力工作,饭店却还是没赚到钱。直到现在我都还欠银行钱。"(安德森,2013:212)父亲担心自己的女儿也会重蹈自己的覆辙,坚持让伊丽莎白逃离温斯堡,去寻找自由,寻找她自己想要的生活。然而,伊丽莎白最终与汤姆结婚,从此肩负起父亲想要摆脱的重担。她无奈地对瑞菲医生说:"我真蠢。当爸爸给我钱,劝我不要结婚时,我竟然没有听他的。那些结婚的人跟我谈婚姻的时候,我被那种神秘的感觉迷住了,我也想要结婚……我并不想做一个坏女人。镇上关于我的故事满天飞。我甚至害怕汤姆会改变主意。"(安德森,2013:213)

伊丽莎白最后一次去看瑞菲医生,她心中的爱和生命力如春芽般萌发。她的身体上好像长了一双翅膀,而那双翅膀也不断地拍打着瑞菲的心弦。二人互释爱意,此时,瑞菲医生觉得"自己怀里抱的并不是一个四十一岁的女人,而是一个可爱无知的少女,是从那个枯瘦的身体中跑出来的迷人的少女"(安德森,2013:215)。然而,楼梯那边传来的某个职员沉重的脚步声打断了二人的甜蜜时刻,将他们从美好的梦境中拽回冰冷残酷的现实世界。此时的伊丽莎白心里复活的那些东西一下都死掉了。在回旅馆的路上,她还很愉悦,当她"看见威拉德新旅社的灯光时,她又开始发抖,她的双腿也不听使唤了。有那么一刻,她甚至觉得自己会在街上倒下去"(安德森,2013:215)。从此她一病不起。最终,伊丽莎白还未来得及把她父亲生前暗地里留给她的私房钱的藏匿之处告诉乔治,就撒手人寰了。

另一个被爱所困的女人是镇上学校的教师凯特·斯威夫特(Kate Swift)。不管她是在上课,还是在街上游荡,悲伤、希望、欲望总是在她心里打得不可开交。掩藏在她冷酷外表下的内心常常蹦出许多与众不同的想法。镇里的人都认为她是个老女人(尽管她只有 30

岁），因为她讲话尖酸刻薄，又自我，人们觉得她没有感情。实际上，她或许是他们这些人中感情最为炽烈的人。

她鼓励她曾经的学生、立志成为作家的乔治去深刻地了解生活，因为生活对写作来说至关重要。她与乔治虽然有着较大的年龄差距，但由于志同道合的关系，他们相互吸引。但她即刻便意识到自己的失态，随即变成了一个粗鲁跋扈的女人。凯特觉得自己是那么孤苦。她与乔治谈到人生，说得激情洋溢，那种冲动促使她在雪中艰难前行，同时也让她滔滔不绝。她充满了激情，渴望为她曾经的学生打开一扇人生的门，她觉得乔治拥有洞悉人生真谛的才华。她内心中那种渴望被爱的感觉像暴雪一样席卷过来，将她吞没。但最终，她被残酷地拉回冰冷的现实之中，她对乔治的激情也因此耗尽。

在情感上无法得到满足的女人中，最极端的例子便是杰西的女儿、大卫的母亲露易丝。少女时期的露易丝向往知识，乐于读书。父亲杰西让她寄宿在温斯堡镇上商人阿尔贝特·哈代（Albert Hardy）的家里。她勤勉的学习习惯得到了哈代本人的赞赏，但因此也受到了哈代两个女儿的妒忌和嘲讽。露易丝寄希望于通过努力学习，到外面闯出一片天地，但最终却嫁给了哈代的儿子约翰·哈代（John Hardy）。婚后，露易丝从丈夫那里得不到她期望得到的关爱，进而变得越来越神经质。露易丝对丈夫恨得咬牙切齿，经常会破口大骂。她有时会按捺不住心中的愤懑之情而驾着马车在温斯堡的街道上狂奔，丝毫不顾及此举会伤及路人，只因其丈夫在当地的声望她才免遭起诉。此外，露易丝对儿子非常冷漠，鲜有关心和爱抚，年幼的大卫每天都生活在惶恐之中，以至于露易丝最后失去了对大卫的监护权。大卫15岁时，露易丝便因病与世长辞。

小说中因缺乏爱而变得怪异甚至疯狂的女人还有其他人，如《裸奔》（"Adventure"）中的女主人公艾丽斯·欣德曼（Alice Hindman），她看上去是一个文静的女人，但在她平静的外表下，"深藏着一颗躁动不安的心"（安德森，2013：96）。她曾经的男友内德·居礼（Ned Currie）为了闯出一片天地离开了温斯堡，逐渐将她遗忘。艾丽斯深感自己在一天天变老，但对内德的眷恋使她无法接受其他人。最后，她加入了温斯堡的卫理公会教会，并按时参加每周的宗教仪式，为的是能让自己孤寂的心灵有所依托。在一个雨夜，艾丽斯脱衣准备入睡，她突然被一种欲望所控制，于是她赤裸着身体离开家，走上街头，并沿着温斯堡的大街小巷开始奔跑。但很快，她便被一位老人发现。老人的出现使艾丽斯突然为自己的所作所为感到羞耻，急忙跑回了家。小说的最后，她面壁而卧，试着逼迫自己"勇敢面对这个事实：很多人注定要孤独地生活，孤独地死亡，在温斯堡也不会不同"（安德森，2013：104）。

正是因为孤独、疏离和失败感，驱使包括乔治、艾尔马在内的年轻男子离开温斯堡，去追寻梦想。也正是因为爱而不得，使像伊丽莎白、露易丝这样的女子走向死亡。

安德森正是以这种怀旧、伤感，又充满希望的笔触完成了这部具有极高独创性的作品。

二、《小城畸人》对19世纪末美国小镇状况的追述

《小城畸人》中的温斯堡与凯瑟笔下的黑鹰镇相比具有共同点，二者都是为周边农业区提供物资、金融等服务的商业中心，都是由生活富裕的中产阶级组成，都得益于农业的发展，也都是作为各自地区的信息中心而存在的，它们的发展同样都受到了生产规模、人口素质的约束，二者都面临来自东西部、中部大城市的竞争和由此导致的人才流失现象。然而，两位作者的基调却完全不同，如果黑鹰镇是由于周边地区农业开始加速发展而逐渐兴旺起来的话，那么温斯堡则处于环境与气氛沉闷不堪、人的精神生活极度缺乏的状态。这从中也折射出二人在人物和环境刻画侧重点上的不同。

和较为发达的东部地区相似，美国中西部地区在美国内战前有了一定程度的发展，在美国内战过程中作为美国粮仓发挥了积极作用，在美国内战之后随着工业化的开始，继续为农民提供了维持生活水平、发家致富的机会。为周边农场提供商业服务的各个中小型城镇也

已经具有相当的规模，城镇居民的生活变得更加富足，同时，城镇居民的生活也因铁路体系的完善而变得更加方便。然而，相对固定的群体和圈子在规模上无法和大城市相比，中小城镇的居民缺乏大城市人经常有的新奇感，他们的生活常常变得格式化，而且枯燥乏味。年轻人缺乏足够交往的对象，因此对爱情和婚姻没有足够的选择空间。同时，小圈子往往会被当地有声望的富人控制，逐渐衍生出与大城市的多元文化有所区别的价值观和伦理、规范体系，这些体系通常排外自闭、故步自封，杜绝来自外部的新鲜事物和不同的思维模式。此类圈子在凯瑟的短篇小说《雕塑家的葬礼》中有所体现，而在《小城畸人》中得到了更加具体深入的凸显。

上一节中讨论了肖邦的《觉醒》，女主人公艾德娜生活在新奥尔良市这样的大城市，尽管在那个人言可畏的年代她也同样无法尽情地去追求自己理想的生活和爱情，但她毕竟能够采取行动，做出自己的选择，用死亡完成了自己的救赎。在温斯堡这个守旧封闭、束缚压抑的环境中生活的人甚至连如此追求的勇气都没有。在精神极度抑郁的情况下，男女主人公无法找到排解的途径。即使有了一些"异常"的举止，他们通常也会很快回到现实之中。书中这样的例子比比皆是，例如伊丽莎白和瑞菲医生对爱情的渴望居然被职员的脚步声浇灭，而回到现实后，等待伊丽莎白的只有死亡。此外，凯特、艾丽斯、雷等，他们的境遇都是如此，激情的火花瞬间就会被扑灭。因此可以说，温斯堡这样的社区所滋养的保守氛围在不断地抹灭和扼杀他们追求自由和幸福的期望，在不断地把他们塑造成社区能够接受的中规守矩的单向度人。

与凯瑟的《啊，拓荒者！》和《我的安东尼亚》中所描述的中西部小镇相比，温斯堡周边地区农场中各类机械的使用大幅增加，提高了农业生产率，也间接使经营农产品、为农场主提供生活用品和服务的温斯堡中产阶级居民的盈利增加。不断完善的铁路网络使人口流动更加频繁，费用也更加低廉，同时人们也能够接收和掌握更多更新的信息。然而，封闭守旧的文化价值观和伦理体系使这些中小城镇与工业化时代飞速发展的大城市的文化脱节现象更加显现出来，同时也变得更加让人难以忍受，而人口较少也使年轻人缺乏足够的寻找恋人和配偶的机会。便利的交通和大城市更多的就业机会、更加多元化的生活方式也加剧了年轻一代，特别是那些心怀远大理想，同时掌握一技之长的年轻人的逃离。像乔治那样的年轻人，他们为了更好地生活，逃离破败、沉闷的市镇，逃离那种压制人性的软环境，来拥抱充满活力、创业机会更多的大城市，到大城市开辟一片新天地。然而，在温斯堡，能够最终逃离的女性却少之又少，这无不证明了当时的市镇文化对女性的束缚较男性更多；同时在19世纪末20世纪初的大城市，适合女性的工作并不多，在多数情况下，女性还需依靠男性获得生存的机会。因此，与凯瑟相比，安德森对年轻人的逃离在精神高度和心理层面上给出了更多的解释。

然而，与肖邦的《觉醒》的境遇相近，《小城畸人》在出版时同样受到了一些出版商的质疑。虽然《小城畸人》中的内容均以短篇小说的形式在各大文学杂志上发表，但已经出版过安德森两部小说的出版商约翰·雷恩（John Lane）却以小说的内容过于灰暗、压抑为由而拒绝出版此书。后来，在编辑弗朗西斯·哈克特（Francis Hackett）的努力下，《小城畸人》才由纽约的一家名不见经传的小出版社以合集的形式出版（Phillips，1951）。这再次表明，作为读者代理人的出版商为了迎合读者的口味不得不考虑作品的内容是否受读者喜爱，是否与读者的伦理观价值观相左。可见，当时的读者对这类题材所采取的是保守态度。

与《觉醒》相比，《小城畸人》虽然对当时的读者来说不是一本可以带来快乐的小说，但庆幸的是在道德上并无太多令人指摘之处。相反，它显示出人在灵与肉、理性与感性之间的踌躇和徘徊。对美国中产阶级读者来说，这是否又是一本警世之作？书中这些少数的"怪人"的思维和行为是否又将成为他们人生的反面教材，引导他们匡正自己的思想、规范自己的行为，努力做一个正常人？因为即使是在温斯堡这样的文学作品中虚构的美国小城，尽管宗教约束和地理限制在

19世纪末20世纪初已经阻挡不住人们迁移的脚步，但所有居民中最后决定离开的也只是一小部分。大多数人，尤其是女性，最终还是因为无法割舍与这片土地和爱人的联系，或者缺乏在大城市生存所需的各项技能，留下来继续忍受，或者是继续将这种小城社区文化维持下去。温斯堡会按照自己的轨迹向前发展，并推进自己的文化，就像刘易斯的《大街》中描述的那样，按照自己的模式继续作为20世纪美国社会的基础存在下去。

第五节　伊迪丝·华顿与《纯真年代》

《纯真年代》于1920年出版，是华顿的第12部小说。从故事情节看，该书与华顿先前的作品《快乐之家》（The House of Mirth）极为相似，因为许多读者抱怨后者的故事结局过于凄惨，对社会道德体系的抨击过于严厉，在某种意义上，《纯真年代》是对《快乐之家》的一种反拨，因此对当时社会道德体系的抨击由明确转为隐晦。不难看出，这是华顿对当时主流社会道德文化做出的妥协。该书在1921年获普利策奖，华顿成为美国历史上第一位获得该奖项的女性。

《纯真年代》是以19世纪70年代纽约上流社会的社交生活为背景，深刻揭示了个人追求自由与群体道德伦理约束之间错综复杂的矛盾与斗争。小说揭露了那些虚伪的绅士、淑女高贵优雅的言谈举止背后所隐藏着的不可告人的阴谋诡计。虽然主要人物皆属于上层阶级，但他们为了生存不得不顺应社会规范，进而放弃自己对幸福的追求，这同样也是当时中产阶级生活的写照。

一、对个人幸福的追求与社会规范之间的矛盾

作为华顿最具声望的小说之一，《纯真年代》在美国有着数量众多的研究者。其中一些人认为，由于《纯真年代》的故事发生在美国由维多利亚时代向现代社会过渡时期，现代性的重要特征就是个人价

值的凸显,这与老纽约上流社会尊崇的以小集体为本位的集体伦理观相矛盾。伦理发展与社会发展的不平衡性成为个体伦理发展的桎梏。伦理发展不仅有共时性,同时还具有历时性,只有当个体伦理、集体伦理与社会伦理真正达到统一时,人才能获得身心上的彻底解放(朱赫今和胡铁生,2012)。通过对《纯真年代》中艾伦·奥兰斯卡(Ellen Olenska)伯爵夫人的女权意识和纽兰·阿彻尔(Newland Archer)的父权思想的分析,研究者认为,华顿早就具有"双性同体"意识,并秉承这一理念进行文学创作,建构了自己的"双性同体"文学价值观(姜忠平和唐志钦,2010)。由此不难看出,对小说的伦理学研究和对作品女主人公的女性意识研究都是重要的研究方法,而本节的研究重点依然从个人对社会规范的顺应入手。

华顿笔下的纽约上流社会处于美国工业革命期间,此时,新兴的中产阶级大量涌现,随之而来的更为注重追求个人幸福的拜金主义文化对上流社会的传统形成了一定的冲击。面对重声誉、轻情感的老一代人,上流社会的年轻一代陷入了两种不同文化的碰撞之中。书中男女主人公虽然向往个人的幸福生活,但都成为上流社会"门当户对"婚姻模式的牺牲品,最终不得不与不爱的人结婚。他们虽然对心爱的人终生难忘,但却无法大胆迈出追求幸福的步伐。

造成这样悲剧性结局的原因有二。首先,由于上流社会是一个封闭的小世界,成员之间有着千丝万缕的联系,这种联系无时无刻不控制着个人的行为。上层人士与那些从事各行各业的中产阶级不同,多数为以食利为主的产业拥有者。由于作为富人的时代久远,上层人士彼此之间通过友情和婚姻等纽带形成了密切的联系,同时,这些上层人士不仅是欧洲贵族阶级的崇拜者,而且与之也有着紧密的联系。在这些联系的基础上衍生出美国上流社会一套特有的规范体系,其中既有亲缘关系,同时又有利益关系。上层人士定期会面,举办各类派对,而任何有悖于这个圈子规范的行为都将被作为席间的谈资,遭到众人的斥责。"纽约上流社会是个很小的世界,它尽管表面上比较宽松,但实际上是被有限几个观点陈旧的人统治着"(Wharton,

2008：112），而那些年老的成员凭借着长辈的地位，有权对年轻一代提出各类要求，对其行为进行约束。

其次，出于经济原因，上流社会的年轻人不得不严格遵守那些繁文缛节，以取悦他们富有的长辈和他们的朋友。生活在上流社会的关系网中的年轻人能够享受父辈的巨大财富，而无须像中产阶级那样艰苦奋斗、白手起家，但同时他们的生活也被局限在父辈的关系网和小圈子中，需要刻意遵守其阶层固有的行为规范。否则，无论他们个人还是家庭的声誉都会受到损害，最终他们被圈子里的其他成员所不齿和抛弃。在这样的精神压力下，生活在一个崇尚个人主义精神国度的年轻人自然会发现，生活给自己的选择实际上寥若晨星。作为一名律师，阿彻尔所服务的对象基本上是纽约上流社会的成员，因此，维护自己的声誉，同时与圈内人士搞好关系对其业务的开展是至关重要的。他能接到劝解艾伦放弃离婚的请求也正是因为他在社交圈内所拥有的良好形象。

艾伦的内心是复杂多变的，她向往自由的生活，但同时却流连于上流社会的人情世故中，希望作祖母的好孙女。艾伦离开丈夫后回到了美国，虽然孑然一身，却感受到了一些自由的气息："我想我是很有幸回到我自己的国家、自己的城市，同时也有幸独自一人。"（Wharton，2008：73）对她来说，"真正的孤独是生活在那些只知道让人掩盖真实情感的人当中"（Wharton，2008：78），但与此同时，她又希望自己可以像阿彻尔这样的年轻一代一样被长辈照顾，具有安全感。作为一名新教徒，教会原则上不会禁止她离婚，同时，"美国的法律允许离婚，但上流社会的风俗却不"（Wharton，2008：113）。为了阻止艾伦离婚，其祖母停止了每月给她提供的各项资金支持。只要艾伦不离婚，就能保全家族的声誉，免遭丑闻的影响，至于她是否需要和她的丈夫奥兰斯基（Olenski）伯爵破镜重圆、言归于好却没那么重要了，作为家族的一员，她本来就应该为其名誉付出牺牲。因此，在阿彻尔看来，艾伦是"一个孤独和忧伤的女人"（Wharton，2008：123）。最终，艾伦在家庭的压力下不得不妥协，剪断与阿彻尔的情丝，开始悉心照顾中风的祖母，以赢回她的欢心和资金支持。

不仅艾伦需要顺从家族和社交圈的清规戒律，就连阿彻尔自己也难以幸免。虽然他与梅（May）的婚姻不完全是包办婚姻，但其中不排除他的家庭为了提高自身的地位和声望而希望与更富有的维兰（Welland）家族联姻的考虑。经过一段时间的交往，阿彻尔发现自己爱上了敢爱敢恨，同时又有着较深艺术造诣和文雅举止的艾伦。然而，这段恋情可能带来的负面效应不仅使艾伦却步，也使阿彻尔自己不得不违心地逃离，并提前与梅举行婚礼。然而，在蜜月中，阿彻尔便感受到他婚姻的乏味，夫妻二人缺乏真正的了解，因此没有任何激情。对阿彻尔来说，梅的诗情和浪漫早就在他们短暂的求婚过程中用尽，梅正在快速变成另一个维兰太太，同时也试图将他变成另一个维兰先生，变成和他那循规蹈矩、生活平淡的父母一样的人。面对无言的伤害，梅却能够用微笑掩盖住内心的苦处，隐藏真实情感也是她作为一名大家闺秀从小练就的技能。结婚不久，阿彻尔便借机对梅说自己已经死掉了数月，以表心中的抑郁之情。阿彻尔尽管在这段婚姻中饱受折磨，同时也日夜思念着艾伦，但依旧不得不在社会规范和家庭角色期待的压力下，去做一个好丈夫、好父亲。直到多年以后，梅因病去世，孩子们已经长大成人，阿彻尔才鼓起勇气到巴黎去找艾伦。但此时已经时过境迁，艾伦已经有了自己的生活。至此，阿彻尔的这份恋情无疾而终。

二、传统道德标准下对自我克制和自我牺牲的宣扬

在《纯真年代》中，华顿正是用生活在20世纪20年代人的视角来重构工业革命时期的一段故事，因此，与豪威尔斯的小说不同，主人公对自身追求幸福的欲望的压制是饱含痛楚的，其间没有丝毫拉帕姆所显现的那种鼓励自我克制、自我牺牲的传统道德标准卫道士的荣耀感。这表明了美国文化在19世纪末20世纪初的数十年间所发生的变化。生活在20世纪20年代的人更加注重个人权益和追求，因此，

旧时代的清规戒律便成为文学作品中的抨击对象，作家对其所进行的批评不仅有着历史意义，同时也有着很强的现实意义。它会催人反思，进一步促进社会进步。然而，即使20世纪20年代的美国社会，特别是在上流社会中，依然存在着较为严格的道德行为规范与准则。如果作家过分渲染人物对自由的追求同样会遭到许多读者的反感，甚至反弹，使作品的出版和发行受到影响。

如前所言，华顿的前一部小说《快乐之家》与《纯真年代》有着相似的情节，同样凸显了主人公对个人幸福的追求与社会规范之间的矛盾冲突。《快乐之家》的结局更具悲剧色彩。也是因为书中所塑造的人物更具有反叛精神，所以该书在出版后饱受争议。书中的女主人公莉莉·巴特（Lily Bart）既希望获得纯真的爱情，同时又渴望物质享受。然而，她在与异性接触过程中因不断违反当时的行为规范而无法被上流社会接受。她那对幸福爱情和男女相互尊重的追求被视为放荡不羁。后来，因命运不济，莉莉一次次错过获得幸福的机会，一步步失去她的社会地位。她先是与劳伦斯·塞尔顿（Laurence Selden）萌生恋情，并造访了他的公寓，而在当时，作为一个未婚姑娘，莉莉这样的行为实属失当，是难以被人们接受的。她因塞尔顿的表白拒绝了百万富翁之子珀西·格雷兹（Percy Cryce）的求婚。随后，在与特莱诺夫妇（Gus and Judy Trenor）相处过程中，她因单独与嘎斯·特莱诺（Gus Trenor）在其寓所相会，并接受他给的一笔巨款而受人指摘。后来，塞尔顿要求与莉莉见面并向她求婚，但不经意间莉莉拒绝了塞尔顿接吻的请求，为此，塞尔顿不辞而别去了哈瓦那，后来又辗转到了欧洲。莉莉的麻烦远未结束，莉莉应邀与波萨·多赛特（Bertha Dorset）乘游艇到欧洲游历，在此期间，为掩盖自己的不忠，波萨指责莉莉与其夫有通奸行为。由于关于莉莉不检点行为的议论不断，她不仅失去了茱莉亚·潘尼斯顿（Julia Peniston）姨妈财产的继承权，也逐渐被朋友们抛弃。尽管她此后不断寻找机会重返上流社会，但始终无济于事。最后，在塞尔顿终于决定向她求婚时，她却因过量服用安眠药而悲惨地死去。

从以上情节我们可以看出,《快乐之家》之所以被当时的读者和评论家所诟病,是因为主人公为了追求自己的幸福,完全置社会规范于不顾,类似的行为即使在 20 世纪的美国读者眼中也是情欲高于一切的表现,因此属实难以接受。这种反应与读者对《觉醒》的看法不约而同。从人物塑造和情节发展来看,《快乐之家》的确与《觉醒》有异曲同工之处。然而,与肖邦的境遇大为不同的是,华顿更聪明、更善于顺应评论界和读者的需求和接受能力。华顿的《纯真年代》的情节与《快乐之家》相似,但在人物塑造和情节安排上,前者显然更能够突出那种读者乐于看到的主要人物的"自我牺牲精神"和对不伦之恋克己的处理方式。因此说,《纯真年代》是一个时代的产物,它抨击了旧时代的风俗和社会规范,但却有所保留,对中产阶级读者群的价值观和道德观表现出了一定的顾忌。当代的读者则应该会更喜欢《快乐之家》,因为它对上流社会的虚伪和无情的揭露更为彻底,其中的人文关怀更为深厚。

综上所述,这一时期随着美国中产阶级人数的快速增长,其自身特有的文化也开始形成。从以上反映当时中产阶级生活的几部小说来看,其中对人物的塑造不是教感十足,就是彰显了个人与社会环境之间的巨大张力,这在一定意义上显示了中产阶级在当时的社会文化环境下感到的道德和规范压力。除少数不惧羁绊、勇于追求个人幸福的人之外,多数人则都处于从众求安的状态,以获得富足平稳的生活。这样的生活态度无疑也体现出经济发展时期中产阶级文化的特点,即在社会道德规范允许的范围内,尽力去追求自己的物质生活,但在追求个人幸福方面则由于社会舆论而踟蹰不前。

第五章 进步主义从众思维与价值坚守

进入20世纪后的美国已经成为世界第一大经济体,其经济规模在不断扩大。然而,缺乏宏观调控的工业领域造就了以洛克菲勒家族为代表的一批行业巨头和垄断企业。为了保持经济高增长,他们不断引入新移民来降低生产成本。这些移民工人的大量涌入不仅拉低了劳工工资的整体水平,同时恶劣的工作环境使产业工人的生存状况堪忧。在政治生活等领域,政商勾结、社会腐败现象频发,这已经严重影响了美国的社会政治生态。越来越多的高级管理和技术人才等白领群体成为美国中产阶级的组成部分,中产阶级的人数不断增加,并成为美国主流价值观的重要载体。而且随着进步主义(progressivism)的兴起,他们对美国社会发展现状和未来的话语权开始发挥着重要作用。对于伴随工业化时代出现的各种危机,他们坚持提倡社会改革,同时坚决反对任何形式的暴力变革,在很大意义上维持了美国社会政治、经济领域的稳定。这一时期的文学作品很好地彰显了时代特点,也承载了知识分子对社会改革所抱有的希冀。本章将通过这一时期出版的一些文学作品深入讨论进步主义运动对美国社会各方面的改革产生的影响,以及中产阶级在这一过程中所发挥的社会稳定剂作用。

第一节 美国进步主义的兴起与中产阶级的社会稳定剂作用

一、中产阶级群体的扩大

第二章中提到,早在美国内战伊始的1862年,林肯总统便签署了《宅地法》，旨在获得部分城市人口和新移民的政治支持和保障战争的物资供应。这一法案使得大量的穷人数年后成为拥有土地并有相对稳定收益的中产阶级。虽然在初期阶段一些开发者由于不适应中西部恶劣的自然环境而放弃了他们的家园，但多数人还是坚持了下来。他们逐渐摸索出在大草原这一特殊的自然环境下耕作的要领和方法。随着时光的推移，他们度过了困难时期，拥有的农场开始盈利，他们的生活开始改善，这使他们的后代有接受良好教育的机会。他们后代中的许多人在完成学业后开始到各个大中城市寻找工作，为城市的发展提供了高质量的人才储备。

美国社会贫富差距的增大造成了大量城市穷人的出现。在18世纪末19世纪初，各大托拉斯的拥有者将大量涌入的农村地区居民和新移民作为廉价劳动力，来压低产业工人的工资，减少他们的福利，拒绝改善工人的工作条件。19世纪30年代起，美国农业技术革命大规模展开。农业机械的广泛应用促进了农业劳动生产率的提高，导致农业劳动力相对过剩，大量农村人口开始进入城市。1820年，农业劳动力在全部劳动力中占83%，1839~1859年占56.9%，而到了1910年，该比例则降至32%。1910年，美国4200万城市居民中约有1100万是1880年后由农村进入城市的。在1860~1890年城市所增加的人口中，有54%以上是外来移民（比尔德，2017）。农村人口和新移民的涌入使原有的美国工人的生活水平明显下降，同时农村人口和新移民发现即使他们每天辛苦工作十几个小时，依然无法保障温饱。美国经济奇迹成就了一批商业精英，同时也给那些与各大托拉斯相互勾结的政客们带来了巨大的经济利益。精英和政客们崇尚经济自由主义，反对国家对经济领域的监督和制约，坚持认为管理最少的政府才是最好的政府。这些人把个人主义推向极致，他们的私欲得到了充分的满足，但这一满足建立在对大多数人合法权益的侵占和损害基础之上。由于政客与资本家的同流合污，国家并未尽到保护弱势群体的责任。虽然美国进入20世纪后经济飞速发展，但是广大的劳工阶层却连最基本的生活都难以维持。由于缺乏保障，任何一个普通劳工家庭中一旦有人出工伤或病倒，那么这个家庭便很快会失去住所，变得无家可归、贫困潦倒。许多妇女因家庭贫困只能出卖肉体，男性失业者则很可能变成无任何责任感的酒鬼而沉沦下去，或堕落成为黑社会的一员。

城市中的富人和穷人在经济和社会地位上存在着巨大差距，但行业托拉斯内部的管理和技术人员的数量在不断增多，他们的加入也使中产阶级的人数增加。他们在经济上受益，在城市中拥有了更多更好的生存空间。人口中占少数的企业界大亨和投资者能够攫取巨大财富，过着穷奢极侈的生活。他们身居豪宅，穿最华丽、最时尚的服装，在最高档的餐馆中用餐，可以买得起几乎任何他们想买的东西。积累了上亿美元财富的富翁包括安德鲁·卡内基（Andrew Carnegie）、菲尔德、约翰·皮尔庞特·摩根（John Pierpont Morgan）、洛克菲勒和科尼柳斯·范德比尔特（Cornelius Vanderbilt）。有些城市居民则属于中产阶级，他们中有小企业主、工厂和政府部门的管理人员。他们有足够的钱过舒适的生活。都市富人都集中居住在以豪华建筑为标志的富人区，其中包括纽约的第五大街、波士顿的贝克湾和灯塔山、费城的社会山、芝加哥的湖滨大道，以及旧金山的诺布山等。在市郊新建的由铁路、有轨电车、汽船等交通工具与城市连接的社区中，中产阶级和新富们可以享有"纯净空气、安全条件、寂静环境和自然景观"（布林克利，2009：531），既能享受城市提供的便利，又能实现欣赏乡村景色的愿望。

富人阶层和中产阶级人数的扩大促进了商业的发展，使一些新的商业模式和实体开始出现，并在较短时间内完成了较大规模的扩张。大城市中最早的百货商场是1876年在费城开业的沃纳梅克百货商场，不仅在很大程度上增加了可选商品的多样性，而且通过高效组织降低了商品价格。邮购商品目录，特别是1872年蒙哥马利·沃德百货公司和1894年西尔斯-罗巴克公司推出的邮购商品目录，结束了美国农村的隔离。同时，它使品种爆炸式增长的产品在印刷品上随处可见，其中既包括逐渐降价的老产品，如钉子和铁锤，也包括新发明的产品，如自行车和缝纫机（戈登，2018）。

在这一时期,整体经济的发展也给美国人的饮食习惯带来了变化。社会学家林德夫妇(Robert and Helen Lynd)详细调查了印第安纳州曼西市居民的生活,并区分了 19 世纪的"冬季饮食"和"夏季饮食"。在冬季,主要的食品是肉食、通心粉、土豆、萝卜、凉拌生菜丝和作为餐后甜点的蛋糕或馅饼。腌菜被作为调味品。由于在冬季缺少绿色蔬菜,常见的抱怨是"春季病"。蔬菜花园在这个中等规模城市是十分普遍的,同时,几乎每个人(即使是工薪阶层)都住在独栋私家住宅中。19 世纪 90 年代至 20 世纪 20 年代的一个主要变化是,随着冷藏列车和室内冰箱技术的发展,冬季的新鲜蔬菜供给日益增加(Lynd R and Lynd H,1929)。

然而,在经济总体向好的背景下,由于缺乏必要的宏观调控,美国当时经济危机频发,而最严重的受害者自然是处于经济阶梯底层的穷苦劳工群体。根据戈登的研究,19 世纪 70 年代和 19 世纪 90 年代的宏观经济萧条使很多人沦为底层,他们只能依靠救济站提供的微薄口粮充饥(戈登,2018)。他们劳动时间长、报酬低,失业是一种无时不在的威胁。企业界的领袖们感受不到提高工人工资的压力,因为就业竞争存在,穷人几乎不讲条件,愿意从事任何工作。穷人居住在拥挤的贫民窟里,杂乱无章的城市管理加剧了城市建设的无政府状态,这导致美国城市人口过度拥挤。1894 年,纽约曼哈顿每平方英亩的人口密度为 143 人,远远高于当时最拥挤的欧洲城市巴黎(127 人)和柏林(101 人)。到 19 世纪末,美国城市公用事业、服务性行业等远远跟不上城市发展的需要。室内照明、通风、取暖、卫生设施等条件极差。许多地方既缺少排污系统,又无污物处理设施。巴尔的摩、新奥尔良等大部分城市靠露天排水沟排泄污水。匹兹堡的污染更是严重,只有在假日,大多数工厂歇工时,那里的空气才会显得清新些(Glaab and Brown,1983)。雅各布·里斯(Jacob Riis)是一位丹麦移民、纽约新闻记者和摄影师,他在 1890 年出版的《另一半人在如何生活》(*How the Other Half Lives*)一书中以文字和照片的形式记录了贫民窟居民的生活,这使中产阶级中的多数人颇感震撼。根据他书中的描写，贫民窟居民几乎普遍见不到阳光，没有真正的空气，室内充满了夏天才有的恶臭，散发着毒气；"楼道阴暗，你可能会被那些投掷分币的孩子们绊倒"（布林克利，2009：533）。恶劣的环境导致疾病流行，霍乱、伤寒、白喉等流行病四处蔓延，威胁着居民的健康与生命。死亡率直线上升，这在婴幼儿中更为突出。据记载，19世纪末在芝加哥的一个区里，每5个婴儿中有3个在未满周岁时就夭折了。在纽约，1810年的婴儿死亡率是出生婴儿的120‰～145‰，到1850年时上升为180‰，1860年时为200‰，1870年时为240‰（芒福德，2005）。贫民窟里恶劣的生活条件给无数居民的健康带来危害。因为必须工作养家，许多穷人的孩子只有很少，甚至没有接受教育的机会，而无知和贫困最终会导致犯罪。尽管如此，许多穷人仍对未来抱有希望，这使他们能够忍受自己的生活状况。穷人相信经济增长早晚会使他们的生活得到改善。

二、劳工运动

工业化与城市的发展中出现了许多问题，但政治家和政府官员们对解决这些问题却没有多少兴趣。他们对日益增长的公司劳资纠纷与巨大的贫富差距并未采取有效措施，同时，涉及政治腐败的丑闻却层出不穷。各城市的抗议活动由此兴起，抗议者提出了改革要求。来自抗议者的呼声导致了19世纪末20世纪初的某些社会改良。许多美国人要求改变国家的经济、政治和社会体制。他们希望减少贫困，改善穷人的生活条件，规范大企业的经营和用工行为。他们采取行动迫使政府制止腐败，并更加关心人们的疾苦和愿望。

为了加强自身的力量，美国工人开始意识到组建工会的必要性。1886年，技术工人组建了美国劳工联合会（American Federation of Labor，AFL）。塞缪尔·龚帕斯（Samuel Gompers）在1886~1924年一直担任这一组织的主席。与一些社会主义者的观点不同，龚帕斯认为工会的目标不是改造社会，而是为工会会员谋取目前的利益。在他的领导下，工会与雇主谈判，为会员提高了工资、改善了工作条件。然而，非技术工人在组织工会方面不如技术工人那样成功。他们组建了第一个重要的全国性组织——劳动骑士团，目的是将所有工人，无论是技术工人，还是非技术工人，团结起来，组成一个大工会。劳动骑士团不但希望改善工人的境遇，而且希望改造社会的各个方面。这个组织在19世纪80年代发展了大批会员。

三、城市中的改革

1890年后，许多中产阶级和某些上流社会的美国人对贫富之间的巨大经济差异、大企业对国家和社会的操控、政府的腐败、导致暴力冲突的罢工和影响力日益增加的左翼思潮深感不安。他们意识到这些不稳定因素是对美国民主制度的严重威胁，并开始支持各个层面的社会改革。

以中产阶级为生力军的改革者们在州一级政府通过了许多法律来帮助贫民窟中的穷人改善生活条件。通过他们的努力，许多城市在穷人的居住区开辟了公园和运动场，建立了幼儿园，改善了学校的条件。有些致力于改革的州政府扩大了公共教育的范围，严格要求雇主在工厂里采取防护措施，使工人们不致受到火灾和危险机器的伤害。威斯康星州甚至通过立法收缴所得税来用于福利事业，为此遭到富人的强烈反对。

西奥多·罗斯福（Theodore Roosevelt）总统当政期间，曾大力推进美国社会各方面的改革，他不但赞同各行各业工人的罢工活动，支持工会与资方的斗争，而且还促使国会通过法律来限制大企业的势力。1906年，罗斯福总统在阅读了辛克莱的小说《屠场》之后，立即敦促国会于当年通过了《联邦肉类检验法》（Federal Meat Inspection Act）和《1906年纯净食品与药品法》（Pure Food and Drug Act of 1906）。虽然辛克莱的目的是揭露资本主义制度的罪恶，号召工人通过罢工以及政治斗争建立社会主义制度，但最终却使包括罗斯福在内的读者更注重其中谈到的食品卫生问题。尽管如此，《屠场》依然是文学作品影响政治、推动社会改革的杰出案例。

四、进步主义的兴起与中产阶级的价值坚守

进步主义最初只是一种乐观的理想。进步主义者坚信进步思想，他们相信社会应该不断进步、不断发展，只有进步才是国家真正的未来。但进步主义者同时也坚信，进步和发展不能像 19 世纪末期那样不计后果。市场的"自然法则"，以及符合这些法则的社会自由发展和社会达尔文主义，尚不足以带来社会发展所需的秩序、稳定和正义。人类有目的地直接干预社会经济发展才是构建健康良好社会的根本动力（布林克利，2009）。

媒体的"揭黑"运动与各行业工人罢工，都是当时被称作进步主义运动的政治与经济诉求的组成部分。各级工会通过组织工人罢工，要求工厂主提高工人工资待遇、缩短工作时间。

19 世纪末，由于经济发展和社会需求的扩大，除了工人的爆炸性增长，从事各类行政工作和专门职业的人员也大量增加。工商界需要管理人员、技术工人、统计人员，各个城市需要提供商业、卫生、法律和教育服务方面的专门职业人员，新兴的科技领域需要大量的科学家和工程师，而培养这些人员又需要建立足够的高水平教育机构，需要有教师和行政管理人员。这些具有专业知识和技能的人员逐步形成了一个新群体，即新中产阶级。

与拥有土地和工厂的老中产阶级不同，新中产阶级拥有的是一技之长。这一新的变化标志着美国的社会结构开始发生变化，作为在上层阶级与劳工阶层之间起缓冲作用的中产阶级在不断扩大。当时的社会统计资料显示，在 19 世纪末到 20 世纪初的美国各阶层中，"新中产阶级的发展最为迅猛"（朱世达，1994：43）。1870～1910年，美国总人口增长了 2 倍多，其中工人阶级增长了 3 倍，农民增长了 1 倍，老中产阶级增长了 2 倍，而新中产阶级则增长了 8 倍（Hofstadter，1989）。由于社会结构的变化，新中产阶级中有许多人脱离了他们父辈所属的劳工阶层，新的社会地位使他们获得了更多的上升空间，使他们拥有更多实现自身梦想的空间。新中产阶级目睹

了种种社会不公，他们希望改革，但并非喜欢剧烈的社会变革。因此，新中产阶级的出现使美国社会的稳定系数大增。

新中产阶级非常看重自身教育和个人发展，这得益于美国战后教育体系的完善和发展（李颜伟，2010）。同时，为了维护自身的利益，20世纪初，新中产阶级开始建立有组织的现代职业团体，并通过组织来创建标准，维护自己的社会地位。鉴于当时社会中普遍存在以兜售假药、借行医为名进行欺诈等现象，医疗行业最先于1890年出现由受过专门训练的医生建立的协会和社团，以维护自身的职业信誉。1901年，美国医学协会已经发展成为全国性的职业组织。1920年，全国近2/3的医生都成了这个协会的会员。为了维护该协会的权威性和保障注册会员的业务水准，美国医学协会不久便提出了严格的科学化从医标准，要求医生为捍卫这一标准尽职尽力。国家和州政府也为此通过新法，要求医生从业必须领取执照，而执照只授予行业认可的合格人员。随后，各行各业也开始建立自己的行业协会，如1916年建立的职业律师协会等。行业协会的建立带来的严格标准的制定直接使教育机构质量得到提高，也使有志从事这些行业的年轻人看到，如果希望实现自己的梦想就必须进行深造，因此各个大专院校的入学人数有了大幅增加（布林克利，2009）。

商界人士也开始建立自己的全国性组织，如1895年建立的全国制造商协会和1912年建立的合众国商会等。此外，商界人士出于自身利益的考虑，开始注重对教育的投资和捐赠，他们对人才的需求和通过投资对教育本身的介入，对学校的管理、教育内容和方式都产生了影响，全美各高校纷纷建立法学院和商学院以满足业界的需求。

前面提到，在19世纪末20世纪初，虽然美国工业高速发展，但资本家极端的唯利是图行为所导致的政商勾结使腐败现象频发。同时，他们对工人，特别是新移民工人的残酷剥削，引发了严重的社会问题。此时，中产阶级在保持社会稳定方面发挥了难以替代的作用，使美国避免了剧烈的社会动荡，并使社会变革仅仅局限于通过加强法制来调整和改善社会经济秩序。同时，中产阶级通过身体力行为下层人士提供了良好的道德引领和行为规范，以及提升社会地位和改善生活方式的范例，这使人们认识到无须摧毁现有的社会秩序，也能使自己的生活得到改善。中产阶级只要改革，不要社会动荡。他们认为，当时美国的工业化无时无刻不在剥夺着普通美国人的机会，而那些金融寡头正在扼杀个人主义，公司的权力正在侵蚀社会的各个阶层。在他们看来，这种发展趋势不仅是不道德的，同时也在破坏社会的稳定。出于维护自身阶级利益的考虑，中产阶级针对社会不公和腐败进行了相对温和的斗争。他们希望建立稳定、公平的社会秩序，同时也担心劳工罢工会最终导致现有社会经济制度的垮台。他们反对工业社会的政治腐败与经济巨头对政治的操纵，早期出现的"独立派"和20世纪初出现的"清污者"即是中产阶级不满当时政治现状的反映（周晓虹，2005：113）。早在19世纪80年代，代表老中产阶级的"独立派"就揭露了两党制的腐败与金钱操纵政治的内幕。他们反对美国的"道德病"，揭示腐败、物质主义与公司的权力膨胀。1894年，进步主义活动家、著名记者亨利·劳埃德（Henry Lloyd）写下了《财富与国民的对立》（Wealth Against Commonwealth）一书，对垄断资本家进行了揭露和批判。揭黑运动的重要领军人物之一、著名记者林肯·斯蒂芬斯（Lincoln Steffens）也发表了一系列反对城市腐败和政治腐败的文章，其著作《城市的耻辱》（The Shame of the Cities）、《为自治而斗争》（The Struggle for Self-Government）均体现了中产阶级作为社会道德和良心的监管员的角色价值（周晓虹，2005）。

在这一时期，美国各地涌现的不同类型的社会服务组织对社会稳定、社会矛盾的解决都起到了不可低估的作用。它们最重要的特点不外乎白人中产阶级出于对社会不公的义愤自发形成的民间组织，其中不乏各个基督教派的影子。这些立志于社会改革的社会服务组织的人员大多是来自富裕家庭、受到过良好教育的女性。她们身体力行，帮助穷人解决生活问题，更重要的是潜移默化地将中产阶级的价值观和生活方式灌输给穷人，使他们看清自己人生的路径，认识到通过辛勤劳动和接受教育，每一个人都可以实现美国梦，过上幸福的生活。因此,这种来自中产阶级的影响无疑培养了新移民的从众意识,使他们有了自己的生活目标,更重要的是,有了效仿的对象。

第二节 西奥多·德莱塞与《嘉莉妹妹》

与凯瑟同时代的美国文学的另一位代表人物、著名作家德莱塞用一名记者的敏锐观察力审视了 20 世纪初美国社会生活的方方面面,尤其是经济领域所发生的翻天覆地的变化,同时以小说家的方式将其记录下来。德莱塞一生中出版的文学作品众多,其中最具有影响力的有《嘉莉妹妹》、《珍妮姑娘》(Jennie Gerhardt)、《美国悲剧》(American Tragedy)、《巨人》(The Titan)、《"天才"》(The "Genius")等小说。

作为德莱塞的处女作,《嘉莉妹妹》用朴实的语言反映了美国社会转型时期芝加哥和纽约的市景和人生百态,其中有很多对富人俱乐部、剧场、百货公司、街道和交通工具的细节描写,也有对一些人物,特别是其穿着的精致刻画,读者可以从中获得大量与当时市井文化,特别是中产阶级文化相关的信息,该小说成为难得反映那个时期城市文化现状的作品。该小说重点揭示了经济发展对中产阶级和普通劳工阶层的生活状况、道德与价值观的影响。同时,该小说也触及了道德问题以及当时人们避而不谈的话题之一——被包养女性的生活情况。

当今评论界普遍认为,德莱塞对自然主义文学的贡献在于他在该文学运动早期为其发展打下了稳固的基础。《嘉莉妹妹》彻底告别了维多利亚时代的道德信条,从此文学作品开始更加注重挖掘和表现人类的本能。在我国,每年都有许多以《嘉莉妹妹》为研究对象的论文发表,德莱塞是我国的美国文学评论界研究最多的作家之一。一些学者指出,嘉莉的道德倾向主要是受当时的社会环境影响而形成的(黄开红,2006),同时,以男性为主体的现代城市的迅速膨胀和城市工业文明的迅猛发展与生活在其中的女性的异化是同步发展的,物质商品化、精神真空化和生存疏离化的城市生态环境使许多"嘉莉妹妹"从淳朴的乡下女变为城市中待价而沽的商品，成为道德空白和灵魂迷失的"空心人"，从而使得人们对物质文明的价值意义产生了疑问（朱振武，2006）。

一、中规中矩的成功人士对社会规范的顺应与叛逆

《嘉莉妹妹》是美国自然主义文学的代表作之一，它体现了人在命运面前的无奈和式微，赫斯特乌在做出人生中的错误选择后失去了幸运之神的眷顾，最后终被命运抛弃。除了这一点，该小说对当时人们普遍面对的个人发展过程中所遇到的道德问题的讨论更是有着深刻的文化含义。无论对富人还是对普通人而言，当时的美国似乎是个人奋斗的天堂，只要努力勤奋，任何人都可以获得财富和提升社会地位。在这个纸醉金迷、财富被作为唯一衡量标准的世界中，到处充满着诱惑。然而，虽然每个人都有改变自己社会地位的自由和机会，但一些最基本的道德标准依然存在。赫斯特乌遭遇厄运的原因在于他触及了当时美国道德体系的底线。他多年来一直以经理的身份辛勤工作，这使他博得了老板的赏识和信任，但他在一念之间做出的抉择摧毁了这一信任，进而断送了他的职业生涯。对妻子和家庭的背叛不但令他失去了亲情，而且也失去了前半生积累的物质财富，这使他的前途变得脆弱不堪，难以经受任何不测和打击。他的精神依靠和期望中的伴侣嘉莉在他危难之时却不能给他丝毫的帮助和怜悯，二人之间不存在任何感情，有的只是肉体和金钱的交换关系。

在《嘉莉妹妹》中，德莱塞对嘉莉生活中最重要的两个男人杜洛埃（Drouet）和赫斯特乌进行了生动描写和刻画，这不但反映出两人性格和品位的不同，而且反映出当时中产阶级消费主义生活方式的特点。小说对浅薄张扬的杜洛埃的描写，真可谓入木三分。杜洛埃是替一个厂家到各地兜揽生意的推销员。他用1880年在美国人中间突然流行的装扮方式装扮自己，他看上去更像一个"小白脸"。为了强烈地激起敏感的年轻女人的好感、博得她们欢心，他穿了很惹眼的衣

服，是用棕色方格花呢裁制的成套西装，当时非常流行，被看作是办公室的专用服装。西装的背心领口开得很低，露出白底粉红条子衬衫的浆硬的前胸，上面是雪白的高硬领，系着一条花样显眼的领带。露出和衬衫质地相同的亚麻布袖口，扣着很大的镀金袖钮，上面镶着叫做"猫儿眼"的黄玛瑙。杜洛埃手指上戴着好几个戒指，其中之一是永不走样的厚实的私章戒。他西装背心的口袋外垂着一条精致的金表链，链上系着"麋鹿会"的内部徽章。整套衣服十分贴身，还配上了擦得锃亮的宽底黄褐色皮鞋和名为"弗陀拉"的灰色呢帽。他的外表无疑对涉事尚浅的嘉莉具有很强的吸引力，在她的心目中，杜洛埃是富有和崇高地位的象征（Dreiser，1982）。

作为一个普通的推销员，杜洛埃利用嘉莉的单纯和无知，用物质对其进行诱惑，他虽然一再对嘉莉表示自己对她有感情，常常带她出去玩乐，在他财力许可的范围内在她身上花了不少钱，但实际上他只是将她视为自己的玩物和财产，这一点反映出当时中产阶级物欲横流、低级恶俗的生活方式。

与杜洛埃相比较，赫斯特乌似乎是属于较高层次的人，他是亚当斯街一家著名酒店的经理，许多人认为他是个事业非常成功的社交界名人。赫斯特乌确实如此，他体格健壮、活动力强、神态稳健庄重。这种形象部分是由漂亮的服装、干净的衬衫、身上戴的珠宝饰物所塑造的，但最重要的还是他那自命不凡的气概。赫斯特乌自有一种风度，是一个有趣的人物。他在许多小事情上显得精明而又机敏，善于给人以良好的印象。他的身份是相当重要的，他是个经理，很威风。他靠坚忍、勤勉起家，通过多年的不懈努力，从一个普通酒吧的掌柜爬到现在的地位。他大部分时间都在店里各处走动。他穿着用进口料子精工缝制成的西装，手指上戴着几只戒指，领带上佩戴着一颗上等蓝宝石，一件引人注目的西式背心上挂着一条赤金表链，链上系着一个设计精美的小饰物和一只式样最时新的挂表。他喜欢每隔一段时间出去玩玩，看赛马，看戏，上俱乐部去赌博玩乐，还有更罪恶的去处——装饰俗艳的妓院，当时的芝加哥正因这些妓院而遭人诟病。他有一匹马和精致的双轮轻便马车,他的妻子和两个孩子安居在北区靠近林肯公园的一幢精致的宅子里,从各方面来看,他是美国上流社会的一个受欢迎的人物——仅次于豪门大族的第一等人物(Dreiser,1982)。

虽然赫斯特乌在外风度翩翩,有不少商业上的朋友,但他的家庭生活并不幸福。他的妻子是个自私势利的人,热衷于趋炎附势,而两个已成年的孩子也是自私冷漠,关心的只是花钱购买漂亮高档的服装。尽管如此,赫斯特乌有着自己的道德信条,他认为自己不能搞乱家庭生活,因为那会影响他跟店东们之间的关系,他们不要流言蜚语。赫斯特乌坚信,一个人要保持他的地位必须有庄严的风度、清白的名誉,要植根于一个可敬的家庭,因此他做一切事情都得小心谨慎。每当在哪一个下午或者星期日出现在公共场所,他总是和他妻子在一起,有时和孩子们在一起,一起度假,做大家都做的事情,因为这样是必要的。

二、叛逆者的悲剧和弄潮儿的上升之路

因为经不起诱惑而做出了错误的判断,赫斯特乌从一个品位高尚、受人尊敬的酒店经理逐步没落到如此地步,不免会使当时的读者扼腕叹息,同时也会引起他们的警觉。在当代人眼中,《嘉莉妹妹》对赫斯特乌这个人物塑造的合理性令人疑惑。首先,赫斯特乌作为一个从社会底层通过个人奋斗获得了中产阶级的社会地位及与之相应的经济实力的人,应该有着出色的商业头脑和交际能力。他多年来一直身处芝加哥的娱乐业,并有着广泛的人脉,但环境改变后,他竟然会如此无所事事。其次,在投资项目失败后,赫斯特乌居然会用本来已经不多的钱去赌博,直至最后全部输掉,最初老练智慧、懂得如何规避风险和循规蹈矩的人,竟然会变成一个莽撞简单、不思后果的赌徒,这一点难以令人信服。最后,在手中有限的资金逐渐减少,以致连生存都已经困难时,赫斯特乌却拒绝以一个普通工人的身份去寻找就业机会,每天用读报和闲坐来打发时间,人在走投无路时被激发出的那种生存的欲望在曾是如此深明事理的赫斯特乌身上却没有丝毫的

体现，如此刻画不免会令人生疑。当然，今天的读者会发现，赫斯特乌所展现出的恰恰是明显的抑郁症症状，而德莱塞将赫斯特乌进行如此描写和刻画也许只是出于对多数读者口味的某种迎合。当时的读者期望看到这个违背道义之人因其非从众的伤风败俗行为受到惩罚，德莱塞只能为赫斯特乌安排如此凄惨但有些不近情理的结局，以平息他本人在写作过程中因过分迁就嘉莉妹妹那些伤风败俗的行为而未进行任何道义上的谴责在读者中引发的众怒。这反映出，当时的读者的从众意识给作者的压力，使作者不得不顺应读者的意愿来安排小说的结局。

　　小说中对后来处于窘境、人格尽失、饥寒交迫的赫斯特乌进行了描写。无奈的赫斯特乌已经做出了一个不同寻常的决定——和纽约的流浪汉们一起申领救济。小说结尾处对赫斯特乌自杀时的描写更是令人感到男主人公在被命运抛弃后的无助和无奈："他又开了煤气，但是没有用火柴去点灯。当放出来的煤气布满房间时，他还是站在那里，完全躲在仁慈的夜色里。他的鼻孔嗅到了煤气的味儿，他就放弃了这站着的姿势，摸索着上了床。'有什么用呢，'他摊手摊脚地躺下去安息的时候，倦怠地说。"（Dreiser，1982：397-398）

　　《嘉莉妹妹》中的女主人公嘉莉作为一个被包养的女人，开始时的希望仅仅在于能拥有宽敞舒适的居住环境、精美的食物和靓丽的服饰。随着时间的延续，嘉莉自我意识逐渐占据了她生活的主导地位。她不再满足于做一名被人包养的情妇，而希望利用自己的美貌、才智，以及逐渐显露出来的表演天分来闯出自己的一片天地。杜洛埃和赫斯特乌只是她通往功名路上的桥梁而已。在当时成千上万在各大城市做工的乡下女孩中，对生活怀有梦想和期盼的大有人在，而嘉莉则是一位幸运儿。同时，她也是那个时代的弄潮儿，正是因为她顺应了时代的文化，巧妙地利用了自己的美貌、能力和机遇，在那人欲横流的社会中脱颖而出。但同时，德莱塞笔下的嘉莉无疑又是一个典型的极端利己主义者，她对自己的家人、对生活中的两个男人毫无情感可言，唯一维系她与其他人关系的仅仅是经济利益而已，她只重视自己的生存、享受和名利。因此，在《嘉莉妹妹》中，嘉莉可谓是第二个应该予以谴责之人。德莱塞对嘉莉的刻画无疑对当时希望改变自己生活的年轻女性以及她们的家庭有着一定的警醒作用。

虽然《嘉莉妹妹》在出版伊始并未受到太多的关注，然而，在不多的评论中，有关赫斯特乌的内容占据了大部分。例如，一位《纽黑文信使报》（*New Haven Journal Courier*）的评论家就声称"书中有关赫斯特乌失落、破产、身败名裂的内容最能使人警醒"，而《芝加哥每日新闻》（*Chicago Daily News*）的文学评论家艾德娜·肯顿（Edna Kenton）当时也认为"仅从对赫斯特乌的描写上看，《嘉莉妹妹》就是一本好书"（Salzman, 1972）。评论界并没有像德莱塞想象的那样，对嘉莉存在的道德问题提出非议，反而更加重视赫斯特乌的命运，对德莱塞对他的结局设计深表赞赏。书中赫斯特乌的悲惨结局不能说不是德莱塞对读者期待预设的成功，这也使他本人站到了传统价值观卫道士的阵营之中。相反，小说对嘉莉成功之路的描写略显轻薄，这也使评论界和读者未把她列为善用心计、贪图享受、伤风败俗的女子而对其横加指责。比起对赫斯特乌的描写，德莱塞对女主人公的塑造则显得更为可信、真实。然而，由于评论界的忽视，德莱塞的目的似乎并没有达到，但至少也使他避免了像肖邦那样受到评论界的抨击。

第三节 厄普顿·辛克莱与《屠场》

作为进步主义运动最著名的"揭黑"著作之一，辛克莱的小说《屠场》从诸多方面反映了当时的社会现实，而且许多内容，如新移民工人的工作环境、他们所遭受的不公正待遇、工厂主和托拉斯的唯利是图，以及恶劣的食品卫生条件等实际上都不被广大读者所知。该小说正是通过写实的手法使广大美国民众，特别是罗斯福总统，意识到芝加哥肉类加工行业所存在的问题，进而引发大规模的请愿、抗议活动，最终推动一系列法案，特别是食品卫生相关法律的出台。作为

"揭黑"作品,小说对当时新移民工人的凄惨的生活状况,以及芝加哥肉类加工厂恶劣的工作环境等进行了详细的描述,尤其是对加工厂资本家唯利是图、置基本的食品卫生标准于不顾的违法行径的描写,使美国公众第一次意识到他们在食品卫生方面所面临的风险。

一、对恶劣生活及工作环境和卫生条件的揭露

该小说首先对新移民工人的生存环境进行了细致的描写,使那些为芝加哥在世界肉类加工业中所处地位感到骄傲的人们不得不重新考虑自己的立场。在辛克莱的笔下,新移民工人生活在蚊蝇滋生的垃圾堆中,他们无法上学的孩子整天在被各大企业严重污染了的"泡沫河"畔满是废弃的空西红柿罐头盒的草地上玩耍(辛克莱,1979),没有人关心这些大人和儿童的健康。那些贫困的新移民住在拥挤不堪的房子里,那里肮脏潮湿,缺乏公共卫生设施,一个房间往往会住五六个人,他们多数是亲戚关系,而非属于同一个家庭。这里的居民一开始是德国人,后来是爱尔兰人,随后又是从东欧各国来的移民,但环境却一直没有什么变化。

小说对工人的劳动环境的描写更是触目惊心。工人往往不得不在极其恶劣的环境中工作,稍有不慎就会受伤,也会因此失去工作,同时连累整个家庭。加工牛肉的生产线运行的速度非常快,工人都必须竭尽全力才能跟上。工人几乎没有空闲时间,他们的手、眼和大脑都在不停地工作。书中的尤吉思·路德库斯(Jurgis Rudkus)是个剔牛骨的工人,干这种工作最危险,特别是工人拿的是计件工资,而且这些工人都在设法为家人或结婚攒钱。他们工作时手很滑,刀也很滑,而自己又在拼命干活,稍有不慎就会在手上划出一条可怕的伤口。"这还不算什么,可怕的是病菌感染。伤口可能弥合,可是后果很难预料。最近三年中,尤吉思就曾患败血症在家中躺下两次——一次躺了三个月,另一次躺了将近七个月。"(辛克莱,1979:15)

除了工人面临的繁重的工作压力之外,肉类加工厂恶劣的工作环境则是另外一个严重威胁工人生命健康的因素,而在油槽间干活的烹

调工人所面临的环境最为险恶。车间里满是蒸汽,有些敞开的油桶跟地面差不多是平行的,因此在这里工作的工人自然非常害怕,如果不小心掉进桶里,即便最后捞上来也已面目全非。有时候一连几天忘记捞了,"最后,除了几根骨头以外,尸体的其余部分都早已跟达勒姆公司所制造的上等纯猪油一道行销于世了"(辛克莱,1979:133-134)。以上部分不仅是小说里最令人毛骨悚然的细节描写,而且也让广大的美国乃至欧洲的消费群体为所购买的肉类食品的安全担忧。

虽然芝加哥肉类加工厂的工作条件恶劣,但在短期内涌入了过多的移民,他们即使是想找到如此艰苦的低收入工作也非常困难,这一点也成为当时资方为了降低生产成本、提高利润率而随意延长工人的工作时间、降低他们收入水平的借口。根据《屠场》的描写,当时所有处于同一等级的工人都视他人为竞争对手,因为每个人的工作情况都有记录,如果有人表现好,那么其他人都会活在失去工作的恐惧中。因此,工厂里从上到下,人与人之间处于高度竞争状态,充满了妒忌和仇恨。一年到头,这些工人就像一台巨大的肉类加工机上的部件,需要维护和更换。身体稍弱一些的就会患上肺炎,甚至肺结核。随着芝加哥寒冷的冬季到来,不能按时上班的人就会逐渐增多,而厂方绝不会费力去表示关心和慰问,工头们会立即找新人顶上。芝加哥找工作的人有成千上万,每天加工厂门口都挤满了饥饿难忍、身无分文的人,他们会为了一份工作而相互争斗。他们通常在工厂开工前一小时就到达这里,在寒风中等待,毫不顾忌被冻伤的危险。根据该小说的描写,一天,德尔汉姆公司发布了一则需要200人除冰的广告。那天从早到晚,饥饿难忍、无家可归的人艰难地在雪地中跋涉着,从城市的四面八方汇集到工厂的大门前。最后,他们发现广告的数字有误,实际上只需要20人。

此外,罐头镇还存在着严重的非法使用童工的现象,虽然当时美国法律明文规定,禁止工厂使用童工,但在这里,一个男人往往整月找不到工作,而孩子却很容易被录用。屠场里不断出现一些新机器,厂方就雇用孩子去操作,干出的活儿和成人一样,而工资只有成人的1/3。

二、对肉类加工行业存在问题的揭露

《屠场》一书对芝加哥的肉类加工行业的现状进行了描写，反映了辛克莱作为一名职业记者所具有的专业素质。它能使读者对当时的行业状况有一个较为详细的了解，并从中看到工厂主的唯利是图和工厂存在严重的产品质量安全问题。这些肉类加工厂已经成为各种环境、工序、产业结构完整的托拉斯。工厂主绝不会浪费任何能获利的东西。以书中的达勒姆（Durham）公司为例，任何有机物质都不会被浪费掉。它们会被制成梳子、纽扣、发针和假象牙等产品，以及白明胶、鱼胶、磷、漂白剂、鞋油、骨油等意想不到的产品。加工厂可以从猪胃里提取胃蛋白酶，从血里提炼蛋白，用臭不可闻的内脏制出小提琴的琴弦。剩下的废物则被制成肥料。所有这些工厂都集中在附近的这些建筑物内，由走廊和铁路与主要建筑物相连。

不仅如此，这个托拉斯规模巨大，雇有3万名工人，直接养活邻近的25万人口，间接为约50万人提供产品。托拉斯把它的产品运往文明世界的每一个国家，向3000万人供应了肉食（辛克莱，1979）。经营规模如此之大，但工厂主为了节省开支，建了许多秘密管道用来盗用芝加哥市的自来水，总量高达几亿加仑。虽然该丑闻在报纸上被曝光，但没有人受到惩罚，这种劣行依然能继续下去。

然而，最使广大读者义愤填膺的是该小说中对各大肉类加工厂卫生状况的描写，其涉及的细节可谓令人发指，极大地触动了美国公众，坚定了他们加强食品卫生监督的决心。在该小说中，达勒姆公司生产的许多产品名不副实：在广告上写着"香菇番茄汁"，然而制造这种罐头的工人不知道里面有香菇；写着"红焖鸡"的罐头根本不含鸡肉，这种罐头是肠肚、肥膘、牛腰子、牛心和小牛肉的渣滓混合起来制成的；火腿、腌牛肉的渣滓和不去皮的马铃薯被碾碎后，配上香料，之后被冠以某一种食品名称出售。在达勒姆公司，"人们喜欢喂的牛患结核病，因为这样一来，膘长得就更快了。这家公司把全美洲食品店里卖不出去的腐臭的黄油都收购了下来，通过压入空气的办法使它氧化，去掉臭味，然后和脱脂牛奶搅拌在一起，就制成了一块块黄油在市场上销售了"（辛克莱，1979：130-131）。所有这一切令那些来自欧洲的新移民难以想象。

此外，缺乏监督是这些卫生问题的根源所在。有一个行业专门售卖不合格的肉类，其中也有种种可怕的内幕。芝加哥人看到政府派稽查到罐头镇上，都认为这意味着大家会受到保护，病畜的肉绝不会再在市上出售了。殊不知这163名稽查都是应屠场主的要求派来的，这些人的薪俸由美国政府支付，其职责只在于证明一切病畜的肉并未运出州去。他们的权威仅止于此。至于芝加哥市及州内出售的肉，检验权则完全被掌握在当地政治机构的三大巨头手里（辛克莱，1979）。

三、引发中产阶级对社会进步和改革的呼吁

从上面可以看出，《屠场》一书大获成功并不只是因为其对芝加哥肉类加工厂工人遭遇的控诉，更重要的是因为其对令人惊骇的生产环境进行了揭露。正是阅读了此书，罗斯福总统下定决心推动一系列食品卫生法案的通过。此外，该小说中对新移民工人悲惨境地的大量细节描写也使得中产阶级意识到这一局面可能会引起社会动荡，以及最终会对他们自身的生存构成威胁，因此更加坚定了推进改革的决心。这样的结果也是辛克莱本人难以预料的。作为一个主张通过赢得选举来建立工人阶级政权的社会党党员，辛克莱希望用自己的小说反映出工人阶级，特别是新移民工人的艰辛生活和不幸遭遇，以及资本家对工人的残酷剥削，以期提高工人阶级的意识，进而使他们组织起来，通过和平手段，积极参加选举，来推翻资本主义的统治。然而，反对社会出现激烈动荡局面的中产阶级在美国社会中占较大比重，并具有举足轻重的政治和道德影响力，在社会改革方面也一直付出较大努力。中产阶级的积极参与推进了各项社会改革，其中包括改善新移民工人的劳动条件、提高他们的薪金水平。中产阶级实际上为新移民工人提供了与社会党人的主张相左的选择，那就是向政府和国会施压，促使其通过提高工资、改善工作环境等法案，从而通过对制度的

改革来铲除社会不公和腐败恶疾。通过以罗斯福总统为代表的进步主义政治家的努力，相关法案得以迅速通过，他们还通过法律的手段逐渐阻止了资本家对工人的残酷剥削，同时通过限制新移民的继续涌入，使工人的工资水平得到普遍提高。至于肉类加工厂中的那些骇人听闻的卫生环境问题，相关法律的制定和通过也使其得到了有效的控制和改善。以中产阶级美国人为主体的社会群体所付出的社会改革的努力，在很大程度上缓解了本来已经极端尖锐化的社会矛盾，没有让这些矛盾引起剧烈的社会动荡。更重要的是那些由中产阶级积极倡导和参与的公益组织对工人进行言传身教，为他们树立了人生的榜样，使他们意识到在美国，人们通过努力是能够使自己的经济和社会地位得到提升、生活水平得到改善的。其实这一点在辛克莱的小说中就有所体现，虽然没有作为小说的重点主题，但其中不乏由中产阶级组成的慈善机构的成员在新移民工人中间活动的身影。

《屠场》一书的历史功绩不可磨灭，辛克莱与其他的进步主义"揭黑"人士一道，极大地推动了美国社会的政治改革，从而避免了中产阶级不愿意看到的因贫穷而引发的社会动荡。

20世纪初美国工业化带来了寡头垄断、政商勾结、腐败现象横行、收入差距增大和阶级对立日趋严重等负面效应，美国社会的诸多领域受到了影响，而进步主义运动为美国提供了一个自我修正的机会。不断壮大的中产阶级群体为了维持社会稳定和公平正义，与左翼人士领导下的劳工运动相互策应，迫使联邦政府通过立法的方式来保障新移民工人和社会底层人士的权益，在一定程度上打击和肃清了政治经济领域的腐败现象，限制了新移民的无节制流入，美国人的平均工资水平得以维持，使更多的美国人能够有机会成为中产阶级的成员。这无疑在人员、制度和物质等方面为20世纪20年代初开始的消费主义生活方式做好了准备，使美国文明进入了一个新阶段。同时，左翼思想开始在美国以较为温和的方式发展壮大，被同为中产阶级的知识分子群体所接受和发扬，为20世纪60年代之后的一系列文化运动奠定了理论和实践基础。

第六章 消费时代社会规范与中产阶级的从众思维

如果说 19 世纪末美国人的消费模式还是以上流社会"炫耀式消费"为特征的话，20 世纪 20 年代出现的美国消费主义则更趋向于"大众消费"。20 世纪 20 年代，日益发展的都市文化和消费文化使各地的美国人都拥有十分类似的生活方式和社会观点。类似的文化氛围向他们展示了一套新的价值观，反映了现代经济的繁荣局面和复杂特性。自然，新文化并未消除美国社会一直存在并不断发展的种族多样性。相对一致的大众文化作用于不同的地区、种族、宗教、性别和社会阶段，决定了人们对全国文化发展的不同反应。本章将结合这一时代出版的相关文学作品对消费时代社会规范与中产阶级的从众思维进行分析，借以说明消费主义价值观对中产阶级的心理和生活态度的影响。

第一节 消费主义生活方式的形成

一、工业化与消费主义的兴起

工业化给美国社会带来的诸多变化之一便是大众消费文化的出现。20 世纪 20 年代，多数美国人不仅能负担基本的生活需求，而且能享受额外的商品和消费服务。美国进入了人们不仅为需求，而且为享受而购买商品的社会阶段。中产阶级家庭纷纷购置电冰箱、洗衣机、电熨斗、吸尘器等家用电器，这带来了家务劳动领域的一场革命，特别是对妇女生活方式产生了重要影响。此时，无论男女都戴上了手表，抽起了香烟。女人购买化妆品和批量生产的时装。到20世纪20年代末，3000多万辆汽车已经在美国公路上奔驰（布林克利，2009）。

汽车对美国人的生活方式产生了难以估量的影响，它极大地扩展了人们的活动范围，使成千上万以前从未离开家园的人可以外出历险。特别是对生活在乡间的人来说，汽车是摆脱孤独农场生活的重要工具。他们去看朋友，或到城里散心，都十分省力省时，基本可以随心所欲，再也不用自己骑马或步行。城市居民则把汽车当作逃离城市喧嚣和拥挤环境的必备工具，周末到乡间野外兜风已成为都市休闲的一种时尚。还有许多家庭长期逃离城市生活，干脆搬家住在郊区。汽车带来的交通便利使美国城郊的发展十分迅速。

汽车和有轨电车的发明和大规模使用，大大地改善了城市卫生环境。在汽车和电车普及之前，芝加哥等城市的有轨马车的交叉线路经常发生严重的交通阻塞，马车作为传统动力机械，其固有缺陷成为人们批判的对象。马在城市街道上排泄成千上万吨粪便和成千上万加仑尿液，纽约自由大街上的马粪最高堆积了7英尺（ft）[①]；由于在服役时死去，每年单单在芝加哥就会有7000具马尸等待被拖走；马携带的疾病会传播给人类；有些马厩里会产生浓重的马粪气味，并招致成群的苍蝇，尤其到了夏天，这种情况会变得更加严重（Mcshane，2007）。

伴随着工业化而来的是各种管道设施的逐步完善，各种家用电器开始进入城市富人、中产阶级，乃至普通市民的家庭中，这些不但给他们的生活提供了便利，提高了生活质量，也使祖祖辈辈为家务劳动所累的妇女成为最大的受益者。根据林德夫妇在1925年对120户工人家庭进行的一次调查：2/3的受访者说，他们的妻子每天工作4~7小时。如果平均每天工作约6小时，每周7天全部工作，周工作时间

---

① 1 ft = 3.048×10^{-1} m。

约42小时，比当时男人每周的平均工作时间48～50小时略少一些。3/4的受访者称，他们母亲的工作时间更长，但调查结果没有说具体长多少。对40个"商人家庭"主妇的调查显示，这些主妇中有1/3雇用了一位全职家庭仆人，但是她们的母亲在1890年有2/3雇用了一位全职家庭仆人（Lynd R and Lynd H, 1929）。这些主妇从雇用全职仆人变为每周请人上门一次，这主要是出于费用考虑，在这些主妇们生活的年代，这类劳动一天的开支等于她们母亲那个年代一周的开支。由此可见，工业化给生活带来的变化逐渐把妇女从繁重的家庭劳动中解放出来，使她们有更多的时间接受教育、从事文化类的娱乐活动和培养爱好，为她们进一步参与社会活动并发挥更大的作用创造了良好的物质条件。

二、广告语传媒

在意识到并推动商业主义的出现方面，没有哪个产业能与广告业匹敌。美国最早的广告公关企业是N. W. 艾尔父子广告公司（N. W. Ayer & Son）、J. 沃尔特·汤普森（J. Walter Thompson）公司，它们早在第一次世界大战前就已经出现，但广告时代的到来却是在20世纪20年代，这部分得益于战时出现的宣传技术。广告不再单纯地传播信息，而是将产品与特定生活方式相结合，将魅力和声誉注入产品，以有助于个性完善和丰富个人生活的说辞劝说顾客购买某种产品。

电影成了当时最流行、最有效的大众传播形式。1922年，美国全国电影观众有4000万人，而1930年这个人数上升到了1亿多。有声电影的出现更是在美国掀起一股电影热。20世纪20年代唯一真正新颖的，同时也是最重要的传播媒体是无线电收音机。1923年，美国共有500多家广播电台，信号覆盖全美所有地区；1929年，拥有收音机的家庭达到了1200万个（布林克利，2009）。

鲍德里亚在《消费社会》（*The Consumer Society*）中指出：消费主义是一种生活方式，消费的目的不是实际需要的满足，而是在不断追求被制造出来、被刺激起来的欲望的满足，"'消费'控制着整个生活的境地"（鲍德里亚，2014：6）。在生产上主张大量生产、消耗、废弃的生产模式，在消费上主张即时消费、贷款消费、奢侈消费的消费方式，在生活上主张消费就是快乐、生活就是享受的物质层面的满足，消费主义顺应了当时资本主义的发展，成为解决"滞胀"问题的"有效"措施。它同时一反传统新教伦理的禁欲、节欲教义，把人们从压抑的生活方式中解放出来，提供了放松身心、宣泄自我的平台。因此，消费主义从诞生之日起就带着世俗性、大众性、工业性，迅速成为人们普遍接受的生活方式和价值观念。

三、消费主义产生的条件

消费主义在美国的兴起并非偶然，当时的社会政治文化环境为它的产生和发展提供了很多有利条件。第一，美国内战后和平的国内环境和工业的快速发展奠定了工业社会的基础，也使现代意义上的消费主义在美国起源成为可能。美国内战结束后，全国上下得以休养生息，抚平战争的创伤。政通人和的和平环境使美国迎来了工业的高速发展期。凭借着辽阔的疆土和丰富的资源，以及从欧洲各大老牌工业国那里引进的技术和人才，美国在制造业方面，如汽船、机车、机械制造方面，逐渐赶上了英国。因为新的生产理念的引入，美国在制造业的标准化方面进行了有益的尝试，特别是在枪械制造方面，零件生产标准的统一大大提高了产量，同时也给枪支维修提供了便利。另外，美国在农用机械制造方面也有突破，黑人发明家乔治·华盛顿·卡佛（George Washington Carver）发明的棉花去籽机极大地提高了劳动生产率，使农民从繁重的手工劳动中解脱出来。由于优惠的政策、较高的工资待遇和良好的发展前景，美国的企业吸引了欧洲各国诸多能工巧匠，他们将自身掌握的技术带到了新大陆，其中最著名的应该是英国人发明的纺织机械，它使美国的纺织业快速提升到了世界先进水平，成为当时纺织工业最先进的英国最有力的竞争对手。

在诸多有利条件的推动下，美国工业得到了飞速的发展。19 世纪80年代，美国工业总产值占到世界工业总产值的30%，居世界第一位（杨魁和董雅丽，2003）。这一时期，美国的铁路发展也十分迅速。19世纪40年代开始，商业化的农业生产在美国出现，电气工业同时兴起，大公司、大企业随之产生。这些无疑都是现代消费主义在美国产生的经济基础。

第二，进步主义运动在很大程度上清理了政治生活中的腐败和弊端，为经济社会文化的进一步发展创造了条件。第五章中提到，在美国内战之后开始的工业化进程大大地推动了经济的发展，也带动了科学技术水平的提高。然而，这一段时间却是美国历史上政治贪腐现象最为严重的时期。经济领域的政商勾结不但与美国道德传统背道而驰，而且更重要的是广大中下层人士在大公司、大财阀和腐败政客把持下的生活各领域中苦不堪言，社会动荡的风险随处可见。进步主义运动从政治和法律方面与诸多社会弊端进行斗争，最终将它们铲除掉，从而既保证了公平正义和社会进步，又避免了剧烈的社会动荡，为今后经济有序平稳地发展扫清了道路。

第三，为了推进经济发展、解决社会问题，美国政府制定了相关的法律。首先，如前所述，《宅地法》的颁布为东部的穷人和新移民提供了巨大的生存空间，使他们能够通过自己的努力实现自己的美国梦。其次，1924年5月通过的限制外国移民人数的法律——《移民法》（The Immigration Act）有效地控制了移民的数量。该法律虽然受到了包括日本在内的各国政府的诟病，但从客观上阻止了受教育水平低的移民的大量涌入，从而使平均工资维持在一个合理的水平，保障了大多数美国人的生活。

第四，多数国民社会地位与平均收入的提高壮大了中产阶级队伍。正如第五章所言，1870~1910年，美国总人口增长了2倍多，其中工人阶级增长了3倍，农民增长了1倍，老中产阶级增长了2倍，而新中产阶级则增长了8倍（Hofstadter，1989）。由于收入的增长，热衷于崇拜和模仿上层人士高雅生活方式的中产阶级意识到可以通过消费来提升其社会地位。

第五，美国中产阶级的追逐利润、趋新求异的民族性格促进了科技进步，从而带来了生产力的提高。生产规模的扩大和成本的降低使曾经是有钱人特权的住房和汽车成为普通人可以拥有的财产。其中最值得一提的是福特主义（Fordism）的装配流水线生产。福特模式的出现"归功于技术革命"和"三项社会发明"（贝尔，1989：113）。有学者认为，美国消费主义始于1913年福特汽车公司在密歇根生产流水线上驶下第一辆汽车之时（罗钢和王中忱，2003）。福特主义创造了工薪阶层消费模式，标准化、规模化的大批量生产使工人消费得起住宅和汽车。"一天工作8小时，挣5美元"，福特主义就是用这样的口号吸引着工人加入消费行列的。马克思主义文化研究对福特主义生产方式进行了如下分析：资本主义用提高生活水平的策略达到"一箭双雕"的目的。大量消费避免了生产过剩，同时社会因消费充裕而稳定。工人因此放弃对"异化劳动"和资本主义制度的抗争。

第六，广告业的兴起——在报刊中使用字号大小规定的突破以及图片的使用给了广告业前所未有的巨大的发展空间，同时也将大量的商品信息传递给广大读者，尤其是生活在远离城市的农村地区的读者，对消费主义生活方式的形成起到推波助澜的作用。与之前相比，广告文本逐渐演变成一个城市重要的新闻组成部分，它体现了人们的希望、思想、欢乐、计划、耻辱、损失、灾祸、幸福、愉快、痛苦、政治和宗教（布尔斯廷，2014）。与此同时，广告业也开始形成自身独特的话语体系，这使商品生产厂家的诚信、商标和产品质量逐渐得到重视。史学家丹尼尔·布尔斯廷（Daniel Boorstin）认为，当时的广告的艺术和科学成为发现消费社团、唤起并保持这些消费社团的诚信的技巧，为了达到这一目的，构建了一幅关于消费社团的新图景，从而改变了牌子名称和商标的旧世界（布尔斯廷，2014）。

除了报刊广告，图文并茂的邮购商品目录也随着印刷术的改良逐渐成为城市之外的人购物的必备之选，通过观看目录中的商品图片和阅读相关的商品说明，人们便可以按照所提供的商店或厂家地址进行订购，之后由邮局将商品寄到购买者的手中。这无疑弥补了报刊广告的不足，促进了非城市地区居民的消费，同时也缩小了城乡差别。

在美国内战之后，广告业获得了快速发展的机会，1867年，全国广告经费共计不超过5000万美元，而到1900年，这个数值达到了5亿美元，是当初的10倍（布尔斯廷，2014）。

第七，传统文化对消费主义表现出了默认和许可，并提供了支撑。虽然消费主义在很大程度上对基督教，特别是新教崇尚俭朴生活的传统价值观具有一定的侵蚀作用，但新教中重视通过劳动致富而增添上帝荣耀的信条却从另一方面为消费主义生活方式提供了合理的依据。美国产生现代意义上的消费主义的社会因素，按照《资本主义文化矛盾》（The Cultural Contradictions of Capitalism）的作者丹尼尔·贝尔（Daniel Bell）的分析，是"幻觉剂哄动"取代了新教伦理。新生活方式的出现是因为美国人的感觉方式发生了变化，社会结构也发生了变化。"从美国社会高消费经济状态下新的购物习惯的发展，及其对新教伦理和清教精神（这两项准则支持着美国资产阶级社会的传统价值体系）的侵蚀中"（贝尔，1989：102），我们可以看出变化。"经济冲动"代替了"宗教冲动"，换句通俗的话说：美国主流社会的生活价值观发生了变化。勤俭持家被炫耀式消费所取代。美国当时中产阶级上层中的大多数人耽于攫取更多的财富从而更奢侈地消费。

此外，四通八达的交通网络的建立使物品流动成本降低、时间缩短，推动了物流运输体系的建立。通信、邮政、出版业的发展将包括购物信息在内的各种资讯及时传播到全国，邮政服务把以往只能是城市人消费的商品邮递到乡下，这里的人也有机会接触和享用时尚物品。当然，最重要的是美国政府政策的鼓励。由于被商品过剩导致的经济危机所累，美国政府通过制定优惠政策，全力支持消费主义生活方式这一理念的形成。

总之，在这期间经济发展迅速，社会运转正常，中产阶级的人数增加，多数人都能够享受经济和社会文化发展的成果，社会各阶层成员基本上能够安居乐业。因此多数人，尤其是中产阶级，会看中自身与所在群体和社会的联系，将与群体成员之间的良好关系视为重要的财富资源，有时会为了群体的利益而牺牲部分个人利益。在这个方面，以福特主义为代表的企业文化起到了重要作用。为了规范工人的思维模式和行为方式，福特汽车公司以高薪为条件，对员工的品行进行了严格的要求，甚至还成立了专司其职的社会部，到员工驻地调查他们的社会关系、为人处世的方式和他们对家庭责任的履行情况，如果员工的行为没有达到福特汽车公司的要求，他们将会被解雇。因此，为了保住赖以生存的高薪职位，员工必须规范自己的行为，做一个好员工的同时，还必须做一个好丈夫、好父亲、好邻居（Ford，1922）。员工不得不遵守如此严苛的规定，乃至最终内化和顺应社会规范，成为从众文化中的一分子。在经济繁荣期里，在美国出版的畅销书中能找到更多的告诉读者如何能够使自己适应社会和群体的方法，这无疑体现出读者的实际需求。

在这样的时期里，社会道德体系较为完备，其对个人的约束力也较强，似乎每个人都在悉心维护与他人和所在群体的关系，对自己政治观点的表达和生活方式的选择都尽量不超出群体中其他人的期望。因此，个人的自我意识自然会受到一定程度的压制，而个性欲望往往通过物的方式进行表达，这就是为什么美国在经济发展迅速、社会相对稳定的20世纪20年代和20世纪50年代都出现过消费主义生活方式大流行的情况。从以这两个时代为背景的文学作品中不难发现，书中人物往往热衷于对物质生活的追求，而对个人主义思想的表达却因为邻居或俱乐部和行业协会成员可能的反对意见而有所顾忌。

第二节 辛克莱·刘易斯与《巴比特》和《大街》

反映20世纪20年代美国消费主义生活方式兴起最典型的文学作品莫过于美国首位诺贝尔文学奖获得者刘易斯的《巴比特》。他的另一部小说《大街》则通过对中西部小城中产阶级文化的描写进一步勾勒出消费主义时代美国大城小镇的文化所发生的变化。虽然刘易斯作为诺贝尔文学奖获得者的资质被人诟病，但《巴比特》和《大街》这两部作品一直以来都是反映20世纪20年代美国社会现实的宝贵素材。

一、《巴比特》

在刘易斯1922年出版的这部小说中，已到中年的巴比特经营一家房地产公司，事业有成，经常对自己在物质生活方面取得的成就感到骄傲，其拥有的一切——他的住房、汽车、室内装饰、服饰，甚至家庭成员无不成为他成功的象征。他居住在城中中产阶级聚集的高层公寓中，这座建筑便成了他身份和地位的象征、事业成就的代码。他所经历的"中年危机"不仅几乎毁掉了他的家庭，同时也险些断送了他半生以来挖空心思经营起来的生意和社交圈子，而意识到自己的错误后，巴比特义无反顾地重回他原有的生活模式，也变得更为投机。在《巴比特》中，刘易斯用他敏锐的观察力和极具特色的语言描述了生活在20世纪20年代的一群都市中产阶级的生存状况和政治文化取向。直至今日，这部作品依然能够帮助我们了解中产阶级的思维模式和行为准则，以及他们的精神诉求、价值观和政治局限性。

（一）精致炫耀的消费主义生活方式

《巴比特》以细腻的笔触描写了美国20世纪20年代中产阶级的消费主义生活方式。该小说的开始对主人公的居所、摆设，以及对服饰的刻意追求进行了详细说明，这清晰地表明了凡勃伦所提到的炫耀式消费生活方式。例如为了显示自己高雅的品位，巴比特夫妇在洗手间放置了一条三色紫罗兰绣花的长毛巾，毛巾经常挂在那里，为的是表示他们身处的是"花地高原"的良好社会阶层。但是没有人用过它，也没有任何一个客人敢用它。客人们总是偷偷地使用挂在旁边的那些平常毛巾的一角。

该小说对巴比特夫妇居所的细节进行了描写，衬托出了他们富足时髦，但又缺乏个性的生活。接着，该小说再次通过细节描写说明巴比特对自己服饰的品牌、档次和风格有着十分挑剔的追求：他贴身穿的是 B.V.D 牌衬衫，戴的眼镜使他成为一个现代化商人，一个对部属发号施令的人，一个驾驶汽车、偶尔玩高尔夫球的人，一个对商务很有研究的人（刘易斯，1982），身上的制服更使他成为一个令人肃然起敬的"可靠市民"。此外，巴比特还要佩戴许多饰物，其中有一只金表，表链上缀有作为"兄弟麋鹿保护协会"成员标识的麋鹿牙齿。最后，他在西服上衣的翻领处戴上"布斯特俱乐部"的领花。这朵领花上用简洁大方的艺术字写着："布斯特之神！"这让巴比特深感自己的忠诚以及重要性。这可以向外界表明他与上层人士的亲密关系，那些人在商务圈中占有举足轻重的地位。巴比特把这个徽章视作自己的十字勋章和他的美国大学优等生荣誉徽标。

每天上午，巴比特离开他那在印第安纳州由石灰岩建成的一座 35 层的摩天大楼里的家。他把这栋塔楼看作是商业殿堂的尖塔，看作使凡夫俗子肃然起敬的激情的信仰（刘易斯，1982）。在对巴比特那貌似奢华舒适，先进的电器和设施应有尽有，而实际上是千篇一律的住房描写之后，刘易斯写道，实际上只有一件事情不符合巴比特夫妇的住房：这里不是一个家。（刘易斯，1982）

凡勃伦将炫耀性消费定义成为了彰显自身财富和社会地位而进行的消费行为。他认为，有闲阶级消费的目的是显示自己比他人具有更高的生活水平。他们趋向于通过财富来定义自身的价值，并通过不同的手段来显现自己的社会地位（凡勃伦，1964）。作为 20 世纪 20 年代美国中产阶级的典型代表，巴比特的前半生一直沿着社会对这一阶级成员期望的方向和路径前行，那就是模仿有闲阶级，追求物质生活方面的成功，并以此获得社会承认和相应的社会地位。第一，巴比特的住房位于城市的高档社区，这里居住的人都是与他同属一个阶层的成功人士，这当然使他为此感到骄傲。第二，在《有闲阶级论》中，凡勃伦认为有闲阶级将服饰作为自身地位的标志（凡勃伦，1964）。巴比特的衣着消费也反映出中产阶级效仿有闲阶级对品位的追求。他对服装和饰物的选择精心得近乎挑剔，因为他知道没有什么能比服装和饰物更能直接反映自己的社会地位。对巴比特来说,服饰至少有两个功效,一是体现自己经济上的成功,二是显示自己对本阶级的认同。第三,通过自己的努力,人到中年的巴比特已经可以用自己的物质财富赢得本阶级的认同,并由此获得了高度符号化的标志物——城市上流商界人士各种协会的徽章。这些徽章无疑成了巴比特作为成功人士乐于向他人彰显的标志。

消费主义生活方式的追随者大多是中产阶级,他们是制度(一种或多种)的受益者,他们深知顺应制度给他们带来的好处,他们年轻时通过顺应社会中的各种制度规范,努力扮演好社会分配给自己的角色,并以此来塑造自己,以满足社会期待,由此得到社会的承认,并最终通过自身的努力获得了成功。在此过程中,虽然他们的个人自由都受到了一定的限制,但作为对这一牺牲的回报,他们积累了财富,他们的社会地位也获得了提高。因此,中产阶级是社会制度规范体系的拥趸,并习惯性地乐于参与制定和遵守各种规范以进一步获得相应的好处。消费主义在构成上可以被视为一种对个人生活的社会期望和社会规范体系,在本质上类似于其他的社会制度与规范体系。因此,中产阶级会毫不费力地将消费主义视作他们所依存的各种制度规范的延伸。消费主义在初始阶段仅仅是经济发展的产物,但随着其普遍化和系统化的深入,渐渐形成一个非强制性的自有体系,而这样一个体系与同时存在的其他社会体系,包括道德伦理体系、价值体系等,无论是排斥,还是依存,都有着千丝万缕的联系。消费主义生活方式是社会等级体系的反映,是社会等级制度的物的体现。在消费社会中,消费模式往往是由社会上层定制,由社会中层和下层成员模仿。由于科技的发展和生产率的提高,产品的大量复制,以及通过媒体和广告的普及成为可能。由于这种模仿需要经济地位的支撑,因此所能购买的复制品的质量和价值也会有所不同。消费社会中的人身份的表达完全实现了制度化。在这样的环境之下,只有那些具有足够财富,同时又受过良好教育、其行为会被他人尊重和模仿的少数人才有能力冲破这种定式,在实现自己梦想的同时,也通过自身的影响力改变同阶级人士的看法和社会的期待,给社会带来变革。

巴比特正是处在消费主义形成的社会体系之中,无论他是否情愿,只要他希望被所在阶级和群体认同,就必须遵守这一体系,必须扮演社会与阶级分配给自己的角色,必须和其他成员一样进行消费,进行炫耀。

(二)曾经的从众者对社会规范的叛逆

从本质上看,这个时期的中产阶级中的大多数人都是从更低的社会阶级奋斗上来的,所以不可避免地缺少上层阶级才会有的高级生活品位,因而在生活里追求的恰好是那些缺乏个性的、标准的、可以明确指代身份的物品(福塞尔,1998)。对巴比特来说,消费主义生活方式连同他一直乐于顺应和追寻的社会制度和规范体系在帮他实现梦想的同时,也在很大程度上剥夺了他的个人主体性。他的社会地位所对应的角色与同一阶级的其他人士相比有着很强的同质性,这使他必须像其他人那样过着格式化的单调生活,否则就会成为一个"他者",无法被社会承认和接受。因此,尽管巴比特的家中拥有各种当时最先进和时尚的消费品,但这些并不能使他感受到温暖。那位频繁进入他梦境的仙女就是他长久以来压抑在心底的情欲和对自由追求的象征和体现。

根据人格结构理论,人的人格由"人格面具"和"阴影"组成(Bishop,2007:157-158),人在刚刚踏上生活之路时为了顺应社会制度和规范就会努力用它们来约束自己的行为,通过"人格面具"来向世人说明他已经成为社会期望他成为的人,那些不符合这些制度和规范的想法都会被压制在阴影之中。当人们获得了足够高的社会地位和足够多的财富,那些曾经被压制的情感就会从禁锢中得以挣脱。人到中年的巴比特已经获得了一定的社会地位,积累了一定财富,他便会和其他人一样开始怀念自己牺牲了的自由和梦想,并希望能依托已获得的社会地位和财富来追求新的人生。然而这种尝试必定会与现有的一切,包括他的家庭、社交圈、事业、价值观等发生冲突,这种冲突最终会以叛逆的形式表现出来。

巴比特的反叛行为主要集中在三个方面。第一是家庭方面，婚后巴比特对家庭一直尽心尽力，不但满足妻子儿女的物质需要，同时对他们的其他方面也尽量关心体贴，并以此来为朋友保罗（Paul）树立一个好榜样。然而，保罗与其妻子关系的破裂也促使巴比特认真思考自己的家庭生活。心中满足感的缺乏使巴比特一改好丈夫、好父亲的一贯作风，开始了婚外情。第二是观点方面，在商界的朋友圈中，巴比特改变了多年来对圈内人士观点和思维方式的盲目认同，他开始发表有别于多数人的观点，不再无条件地接受具有影响力成员的意见，公开表达对罢工工人和社会党人的同情之心。第三是社交方面，出于对自己商界圈子的厌烦和反叛，巴比特开始积极融入情人坦尼斯（Tanis）的社交圈，这个圈子里的成员都是为右翼保守的中产阶级所不齿的"行为放荡"、思想前卫的自由派人士。同时，他不顾同伴的劝阻，坚持与其社交圈的公敌——左派律师斯隆（Sloan）交往。

（三）中年危机的结束与对群体的回归和再顺应

然而，由于巴比特缺乏抗衡社会舆论和引领同阶级人士思维所必需的财力、能力和影响力，更无力改变20世纪20年代美国中产阶级文化的现状和走向，他出格的叛逆表现终使他成为遭人摒弃的"他者"。首先，由于其圈内的几位领袖级人物出于对他的不满而说服银行拒绝向他贷款，巴比特的商业活动受到了很大的影响。其次，由于圈内人士的排挤，潜在客户对巴比特的政治立场和生活态度产生了怀疑而拒绝与他合作，他的业务量严重萎缩。最后，他的社交圈不再接受他，就连他的秘书也辞职到他竞争对手的公司工作，此外，他的岳父兼合伙人汤普森（Thompson）对他表示了极大的不满，同时也对他不惜败坏自己和家人名声的社交自杀行为提出了严厉的警告。总之，巴比特为自己的反叛行为付出了惨重的代价，他成了其社交圈的弃儿、无归属感的他者和生意的失败者。至此，巴比特只有放弃反叛，表示忏悔，并在得到原谅后回归到他以前的群体，才能最终摆脱这一窘境。他的妻子生病住院终于为原本善于见风使舵的他提供了一个绝好的机会。考虑到巴比特的能力和在全国房地产界的影响力，他圈子里的人借到医院探望他妻子的机会向他伸出了和解之手。这一突变使巴比特欣喜若狂，立刻倍感轻松。作为对群体重新接纳的回报，出于补偿心理，巴比特摇身一变成了一个极右分子，主张对罢工者进行严厉镇压。巴比特俨然又成了以前那个攀附权贵的势利之徒，但不同的是，他却纵容了自己儿子随心所欲的叛逆行为，并为此感到欣慰。

总之，书中巴比特的人生经历就是心理学界所谓的"中年危机"（Gould，1972：530）。荣格将中年危机描述成"顺应—分离—危机—重建—个体化"（accommodation-separation-liminality-reintegration-individuation）这一过程（Jung，1956），而巴比特的人生道路也基本上与这一过程相契合。中产阶级最初为了获得社会的认可、使自己的社会经济地位上升，采取了顺应社会规范的人生态度，在其获得成功以后，其个人的一些长久以来被压制的欲望和梦想便会重新抬头，而他们自己会凭借已获得的较高的经济社会地位，使自己这些欲望得到满足、这些梦想得以实现。然而，这一过程会与他们固守的价值观发生冲突，并会因其叛逆的思维方式和行为举止受到同一阶级人士的批评、疏远，甚至排挤和边缘化。夫妻关系因他们意识到自己的期盼在现行婚姻中无法实现而受到冲击。其家庭生活和事业发展因此会受到这些变化的影响，原本成功的事业与和谐的家庭突然间都变得岌岌可危。中年危机使中产阶级认识到自己新尝试的危险所在，他们可能会得到他们一直梦寐以求的东西，却会因此失去他们更为珍视的地位和关系，这往往使他们难以承受，使他们认为自己毕生的努力会因此付之东流。因此，许多人会放弃改变生活的机会而重新回到顺应社会期待、扮演社会角色的老路上来。然而，他们却会更容易理解和接受他人的叛逆行为，这使社会文化环境最终变得更加宽容。

二、《大街》

《大街》是刘易斯又一部广受赞誉的小说。它反映了中西部小城中产阶级的生活，以及个人的文化理念、政治抱负、对人生目标的追求与群体规范之间的矛盾和冲突。虽然有评论称《大街》在刻画人物方面显得苍白无力，全书缺乏主线，描写过多等，但出人意料的是，《大街》在出版后的头 6 个月便出售了 25 万册。这主要是因为书中所涉及的小城镇主题受当时的读者青睐。在 20 世纪 20 年代初，美国的城市居民往往会有一个愿望，那就是远离尘嚣，到类似戈镇（Gopher Prairie）那样的清净宜人的小城镇居住，而《大街》的出版在一定程度上打消了一些人的念头。一些小城镇居民对于刘易斯在书中对他们的负面描写而感到怒不可遏，在明尼苏达州的亚历山大镇，该书甚至遭到禁售。

（一）对改革的推动与群体规范的冲突

与描写城市生活的《巴比特》不同，刻画小城镇风貌的《大街》似乎并未涉及对消费主义生活方式的批判，但小说的主题依然是有关中产阶级个人与群体之间的冲突和顺应关系，依然反映的是社会规范体系对个人主体性的约束和压制。与巴比特这个热衷于物质主义追求并利用任何机会向上爬的投机分子相比，卡萝尔（Carol）是一位受过良好教育，有着远大抱负，立志投身于中西部小城镇的文化提升和环境改良事业的年轻女性。然而，短短的两三年时间，卡萝尔的棱角皆无，不得不携子背井离乡，到华盛顿去另闯一番天地。其间所发生的事件当然会发人深省。卡萝尔发现自己很难融入小镇上中产阶级的社交圈，其中原因有三。

第一，小城镇乃至整个中西部的落后和脏乱景象使一直生长在大城市里的卡萝尔无法适应。虽然经历了大开发的中西部已经变成了美国的粮仓，这一点在凯瑟的作品中有所体现，但经过了初步的繁荣之后，从 19 世纪末到 20 世纪初，中西部的发展遭遇了瓶颈。由于农产品的价格下降，农民的盈利空间受到了挤压，不但农民的生活水平难以进一步提高，小城镇的发展也由于资金短缺而远远落后于纽约、芝加哥、波士顿、费城等大城市。在随丈夫肯尼科特（Kennicott）回戈镇的路上，她在列车中看到的那些不讲卫生的穷苦农民给她这个初出茅庐的改革派人士蒙上了心理阴影：一对满身污垢的夫妇正在嚼三明治，把面包皮扔在了地板上。一个皮肤呈砖红色、腰圆膀粗的挪威人干脆把皮鞋脱了下来，一边轻松地在嘟囔些什么，一边把他的两只穿着灰色厚袜子的脚丫搁到前面的座位上去（路易斯，2008）。

通过观察这些人，卡萝尔对即将成为乡邻的人们的生活状况有了初步了解。戈镇及其居民的风貌也使她感到自己的梦想任重道远。她发现，戈镇和他们一路上所看到的无数村庄差不多，一样乏善可陈，唯一的区别只是戈镇占地面积较大而已，只有在肯尼科特他们的眼里，戈镇才是与众不同的。戈镇的居民跟他们的房子一样单调乏味，跟他们的农田一样平淡无奇。近郊的房子，或是一些灰暗、古老，屋檐四周饰有木头壁缘的红色建筑物，或是一些类似杂货铺那样的简陋的木板房子，或是一些新盖的平房、浇有混凝土的宅基。站台上挤满了庄稼汉，他们根本没有刮过脸，还有一些游手好闲的人，他们没精打采，眼神呆滞（路易斯，2008）。此时，卡萝尔的信心已经发生了动摇，甚至产生了逃离的念头，而小镇中脏乱、陈腐的景象更是让她感到无奈。

第二，镇上的社交圈子的成员思想保守、文化素质低下，并且自以为是、盲目排外，对卡萝尔改善戈镇文化氛围的建议持嘲讽甚至反对的态度，最终使她的计划无法实施。卡萝尔逐渐发现戈镇的人甚至缺少表达内心情感的本领。即使是在为她举行的欢迎会上，镇上那些最时髦的少男少女、喜欢打猎的乡绅们、令人敬重的知识分子，以及殷实的金融界的人士等当地的名流，在开心之时还要正襟危坐，好像正守着一具死尸（路易斯，2008）。这些暴发户们根本不懂得自爱。他们的政见是稳健而又保守的，但他们又什么都大谈特谈，例如汽车、猎枪和只有天晓得的一些时髦玩意儿（路易斯，2008）。卡萝尔似乎觉得，镇上每一道阴森森的墙壁都渗透出一种令人望而生畏的肃杀之气，她没有能力征服这一切（路易斯，2008）。她虽然一度怀有创造一个美丽市镇的梦想，此时，却非常想逃离这个咄咄逼人的地方，重新回到城市找一个栖身之地。

第三，镇上的人对卡萝尔生活方式的品头论足，乃至对她个人和家庭隐私的无理侵犯都极大地打压了她在戈镇居住下去的欲望。镇上的人把对他人的指手画脚作为一种重要的交流和娱乐方式。卡萝尔觉得镇上无人不在议论她，甚至连她的穿衣打扮、她的模样儿都不肯放过，而她却一直什么都不知道。她觉得自己就像一丝不挂地被人拖着过大街（路易斯，2008）。她感到在这个镇上，不管你在做什么，背后总会有一大拨以此为乐的小人在偷偷盯着。如果有人想中伤你，准会逼得你走投无路，他们每到一处就大肆宣扬，捏造事实，使你有苦难言，成为各社区的弃儿（路易斯，2008）。

卡萝尔竭力想要弄清楚到底是什么让戈镇这样丑陋不堪。最后，卡萝尔把她自己的种种不满归结起来，清楚地看到这样一个事实：尽管大草原上的这些小镇是依靠庄稼人才得以存在的，可是庄稼人却过得并不如意；镇上的市民靠从庄稼人身上搜刮得到汽车和社会地位，同时又不愿为小镇的发展建设尽力。这是一种"寄生的希腊文化"——甚至还要删去"文化"这两个字才合适（路易斯，2008：392）。她一个劲儿地想改变戈镇，而戈镇却也试图让她习惯、顺应这里的生活。"卡萝尔不禁哀叹她自己已经变成一个乡下女人，需要面对众多禁忌，却还要摆出阔太太的架子来。"（路易斯，2008：520）

（二）自我尝试的失败与对群体的回归

逃离戈镇和家庭之后，卡萝尔对世界更深入的了解逐渐淡化了她最初的改革冲动，对家庭和群体认同的增加使她开始心甘情愿地顺应，甚至融入大街这一中西部典型的中产群体中。为了实现自我，卡萝尔离开戈镇，但没过多久她的幻想又破灭了，因为她发觉机关里的日常工作极度繁重，机关内部人与人之间也是勾心斗角，明争暗斗，如同戈镇一样。在政府机关工作的妇女也没有任何文化品位可言，十之八九都在随随便便地过日子（路易斯，2008）。

有了在华盛顿的经历，卡萝尔不得不重新审视自己离开戈镇的选择，开始明白即使在一国之都，她也不能随心所欲，也必须顾及他人对自己的看法，必须顺应那里的一切。她虽然觉得自己应该回去，但依然固执地认为自己并不是落荒而逃，她对自己的反叛精神感到十分欣慰，依然固执地认为就算在戈镇的街道上，她也会看到希望的影子，也会听到前进的号角，因为她在那里已经埋下了伟大的种子。在与左邻右舍的接触中，卡萝尔再也不像从前那样觉得他们无法接受。总之，虽然卡萝尔到最后依然坚持认为自己并未完全失败，但是她的个性、曾经具有的反叛精神和对美好生活的期盼逐渐被她的家庭、戈镇、华盛顿，以及它们所代表的群体影响和被现实生活所磨灭，使她最终真正成为他们中的一员。

与巴比特相比，卡萝尔的经历虽不能算作中年危机，但同样面临最终不得不顺应环境、被环境所改变和同化的命运。与巴比特不同，卡萝尔开始抱着不是顺应环境，而是改变环境的目的，在戈镇中产阶级居民的眼中，这种改变无疑是一种叛逆。卡萝尔的改革意愿和举措所遇到的挫折不仅影响了她自己的政治抱负，也影响了她和她丈夫的感情以及与其他亲属的关系，使自己成为一个与环境格格不入的"异类"。在华盛顿的工作经历使她最终摒弃了通过一己之力改变世界的想法，并使她决定与肯尼科特重归于好，并为真正融入和顺应戈镇的生活，当一位贤妻良母做好了心理准备。然而，和巴比特一样，这种顺应实非自愿，是环境所迫。对社会环境进一步适应的同时，也为今后的变化埋下了种子。一旦出现更具影响力的社会文化精英以及他们的新理念、新思想，卡萝尔和巴比特会更自然地顺应这些理念和思想所带来的变化。

第三节　弗兰西斯·司各特·菲茨杰拉德与《了不起的盖茨比》和《夜色温柔》

与同时代的美国作家安德森、欧内斯特·海明威（Ernest

Hemingway)和威廉·福克纳（William Faulkner）等相同，菲茨杰拉德在美国文学中占据着重要位置。他的创作以短篇小说为主，虽然长篇小说并不多，但影响力较大，居于"垮掉的一代"和"爵士时代"文学最具代表性的作品之列。他的两部代表作《了不起的盖茨比》和《夜色温柔》一直以来都是美国学生的必读作品，同时，也是美国文学研究者最为关注的作品中的两部。本节将对这两部小说中反映出的中产阶级文化价值观、思维和行动模式进行分析，以凸显菲茨杰拉德对那个时代美国中产阶级与富人阶层之间张力的深刻理解。

一、《了不起的盖茨比》

同样描写20世纪20年代大城市生活的《了不起的盖茨比》是菲茨杰拉德于1925年出版的一本小说，同时也是菲茨杰拉德最负盛名的作品。小说通过叙事者尼克·卡罗威（Nick Carraway）的视角讲述了1922年一群生活在虚构的纽约郊区东卵（East Egg）和西卵（West Egg）的上流社会人士之间的恩怨情仇，以及主人公杰·盖茨比（Jay Gatsby）悲惨的人生结局。

在文学批评中，研究的重点往往更多地放在盖茨比和黛西（Daisy）、汤姆（Tom）、乔丹（Jordan）等上流社会人士方面，以及重点分析尼克作为叙事者的作用等。从表面上看，尼克在小说中所扮演的角色只是代替作者完成信息传达的塑造不完整的人物，这类人物的存在只是完成作者希望其完成的功能而已。然而，尼克在新贵盖茨比与"旧富"汤姆和黛西中间所表现出的价值观却值得进一步研究。在对中产阶级与富人阶层和上流社会之间的交集和碰撞的研究中，尼克则应该成为重中之重。

（一）尼克在小说中的中间人角色

作为小说的叙述者，尼克因亲情、友情的关系而游走于上流社会，他性情温和，乐于助人，不轻易对他人的行为指摘评判，所以成为小说中几乎所有人的知心朋友。在小说中，尼克在开始的一段自我介绍中就提到，他自己受父亲影响，久而久之就不轻易对他人行为的对错进行评判，而正是这个习惯让他变成一个性情随和又靠得住的人，有众多愿意向他吐露内心秘密的人，而他也掌握了许多人的隐私。

因此，黛西、乔丹、盖茨比、汤姆都会把一些隐私告知于他，他也得以洞悉他们的内心世界、他们的善良和丑恶。这一特质虽然对于一部小说的全知全在的叙述者来说应该是必备的，但在现实生活中却显得不大可能。尽管尼克表明，自己的宽容是有限度的，但普通读者可能会因为尼克的无原则、无底线、无自我的交友处世方式而深感惊诧。

在小说中，从表面上看，尼克的不挑剔、不评判、不指摘的交友方式使他的人性具有三个弱点：首先，尼克的行为存在着矛盾性，在处理一些是非问题方面没有原则、立场，显得过于顺应权贵、随波逐流。作为黛西的表兄弟，尼克在去纽约的火车上竟然跟随汤姆中途下车，去找汤姆的情人茉特尔·威尔逊（Martyle Wilson）；而且在发现汤姆金屋藏娇后，他虽为黛西感到不平和愤慨，但却并无太多异议。在看到此景和从乔丹那里听到黛西婚后的状况后，尼克却未表达应有的同情。

其次，在处理与盖茨比的关系上显得无底线。为了让尼克帮助自己见到黛西，盖茨比刚与尼克相识，便带他去见了黑帮人物迈尔·沃尔夫山姆（Meyer Wolfsheim）。从沃尔夫山姆那里，尼克得知盖茨比的某些业务范围可能触及自己的道德底线，但并未因此对他的人品产生怀疑。在其后与盖茨比的交流中，尼克逐渐发现他对自己经历的叙述往往不能自圆其说，与从乔丹等人那里听到的不相符。在与盖茨比的交往中，尼克似乎只是去揣摩、去了解、去同情、去帮助盖茨比，而对其黑道背景以及道德上存在的瑕疵没有丝毫的评判和戒备之心。同时，身为汤姆的朋友，尼克却心甘情愿地为盖茨比与黛西的幽会牵线搭桥。

最后，也许是作者出于作品整体结构和角色重要性的考虑，尼克所担当的叙事者角色不能喧宾夺主，这导致了有关尼克本人信息的缺乏，无法形成一个完整的人物形象。通过尼克对自己感情和私生活有限的叙述，可以得知相比盖茨比、黛西、汤姆、乔丹，他是一个无自我意识之人，而这在美国文化中并不多见，这一点很是令人费解。

小说中威尔逊一家居住的贫民窟附近广告牌中的艾克尔伯格（Eckleburg）医生的眼睛在文学批评中经常被解读为"上帝之眼"的隐喻，而书中真正的"上帝之眼"却是这个心地良善、乐于助人的尼克。他洞察了小说中所有人物的内心世界，见证了所有人的言行举止、喜怒哀乐。他代表着美国文化的一种包容精神，他周旋于新老权贵之间，拥抱他们的真诚，容忍他们的个性。同时，他也是美国社会消费狂潮下的道德堡垒所在，斥责他们中间的邪恶，最终为了回归本真之所而远离利欲熏心之地。

（二）尼克的中产阶级特征

如果仔细阅读菲茨杰拉德的名作，便会发现尼克除了扮演小说中的叙述者和中间人角色外，其本身同样具有鲜明的特性。与下一节要讨论的菲茨杰拉德后来出版的小说《夜色温柔》中的主人公迪克·戴弗（Dick Diver）不同，尼克一家三代都在中西部从事五金批发生意，家道殷实，并且其家族还是苏格兰贵族的后裔。但他自己深受父亲的教诲，为人随和、内心善良，虽然他是富家子弟，思维举止却更具勤勉克己、低调务实的中产阶级风范。因此，尼克这一人物所具有的文化身份与价值观、道德观同样应该得到研究者的重视。

与汤姆和黛西不同，尼克虽然家境殷实，却不属于富豪阶层。他一直试图依靠自己的能力在社会上闯出一片天地。在大学，他专攻文学，乃至于后来被汤姆戏称作"莎剧男"（Shakespeare man）。尼克也被卷入了20世纪20年代波涛汹涌的金融大潮，寄希望于证券投机来真正实现自己的美国梦。为此，他购买了整套的投资指南等书籍，希望通过自学来提高投资盈利能力。尼克虽然与身为社会名流的汤姆、黛西和盖茨比等人为邻，但与他们的经济实力相差甚远，尼克只能租一幢藏匿于盖茨比豪宅边上树林中的小房子，而唯一的仆人则是那位英语讲得很吃力、体态臃肿的中年芬兰妇女。除此之外，他剩下的收入只够日常开销。与新富盖茨比为邻，混迹于旧富汤姆和黛西中间，同时又与身为上流社会名流的乔丹维持着一种暧昧关系，这使尼克走出了中产阶级舒适区，与他人之间的巨大的地位和身份落差必定使他诚惶诚恐，不得不悉心应对朋友们对他的各种要求，使自己有用，同时顺应他们的生活方式和价值观，以便维持他们之间脆弱的友情和亲情。

这样的生存状态使尼克陷入了一种进退维谷的境地，作为一个远离家乡只身一人闯纽约的年轻男子，他难免内心孤寂。他渴望友情、爱情，渴望被所在地的社交圈接受，渴望赢得他人的信任和尊重，而这种渴望又由于阶级地位，以及与之密切相关的价值观和道德观的差异而最终消退。该小说并没有明确指出尼克离开故乡的原因，但却隐含地表明他是因为情感问题才决定到纽约来的。在他孤立无援时，他偶遇了汤姆，虽然尼克并不是十分喜欢这位昔日的同学和远房表妹的丈夫，但汤姆和表妹黛西的热情好客使他顿时感到与家人在一起的温馨。然而，汤姆和黛西奢华的生活方式也使尼克感受到了巨大的地位落差，同时，尼克也意识到汤姆和黛西之间隐藏的关系危机。此后，尼克很快目睹了汤姆的婚外恋，以及他与情人茉特尔组成的品位低俗的社交圈。汤姆花花公子般的处世态度和自私粗暴的人格使尼克退避三舍，他们的关系始终无法更进一步。

尼克与乔丹的关系同样由于经济地位、价值观、道德观的差异无疾而终。在小说中，乔丹与尼克相似，都是功能性人物，都是为了塑造主要人物和推动情节的发展而存在的，因此二人之间的情感纠葛并不是该小说的重点主题。然而，二人却时常成双成对地出入社交场合，乔丹对尼克的态度也很快从开始的冷漠变成后来的亲近。二人最终未能修成正果的原因首先是地位的差异。与尼克这个投资业的无名小辈不同，乔丹是当时著名的高尔夫运动员，获得过各种奖项，该小说虽未明确表明其家庭背景，但能作为黛西的闺中密友已经说明了问题。其次，该小说中的一个细节凸显了乔丹与尼克截然不同的价值观，即乔丹在驾驶汽车的过程中粗心大意，当尼克提醒时，"她竟然说不要紧，反正别人会小心的"（菲茨杰拉德，2013：65）。这一点无疑暴露了她与黛西一样的自私自利的人格。正是这两个原因，尼克与她渐行渐远。

然而，尼克与书中的重要人物——盖茨比却能够超越阶级差异而变得更为亲近。虽然盖茨比的豪宅和盛大的晚会使住在附近的尼克感到卑微，但盖茨比诚恳待人的态度，以及过去的经历更容易获得尼克的尊重和认同。同时，来自盖茨比的信任和器重也使尼克感受到了自己的价值，从而忘记了自己低微的经济和社会地位。盖茨比的坦诚相待使尼克对他充满疑点的人生经历和饱受他人指摘的生意模式，以及黑社会背景充耳不闻、视而不见。尼克不顾一切为盖茨比和黛西牵线搭桥，让他们在自己的住处约会。对盖茨比的不幸结局，尼克更是耿耿于怀，并迁怒于汤姆和黛西。那些平日里经常光顾盖茨比的晚会、喝足了酒就大骂盖茨比（菲茨杰拉德，2013）的人竟然没有一个愿意参加他的葬礼，这些人的冷漠无情使尼克对他们所代表的上流社会感到无比的憎恶和愤怒，并最终使他离开纽约回到故里。在这一点上，尼克的道德观和价值观并非建立在对客观事实认知的基础之上，相反，是受其个人感受之左右的。

总之，尼克在小说中扮演了中间人的角色，完成了在主要人物之间联系穿插和记录评述的功能。同时，作为小说中一个重要角色，尼克也展露出了自身的中产阶级特质。他害怕寂寞，不得不随波逐流、委曲求全，不得不顺应他人的思维方式。尼克最终因为盖茨比的死，黛西、汤姆的道德沦丧和不辞而别而深受打击，离开了纸醉金迷、势利虚伪、冷酷无情的纽约，回到了西部。这一点却说明除去那温文尔雅、中性懦弱、毫无立场的外表，尼克的确是一个具有自己的道德标准和中西部保守地区典型中产思维的年轻人。尽管身处激滟浮华的纽约上流社会，但因为经济地位、身份、思维方式和道德观的不同，尼克无法真正融入其中。

二、《夜色温柔》

如果说刘易斯笔下的中产阶级人物往往苦于应对周围人群强加的规范约束,那么菲茨杰拉德于 1934 年出版的小说《夜色温柔》中的男主人公迪克的人生则受到自己业已高度内化的中产阶级价值观所左右,从而使其美国梦最终破灭。

小说出版后未得到菲茨杰拉德所预想的结果,评论家和市场反应较为冷淡,与《了不起的盖茨比》5 万册的头版销量相比,《夜色温柔》仅售出了 1.2 万册。一些评论家将原因归结为小说所反映的主题和情绪与 20 年代 30 年代的读者所期待的内容存在着一定的距离。

菲茨杰拉德在创作这部小说时,正逢他人生中最黑暗的时期。他将自己和妻子泽尔达(Zelda)作为原型,把自己比作迪克,泽尔达在 1932 年被确诊患有精神分裂症,与小说中尼科尔(Nicole)的状况相呼应。与迪克的人生道路相似,菲茨杰拉德本人同样是爱上了身处上流社会的泽尔达。婚后,泽尔达继续过她的奢华生活,而菲茨杰拉德则不得不通过拼命写作来负担由此产生的高额费用。作为一个作家,长篇小说是奠定其地位的最好途径。然而,为了赚钱,菲茨杰拉德把主要精力投入到为商业期刊创作短篇小说这一方面,往往无暇顾及长篇小说的创作,因此这有可能导致其创作风格和内容与时代脱节。

(一)跻身上流社会却无所适从的迪克

在菲茨杰拉德的成名作《了不起的盖茨比》中,一次十分偶然的机会,四处游荡、一文不名的盖茨比遇到了独自驾船旅行的富翁丹·科迪(Dan Cody),富翁无意中帮助了盖茨比,使他免受风暴之灾。盖茨比的聪明才智给富翁留下了深刻的印象,盖茨比因此获得了启动资本,经过打拼闯出了自己的世界,并跻身上流社会。《夜色温柔》中的迪克也与盖茨比相似,成为患有精神分裂症的富家女尼科尔的主治医生,并与她相爱、结婚,进入了尼科尔家族的社交圈。虽然迪克似乎通过婚姻完成了他人生的一个飞跃,但他的婚姻也预示了他不断下行的人生轨迹，直到最后遁入平庸，从上流社会人的视野中消失。

迪克的人生目的不仅仅是追求社会地位，而且也是在不停地追求对所爱之人的影响力，甚至是控制力。迪克是一个自尊心极强的人，对自己的社会地位缺乏自信，其内心脆弱，无法接受自己的另一半逐渐变得强大这一事实。纵观整部小说，迪克醉心于对涉世尚浅的人，特别是年轻异性实施影响力和控制力，并以此来增强自信心。作为一名精神科医生，他在患者面前有着天然的权威性。然而，他不仅从治疗上影响和控制患者，而且还试图从情感方面感化甚至控制她们的内心。在尼科尔成为他的患者初期，他的专业知识无疑使他成为尼科尔心目中可依赖之人，而他的风度翩翩、高大俊朗的外表，以及他的成熟、体贴，更使尼科尔逐渐将他视为倾诉对象和心中的支撑，并最终把他看作自己的恋人。尼科尔的美丽纯洁，以及对自己的信赖和依恋使迪克越过了职业操守的红线，喜欢上了这个患者。他从尼科尔对他的依赖中感觉到自己的专业知识和技能的巨大控制力，由此体验到成功带来的快感。在尼科尔姐姐芭比·沃伦（Barby Warren）看来，迪克虽然相貌英俊，但太"理智"了，芭比把他归入自己曾在伦敦见过的那群穷酸孤傲的子弟行列，芭比认为他太不顾自身的辛劳了，不会是块真正合适的材料，她看不出怎样把他造就成一个她心目中的贵族（菲茨杰拉德，2011），因此，芭比只把他当作一个可以差遣的人，想要简单利用一下。然而，迪克凭借自己的成熟、经验，以及对尼科尔的身体和心灵的把控弥补了他们经济地位的巨大差异。因此，迪克与尼科尔结了婚，也由此进入他梦寐以求的上流社会的社交圈。

尼科尔生活的正常化宣告了迪克悲剧的开始。在婚后的生活中，尼科尔逐渐从精神分裂症中康复，成为一个思维正常、美丽高雅的少妇，这与迪克舍弃自己的事业，对她进行的悉心照顾是分不开的。然而，身为一个名门贵妇，尼科尔对消费主义生活有着天然的贪恋。她挥金如土，并从中获取无限的乐趣。这一点却使迪克体会到了自己与妻子在财富方面的差距。书中对尼科尔在强大的财力支持之下异乎寻常的消费行为有着详细的描写（菲茨杰拉德，2011），描写中当然也包含了菲茨杰拉德本人对妻子泽尔达奢侈生活方式的无奈和疲于应对。身处上流社会，却依然骄傲地固守中产阶级价值观和消费观的迪克不得不仰仗妻子的投资来从事自己的事业，他不仅极其无奈和无所适从，而且他感觉自己在婚姻中曾经占据的主导地位在不断地被削弱，感觉自己正在从关爱者、治疗者和精神支柱沦落为靠婚姻提高自己社会地位的穷小子。虽然迪克依旧衣着潇洒，风度翩翩，但内心却正在被配偶撇下的惆怅之情所把控，他越来越感到与尼科尔在物质上的天壤之别，这一差距使迪克曾经作为尼科尔坚实的肩膀和心灵依靠的信心逐渐被瓦解。相反，康复后的尼科尔正一点点通过物质手段把她曾拥有的权力慢慢夺回，这使迪克失去了做男人的骄傲，他因逐步降低的家庭地位而备感焦虑。

尼科尔的逐渐恢复预示着她与迪克之间依存与主导关系的终结。尼科尔在诊所的装修设计方面展现了非凡的才能和潜力，她各方面的崛起并没有使迪克像一般医生那样为自己患者的康复和出色的表现而感到由衷的喜悦，他感到的只是他和尼科尔关系中权力的转移，他从控制方逐步变成受控方，这使他的自尊心受到了挑战。

此外，缺乏来自尼科尔的爱是迪克婚姻的另一大问题。在婚后的数年中，迪克一直尽心尽责，为尼科尔的康复付出了大量的心血，而尼科尔作为一名精神分裂症患者，难以像一个正常妻子那样对这种付出和努力进行回应。尼科尔几乎无法为迪克的痛苦感到难过。虽然尼科尔常常口头上承认多亏迪克指引她回到她所失去的世界，但她实际上以为迪克有着用不完的精力，永远不会疲倦。现如今，他支配不了她了（菲茨杰拉德，2011）。迪克再也无法真正去爱尼科尔，在尼科尔偶然发病的时候，迪克不得不硬起心肠来对待她，把生病的尼科尔和正常的尼科尔区分开来。他开始对尼科尔产生怨恨：一个精神分裂症患者完全可以被称作一个人格分裂的人——尼科尔是这样一个人，有时什么都不用解释，有时又无论如何都无法向其解释清楚。二人之间的沟通逐渐成为问题。

这样一来，如今要把他那自我防护的专业人员的冷漠与新近心里产生的冷漠加以区分就变得十分困难。随着他所抱有的或逐步减退的淡漠变成一片空虚，他也就不会把尼科尔放在心上，而是违心地用消极、冷落的态度来照护她。由此，二人之间的沟壑随着时间的推移变得越来越深。

（二）从重新找回男性的权力和尊严到彻底失去一切

随着迪克内心失落感的逐步加深，他摆脱这种心理状况的欲望也逐步增强。同样美貌高雅，但比尼科尔更加年轻、涉世更浅的影星罗斯玛丽（Rosemary）便成了迪克重新找回自己、实现自己梦想的途径。迪克借自己上流社会的地位结识了罗斯玛丽，并使其对自己产生好感，同样是依仗了自己成熟帅气的外表、高贵文雅的举止和善解人意的处世风格。在罗斯玛丽身上，迪克看到了尼科尔曾经的天真无邪，发现了自己较对方无论是在思想方面，还是在阅历方面的优势。在二人朦胧的恋情中，迪克重新找回了自信，而且通过帮助罗斯玛丽圆满解决黑人彼得森（Peterson）的尸体问题并保全她的声誉展示了自己的聪明才智，博得了她进一步的信任和崇拜。

然而，罗斯玛丽对迪克的依恋在很大程度上源于她儿时生活中父亲角色的长期缺失，但随着年龄和阅历的增长，这种出于感性的对年长男性的依恋会逐渐被理性判断所取代，罗斯玛丽必定会走出这一情感哺乳期，寻找与自己年龄相仿的恋爱对象。因此说，迪克与罗斯玛丽的交往从一开始就宣告了最后的无疾而终。与此同时，迪克的弱点此时也暴露无遗。在与罗斯玛丽交往的后期，他一改起初那个帮助者和拯救者的形象，只是希望从罗斯玛丽身上获得情感上的安慰，以弥补其与尼科尔婚姻中的缺憾，而且他没有也无法给予罗斯玛丽任何实质性的承诺，也无法采取任何实质性的措施，依然扮演尽职尽责的丈夫和父亲的角色。迪克的婚姻之所以能在他与罗斯玛丽的相爱中持续四年，自然是尼科尔的美貌、自由奔放的性格和在艺术方面的天分依然对他存在着吸引力，但更重要的原因在于，迪克的上流社会人士的地位来自和尼科尔的婚姻，脱离尼科尔和她的投资，长期没有真正经营和钻研自己事业和专业的迪克免不了会变为乡村地区小诊所的一文不名的医生。因此，迪克的行为和决定不免反映出他对物质和地位因素的考虑。

随着时间的流逝，迪克对罗斯玛丽的吸引力随着她生活阅历的增加而变得越来越弱。但是，迪克依然要抓住罗斯玛丽珍贵的躯壳里显示出的献身精神，直到他占为己有，乃至完全掌握。他挖空心思，尽力把自己身上可以吸引她的所有因素都集中起来，当然，他的情况已经今非昔比。几年后与罗斯玛丽在罗马会面时，迪克发现一个18岁的姑娘也许会透过一片缓缓上升的青春薄雾仰望一个34岁的男子，但一个22岁的姑娘则会目光犀利地看透一个38岁的男人（菲茨杰拉德，2011）。他所面对的不再是那个懵懂天真、情窦初开的小姑娘，而是一个在好莱坞独自打拼多年的成熟女明星。已近中年的迪克再也无法从罗斯玛丽那里找到先前的那种自信，随之而来的是对自己逐渐失去青春、魅力、影响力和控制力的哀叹。

此次与罗斯玛丽会面之后，迪克随即陷入了深深的苦闷、彷徨和绝望中，他的婚姻仅仅剩下了利益关系，而此前让他充满希望的罗斯玛丽如今无论是在声望方面，还是经济地位方面，已经变得高不可攀，二人的关系已然是若即若离，剩下的只是往日美好记忆的残影余音。同时，迪克还面临着许多竞争者，他因害怕彻底失去罗斯玛丽而整日惶恐和不安，和她在一起再也没有任何幸福可言。罗马就是他对罗斯玛丽的梦想的终结地。为了麻醉自己，迪克开始酗酒，同时因醉酒、袭击警察受到监禁。最使他难堪的是一直蔑视他的芭比倒成了他最后的拯救者，她通过关系使他得以释放，但也因此芭比在他们的关系中占领了道德高地，为拆散他与尼科尔的婚姻又寻找到了新的理由。

内外两条战线同时溃败的迪克与《了不起的盖茨比》中汤姆在情人茉特尔死后并即将失去妻子时的心情相似。不同的是，汤姆此后费尽心机唆使威尔逊杀死竞争者盖茨比，同时夺回了黛西，迪克却走上了一条自暴自弃的道路。返回洛桑之后的迪克继续沉沦，整日借酒消愁。他酗酒的事实严重影响了诊所的声誉和利益，最后终于导致合伙人弗郎茨（Franz）提出终结合作的要求。迪克本来并不打算如此迅速地做出决定，也没有想到弗朗茨这样爽快，然而他还是感到轻松了不少。他早就相当无奈地感到自己的职业道德正在化作一堆毫无生气的废物（菲茨杰拉德，2011）。至此，一名失败者的特质尽显无遗。

对于已经开始在好莱坞崭露头角的罗斯玛丽来说，与迪克相遇后又经历了数次恋情，然而，多年来迪克一直是她用来衡量其他男人的典范，因而迪克的形象也就不可避免地变得像英雄一样高大。她不希望迪克跟别的男人一样，然而他却和他们有着同样的要求。在该小说临近结尾之处，迪克拼尽全力想通过水上运动表演来博得罗斯玛丽的欢心，但经过多次尝试，迪克最终失败。此次失败使迪克异常愤怒。如今成熟了的罗斯玛丽已经深谙世间情事之本质，迪克的怨恨之言使她感到吃惊，她一直认为他是一个宽厚大度、通情达理的人，而此时这一形象在她心目中开始被颠覆。随着醉酒、被拘留、不再被欧洲各地接待等不利于迪克的传闻不断袭来，她开始对迪克冷淡起来。于是，迪克在失去尼科尔的敬仰和依恋之后，又失去了他多年来的精神支柱——罗斯玛丽。

然而，彻底失去罗斯玛丽并不是迪克受到的最致命的打击。尼科尔对迪克与罗斯玛丽的恋情早已觉察，并已经开始了自己的"艳遇"，她将婚外情作为一种试验，一种对未知世界的探索。此时她欣然同意了情人汤米·巴尔邦（Tommy Barban）的求婚。迪克与尼科尔做最后的角力，但以失败告终。

在这场医生与患者、丈夫与妻子之间的权力争夺战中，觉醒后的尼科尔作为受控的一方充分利用自己的天然优势——她的金钱和其姐姐的支持，实现逆转，战胜了作为控制方的迪克。作为尼科尔的医生、丈夫，和曾经的支配者、控制者，迪克目送尼科尔走向新的生活，一直等到她消失在自己的视线之外，随后把头探到护墙上面。这个病例已经了结。戴弗大夫可以空闲下来了（菲茨杰拉德，2011）。

（三）美国梦主题的延续

在《了不起的盖茨比》中，盖茨比凭借着聪明才智、赤胆忠心和天赐良机获得了进入上流社会的资本。然而，老牌财富拥有者却想方设法排挤这位新贵。盖茨比虽然对实现自己的美国梦充满信心，最终却被包括他爱的人在内的上流社会所出卖。直到他生命的最后一刻，他依然对这一梦想坚信不疑。盖茨比式的人物天真地认为，美利坚合众国并不存在阶级，即使存在，也没有类似欧洲各国那样的阶级之间难以逾越的鸿沟，而美国梦则是铺设在阶级之间的康庄大道。来自不同阶级的男女只要真心相爱，就能结出爱情的硕果。然而，继《了不起的盖茨比》之后，《夜色温柔》又给出了一个否定的回答。

与盖茨比类似，迪克也是天资聪颖，其年轻时就已经在业内获得了较好的声誉，如果他安于中产阶级的生活状况和愿景，他也许就能凭借自己的能力舒适、幸福地走完一生。与盖茨比相同，迪克也有着进入更高的、更好的阶级生活的梦想，而与尼科尔相恋、结合无疑是达到这一目的的最快捷径。与盖茨比险象丛生的生存状态相同，迪克生活在上流社会中，无时无刻不感到周围人，甚至妻子尼科尔对自己客观上的心理挤压，更何况还有妻子的姐姐等人的冷眼蔑视。和盖茨比一样，从表面上看，迪克像是一个皇帝，统治着一个灯红酒绿的奢华世界，但由于他的中产阶级出身，这个世界建立在流沙之上，随时都会被淹没，或者土崩瓦解，平日他的拥趸也会瞬间消失得无影无踪。那个圈子里没有真正的友情，有的只是属于同一阶级的人之间的相互借力、相互映衬。最后，迪克与尼科尔共同的朋友汤米却成了他们婚姻的掘墓人。汤米一直潜伏在他们左右，冷眼观察着夫妻二人感情的兴衰，目睹着迪克的没落，最后不费一枪一弹地出手接管了这位老皇帝曾经拥有的一切。

如果说迪克与尼科尔的婚姻是一场梦，那么迪克与罗斯玛丽的恋情更像水中月、镜中花，是一场毫无结果的春梦。作为一个逐梦者，迪克婚后很快察觉到他和尼科尔之间的感情掺杂了太多的物质成分。

他向往纯真的恋情，但却爱上了同样是身处上流社会的罗斯玛丽。起初，罗斯玛丽还是一个天真纯洁的美丽姑娘，但在好莱坞这个大染缸，以及上流社会绅士淑女的影响下，很快就变成一个不仅拥有更高的经济地位，而且老于世故、利用自己的魅力周旋于不同男性之间的交际花。她对迪克的暧昧态度更像《了不起的盖茨比》中黛西对盖茨比表露出的情感。一个沾染了上流社会习气的年轻女性最终变得和尼科尔一样富有、自信、独立，不再做任何男人的仰慕者，因此再也无法成为迪克想象中的美国梦的一部分。与固执天真并因此丧命的盖茨比不同的是，迪克最终意识到了自己所爱之人的蜕变、自己的失败和被上流社会抛弃的事实，然而，他还能够急流勇退，回到自己原本的中产阶级医生的位置上去，在中西部某小城偏安一隅，在寂寞孤独中度过残生。在这一点上，迪克更像《了不起的盖茨比》中的尼克，在目睹了东部上流社会的浮华堕落和冷漠无情后，平淡质朴的中西部对他来说则是一个疗伤养心的好去处。

　　总之，这部自传体小说体现了菲茨杰拉德个人的坎坷经历，但与此同时，他对阶级和美国梦进行了严肃的探讨。他对美国梦所持的否定态度，以及对阶级差别的突出反映了他所生活的那一时代美国的基本状况。正如前面章节所提到的，由于工业化的发展，各行各业涌现出了一批具有垄断性质的托拉斯，以及洛克菲勒、摩根、福特、卡内基等金融和工商业巨头，此外还有许多白手起家的中上层阶级和中产阶级成员。托拉斯对整个国家产业结构的控制塑造了相对稳定的产业格局，并催生了相对稳定的富人阶层。虽然美国没有贵族阶层，但由这些富人组成的上流社会不但控制了国家的经济命脉，而且在文化方面形成了表面宣扬美国梦、鼓励所有人致富，但实际上牢不可破、高度固化的阶级壁垒，使后来居上的新富和中产阶级无法真正融入他们的社交圈。同时，富人为了提高自身的地位和声望，通过自己的经济实力和政治影响力与欧洲贵族维持着相当密切的关系，这形成了事实上高度一体化的欧美上流社会，这一点在华顿的小说《纯真年代》中已经有所体现，而菲茨杰拉德的两部小说则把这一富人阶层高度排他的文化壁垒淋漓尽致地勾勒出来，并且进一步说明这种排他的文化壁垒无异于欧洲的贵族文化，它使美国梦的实现变成了天方夜谭，就像《了不起的盖茨比》中黛西家码头上的那盏令盖茨比无限向往的绿色信号灯，看似伸手可得，实际却遥不可及。如果说菲茨杰拉德笔下的盖茨比像一个虚构的中世纪骑士，为自己的梦想不惜献出生命，那么迪克则更像现实中一个普普通通的美国人，他虽然开始心高气傲，但最终仍能面对现实，远离那个不切实际的梦想。

在消费主义生活方式开始风靡全美的年代，很多美国人认为通过努力，就能过上物质极大丰富的富足生活，就能实现他们的美国梦。然而，与美国大众，甚至那些信心满满的社会学家相比，刘易斯和菲茨杰拉德却通过他们的文学作品让人深刻地意识到阶级在美国社会扮演的角色，以及阶级差别和文化壁垒造成的美国梦的脆弱性，说明了美国并非人类社会平等共富的理想所在。以上四部小说都从各自的角度揭示了一般读者通过其他途径无法看到，同时也不愿意看到的背离他们人生理想的残酷现实，这也是为什么它们依然是美国大中学生的必读书目。

第七章　第二次世界大战后美国市郊社区兴起背景下的从众行为

纵观美国历史，我们会发现爱默生、亨利·戴维·梭罗、霍桑、沃尔特·惠特曼（Walt Whitman）等文化先贤和托马斯·杰斐逊（Thomas Jefferson）等立国之父对城市在美国应起到的作用持有不同的看法。以杰斐逊为代表的一派认为，大城市对人的道德、健康和自由来说就像致命的瘟疫。爱默生等人则认为，城市是创造力的源泉所在。由此可见，一方面，美国人肯定城市；另一方面，他们又避开城市。据统计，大部分美国人宁愿生活在小镇上，但他们同样希望能够享受到城市里才有的医疗资源、文化设施和商业机会（阿博特，2006）。由此可以看出，既能提供宁静优美、整洁有序的环境，又能使人不远离城市提供的各种资源的市郊社区自然成为美国人，特别是美国中产阶级家庭的首选。本章将从文学作品的视角对第二次世界大战后美国涌现出的市郊社区文化进行分析，以说明这一时期中产阶级从众心理的特点。

第一节　第二次世界大战后市郊社区的兴起

一、市郊社区的历史与现状

美国历史上最早的市郊社区出现于19世纪初，但直到铁路网建成，市郊才成为适合普通人居住的地区。从19世纪末起，美国各大城市的周边地区都开始出现市郊社区。然而，市郊社区的大规模出现和建设发展始于20世纪中叶。许多因素助推了这一井喷式增长，其中包括战后以"婴儿潮"为标志的快速增长的人口、私家车的普及、中产阶级人数的大量增加等。各大城市中不断恶化的种族摩擦也促使许多白人搬离市中心转而在市郊定居下来。在城中居民向市郊搬迁的过程中，政府的一系列鼓励措施无疑也起到了重要的推动作用。

市郊社区的快速发展得益于三个重要条件，第一个重要条件是人口的快速增加。从1945年起，大量从欧洲、亚洲及其他地区回国的退役士兵开始组建家庭，生儿育女。他们的子女数量超过了他们的父辈。婴儿潮期间出生的美国人约为7500万[1]。对这些刚刚为人父母的年轻夫妇来说，市郊那些面积宽敞，同时价格低廉的住房有着强大的吸引力。为了鼓励市郊社区的发展，政府也开始向他们提供低息贷款，同时也对一些住房项目提供补贴。

市郊社区发展的第二个重要条件就是便利的交通。前面提到，美国人对小城镇有着天然的偏好，但由于对城市所提供资源的依赖，他们更愿意居住在市郊社区。第二次世界大战之后，尤其是到了德怀特·艾森豪威尔（Dwight Eisenhower）任总统期间，美国的道路系统得到了巨大的改善，四通八达的高速公路网已经基本形成，再加上之前就已经存在的发达的铁路系统，使得在都市中工作的美国人的日常通勤变得更加容易。同时，新社区建设的新理念使这些远离市中心的卫星城得以傍路而建，社区居民又可以很容易地驾驶自己的私家车，通过高速公路抵达市中心上班。虽然之前的几十年由于福特的创造性发明——汽车装配线的出现，汽车已经走进普通中产家庭，但到了20世纪50年代，汽车的生产效率又有了很大的提高，汽车售价也更能为中产阶级，特别是下中产阶级所接受。与火车相比，汽车给人们提供了更加便利的条件，人们借助汽车白天到城里上班，晚上返回市

---

[1] Baby Boom – Birth rates Since World War II - Growth through Natural Increase: Births - Growth of U.S. Population - People - USA - North America: tubal ligation, adult baby, birth control, security system, million baby. https://www.britannica.com/topic/baby-boom-human-population[2021-08-15].

郊的家中。因此说，没有私家车的普及就没有市郊社区进一步发展的可能。

第三个重要条件，也是最重要的原因，就是受高等教育人数飞速增长，他们较高的潜在偿付能力为市郊中产阶级社区的发展奠定了基础，而受高等教育人数的增加主要得益于《退伍军人权利法案》（The GI Bill of Rights）。这项1944年颁布的法案旨在让几乎所有参加了第二次世界大战的退伍军人受益，其中包括就读高中、技术专业学校和大学的学费减免，低息住房抵押贷款，低息商业启动贷款等政策。到1956年，大约880万退伍军人从学费减免条款中受益，约220万曾在大学就读，另外还有560万参加了各类培训项目（Olson，1973）。与饱受诟病的第一次世界大战退伍军人政策相比，《退伍军人权利法案》无疑在美国经济发展的人才长期储备方面做出了不可磨灭的贡献。

市郊社区为人们提供了一个实现美国梦的机会。市郊社区中产阶级的生活方式早已成为美国梦的具体体现。从政治层面上考虑，无论是对内还是对外，这是一个彰显美国文化先进性和代表性的重要手段，美国政府当然会全力支持这一新生活方式及其文化的形成和扩张。旨在帮助欧洲重建的马歇尔计划（The Marshall Plan）使美国商品获得了巨大的市场，1946年颁布的《就业法》（The Employment Act）规定最大限度地提高就业率、商品生产和购买力（Norton，1977）。这无疑从国家和政策层面为美国人收入的增加和中产阶级的不断产生创造了有利条件，无论是对美国梦的追求，还是对推动市郊社区的发展，都发挥了重要作用。

市郊社区的涌现和发展也推动了极具美国特色的大规模住宅建设和商业运作模式的产生和发展。其中最值得一提的是犹太裔美国建筑商威廉·莱维特（William Levit）和阿尔弗雷德·莱维特（Alfred Levit）父子和他们建于纽约市郊的莱维顿镇（Levittown）。正是因为他们具有开拓性思维和商业运作模式，美国市郊社区获得了有史以来最快的发展。早在第二次世界大战结束后不久，莱维特父子就发现了大量即将建立家庭的美国年轻人带来的婴儿潮中蕴含着的商机。莱维顿镇式的市郊社区为成千上万的美国家庭提供了能够买得起的住房，并由此实现了他们的美国梦。为了降低成本，莱维特父子充分利用政府的优惠政策在纽约市郊购入廉价用地，尽可能地减少建设项目所涉及的中间环节，同时在住房的设计、建造和配套方面都采用了标准化方式。具体做法包括从跨国中间商那里直接采购木材、电视机等，简化每座住房的建筑流程，以较低的价格购入预制木材构件和铁钉等建材，采取批量生产的方式建造数千座规格相同的住房，等等。这样，一座拥有全套最新厨房设备，同时又配有一台电视机的住房标价仅为 8000 美元（相当于 2009 年的 65 000 美元），同时，购房者根据《退伍军人权利法案》和联邦政府提供的住房补贴，在此基础上还可以享受约 400 美元的优惠（Glaeser，2011）。最初建在长岛（Long Island）地区农田中的 2000 套用来作为租赁的住宅很快就一售而空，莱维特父子又开展了一个 4000 套住房的项目，同时也开始注意包括学校、邮局等配套项目的建设。购房者可以申请无首付的 30 年期贷款，每月还款数额仅相当于同等水平住房的房租。到 1951 年，莱维特父子的公司在这一地区所修建的住房已高达 17 447 座。根据 2010 年全美人口普查结果，莱维顿镇人口共 51 881，有 17 207 户住房，14 031 户家庭居住于此[①]。

  作为美国历史上第一个也是最大的大规模市郊建设项目，莱维顿镇很快成为战后市郊社区的标志。从客观上看，莱维特父子的商业运作理念无疑是 20 世纪初福特主义的延续，它通过大规模标准化的建设为购房者提供物美价廉的住房。那些外观极为相似的房屋同时也为从众色彩浓厚的社区文化提供了物质基础和精神导向。虽然莱维顿镇为许多居民提供了实实在在的居所，但许多反对者却对它千篇一律、缺少特点的建筑风格，以及最初对少数民族排斥的做法进行了诟病。如今，"莱维顿镇"一词被用来形容那些由大量外观设计相同的房屋

[①] Quickfacts.census.gov. Retrieved on July 21, 2013.

组成的规划过于整齐划一的建设项目，但实际上在过去，许多房屋的主人已经根据自己的需求对它们进行了扩建，因此如今莱维顿镇的房子已经不再像建设初期那样拥有极高的相似度。这无疑也反映出美国人在满足基本生活需求之后对个性化的追求。

然而，由大规模市郊建设项目导致的城市人口向市郊流动现象的负面影响很快便显现出来。白人的逃离使各大城市形成了少数族裔居住的市中心和白人居住的市郊这一对立格局。这样不但没有解决种族问题，而且使早先的种族冲突逐渐升级成种族隔离。市中心与市郊不同种族居民形成的种族社区的问题一直无法有效解决。直至今日，社区隔离意识依然存在。与此同时，虽然白人家庭大规模迁往郊区，但是越来越多的市内居民区沦为贫民窟，其中贫困的黑人和西班牙裔移民无以解脱，无法自拔。各大城市的市中心由于社区隔离和贫民窟的不断涌现而逐渐衰败。曾作为创新活力来源的城市在市郊社区兴起的20世纪五六十年代，逐渐成为高犯罪率地区。

多年以来，国家对待城市贫困问题的主要政策是"都市重建"计划：拆毁最贫穷、最落后地区的所有建筑。在战后20年的时间里，"都市重建"计划拆除了40多万座建筑，其中包括近150万人的住所。在某种情况下，"都市重建"计划为贫困城市居民提供了新的公共住房。有些住房条件远远好于这些人的旧住宅，有些则设计欠佳，建筑施工粗糙，很快又变成阴暗破败的贫民窟（布林克利，2009）。

相比之下，20世纪50年代的市郊社区自然被视为美国梦和生活方式的楷模，生活在市郊乃是战后广大年轻一代的奋斗目标。

二、美国中产阶级的身份认同与社区意识

新型市郊社区的建立使中产阶级居民的身份认同和社区意识逐渐加强，同时也进一步鼓励了从众思维，并使之成为约束居民行为方式的规范体系的基础。由于社区的地理位置和群体的特点，群体中的居民住着相同的住房，开着相同的汽车，早上在相同的时间坐着相同的火车到相同的城市去上班，晚上又在相同的时间坐着相同的火车回到相同地点的家，而在火车上也会阅读相同的报纸。晚上几乎每个家庭都要上演同样温馨的"情景剧"：可爱的孩子们对他们劳累一天的父亲笑脸相迎，称职的家庭主妇早已把美味的食物端上缀有鲜花和烛台、摆放着盘碟杯盏的餐桌，一家人在悦耳的音乐中享受生活带来的富足和快乐。每个周末，男女主人都会被邀请参加，或主办高雅时尚、灯红酒绿的各种社区派对，沉溺于一片歌舞升平之中，享受着同一社交圈中那些思维相似、志向相投之人带来的温情和友爱等。在这样心满意足、其乐融融的环境中，中产阶级日复一日、年复一年地重复着他们实现美国梦带来的快感，同时想尽一切办法拒绝任何可能给他们美好生活带来的变化。因此在封闭的市郊社区中，从众现象严重，与作为美国文化根本的个人主义相悖，对自由精神有着较强的压制作用。

　　社会学家认为，主体并非个体，即使它们是由个体所产生的。个别的个体要经由"主体"这种集合性的社会行动者来获取它们经验中完整性的意义。从个人与社会的关系看，人们的认同是由社会认同和自我认同所构成的连续统。自我认同指的是个人对自己在社会阶层结构中所占据的位置的感知（卡斯特，2003），而社会认同则是有关某个群体的共同认同，它强调群体成员之间的相似性。认同的稳定性对心理安全和幸福感来说是最重要的。认同的提高会带来更大程度的幸福感，而认同的扩散则会导致焦虑和崩溃。在人们的印象中，美国人崇尚自由，不愿受条条框框的限制，而事实却与我们的想象有着很大的差距。美国中产阶级通常被其文化中的身份认同和社区意识所左右，其行为必然受到严格的道德行为规范的限制，同时，其政治取向也趋向保守，否则其就会被视为道德败坏或政治激进分子而受到整个社区的谴责和排斥，那些拒不悔改者往往因为最终不能被其他成员接纳而不得不搬出该社区。

　　这种强力的道德约束绝非发源于 20 世纪 50 年代开始兴起的市郊社区，早在清教时期就已经初现端倪，这一点在前文已经进行了讨论。根据卡尔·阿博特（Carl Abbott）的研究，在历史上的不同时期，社区的设计和建设一直是遵循着自我定义的原则进行的。第一类封闭式社区就是始建于清教时期的马萨诸塞州小镇。由于设计的目的是维持新世界清教力量和群体纯洁，这些市镇都被建成了封闭的社区，由他们自己的成员管理，而不欢迎外来人。第二类封闭式社区则是所谓的公司制城镇，如建立于19世纪的马萨诸塞州的罗尼尔、伊利诺伊州的普尔曼等，是为了保持居民的善心而建立的。其目的是创造一个能够保护工人免受工业化不利影响的适宜居住的环境。与此同时，这些经过发展的社区的受惠者被精心挑选并保留，从而形成稳定的劳动力。第三类封闭式社区则是一种高消费社区，在那里有由教授和商人组成的上流社会，社区建设的目的是为居民提供一个远离喧嚣无序城市、更加宜居的生活环境。这些社区从19世纪中叶起就在芝加哥、克利夫兰等城市市郊出现。保持社会区隔，为思维方式和价值观相似的人营造一种精心安排但又一成不变的生活方式，以及阻挡陌生人的进入俨然成为这些封闭社区的主要目的（阿博特，2006）。因此，道德约束在20世纪60年代以前的美国城市，特别是市郊社区中十分盛行。统治这些市郊社区的并不是政府部门，而是某些家境殷实、德高望重的绅士和他们的太太。他们有足够的经济实力来定期举办派对，同时可以拒绝邀请那些行为不受他们喜欢的人。被疏远的人及他们的妻子和孩子会成为社交弃儿，倍感孤立和苦闷，最终不得不向权威低头。中产阶级获得和维持较高的社会和经济地位的原因在于尊重和顺应社会规范体系，通过社会认可的方式用自己的勤奋和才智来实现自我人生价值。中产阶级的发达得益于体制，并受到体制的保障，因此热衷于建立和维护规范和秩序。在自由和秩序之间，这一时代的中产阶级通常在适度尝试前者后，最终还是会选择后者。这也是米尔斯认为中产阶级在政治上保守是社会稳定剂的原因所在。

三、战后社区的物理空间、社会功能与伦理约束

虽然第二次世界大战后美国作为发达的资本主义国家，其城乡差距较发展中国家小很多，但城乡的社会政治文化伦理环境还是存在着

一些不同。

小城镇——居住空间较大但活动空间较小，社会、文化、教育、医疗资源有限，人口流动性低，选择自由度低。人与人之间的熟知度高，人际关系较密切和复杂，公众舆论影响力较大，道德伦理约束程度较高。总之，较大城市而言，小城镇的生活预知度高，风险度低，因此变化较少，居民的生活稳定，但趋于平淡，一些居民的幸福感易受与大城市比较时产生的劣势影响。

大城市——个人居住空间相对狭小，但活动空间较大。社会文化娱乐资源丰富，商业发达，健康保障体系完备，因此选择性高，人口流动性高。人与人之间的熟知度低，工作之外可控的时间、自由度大，工作关系重于邻里关系，人际关系相对简单，职业规范多于伦理约束，道德伦理约束程度较低。总体来讲，较小城镇而言，大城市的生活预知度较低，风险度较高。因此，大城市居民的生活较小城镇居民的生活更加丰富多彩，但也有更多不稳定因素，最终影响一部分居民的幸福感。

随着第二次世界大战后市郊社区的兴起，特别是在纽约市郊为第二次世界大战老兵和逃离市中心的白人中产阶级建立的同质性较强的莱维顿镇这样的社区，在较短时间之内形成了自己的伦理体系，这一体系与小城镇和大城市的体系有所不同，但又与这两者有一定的共性。与小城镇居民相比，市郊社区居民的生活更加多样化，有更多的自由和选择，更多的社会、文化、教育、商业资源，更高的收入，更好的服务，更多的社会流动机会，更完备的健康保障体系，同时也具有较小的伦理压力。但较大城市居民而言，市郊社区居民又有更大的居住空间，更整洁、安静和安全的环境，更密切的邻里关系，更同质的身份认同，更强的安全感、归属感和伦理约束，更有利于下一代成长的环境。总之，市郊社区的生活预知度和风险度介于大城市和小城镇之间。

居住在市郊的中产阶级的生活质量远非居住在小城镇和大城市市中心居民能够比拟。完备快捷的道路网络与高效便利的交通工具，如私家车、火车、出租车和地铁，使通勤不再受距离的约束。环境的多样性给市郊中产阶级的生活带来多样性的同时，也促进了他们不同人格的发展，工作环境和生活环境的差异化，对其工作效率与生活状态和质量，以及幸福感都具有一定的调节作用。首先，他们充分享受大城市带来的机遇、挑战和历险的经历。在美国经济大发展的十余年中，各大公司国内外业务激增，公司职员具有很多升职空间，其收入也有较大幅度的提高。面对这样难得的机遇，他们中的许多人愿意在一定程度上牺牲个人的自由，压抑个性和欲望，顺应公司的规章制度，努力工作，以此换来个人成就，从而在社会中出人头地。这种牺牲和压制与个人成就具有正比关系。其次，为了提高生活质量，营造社区良好、整洁的生活环境，市郊中产阶级把家庭打造成为自己修身养性的港湾。对工作和生活的差异对待使中产阶级将家庭生活看成对冲工作压力的良方秘药，平静有序且充满爱意的家庭对野心勃勃、日理万机的市郊中产阶级男性来说非常重要。有一群道德水平高、温文尔雅、礼貌待人、充满爱心的邻居同样重要。这些因素都会使市郊中产阶级男性在一定范围内积极顺应家庭、社区伦理规范，确保在自由与家庭关爱和归属感之间达成一种动态平衡。由此看来，中产阶级的社区意识与小城居民有所不同，有一定的以自我为中心的投机成分。因此，邻里间会达成一种默契，社区内所有成员都必须遵守成文的和不成文的规定。拒绝顺应、遵守规范的人会被视为社区秩序的破坏者，最终会影响他人的生活质量，因此会面临极大的伦理压力和被边缘化的危险，他们的名声也会受损，即使他们想搬到邻近的其他社区，也无法被那里的社区接受。

除了在市郊具有的优势之外，当时美国中产阶级男性中的很大一部分是各大公司的销售人员。在出差过程中，他们同时还会体验到旅行和异国风情带给他们的诱惑与风险——人口流动程度高，人与人之间熟知度低，人际关系简单，道德约束低。作为那一时代的人，这些经历无疑给他们提供了良好的放飞自我的机会。

对伦理约束的顺应心理往往是自发的，不是外部力量强加的结果。它来自中产阶级自身自幼年开始受到的长辈的言传身教，源于对美好生活和良好秩序的向往。为了这一向往，他们不断进行自我调整和学习，以保持自身在社会中的优势地位。这一进取精神和顺应能力构成了中产阶级文化的基础，也是其中一部分人不断前进的动力。当然，这并不意味着中产阶级中所有的人都是如此。那些下中产阶级群体中的部分人只是因为前期的机遇和经济环境造就了他们的社会地位，然而正是由于缺乏进取精神，随着产业结构的调整，他们无法适应环境，从而导致收入减少和经济社会地位下降。他们为了寻求自我保护，在政治上趋向于支持坚持排外保守的政治经济政策的政党和政客。他们人数庞大，因此不免对国家的发展轨迹造成影响。

如前所述，美国战后经济得到了快速发展，这不但催生了历史上人数最多的中产阶级的出现，同时也使特有的中产阶级市郊社区文化应运而生。中产阶级充分体会到消费主义生活方式给他们带来的物质上的极大丰富，而为了维持这种生存状态，他们又不得不向随着各种社会和群体规范的建立而产生的繁文缛节低头，以从众的方式来顺应社会的角色期待。基于这一时代的特点，美国文坛涌现出大量以中产阶级生活为主题的文学作品和一批主流作家。可以说，第二次世界大战后的这一时期是美国中产阶级文学蓬勃发展的时期，同时这一时期的文学作品又起到了推动中产阶级市郊社区文化发展的作用，使中产阶级文化从 20 世纪 50 年代起正式成为美国主流文化的主体。

第二节　亚瑟·米勒与《推销员之死》

著名剧作家米勒笔下的《推销员之死》是反映中产阶级价值观、生活方式，以及所面临的问题的上佳之作。虽然出版时间尚未到中产阶级市郊社区文化大发展的 20 世纪 50 年代，但其从众文化的雏形已有所显现。话剧开始，一次失败的推销旅行结束了男主人公威利·洛曼（Willy Loman）的推销员生涯。他不仅失去了工作，而且还发现自己虽一直怀揣着美国梦，通过努力建立了一个美好的家庭，但到了晚年却成了落伍的失败者，不仅无法继续偿还住房、汽车、家电的抵押贷款，而且妻子琳达（Linda）也已经年迈体衰，两个儿子也因各方面的平庸表现很难再有良好的职业发展机会。为了能保障今后妻子的生存和儿子们的飞黄腾达，威利不惜牺牲自己的生命，通过车祸来获得保险金赔付。到此，这位胸怀大志、努力工作，却最终被时代抛弃的中产阶级男子结束了自己平庸的一生。威利对未来的信心和愿景反映出中产阶级对美国梦的执着，而他的失败和凄惨结局则预示了这一阶级中许多人的未来。

一、对美国梦的追求和梦想的破灭

从美国独立之日起，美国梦就逐渐深入美国人的集体意识中，很多美国人，无论是土生土长的美国人，还是新移民，大都以此作为人生奋斗的目标。同时，美国梦也为这些人的从众行为奠定了意识形态的基础。他们在追逐美国梦的过程中，人生的衡量标准似乎只有金钱，以及与其相对应的名誉和社会地位。然而，许多人也意识到美国梦已经逐渐把美国社会变成单向度的社会，使美国人在追逐名利的过程中逐渐忘掉了家庭的幸福和生命的意义。米勒在该话剧中正是对美国梦给美国人带来的负面影响进行了拷问。正如米尔斯所言，在美国战后的繁荣中出现了威利这个《推销员之死》中的主要人物。这个白领男子在商业上步步成功，在生活中一败涂地。他成于此梦，败于此梦，也魂断于此梦。但他为什么有此梦？难道不是我们的社会造就了这个虚幻的梦？（米尔斯，2006）

首先，话剧中主要人物的悲剧在于为自己的人生确立了错误的楷模，没有对自身能力和变化的时代进行过正确的评估，乃至在顺应和效仿楷模的过程中失去了自己的人生价值。威利年轻时就决意追随著名的推销员大卫·辛格曼（Dave Singleman）。在他看来，辛格曼活到 84 岁，还能去二三十个城市，拿起电话机，就有那么多人记得他，喜欢他，帮助他，这才算是人生赢家。辛格曼一生奔波，最后死在从纽约经纽黑文和哈特福德到波士顿的火车车厢里。他死了以后，几百个推销员和买主都来参加他的葬礼，一连好几个月不少火车上都是一片伤心景象。这个场面让威利羡慕不已，也成了他鞭策自己前行的人生目标（米勒，2011）。

以上是年老体衰的威利向老板霍华德（Howard）申请调回纽约工作时说的一席话，它反映出威利年轻时便已经形成的角色、自我等文化图式对他的一生所产生的根深蒂固的影响。做一名出色的推销员一直是他的梦想，他也一直朝着这个方向迈进。然而，作为一个能力平平的推销员，把自己和家庭的未来建立在这个期望的基础之上，对他个人和家庭成员的幸福来说是一种直接的摧残。他已经辛劳工作30多年，但也仅仅是勉强维持他那下中产阶级家庭的生活水平。威利希望和辛格曼那样工作到老，至死还有很多人记得他。然而，63岁的他已经深感力不从心。他如此珍视的职业并未给他带来客户的爱戴和业内的声誉，相反，他愈发地自我否定，丧失自信。他非但没有成就一番大事业，就连家用电器和汽车余下贷款的偿还也已经成为问题。

二、第二代对主人公期待的背离和前途的迷茫

威利不但一辈子追随和顺应自己的楷模，同时还希望儿子们把自己当作成功人生的榜样加以仿效，而比夫（Biff）便是这一家庭期望的牺牲品。作为父亲，威利起初的确起到了楷模的作用，他的引领使比夫成为出色的美式足球运动员，并且比夫将进入大学学习，成为像他自己这样的成功人士。然而，威利的婚外情彻底摧毁了他在比夫心里的形象。失去了行动的楷模，比夫逐渐沉沦下去，他不仅背离了威利给他制订的未来，也无法再接受主流社会的价值观和行为准则，最终成为游离于主流社会之外的边缘化人士。

威利虽然生活平庸，但却不愿意承认这一点，甘愿被自己的美国梦欺骗。在消费主义生活方式方兴未艾的20世纪20年代，靠上门推销产品的推销员不乏是一个具有挑战性并有着较高收益的职业，其中一个原因就是当时虽然美国人已经开始注重消费品的大量生产，但销

售渠道尚处初级阶段。作为销售业龙头的大百货公司只坐落在大城市的市中心,而生活在较为偏僻地区的消费者只能通过邮购的方式购买产品,这无疑给了上门销售产品的推销员一个千载难逢的机会。他们通过比黑白的商品画册直观得多的方式,向潜在消费者展示自己的产品,不仅仅是外观,而且是实际功能和操作方法。这使他们能够向消费者直接出售产品,并从中获得较高的利润和佣金。然而,到了第二次世界大战之后,随着高级公路网的逐步建立,美国各地的商品流通渠道不断完善,各个中小城市也相继建立了消费品专营商店。这无疑使威利这样的推销员面临着巨大的竞争压力,致使他们的业绩下滑,利润和佣金不断减少。同时,上门推销业的潜在客户不断减少,这一曾经帮助不少人圆了他们美国梦的行业到了20世纪40年代末已经演变成一个微利行业。按照经济水平划分,身为推销员的威利处于美国中产阶级的下层,然而,像许多美国人一样,他对中产阶级价值观的认同却让他无法看清自己所处的真实地位(栾国生等,1997)。作为妻子,琳达一直尽职尽责,用威利有限的收入来支撑全家的衣食住行,同时,还尽量维护威利的自尊心。威利却很少能看到这一点,他不是吹嘘自己如何成功,就是在被戳穿后转而埋怨商品的质量问题。他总是在两个儿子面前摆出成功者的姿态,想借此维护自己的自信和虚荣。然而,现实是残酷的。他为了维持生计不断找查理(Charley)借钱,却一再拒绝查理为他提供的工作机会,其原因是他嫉妒查理的成功和才能。他从未靠自己的能力组建起像查理那样的公司,在查理面前他感觉自己是个失败者,因此本能地拒绝查理的帮助。看着他曾经如此轻视的伯纳德(Bernard)当上了律师,而自己的两个孩子却无任何成就可言,这使威利的挫败感更加强烈。霍华德拒绝了威利调回纽约工作的申请,最后将他解雇,并对他说,老了不能死要面子(米勒,2011),他应该可以依靠那两个他一直吹嘘的出色儿子供养。至此,威利无言以对,自己多年来编制的幻梦随着他的失业而瞬间破灭。他对查理的关心和帮助进行了歇斯底里的拒绝,但在他内心深处,却无法忽视查理是他唯一朋友这一事实。他试图与自己死去的哥哥对话，追问自己为什么当初没有跟随本（Ben）去阿拉斯加和非洲探险，但这些幻境最终都消失殆尽，他从中得不到任何答案。他唯一能够做到的是再寄希望于那不争气的比夫，而比夫在争取投资机会失败后对他的抢白更是雪上加霜。比夫明确表示，自己不是做老板的料，而他父亲和他一样没本事，只会拼死卖命地四处推销产品，到最后老了，便让老板扫地出门（米勒，2011）。至此，威利的美国梦最终破裂，他成了一个十足的失败者。

三、梦碎者为顺应主流价值观所做的最后努力

作为失败者的威利却依然希望下一代将他的美国梦继续下去。但威利能做的只剩下用自己的生命骗取两万美元保费，为比夫在商界发展换得所需的启动资金。这一点体现了他作为父亲的良苦用心，但这种变态的爱与期望成为对比夫的道德和良心的绑架，使他和多数美国人一样，追求所谓的美国梦，进而重蹈他父亲的覆辙，这是比夫难以接受的。在剧终，琳达说他们全家终于自由了（米勒，2011），这无疑也反映了比夫的心态。然而，美国梦还要继续下去。与比夫不同，哈比（Happy）愿意像威利一样投身商界，以此来实现自己的梦想和生命的价值。哈比像哥哥一样迷茫，但他从来不肯认输，因此也就更加糊涂，更加顽强，虽然看上去更加心满意足（米勒，2011）。哈比只是与比夫憧憬过到西部牧场去工作和生活，然而，和多数美国人一样，美国梦的力量往往要比非从众思维有力得多。作为为人们提供始发力量的主流价值观，美国梦不仅为人们提供行动的指南和人生成就的衡量标准，同时还可以为人们提供所需要的安全感和相对稳定的生存环境，以及不可或缺的归属感（弗罗姆，2007）。在这里，米勒似乎在传递一个信息，那就是美国梦已经成为美国主流社会的重要价值观和集体无意识，尽管追随这样的梦想最终可能会使人失去自由和生命的意义，但多数人依然会顺应这样的思路，沿着这样的人生道路走下去。

变化了的美国经济环境无情地淘汰了以威利为代表的老一代产品

推销员。然而，随着美国战后经济的飞速发展，更多的岗位和工作被不断创造出来，从事这些工作的人不断把新的技术、机器和日用品输送到正在从战争创伤中逐渐恢复的欧洲、亚洲各国，以及其他国家和地区，同时在经济上也造就了所谓的黄金时代，促成了新一代中产阶级的涌现，而在文化上也开启了中产阶级从众生活的新模式。

第三节 约翰·契弗与他的"绿荫山"世界

美国著名作家契弗以描写中产阶级生活的短篇小说著称，他以虚构的中产阶级社区"绿荫山"（Shady Hills）为背景的作品生动地刻画了市郊中产阶级的生活百态。在契弗20世纪50年代出版的短篇小说中，个人与群体之间的冲突和妥协是一个重要主题，说明了在美国群体意识和道德约束相对较强的那个时期，个人为了保全自己的社会地位和名望而不得不牺牲自我，并顺应所在社区和群体对自身行为与价值观的期望和约束。本节将对契弗的四篇短篇小说进行分析，以说明当时的群体意识和道德约束对普通中产阶级所起到的压制作用。

一、《乡下丈夫》

《乡下丈夫》（The Country Husband）最初发表在1954年11月20日出版的《纽约客》（New Yorker）杂志上。作为契弗的代表作之一，《乡下丈夫》描写了男女主人公婚姻生活中出现的情感问题，同时也在某种程度上突出了中年危机这一在中产阶级中较为普遍的社会问题。然而，更深刻的含义在于体现出在高压的政治环境下人在精神层面追求的缺乏而导致的苦闷。故事中的绿荫山是个坐落在纽约市近郊的中产阶级社区，这里的居民生活富足，生活在一天天地重复着，在同样的时间发生着同样的事情：男人在同样的时间上下班，妻子在同样的时间操持家务、照看孩子，就连从不远处传来的钢琴声、人呵斥狗的叫喊声都是每天不停地重复着。男主人公弗朗西斯（Francis）因在经历一场空难后并没有得到妻子茱莉亚（Julia）的抚慰而心情抑郁。多年来，弗朗西斯和众多中产阶级男子一样，通过辛勤劳动来建立舒适富足的家庭生活。他在工作中遵守商界行为规范的同时，也不得不为了迎合家人和社区中邻居的好恶而瞻前顾后，极力压抑自我，尽量做一个好丈夫、好父亲、好邻居。家庭成员的冷漠使他对这种埋没自我的生活方式产生了疑问。他开始不再顾及社区成员之间礼貌为先这一不成文的行为规范，终因语言粗鲁而得罪了邻居赖特森太太（Mrs. Wrightson）。赖特森太太恰恰是绿荫山"德高望重"的成员之一，同时也是该社区社交规范的制定者、社交圈子的核心人物。为了惩罚弗朗西斯，在此后举办的一次大型年度晚会上，她不仅没有邀请弗朗西斯一家，而且向其他邻居描述了他的粗鲁行为，以达到败坏他名声的目的。这使弗朗西斯的妻子与孩子伤心不已，深感在众多邻居面前失掉了尊严。最后，弗朗西斯不得不当面向赖特森太太道歉，才得以重新有机会让自己的家庭融入当地的社区生活。

圣诞节之前，弗朗西斯一家与绿荫山许多家庭一样，有用全家福照片制作明信片的习惯。他们在一个周末请了摄影师，一家人穿着雅致漂亮的衣服，坐在自己漂亮的房子前拍照，在外人眼中，他们显得如此幸福，这样的画面会令外人羡慕与向往。但其实弗朗西斯与妻子的感情已经出现裂痕，他们彼此都无法理解对方，经常争吵。一天，弗朗西斯坐在火车上，透过相向行驶的列车车厢的玻璃，看到了一位裸露着胴体梳洗打扮的金发女郎，虽然这一情景一闪即逝，但那个美丽的女郎却在不经意间进入了他的梦境，并使他开始憧憬起年少时的梦想，渴望再次获得爱情。很快，他发现自己钟情于为他家照看孩子的女孩儿安·莫奇逊（Ann Murchison），并开始有了一些不切实际的幻想。他背着茱莉亚为安买了金手镯，而且出于嫉妒，对女孩儿的男友克莱顿（Clayton）恶言相向、讽刺挖苦。但也因此，弗朗西斯发现自己曾经稳定富足的世界开始崩塌，失去了以往的安全感和自信心。迫于当时社会的压力，弗朗西斯当然无法承受可能失去家庭的痛苦。为了与茱莉亚复合，他开始寻求心理咨询。作为一种治疗方法，弗朗西斯通过制作家具来使自己从未果的情感中解脱出来。最终一切都恢复如常，弗朗西斯一家又恢复了以往的宁静，和绿荫山的左邻右舍一样祥和而单调地生活着。

与刘易斯的小说《巴比特》中的男主人公相似，弗朗西斯的中年危机经历了顺应—叛逆—顺应三个阶段。在第一阶段，作为一个居住在市郊的中产阶级已婚男性，弗朗西斯必须屈从于人们对他的社会期待，用社会公认的好丈夫、好父亲、好邻居、好公民的标准去要求自己，去规划自己和家人的生活和职业，同时，还必须遵守与市郊生活相关的各种社会规范，这一点在汤普逊的研究中也有所体现（Thomson，1992）。首先，弗朗西斯和所有同龄人一样，都不得不直面社会角色带来的压力，为了满足他人的期待不得不牺牲自我和梦想。作为美国《退伍军人权利法案》的受益者之一，弗朗西斯在第二次世界大战后有机会作为一名退伍军人进入大学学习，毕业后经过十余年的努力，在步入中年时和许多同时代有着相同经历的人一样成为中产阶级的一员。和其他刚刚步入中产阶级的人一样，他凭借着自己的经济实力使自己的家庭生活在绿荫山这一中产阶级社区。从该小说和契弗其他绿荫山短篇小说中可以了解到，绿荫山地处纽约市郊，这里的住户皆为中上层人士，家底殷实、生活舒适，能在这个地方居住可以彰显他们较高的社会地位和经济实力。其次，市郊社区的社会规范对居民的言行具有很强的约束力。由于距离市中心较远，轮流举办的各种派对则成了这里的居民，特别是那些家庭主妇所期盼的重要社交娱乐活动。一些具有威望的居民便成了市郊社交圈的领袖和社会规范的制定者和监督者，其他人只有严格遵守这些规范，在一定程度上牺牲自己的自由，才能使自己和家人在这些社区中安逸、富足地生活，以维持和彰显自己的身份和社会地位。这种状况被安的男友克莱顿一语道破："对于我来说，绿荫山的问题就是没有任何未来可言。这里的人如此煞费苦心，把他们不喜欢的人排除在外，借此来维持这个地方的秩序，所有人一提起未来，就只能想到增加到纽约的火车班次、举办更多的派对。"（Cheever，2000：338）虽然拒绝服从这些社区规范的居民可以选择离开，但在20世纪50年代美国各地的中产款"（Cheever，2000：211）。因为无力像其他家庭那样聘用佣人，露易丝除了在周六能够向外人展示自己光鲜迷人的外表之外，在其他的日子里每天一大早就要开始为家务辛勤操劳。

虽然按照绿荫山居民公认的标准，本特利夫妇可谓"生活美满，但夫妻关系却常有起伏"（Cheever，2000：211）。每次争吵后，露易丝都会毅然决然地表示自己要外出工作，而每当和好后，她去工作的想法便不了了之。由于生活的压力，凯施把进行室内跨障碍表演变为证明自己依旧年轻、重拾信心的重要途径。然而在一次表演中，他不慎跌倒，腿部受伤，不得不住进了医院。这次事故对凯施的打击很大。伤愈后的凯施似乎变成了另外一个人：情绪低落、粗鲁无理。因此，以前的朋友逐渐和他疏远，甚至不再请他和他的家人参加晚会。听着夏夜里左邻右舍晚会上的欢声笑语，看着昔日朋友们的歌舞升平，凯施觉得自己几乎要被生活压垮。为了提振精神、找回昔日青春年少的感觉，凯施不顾自己的断腿尚未完全复原，试图在家里继续表演跨越障碍，但终因体力不支而瘫倒在地。凯施并不甘心自己生命的衰落，不久便再一次尝试。可悲的是，不熟悉手枪使用方法的露易丝在为凯施开枪发令时失手将他射杀。

绿荫山居民中的多数人得益于美国战后经济的快速发展，商业活动的良好回报维持了他们较高的生活水平。然而依然会有一些人由于生意受挫，收入受到影响。收入的减少可能还暂时不会影响家庭的生活必需品的购买，但他们更为在意的是窘迫的现金流会使他们无力购买彰显社会地位的符号化消费品。作为绿荫山的居民，只有进行符号性消费，才能真正成为社区受人尊敬的一员。这些消费内容至少包含以下几个方面：第一，行业协会或俱乐部的会员资格；第二，不需要外出工作的妻子；第三，帮做家务的佣人。前文中讲过，根据凡勃伦的观点，有闲阶级的炫耀性消费包括家属和仆人的代理性消费，即通过妻子和儿女对服务和商品的消费来体现他们的社会地位和经济实力，而雇用仆人也是同样性质的消费行为（凡勃伦，1964）。通过代理性消费，绿荫山的中产阶级居民便可以充分显示自身的社会价值。

每年花巨资支付行业协会或俱乐部的会员费则是鲍德里亚所指出的符号性消费，正如《巴比特》中所提到的那样，获得此类行业协会或俱乐部会员资格已被视为彰显自己属于这一高尚群体的最直接方式。因此，对本特利夫妇来说，无法进行前两种消费还能接受，而失去会员资格就等于失去与之相对应的社会地位，这一局面他们绝不愿意面对。

生意的受挫和生活质量的每况愈下使凯施希望通过向他人展示自己的运动天赋来获得赞许和认可，并以此来提振和慰藉自己。然而，此时的凯施已经失去了昔日运动明星的光彩，他的受伤和失意使他成为邻居们的怜悯对象，而这种怜悯也使他逐渐被排除在自己看中的社交圈之外，这无疑表明了本特利夫妇社交生活的终结。此时陷于绝望的凯施不顾自己的伤痛想拼死证明自己还年轻的欲望就不难理解了。

在契弗的小说中，与中年危机一样，酗酒也是一个非常重要的主题，它是中产阶级生活方式的一个重要体现。为了纾解生活压力和孤独感，除了酗酒之外，契弗笔下的人物似乎再也找不到其他的方法。在《杜松子酒的悲哀》（The Sorrow of Gin）中，除了尚年幼的艾米（Amy）和少数几个人之外，包括男女主人公在内的所有成年人都与酒有着不解之缘。在一个星期中，劳顿（Lawton）夫妇多数时间都要参加朋友、邻居举办的各种酒会，席间他们狂斟豪饮，回到家时他们虽然经常处于醉酒状态，但似乎还没有尽兴，还要继续畅饮。劳顿夫妇对自己家里的酒很在意，常常无故怀疑他们雇用的仆人、厨师和园丁会在他们不注意时偷偷饮用他们家的酒。

在艾米的眼中，她的父母和其他所有的大人由于醉酒丑态百出，他们虽然没有像马戏团走钢丝演员摇摆得那么夸张，也未曾搂住电线杆不放，但有时因醉酒坐空椅子而跌倒在地，爬起来后却能够若无其事地再找到椅子坐下，而旁边的人对此荒唐之举却视而不见，没人觉得好笑。她的父亲劳顿先生有时候甚至找不到自己正在饮酒的杯子。艾米发现酒精似乎能在她父亲身上产生一种奇异的效果。父亲经常表情严峻、精神紧张，但饮了几杯酒后"他那紧绷的面孔渐渐松弛下来，再也没有不开心的样子了。她①往厨房走时经过他，他冲她温柔地笑了笑，并用手拍了拍她的头顶"（Cheever，2000：204）。虽然艾米喜欢的厨娘罗斯玛丽曾经向她表示痛恨酗酒，因为酒精夺去了她姐姐的生命，但后来艾米发现罗斯玛丽竟然将酒装入可口可乐的瓶子中以便随时偷偷饮用。照看艾米的海伦（Helen）太太不饮酒，而且对酗酒的行为感到非常无奈。几乎每天夜里，在照看完各家的孩子后，她都是由醉醺醺的男主人开车送回家，因此不免要为自己的安全担心。意识到了酒精的罪恶，艾米便开始偷偷将家里的酒倒掉，被发现后试图离家出走。艾米所做的一切都是在竭力让自己的父母戒掉酗酒的恶习，尽可能少地外出参加晚会，一家人尽可能多地待在一起。

　　故事中的劳顿夫妇和绿荫山的其他中产阶级居民一样，对聚会和社交活动有种依赖心理。作为事业的成功者，在享受物质生活的同时，他们还需要一种归属感和精神依托。定期参加晚会和社交活动增强了他们与朋友和邻居间的联系，参加晚会和社交活动人员身份的同质性使他们觉得自己是一个社会地位高尚、受人尊敬群体当中的一员。同时，对那些每天不得不戴着面具，装作甘心情愿忍受生活的重压和社会规范的束缚的中产阶级来说，醉酒不能不算是一个可以临时放下生存重担的良好时机。在这一方面，绿荫山的人们似乎能做到心照不宣，彼此宽容。于是，酒精成了所有人用来放松自我的屡试不爽的灵丹妙药。令人惊奇的是，第二天，绿荫山的居民又能戴好他们的面具，神气十足地应对他们追求物质主义的道路上的种种挑战，更好地适应社会为他们早已预设的位置。无论他们的内心对现实感到多么失落，对那些曾经拥有的梦想多么怀念，他们都能够以笑面对，成为《麦田里的守望者》男主人公霍尔顿（Holden）所蔑视的那些"虚伪小人"（phony slob）。

　　《游泳者》（*The Swimmer*）是契弗为数不多的魔幻现实主义文学的尝试之作。小说主人公内德·梅里尔（Ned Merrill）在参加晚会

---

① 笔者注：指艾米。

时突发奇想，觉得可以从举办晚会的朋友家一路游回 8 英里以外的自己的家，于是他便开始在各家的游泳池穿行。在此过程中，梅里尔逐渐发觉，时间开始发生变化，从朋友家到自己住所，平时开车不用太多时间就能到达，然而，梅里尔在游泳过程中似乎掉入了时间的长河。虽然对他来说，这只是一天内发生的事情，但是他周围的景色却出现了季节交替，盛夏不经意间变成了深秋，他的身体因此开始感到了阵阵寒意。他所看到的那些曾经熟悉的人变得非常陌生，似乎已经记不起他的存在，就连他曾经的情人也对他的来访感到非常莫名其妙。在他终于回到家时，他看到的是黑洞洞的房子，妻子露辛达（Lucinda）和女儿们已经不知去向，紧锁的车库大门的把手已经锈迹斑斑，一个雨水槽已经损坏，从屋顶向下歪歪扭扭地垂着。在不解和惊恐中，他使劲敲打着房门，由于无人应答，他从窗子望进去，才发现房子里空无一人。

　　在故事中，梅里尔似乎很难融入他周围的中产世界。在那些灯红酒绿的晚会上，人们愿意谈的内容只不过是商品的价格，交换的无非是市场信息，不分场合地讲的无非是无聊的荤段子。对此，梅里尔无法真正像其他人那样将此作为自我提高的必要阶梯，也无法建立一个有利于自己事业发展的社交网络。于是，他成了一个不入流的旁观者，一个不被邀请就擅自闯入他人聚会的社会规范的破坏者，一个对朋友生病漠不关心的薄情之人。梅里尔在游泳过程中感到越来越远离他曾经熟悉的世界，周围的人也越来越对他的幼稚之举嗤之以鼻。其中包括他曾经的情人雪莉·亚当斯（Shirley Adams），对他也是那样冷漠无情。在雪莉眼中，以前的梅里尔或许是一位举止文雅、体贴他人，并有着较强责任心的绅士，但如今却行为怪异、沉溺在自己的世界里，与绿荫山这个高尚社区格格不入，无法和参加派对的那些正常人进行有意义的交流，对雪莉来说，他已经变成一个精神不正常的异类，即使作为普通朋友也无法使她接受。然而对梅里尔来说，世界在过去短短的数小时之内发生了如此大的变化，令他尝遍世间炎凉。所有的人都在无端地排斥他，就连曾经相恋的情人也对他如此无礼和蔑视。他开始怀疑自己的记忆，对自己的行为提出疑问。也许是他人生中的第一次，他开始哭泣，他第一次感觉到如此的悲伤、疑惑和饥寒交迫。他无法理解那曾经低三下四的宴会服务员对他的无礼，无法理解那曾为自己哭泣的情人的粗暴。最后，他虽然终于游完了回家路上所有的游泳池，但也失去了他曾经拥有的一切。他完成了自己的梦想，但早已饥渴难忍、疲惫不堪，等待着他的却是一片虚无。

也许梅里尔是一个有梦想，而且敢于付诸行动的人，但他却和周围的环境和人群格格不入，被人耻笑为"幼稚"。因为周围的人整天做的事情就是努力增加自己的财富，提高自己的社会地位，中产阶级社区那些似乎永远不会停止的聚会意味着机会，意味着人脉，意味着生活的充实，同时也意味着暂时远离寂寞，所以居民对此趋之若鹜。在他们的眼中，梅里尔是个行为怪异、与众不同的人，因此在那个所有人追求相似的年代，作为一个"他者"，梅里尔成为社会和家庭的弃儿也是在所难免的。

作为极其善于描写 20 世纪四五十年代的中产阶级生存状况的小说家，契弗特别擅长在作品中突出个人与群体的矛盾和冲突，以及个人对家庭、社区和社会的反叛与妥协。契弗笔下的弗朗西斯和上面提到的其他绿荫山短篇小说中的男主人公相同，不仅肩负着一家人的生计，而且需要压制自己的个人意志，以适应当时的家庭伦理、社区规范，以及整个社会因麦卡锡主义盛行而造成的精神压制，偶有个性抒发和内心苦闷的排解，压抑的内心往往通过中年危机的方式表现出来。之后，似乎只有心理医生才是他们解脱烦恼并重新接受自身生活状态的导师。然而，除了个人问题之外，20 世纪四五十年代的整个压抑的社会环境才是这些人物心理疾患的真正诱因。契弗恰恰是通过对这些普普通通的中产阶级家庭生活的描写凸显了当时美国社会的风貌。以《乡下丈夫》、《啊！青春和美》、《杜松子酒的悲哀》和《游泳者》为代表的这些作品除了具有文学价值，无疑都可以作为对人在压抑空间下生存状态的研究，以及当时美国社会宏观文化氛围研究的宝贵资料，具有很强的社会学、历史学和文化学意义。

第四节　斯隆·威尔逊与《穿灰色法兰绒套装的男人》

同样是反映20世纪50年代中产阶级在高度同质化的社会文化环境中个性受到的压抑和对生活前景缺乏信心而感到的焦虑和不安,威尔逊1955年的小说《穿灰色法兰绒套装的男人》一出版就受到了评论界的广泛关注,同时也一直是人们了解20世纪50年代美国中产阶级生存状态的经典之作之一。

书中男女主人公汤姆·拉斯（Tom Rath）和贝琪·拉斯（Betsy Rath）与三个孩子居住在康涅狄格州威斯珀特的一所年久失修的房子里。33岁的汤姆毕业于哈佛大学,在一家慈善组织工作。在第二次世界大战中,他作为一名伞兵参加了欧洲和太平洋的战役,非常幸运地在战后返回美国。很快他就开始在总部设在纽约的联合广播公司的公关部工作,而且得到了老板的赏识。然而,汤姆很快就发现,繁忙的工作剥夺了他在家庭生活方面的乐趣,使他陷入苦闷之中。同时,他在意大利的情人和儿子由于生活窘迫,亟须他的救助。最终,汤姆在妻子的支持下妥善地解决了这一问题。汤姆辞去了公司的工作,和家人一起回到了从祖母那里继承下来的住宅中,重新开始了充满挑战但又极富意义的生活。

对当时从欧洲回到美国的许多第二次世界大战退伍军人来说,汤姆的经历有一定的代表性,他们是《退伍军人权利法案》的受益者,也得益于美国经济的高速发展,个人和家庭都有着光明的前景。同时,他们也会面对社会、事业和家庭的重重矛盾,其中有些人受到战争创伤的影响,还有对留在欧洲的战地情人和孩子的牵挂。本节将从以下几个方面进行讨论。

一、美国梦与物质主义追求

年轻的中产阶级为了物质主义追求,不得不承受生存压力,放弃个性,遵守各种各样的规范,把自己塑造成社会期待的那种单向度的人，这是契弗小说主题的又一展现。同为对中产阶级社区的描写，威尔逊笔下的中产阶级社区绿林大道并非像契弗小说中的绿荫山那样是富人区，而是较为廉价的住宅区，这里的居民一般是成家不久，并不富裕，但处于人生上升期的年轻中产阶级夫妇。很少有人把绿林大道当作一个永久的居所，年轻夫妇们对未来抱有很高的期望，他们把这里当作一个十字路口，各家都在等有了钱以后搬去更好的地方（威尔逊，2014）。这里的男性居民和汤姆一样，平日里穿着灰色法兰绒套装去上班，因为这是办公室一族白天的统一着装，一定是有人定了这个规矩（威尔逊，2014）。

在绿林大道，居民们和绿荫山的那些人一样都热衷于社交活动，以便为自己，特别是家庭成员创造一个具有良好的邻里关系的生存环境。男人们7点半从纽约下班回来后，鸡尾酒会就开始了，通常要到第二天早上三四点才散。然而与绿荫山不同，这里的酒会不提供晚餐。为客人提供晚餐对于这些小房子的主人而言基本不可能，他们的厨房很小，餐厅几乎不存在，女人们把小孩哄上床之后，根本没有心情给大家准备晚餐（威尔逊，2014）。大多数情况下，鸡尾酒会只是给人们提供一个社交的机会，同时居民可以向别人证明自己仅仅把绿林大道当作去更大圈子生活的垫脚石（威尔逊，2014）。对他们来说，搬离绿林大道去更高档的社区生活是人生成功的符号。

这样一个以鸡尾酒会为依托的社区交流平台与绿荫山的派对酒会一样，自然会逐渐催生一种特定的相互攀比的从众文化。在以物质追求为人生唯一目标的文化环境中，通过与他人交往，女性会获得持家的方法，强化她们对理想家庭的期盼，而几乎所有的男性也因此不同程度地感觉到自己为改善家庭生活所担负的责任。汤姆喜欢稳定、温馨、互敬互爱的家庭生活，但为了确保他所爱的家物质上的富足，他必须做出牺牲。汤姆时常觉得他就职的地方像一个"清水衙门"，他的薪水无法真正使他和他的家庭实现生活水平的飞跃。虽然妻子贝琪说重要的是找一份真正喜欢、有用的工作，钱并不重要，但是汤姆却感觉妻子和孩子们想要的是大房子、新车、冬天去佛罗里达过冬，以及大额的人寿保险。他觉得一个要抚养三个孩子的男人根本就无权说钱不重要（威尔逊，2014）。因此可以说，美国社会的攀比之风无疑是汤姆走出"舒适区"（comfort zone）的唯一推动力。

尽管如此，汤姆在考虑调换工作的过程中也反复权衡利弊，这种犹豫不决的态度也为小说情节的发展埋下了伏笔。汤姆不喜欢联合广播公司这样的大型公司，因为它们缺少人情味，如果到那里工作只是为了提高自己和家人的生活水平就未免有些舍本求末："关于我的最重要的事实我讨厌联合广播公司，讨厌它所有的肥皂剧、广告还有演播室里喧嚣的观众，我之所以愿意将我的下半生浪费在这样一个荒谬的公司里，唯一的原因就是我想要买一个更贵的房子并享有更好牌子的杜松子酒。"（威尔逊，2014：18）

他的同事迪克（Dick）也认为，如果汤姆留在这个慈善组织，他能得到非常稳定，但也不会有什么变化的薪水；但如果到联合广播公司，可能在短期内工资会有大幅度提升，但也可能失去工作，因此在那里不可能保持现在的经济状况，不是上升，就是下降，有很大的不确定性。而且汤姆"不会有任何真正的专业"，汤姆的专业就是"取悦霍普金斯"，如果失败，这段为拉尔夫·霍普金斯（Ralph Hopkins）工作的经历并不会给今后的求职带来什么好处（威尔逊，2014：49）。

然而，汤姆最后还是迫于虚荣心的压力，同时也出于对自己家庭未来的考虑，离开了慈善组织到了联合广播公司，可见这个具有理想主义生活观的年轻人也不得不和其他穿法兰绒套装的人一样，在物质主义大潮中随波逐流。当汤姆得知祖母要死了，他想道，"她已经活了 93 岁，而且一直都是搭着免费车票。她从未做过饭，没铺过床，没洗过尿布，没为她自己或是任何人做过任何事。她这辈子至少花了 300 万美元，对此她唯一的评论就是钱很无聊。她这 93 年都是白来的，我根本用不着为她生命的结束而掉泪"（威尔逊，2014：62）。想起祖母一生养尊处优，没有因为钱有过丝毫忧虑，汤姆未免流露出对世间不公的愤懑，也表露出他对自己在钱的驱使之下不得不放弃自己理想，去做自己不喜欢做的事情的懊恼。

汤姆随后在联合广播公司的经历无疑验证了他先前的忧虑，以及迪克对他工作性质的预言。为了得到一份高薪工作，人们必须承受更大的压力，付出更多的艰辛。然而，尽管汤姆非常努力工作，为霍普金斯的发言稿绞尽脑汁，突出项目中的亮点，但也无法使顶头上司奥格登（Ogden）和霍普金斯本人真正满意，以至于他最终被他人替换。在接下来的时间里，汤姆觉得自己没有具体的工作可做，整天无所事事，他开始思考，认为也许这就是霍普金斯解雇人的方式："在这个位于洛克菲勒中心上空的奇怪而礼貌的世界里，也许没有人真正被解雇。也许霍普金斯做的就是让人没事做，完全无事可做，直到整天无所事事地坐在办公室里开始抓狂，然后辞职。也许这就是他们礼貌圆滑地解雇没用的人的方式。……让一个人无事可做只是个警告，这是给他个台阶让他体面地离开。"（威尔逊，2014：187）这样一种从未预料过的情形使汤姆的压力陡然倍增。此时，他和家人已经搬入祖母的豪宅，但随之而来的包括房产税在内的经济压力也使汤姆为他可能失去工作感到忧虑重重。在调离岗位之后，汤姆之所以未遭遇被迫辞职的命运，是因为霍普金斯竟然开始赏识他，他不像其他人那样对上司唯唯诺诺，而是有自己的观点和想法，但最重要的原因是霍普金斯在汤姆身上看到了自己阵亡儿子的身影。最终，霍普金斯采用了汤姆重新修改后的发言稿，使项目大获成功。

二、个人梦想与现实之间的落差

梦想与现实的距离是小说的第二个重要主题，它体现了年轻一代雄心勃勃、相信个人能成功的愿景与庸庸碌碌地谋生和唯唯诺诺地顺应现状之间的距离。在联合广播公司站住脚之后，汤姆开始担任霍普金斯的私人助理，为他的商务活动打前站，但其中仅仅包括一些琐碎的事情，如安排酒店、摆放长茎玫瑰、试床垫等。躺在床上，他想起当初刚与贝琪恋爱时二人对未来的憧憬，那时他坚信"战后用不了几年他就会富有，尽管他没怎么仔细想过他要靠什么致富"（威尔逊，

2014：230），他相信自己会毫发无损、以一个英雄的身份凯旋。后来他的梦想一个个地破灭，尽管他回到美国时是个战斗英雄，但已经不再单纯，背负了沉重的精神负担和心灵创伤。他没有很快变富，反而混得一文不名。他与贝琪曾经的幸福是那种孩童时期的苍白、脆弱的幸福，充满了按时回家、按规矩做事的小小快乐。到了战后，他们就再没有快乐时光可言了，有的只是来自妇产科医生的预算、账单和对未来的疯狂计划。他已经没有什么高远的志向，"像个老人一样，他沉浸在过去，而不是将来"（威尔逊，2014：234）。他已经变了，但贝琪却没有，依然希望有一天他能够当上某个公司的副总裁，期待着他们不久能住到弗农山的房子里去，"有黑黑的老仆人不断地点头歌唱，他们可以住在那里优雅地变老……一栋他们当然会快乐地、真正快乐地享受余生的豪宅"（威尔逊，2014：234）。因此，贝琪在书中扮演了一个完美的全职太太的角色，在履行好主妇职责的同时，还不停地鼓励汤姆去迎接职场上更大的挑战，以获得更好的回报。然而，她对汤姆的期待却更加使汤姆觉得自己是个平庸的失败者。他们没有住到弗农山，却落脚于绿林大道的小房子里，最后还要依靠祖母的豪宅来提振自己的信心；他没有当上公司的副总裁，却不得不为老板测试床垫，每当老板说要见他但又不说明原因时，他都会惴惴不安。同时电梯管理员凯撒（Caesar），以及玛利亚（Maria）和他们的孩子可能给他带来的问题又使他生活在失去家庭的恐惧之中。

三、个人追求与群体期待和伦理道德之间的矛盾

小说的第三个主题自然是家庭幸福，以及人在做选择时必须采取的平衡策略。在这里，小说的另一条主线得以显现，那就是以代表着工作狂生活方式的霍普金斯本人的生命轨迹来衬托汤姆这一普通中产阶级的生活态度。小说正是通过拉近汤姆与霍普金斯的关系来使这位成功的商业大佬不成功的家庭生活暴露无遗。霍普金斯儿时便是一个优等生，通过艰苦卓绝的努力最终建立起自己的媒体王国。然而在婚

后，妻子海伦（Helen）发现，霍普金斯大多数晚上和周末都待在办公室里，已经成了习惯。起先，她很是委屈，之后很气恼，最后很痛苦，也很迷茫。"生活要是这样过就太不值得了，"她说，"我都见不着你！你得歇一歇。"（威尔逊，2014：210）但海伦最终也习惯于过这样的生活，她在各类派对中消磨自己的时间，即使儿子罗伯特阵亡，她也只是经过短暂的疗养便又"开始开各种各样的派对，并开始计划在南湾建那个巨大的炫耀的房子，买了游艇，看起来似乎从未那么开心过"（威尔逊，2014：212-213）。霍普金斯往往数月都不回家，在办公室里拼命工作，直到最后由于过度操劳而病倒。其女儿苏珊（Susan）对父母这种缺乏爱的婚姻颇有微词，认为自己绝对不会步他们物质主义生活的后尘，与一位48岁的男子私奔并结婚。

　　霍普金斯的家庭成员之间的冷漠使汤姆重新开始评估自己的选择，并决定一切都要以家庭为重。首先，汤姆向霍普金斯公开表示自己不能为了工作而放弃家庭。霍普金斯出于某种补偿心理，并未因工作无果而辞退汤姆，但他本人的生活乃至人生态度和对下属的苛刻要求都使汤姆对他退避三舍。汤姆因出色地完成了发言稿使心理健康基金会项目获得成功而得到了霍普金斯的赏识，他被指派负责心理健康基金会的管理工作，同时也成了霍普金斯的私人助理。当霍普金斯有意对他进一步栽培时，汤姆向霍普金斯表明了自己的态度："我不想学这类生意，我不认为我是想努力成为高管的那类人，我就坦白说吧：我不愿意做出牺牲。我不想舍弃自己的时间。"（威尔逊，2014：342-343）为此，霍普金斯不得不答应汤姆只让他管理基金会，并将办公地点设在他家所在地，即南湾。

　　其次，汤姆为了维持家庭的稳定，妥善处理了婚外情，这无疑反映了他对战后主流价值观的顺应。在他以为战争的记忆随着时间的流逝而逐渐淡化的时候，他遇到了凯撒。在得知战地情人玛利亚和他们的儿子生活窘迫时，汤姆心情沉重，苦于自己捉襟见肘的经济状况，同时惧怕被贝琪发现而不知所措。他在战争中曾杀死过17个人，为此他被当作英雄，但同时却因为给了一个孩子生命而遭受谴责，这使他感到非常愤怒。最终，像那一时代面对相同问题的其他人一样，汤姆做出了抉择来保护自己的婚姻，对妻子坦白，请求她的原谅。同时，在获得妻子同意的情况下，汤姆为儿子建立了信托基金，为他的将来提供保障，并从中求得心理安慰。

四、战争创伤的治愈与对新生活的期冀

《穿灰色法兰绒套装的男人》的第四个主题是对战争创伤的描写。与 20 世纪后期和 21 世纪描写战争创伤的小说不同，威尔逊并没有太多突出创伤后应激障碍（post-traumatic stress disorder，PTSD）这一创伤小说常用的心理学现象。他更多地关注了战争对人和社会关系造成的影响和改变。作为一个参加过欧洲和太平洋战场各个战役的退伍老兵，汤姆误杀好友的记忆使他终难释怀，但他似乎并未因此遭受心理上的创伤，因为他和他的战友们"清楚地知道自己在做什么，他们大多数人都非常健康，并没有因此而得什么心理疾病，也没有因此而感到骄傲，更没有因此而觉得羞耻"（威尔逊，2014：17）。然而，他由于对战争的恐惧寻求神灵的安抚而发生的婚外情对他的婚姻生活产生了威胁，只是因为贝琪的大度才使他回到正轨。对多数人来说，战争的创伤终将随着时间的推移得以治愈，最终只是变为记忆的一部分。这一点和契弗的《乡下丈夫》中对战争回忆的描写相似。

相比之下，20 世纪后期和 21 世纪对战争创伤进行深层次描述和分析的作品比比皆是，如罗斯的《人性的污秽》、德里罗的《坠落的人》（Falling Man），以及乔纳森·福尔（Jonathan Foer）的《特别响，非常近》（Extremely Loud & Incredibly Close）等，这些小说无一例外地使用创伤后应激障碍作为人物创伤描述的依据。这一心理学术语最早出现于 1978 年（Shalev，2000），此后逐渐得到完善，并广泛应用于临床，同时这一概念也开始在文学作品中使用。由此可见心理学对文学创作的影响，一些新理论必然会反映到文学作品中。《穿灰色法兰绒套装的男人》中虽然涉及对战争创伤的描写，但却不像上述小说那样深入，这当然是因为在它的出版年代创伤理论体系尚未形成，所以作者无法像后来的作家那样对其进行科学的应用。然而，不能忽视一个重要原因，那就是第二次世界大战之后美国政府为退伍军人制定了一系列法律来保障他们的生活和事业发展。大多数老兵在返回美国之后得到了很好的安置，像弗朗西斯和汤姆那样事业有成，同时也建立了家庭，新的生活经历势必冲淡了战争的创伤和记忆，使他们能够像正常人一样工作和生活。然而，在美国后来的战争结束之后，退伍军人都无法再享受到第二次世界大战军人的优惠政策，许多人的基本生活都无法保证，更何况是生存质量。像《人性的污秽》中越战老兵莱斯利·法利（Lesley Farley）的生存状况就不再是少数了。

总之，与契弗的绿荫山系列短篇小说相似，《穿灰色法兰绒套装的男人》突出了中产阶级在从众文化氛围中不得不顺应社会、阶层和社区的规范制度、条条框框这一现实。正如威尔逊在该书的后记中所言："对于汤姆·拉斯，这个经常被忘记名字的穿灰色法兰绒套装的男人来说，他的主要问题就是他感到自己未来取得事业上的成功，养活家人，正在被这个世界逼成一个工作狂，而这一窘境在1983年[①]，对于正值二十多岁的年轻男女来说还仍然存在。"（威尔逊，2014：381-382）但与契弗的小说不同的是，《穿灰色法兰绒套装的男人》的男主人公对这种文化进行了抵制和反驳，作者有意把他的姓定为"拉斯"[②]，这就代表了他内心对这些规矩的愤怒，他不得不和同一阶层的其他人士一样为社会期待做出牺牲，但却从未停止对自身幸福和个性发展的追求，他通过自己的努力来改变环境，使其更加包容、多元化。这一点是这部小说的独特之处，同时也是对这一时期美国文学和文化的贡献。

这部小说的出版对当时美国文化产生了一定的影响。读完这部小说后，许多公司的高级主管开始有意识地穿运动服上班，知识分子、嬉皮士和花童开始觉得汤姆并非世俗的反叛者，而是世俗的最高代表，是最守规矩的人。人们攻击他是物质主义的代表，不善思考或是

---

① 这篇后记是1983年版的前言部分。
② "拉斯"英语为Rath，与愤怒一词wrath同音。

根本没有思想，是一个"永远也不会和杰克·凯鲁亚克同路的人"（威尔逊，2014：381）。

第五节 理查德·耶茨与《革命之路》

《革命之路》是美国作家耶茨的第一部小说，在1962年进入当年美国国家图书奖文学奖的最终名单。2008年，好莱坞将该小说改编成同名电影，由莱昂纳多·迪卡普里奥（Leonardo Dicaprio）和凯特·温斯莱特（Kate Winslet）分别饰演男女主角弗兰克·威勒（Frank Wheeler）和爱波·威勒（April Wheeler）。与《穿灰色法兰绒套装的男人》一样，《革命之路》对20世纪50年代美国社会风貌和中产阶级文化价值观做了记述和评价，成为又一部反映中产阶级文化演变的难得力作。本节将对作品中的美国梦主题，以及主要人物在个人自由与社会规范之间的艰难抉择进行分析，以再次说明20世纪50年代中产阶级对社会期待的顺应和构建。

一、生活环境的压抑与梦想的破灭

书中的男主人公弗兰克既有雄心和梦想，又和众多大城市写字楼中的白领一样，具有中产阶级的基本特点，那就是随遇而安，境遇稍有改善就会欣然放弃自己的奋斗理想。因此，弗兰克是耶茨笔下最具立体感的人物。

弗兰克也曾对生活怀有雄心大志，他绝不希望自己像父母那样被生活压得喘不过气来。记忆中，他的父母总是一副很疲惫的样子。他出生的时候他们已经人到中年，养育前两个儿子的辛劳已经让他们疲惫不堪。他一天天长大，却看着他们一天比一天疲惫，直到最后，他们相继在睡眠中安详地死去，前后只相隔六个月。因此，他要通过自己的努力获得成功，而不是像芸芸众生那样生活得无声无息。

弗兰克和爱波一样，曾经有自己的梦想，他不满于自己每天庸庸碌碌的沉闷生活，向往着与众不同的生存方式。在小说一开始，当爱波对当地居民组建的小剧团糟糕的演出极度不满时，他就很理性地劝她，根本不需要为这样的事耿耿于怀。"有智慧的懂得思考的人完全知道如何从容应对，就是他们懂得忍耐那些更荒谬的事情：在市里做那些无聊至极的工作，生活在无趣的郊区。你可能会迫于经济形势屈就在这样的环境里，但最重要的是不能被它腐蚀。最重要的，永远是，记住你是谁。"（耶茨，2014：18-19）对他来说，目前在革命路的生活仅仅是为实现今后远大理想打好必要的基础。

  弗兰克下定决心，自己要去追梦，去打造多彩的生活。然而，现实跟他开了一个玩笑：他被父亲曾经工作过的公司录用，周围所有的同事都是那些和他父亲一样在沉闷的办公室里整天忙碌的小职员，日复一日、年复一年，最后平庸地老去。因此，弗兰克感到要实现自己的梦想将比登天还难。

  小说中对人物的描写体现了作者对自我的追求与社会对人无声的塑造和挤压之间的巨大张力。书中追求自我的人不止弗兰克和爱波。许多人也曾经追寻自己的梦想，但最终为了生计不得不屈服于社会对自己的要求。成立家庭后，他们的梦想往往停留在高谈阔论之中，任何举措都会使他们感到困惑和惊愕。威勒夫妇与邻居坎贝尔夫妇（Mr. and Mrs. Campbell）的互动实际上就是一个非常好的例子。作为最要好的邻居，他们之间的聚会变得越来越无聊。这种情形在两年以前，甚至一年以前，都不可能发生。但就算没有什么可聊，他们总还可以从国家的混乱局势中找到话题。一个人会问："你们怎么看这个奥本海默和他的工作？"（耶茨，2014：217），然后其他人就会以革命的热情来捍卫自己的立场。他们谈到参议员麦卡锡（McCarthy）势力的恶行增长，认为他已经毒害了整个美国，两三杯酒下肚后，他们会想象自己是四面楚歌、日益式微的地下知识分子组织。弗兰克或许会满怀憧憬地讲到欧洲："天啊，我希望我们有机会可以一起到那里去。"他每次这样说的时候，就会立马得到大家的一致应和，想要走出国门："嗯，我们都去！"（耶茨，2014：54）有一次大家格外投入，已经讨论到具体的船费、房屋租金，还有孩子们的学费,直到最后喝饱了提神咖啡的谢普泼了一瓢冷水,他说自己读到有关消息,在国外找工作不容易。

威勒夫妇决定去巴黎后,弗兰克兴奋异常,"这个时候他觉得自己的胸膛如此宽厚有力,完全可以配上中世纪骑士佩戴的金属胸甲。这个世界上还有什么事情他做不到?还有什么旅程会让他退缩?还有什么美好的生活他不敢向她许诺?"(耶茨,2014:104)。

威勒夫妇对生活改变的追求遭到了弗兰克最要好的同事杰克·奥德威(Jack Ordway)的质疑,甚至妒忌。奥德威的故事在15楼是一个小小的传奇。"所有人都知道他怎么娶到一个有钱人的女儿,一直靠她的遗产生活。但是战争之前这笔钱化为乌有。从那之后他的职业生涯都是在诺克斯大楼里度过的,从一个玻璃隔间到另一个玻璃隔间,从事了很多不同的工作,而且从来没有旷过工……除非是头天晚上的宿醉让他实在无法振作,一般他终会在办公室到处走动和说话,他所走过的每一个地方都会留下开心的笑声。"(耶茨,2014:75)这就是奥德威,这个早已步入中年的大公司职员作为一个社会人给他人留下的印象。

小说对奥德威这个典型人物的更深一步的塑造折射出了他生活中所面临的问题:"(奥德威)四十出头,体型瘦小匀称,头发灰白,面孔相当英俊,看上去很睿智,像浪漫爱情片里的男主人公。不过他很贪杯,差一点就可以被称为酒鬼……他今天穿的是一套英国式剪裁的西装,这是他几年之前找一位旅居伦敦裁缝专门定做的,花了他整整半个月的薪水。这套上衣的袖口可以扣紧,长裤则必须要有背带才能穿,每次他穿这套衣服的时候,都会在胸部的口袋里放上一条考究的亚麻手帕,今天也不例外,不过他那双稚气、别扭地横陈在桌子底下又窄又长的脚,到底还是泄露了他地地道道美国人的可怜身份——因为他今天穿的是一双便宜的橘黄色平底船鞋,磨得很严重。之所以有那么大的反差,是因为奥德威宿醉之后唯一不能做的事情就是系好自己的鞋带。"(耶茨,2014:75)

为了更进一步体现奥德威的真实生活,作者通过弗兰克的视角进行深入描述。曾经豪华的住所变得老旧破败,曾经年轻、美丽、富有的妻子萨利(Sally)也已经失去原有的芳华:"萨莉皮肤松弛,皱纹密布,已经是一个没有活力和开始衰老的女人了。她的嘴唇永远涂抹成完美的弓形,焦躁地悼念着她失去的青春。那天晚上她神情恍惚地摇摆在破旧的皮革和布满灰尘的玻璃和银器之间,喊叫着杰克的名字,每一声都充满怨恨,怨恨他让世界崩塌。"(耶茨,2014:76)

至此,奥德威作为一个完整、饱满的人物,已经被作者呈现在读者面前。

长期沉溺于他那波澜不惊的中产世界中,奥德威无法理解威勒夫妇的计划。在他的想象中,弗兰克每天无所事事、心情郁闷地流连于路边的咖啡店,而他那位善良的好老婆却挤着地铁到大使馆或别的什么办公楼工作。"你明白吗,这是我想弄清楚的。你打算干什么。写本书?还是画画?"弗兰克则回答道:"上帝啊,难道只有作家和艺术家才有权利过上自己想要的生活吗?"(耶茨,2014:153)

奥德威进而讽刺地把威勒夫妇的决定称为"伟大的实验"(耶茨,2014:154)。当他听到弗兰克9月之后就要离开时,他"点了五六下头,一边瞟着盘子里剩下的肉和土豆。现在他不再显得高傲了,他看上去苍老、备受打击和妒火中烧"。"弗兰克看着杰克,心里咒骂着,这个老混蛋不仅毁了他的午餐,也毁了他一天。"弗兰克甚至希望自己会说:"没事的,杰克,这事不会发生的。"(耶茨,2014:154)他没有这样说,而是故作高兴掩盖了自己的想法。

在从奥德威那里获得优越感之后,弗兰克坚定了他推进迁徙计划的勇气和信心。此时,他开始以旁观者的眼光来审视他的那些同事,怜惜他们整日不得不在如此无聊的地方重复着无聊的动作。

然而,弗兰克与奥德威以及所有这些职员并没有太大的区别。耶茨笔下的这一人物也仅仅是办公大楼中芸芸众生中的普通一员,他与其他中产阶级白领一样,思维中早已被灌输了社会期待和家庭责任。和当时许多具有反叛心理的年轻人一样,他们需要的只是量的变化,即在享受舒适、富足生活的基础上获得更多的自由,而不是真正追求生活方式上质的改变，因为这一变化对一般人来说结果都是未知的，他们需要真正的"拓荒者"来起到引领他们的作用。但在20世纪50年代，这样的人少而又少，并且最多也只能作为"伤风败俗"的反面例子起到警示世人的作用。弗兰克想象不出自己今后在巴黎的生活究竟会给自己带来什么，他有其他的顾虑，那就是这个迁徙计划很可能使他失去作为男人的自尊，失去他作为家庭的经济支柱所带来的地位和荣耀感："他脑子里很快地闪过一个令他不安的画面：她穿着巴黎风格的定做西装，从公司回到家里，优雅地脱掉蕾丝手套时，发现他慵懒地蜷缩在沾了鸡蛋渍的睡袍里，躺在乱七八糟的床上挖鼻孔。"（耶茨，2014：98）

和大多数中产阶级一样，弗兰克是个善于权衡利弊的人。他和爱波一样向往自由，但同时却更善于发现貌似平庸的生活所能为他提供的机会，并善于随时做出妥协，甚至放弃原有的计划和梦想，以抓住这些机会。当他与未来的上司波洛克（Pollock）到餐厅用餐时，他发现这个地方就是当年他和父亲见父亲的上司的同一家餐厅。此时，弗兰克几乎可以看到自己的未来——将和父亲一样疲惫地生活，无声地老去。然而，和巴黎那种虚无缥缈的自由生活相比，这样的生活却更加真实可信。因此，弗兰克内心早已动摇了的叛逆想法在升职提薪的诱惑下便立刻消失，他抓住了自认为是职业和生活宝贵的上升机遇。

此时的弗兰克不但没有对自己的动摇感到羞愧，反而觉得爱波的执着是某种精神疾病的体现。他用他那推销员的技巧去极力劝说爱波，说明留在革命路或纽约同样可以幸福地生活："听我说……但是我们可以这样去看……"他开始描绘一幅新生活的图景。他告诉爱波，再等两三年，他就可以接受波洛克的工作，挣更多的钱，他们会过上更舒适的日子。"这当然不是什么了不得的工作，但钱还是不少的。想想这些钱吧！"（耶茨，2014：190）有了这些钱，他们可以买一栋更好的房子，而且更好的是，如果仍然无法忍受郊区的生活，他们可以重新搬回城里，当然不是搬回以前住过的那个阴暗、爬满蟑螂、地铁吵得人不得安宁的城区，而是轻快的、振奋人心的、充满活力的新纽约，一个要有足够的钱才能居住的美好纽约。

为了实现这一宏伟目标，弗兰克浪子回头，不惜与情人莫琳（Maureen）彻底分手。然而爱波的死让他不知所措，他在极度悲痛之后便陷入长期的抑郁之中。在很长一段时间后，见过他一面的谢普对他的评价是："一个走着，说着，笑着的，却没有生命的男人。"（耶茨，2014：301）他变得非常无趣，花了至少一小时谈论他那份无聊至极的工作，然后又耗费更多的时间来谈论他的心理医生。至此，一个曾经有抱负、有梦想的年轻人历经磨难，最终成为中产阶级芸芸众生中的普通一员。

二、真正的叛逆者和他们凄惨的结局

在《革命之路》中，真正意义上的叛逆者只有两个人，第一个是爱波，第二个是吉文斯夫妇（Mr. and Mrs. Givens）的儿子约翰·吉文斯（John Givens）。从上面可以看出，威勒夫妇二人，唯有爱波才是真正敢于为自己的梦想而抗争的斗士。自始至终，她逃离革命路、逃离美国的想法一直没有放弃。虽然住进革命山社区是夫妻二人做出的决定，但爱波一直无法真正融入这里的社交圈。即使和他们最要好的邻居坎贝尔夫妇在一起时，爱波也是一副冷漠、高深莫测的样子，她与人群疏离，"像个脖子高仰、昏昏欲睡的女王端坐在平民之间，那副高不可攀的样子确实很傲慢无礼"（耶茨，2014：228）。每次都需要弗兰克来打圆场，故作活泼地侃侃而谈和自嘲，以免冷落了对方。刚住到革命山社区，爱波力图实现自己追求美好生活和高雅品位的梦想，加入了当地的剧团。然而经过一番努力才发现，所有的成员，包括她自己都不是真正具备表演所必需的艺术天分和才能，她为此懊恼不已。

此后，当爱波发现弗兰克同样对欧洲，特别是巴黎有着特殊的向往，就开始着手筹划。她的详尽计划是当年秋天全家"永久"移居欧洲，在那边开始新生活。她知道他们手头到底有多少钱，靠着他们的存款，还有把汽车和房子卖掉之后拿到的钱，再加上从现在到9月这段时间的积蓄，他们可以舒适地过上6个月。为了打消弗兰克对可能遇到的经济支出问题的忧虑，她说："什么样的工作都不用去找……因为我会去……你知道在海外政府机关做文书工作可以挣多少钱吗？在北约和非洲经委会办事处一类的地方。而且你不知道那边的生活消费水平有多低啊，跟我们这里比起来。"（耶茨，2014：98）她鼓励着弗兰克，帮助他看到新生活的美好前景："你可以去做七年前就该去做的事情了。去找你自己。你可以去看书，去学习，去散步，去思考。你会有很多时间。这是你生命中第一次有时间去弄清你到底真正想做什么。而且当你找到自己想做的事之后，你有时间和自由去做这件事。"（耶茨，2014：98）此外，爱波做了许多准备，包括预定航班、报名学习法语等。

爱波去巴黎的决心可谓毅然决然。意外怀孕对她来说是个沉重的打击，额外的育儿负担和费用也很可能让全家的巴黎之行成为泡影。20世纪50年代美国的医疗体系已经相当发达，但人工流产依然是面临着伦理争议的行为，因此无法轻易获得专业人士的帮助。爱波便立刻决定要亲手用土办法为自己堕胎，虽然她知道其中蕴含巨大的风险。但她准备堕胎用的胶皮管被弗兰克发现，夫妻二人因此发生激烈的争执。爱波不论弗兰克如何反对，都要完成自己的计划，但也因此失去了生命。

小说对爱波的塑造较弗兰克显得单薄、乏味，其性格缺乏足够的层次感，但无论如何，在耶茨的笔下，爱波被塑造成一个为了自由不惜以生命作为代价的斗士。虽然她有些盲目、偏执，甚至疯狂，但也从另一个角度体现出20世纪50年代中产阶级精神上所经受的压抑和束缚及其对人心理的影响。

具有更严重的心理问题的是约翰，也是该小说中的第二个叛逆者。约翰虽然是个精神病患者，但在该小说中却发挥了精神导师式的作用。约翰曾是一位大学老师，专攻数学，但他的思维与举止逐渐发生异常，最后他被无法接受任何不同思维的母亲送进了疯人院，在那里他接受了多达 32 次的电击治疗。尽管如此，他依然拒绝与母亲同流合污，拒绝穿她探视时带来的得体服装，而坚持穿着疯人院提供的服装。为了让约翰尽快恢复正常，煞费苦心的海伦·吉文斯（Helen Givens）打算请可谓具有典型中产阶级品行和价值观的威勒夫妇从正面对他进行影响。在威勒夫妇家做客时，约翰不顾父母的尴尬和威勒夫妇的惊诧，用貌似疯狂但又异常睿智的方式，直言不讳地把那个时代的人的问题全盘托出，并指出了弗兰克自身的痼疾："一个有头脑的男人年复一年像狗似的做着一份他根本无法忍受的工作，每天回到一所他无法忍受的房子里，生活在这块他无法忍受的郊区。而且家里等着他的妻子同样不能忍受这些东西，不能忍受跟一群担惊受怕的小——哦，弗兰克，其实你不需要我来告诉你，我们所处的这个环境到底有多糟。"（耶茨，2014：98-99）"你要搞到房子，就得找一份工作，如果你要搞到很好的房子，一个甜美的家，那你就得找一份你不喜欢的工作……这就是 98.9% 的人思考问题和解决问题的方式。"（耶茨，2014：170）

在第二次造访威勒夫妇的住所时，约翰对现行文化，尤其是其母亲的攻击更为直接。他把自己的母亲称作虚伪的中产阶级文化中所谓的"女性化"的代言人："一点提示吧。女性化就是从来不大声笑出来，而且常常要刮腋毛。老海伦就是女性化的极品。我这辈子还只见到过几个真正的女人，而你竟然得到了其中一个。"（耶茨，2014：173）他进而对敢于冲破中产阶级文化和生活模式的爱波大加赞赏，称其为真正的女人，要比海伦代表的"女性化"的虚假做作的女人真实、高尚得多。

作为一个叛逆者，约翰的第一次来访还能够被弗兰克接受，而当他第二次来访时弗兰克已经有了自己的安排，因此对他的言论颇为反感。此时，弗兰克依然表现出足够的礼貌和大度，并在心里把约翰的来访当作了对爱波偏执行为的良好警示："约翰·吉文斯就是精神错乱活生生的例子，不知道爱波看见了他是否还会说她不在乎自己会变成疯子？"（耶茨，2014：208）然而到最后，他终于对约翰激进、疯狂的言论忍无可忍，把吉文斯全家轰出家门。此时的弗兰克已经完全站在秩序的顺应者的位置上。在他看来，爱波和约翰对所谓自由的追求是偏执、盲目，甚至是疯狂、有害的，已对他所属的稳定社会构成了威胁。

三、海伦——脚踏实地的职业女性形象与社区文化和秩序的卫道士

如果说年轻的弗兰克还曾怀揣着梦想，曾为追求自由而准备做出牺牲的话，海伦则彻头彻尾地代表着勤奋向上、努力拼搏的清教精神，同时也是社会秩序的拥趸。对海伦来说，工作是她摆脱任何不快的有效途径。她喜爱的不是具体哪份工作——对她来说什么工作都一样——也不是这份工作能带来的独立自主（虽然这对于一个在离婚的悬崖边上摇摆不定的女人很重要）。她内心深处所喜爱并需要的其实是工作本身。"努力工作，"她父亲常常说，"是治疗伤痛最好的药物，对男人女人来说都是如此。"（耶茨，2014：141）她对此一直深信不疑。她喜爱办公室里的拥挤、紧迫、喧嚣和目光注视，推车送过来的简便午餐，处理文件和办公电话的清脆利落，加班工作时的精疲力竭，以及晚上回到家把鞋子甩到地板上的轻松感。在这个时候，她累得只剩下一点力气服下两片阿司匹林，泡个热水澡，吃一点晚餐然后上床睡觉，多么纯粹。这就是她爱的实质了，就是这些东西帮助她对抗婚姻和为人父母的压力。正如她自己时常说的，如果没有这些，她肯定早就精神失常了。

海伦是位强势的女人，喜欢控制、操纵其他人和事，即便开车也是如此。书中对海伦的强势性格进行了入木三分的描写：

> 每次去医院探望约翰都是由她丈夫开车，而每次她都不会忘记发出这样的感慨：能轻松乘坐其实是件多么惬意的事情。她会指出，当一个人每天都开车，而且一开就是一整天的时候，这个人最盼望的就是把方向盘交给别人自己舒舒服服地坐在乘客的座位上。但多年养成的习惯还是让她不得安宁。她不停地盯着路面，就像方向盘是握在自己手里；每次停车或拐弯时，她的右脚

会下意识踩踏座下的软垫。（耶茨，2014：256）

从上一段的描述中可以看出，一旦失去对事物的控制，海伦便会焦躁不安，即使是她丈夫开车也是如此。较她那庸庸碌碌、做了一辈子世界第七大保险公司小职员的丈夫霍华德（Howard），海伦无论在生活还是在事业上，都是个强者。她的强势所表现出的喋喋不休，早已令霍华德厌烦不已，他经常通过关掉助听器来抗争。然而至少在表面上，在外人面前，海伦还是会极力扮演好传统妻子的角色，为霍华德留下一份尊严。从父母与儿子之间的互动来看，约翰与霍华德的关系要比海伦亲密得多。在小说涉及约翰不多的内容中可以看出，约翰一直将母亲视为头号敌人，将她作为美国虚伪中产阶级文化的代言人进行攻击。紧接前段引文的描写完全体现出海伦的"得体"，或者是被约翰称作虚伪的"女性化"："有时候她发现自己这么做时，只好把目光强行转移到路上的乡村景色，尽量放松背部肌肉，并且让自己的身体放松地躺进坐垫里，为了进一步展示她的自我克制能力，她甚至大着胆子把紧握着车把手的手拿下来，安放在膝上。"（耶茨，2014：256）这一点无不表明，中产阶级行为规范，特别是夫妻之间的"夫唱妇随"的准则，已经在海伦身上高度内化。

海伦的虚伪和势利自然还体现在她与威勒夫妇的交往之中。威勒夫妇最初是通过海伦了解革命山社区的情况，并最终在这里落户的。这对年轻夫妇身上所带有的不俗气质让海伦大加赞赏，并经常拜访他们，最后成了朋友。为了让约翰接触一些正常的同龄人，以便加强他精神疾病的治疗效果，海伦不顾弗兰克的不悦，两次将情绪不稳定的约翰带到他们家中，终于在第二次因弗兰克怒斥约翰的自以为是和过激言行而不欢而散。

威勒夫妇的悲剧发生后不久，海伦经过短暂的惊愕和悲痛，便重新开始了她房地产经纪人的工作。当地越来越多的旧房子投入市场发售，越来越多像样的新房子也盖了起来，而且越来越多的体面人从城里搬到郊区，他们为了获得良好的生活环境并不在意多花几个钱。忙碌的工作让海伦疲劳又兴奋，很快威勒夫妇的不幸便被她遗忘，而她也由一个热心的邻居和朋友转变成一个对人品头论足的长舌妇，当另一对年轻夫妇入住威勒夫妇曾经住的房子之后，她便在丈夫面前对曾经的朋友弗兰克和爱波妄加评论，而在一旁对海伦言论忍无可忍的霍华德再次不动声色地关掉了助听器。

正如海伦所言，对革命山社区来说，威勒夫妇的悲剧仅仅是漫长的欢乐道路上的一个小小插曲，因为悲剧"并不适合发生在革命山庄（社区）。这里的建筑规划好像经过蓄意安排，即使到了晚上，也不会留下重重的暗影或荒凉的剪影。这里只有欢乐，只有明亮。只有一栋栋乳白色的房子像孩子的模型玩具，掩映在层层叠叠的绿色和金色叶子中，透过敞开的窗户流泻出同样温暖的光。这里还安插着亮晃晃的照明灯，骄傲地照射着一些草坪，一些整洁的大门，以及一些雪糕色的汽车"（耶茨，2014：296）。威勒夫妇曾经住过的那所房子的黑暗只是暂时的。很快，随着充满梦想的新住户的搬入，整条街又明亮如初。正是由于像海伦这样的人不辞辛劳地牵线搭桥，这样的社区以及它们所伴随的文化得以维持下去。

总之，第二次世界大战后的美国由于得益于国际大环境的影响，再加上马歇尔计划，以及《退伍军人权利法案》等政策法令的推动，经济得到了蓬勃发展，一大批年轻人加入了中产阶级，而新型的中产阶级社区和与之相伴的社区文化也纷至沓来。中产阶级为了保全自己和家庭的社会地位，不得不通过从众的方式融入周围的环境。他们内心的挣扎，以及与社区规范的冲突导致的心理创伤成为这一时期文学作品的重要主题。文学作品中那些为了顺应社会期待而不惜牺牲个体自由的做法在唤起读者反思的同时，也说明了普通人对强调个人主体性的新文化的强烈期待。因此，这些作品也反映了在20世纪50年代美国貌似平静的社会气氛下暗流涌动的新思潮在不断形成。

第八章　动荡年代中产阶级的从众思维与自我追求

正如前一章所言，20世纪50年代的美国貌似一片富足祥和的景象。然而，即使是在这样一个国度，在那些由新建成的高速公路网连接起来的大城市周围的社区中，也存在着各种社会问题，而且正是这些社会问题，为此后40年美国一系列此起彼伏的政治运动埋下了伏笔。本章将对这40年中社会政治领域中中产阶级文化的演变及其在这一时期出版的文学作品中的体现做一个较为全面的分析。

第一节　战后纷争动荡的40年

20世纪50~90年代，美国政治文化方面所发生的一系列变化之间有着很强的因果关系，其中，20世纪50年代在表面上保守、均质的美国社会中就已经存在着对从众思维的抛弃和对个体主体性的追求。到了20世纪60年代，这种思潮逐渐表面化，并推动了后来的包括民权运动在内的各类政治运动的产生和发展。随着时间的推移，这些政治运动不断深化、泛化，并开始影响到美国社会的方方面面，对中产阶级文化的演变也产生了重要影响。

一、暗流涌动的20世纪50年代

20世纪50年代的白人中产阶级坚信他们所处的那个世界经济快速发展、个人财富激增，每个人都持有基本一致的价值观，享受着高度同质的文化，认为他们绝大多数的同胞都身在其中，但这种信念缺乏必要的事实依据。首先，即使中产阶级内部也存在着差异较大的价值取向，妇女、知识分子、年轻一代等对中产阶级消费主义文化持有异议。其次，也是更重要的，大批美国人实际上还无法享受富足的生活，他们既不能分享中产阶级的财富，也不可能拥有和他们相同的价值观。到了20世纪60年代，虽然美国人的总体生活水平较20世纪40年代有了大幅度的提高，但是还有约20%的家庭（3000多万人）的收入在政府规定的贫困线以下。另外有几百万人虽然生活在贫困线以上，但由于收入不稳定，无法像中产阶级那样过上舒适富足的生活（布林克利，2009）。

此外，美国城乡居民的构成和结构也开始发生变化。由于农业区，特别是南方各州，一直无法跟随美国经济发展的步伐，经济增长缓慢。随着农业经济逐渐衰落，农业区的人口，特别是非裔美国人和其他少数族裔，基本上处于贫困之中。为了生存，他们开始向各大城市迁移。与此同时，由于市郊中产阶级社区的发展，以往住在城市中心的白人开始大量迁往郊区。这样就造成了城市中贫穷的少数族裔美国人的比例大增，城市中的许多居民区沦为贫民窟。同时，各大城市中非裔美国人的绝对数量也出现激增。1940~1960年，共有300多万黑人从南方迁居到北方各个城市。芝加哥、底特律、克利夫兰、纽约，以及东部和中西部工业城市均有大量的非裔美国人涌入。同时，墨西哥和波多黎各移民也开始大量迁居到美国各个城市。到20世纪60年代，已经有100多万波多黎各移民成为美国城市居民，而单独迁往洛杉矶的墨西哥移民就高达50万（布林克利，2009）。新移民带来的不仅仅是贫困，而且随着他们的迁入，各个城市的暴力犯罪开始激增。这一状况加剧了白人中产阶级的外迁，也使各个城市加速衰落（布林克利，2009）。

为了改善城市居民的生活环境，美国各地政府所采取的政策基本相同，即"都市重建"计划，拆除那些衰败的区域，进而达到消除贫民窟的目的。在战后的20年中，该计划拆毁了各个城市40多万幢建义务（Thomson, 1992）。针对这一现象，威廉·怀特（William Whyte）在他的著作《组织人》（*The Organization Man*）中写道，"融洽相处"和"团队精神"正在取代自主个性，成为当代人性格中的最显著特点（Whyte, 1956）。这一点在契弗的短篇小说中已经有所体现。

其次，在中产阶级男性，特别是中产阶级青年男性心中存在着一种动荡和不安。他们的行为必须受到比他们父辈更大的组织和更大的集团的认可（Riesman, 2001）。例如，受当时盛行的家庭观念的影响，他们认为只有结婚生子才能成为真正的男人，然而他们却被婚后生活中产生的种种问题所困扰。在那个单向度社会中，离婚被认为是离经叛道之举，欲离婚者不得不面对道德观念以及社会舆论的巨大压力。为了免于被社会抛弃，他们必须放弃对幸福的追求，将原有的生活进行下去（Pinsker, 1993）。由此看来，当时的社会规范对个人主体性的限制是显而易见的，作为社会规范体系中的一部分，严格的家庭观念中包含着社会对各个成员行为的期待，例如，如何成为理想的丈夫和妻子等。严格的社会规范体系实际上也构成了当时人们的整体意识，在它的指导下，人们不断地对自己的言行进行调整。

"垮掉的一代"作为"反文化"现象是20世纪50年代美国年轻人对社会不满的最明显表现。它的代表性特点在一般中产阶级家庭都有所体现。年轻人通过模仿不良少年的装束和发式以及行为方式，来宣泄自己对社会压制个性的不满。他们最直接的反应就是反抗父母和来自社区规范的约束。他们钟情于摩托车、汽车和"奇装异服"，并沉溺于性行为。

此外，摇滚乐的出现也是"反文化"的很好体现，猫王埃尔维斯·普雷斯利（Elvis Presley）的摩托车、夹克和背头成为年轻人模仿的对象。从20世纪50年代开始，摇滚乐开始取代爵士乐和其他音乐类型，成为美国年轻人最喜爱的音乐形式，通过摇滚乐，年轻人能够更好地抒发自己的叛逆和反抗现行体制的情绪。20世纪60年代的摇滚乐已经是"反文化"运动的多种表达形式之一。摇滚乐重在表达年轻人的欲望，在这个方面20世纪60年代后期和20世纪70年代的摇滚乐要比20世纪50年代和20世纪60年代初期的更甚，更加强调一种冲动和本能的解脱，同时这种解脱也是肉体和情感需求的一种释放。这就是摇滚乐在"反文化"和"性解放"年代如此风行的原因之一。除此之外，20世纪60年代的摇滚乐同时还具有破坏性和放纵性，这主要与摇滚乐歌手的行为举止和生活方式有关。摇滚乐歌手极端蔑视社会传统，有时和20世纪60年代的毒品文化关系密切，此外他们与某些东方神秘宗教也有一定的联系。摇滚乐队在20世纪60年代异常活跃，并且能够举办有30万～40万年轻人参加的音乐节，如伍德斯托克音乐节和阿尔塔蒙特音乐节，最著名的乐队则是滚石乐队。然而，这些音乐节和乐队演出往往与吸食毒品紧密相连，同时充斥着粗鲁、野蛮和暴力行为。像"反文化"运动本身一样，摇滚乐同样引起了各个社会群体的不同反应，在捍卫者看来，新摇滚乐强调放纵情感，是对主流文化的压抑传统的健康抵抗；相反，批评摇滚乐以及"反文化"的人认为它们从根本上讲是一种麻木和绝望，伴随着一定的威胁和暴力。摇滚乐虽然体现出年轻一代追求和平、正义和关爱的意愿，但也不可避免地反映出与反文化息息相关的暴力和破坏性。

这一时期颇具影响力的文艺团体除滚石乐队之外，还有影响力更大的甲壳虫乐队，作为来自英国的音乐人，他们在20世纪60年代初期对摇滚乐的普及发挥了重要作用。此外，鲍勃·迪伦（Bob Dylan）、琼·贝兹（Joan Baez）、彼得、保罗和玛丽（Peter, Paul and Mary）三人组合等民谣歌手，也通过自己的音乐模式表达了这一时期反战和反文化的理念和主题。

20世纪60年代的美国人无法对周围发生的剧烈变化视而不见，经常看电影的人会发现20世纪20年代那种传统题材和风格的电影已难觅其踪，取而代之的是那些探讨时事政治、对性生活的追求、再现暴力事件和社会冲突的作品。电视节目也同样被反映文化冲突和社会冲突的内容所主宰。

嬉皮士的"反文化"行为具有反抗和反叛性质，20世纪60年代以后,越来越激烈地冲击着长期以来在美国政治、经济、社会、文化等领域里占据主导地位、基于传统价值观的思想和行为,因此,嬉皮士与主流社会的矛盾加剧。出于对自身主导地位的担忧,主流社会将嬉皮士掀起的"反文化"运动视为对美国社会和价值观构成严重威胁的洪水猛兽,把那些活跃于20世纪60年代的政治和文化激进分子描述为一群"愚昧无知、无理取闹、自我挫败""精神不正常的年轻人"(Anderson,1995:130)。在当时出版的文学作品中,例如厄普代克和索尔·贝娄(Saul Bellow)的小说中,嬉皮士以及具有反叛精神人物的形象是消极、反面的。

三、激变的20世纪60年代和70年代与民权运动、妇女解放运动及其他争取权益的运动

20世纪60年代初,黑人的民权运动成为美国国内的主要问题。非裔美国人、浸礼会牧师马丁·路德·金(Martin Luther King Jr.)是民权运动的主要领袖。1963年8月28日,金与其他民权运动领导人在华盛顿组织了一场大规模游行。这一事件在历史上被称作华盛顿大游行,它旨在敦促国会通过约翰·肯尼迪(John Kennedy)总统提出的黑人同权法案。20余万美国人,包括许多白人,聚集在林肯纪念堂前。在此,金发表了他的著名演讲《我有一个梦想》("I Have a Dream"),表达了民权运动的理性,而大会也随着金的演讲达到了高潮。

1964年,民权运动取得了一项重大胜利。国会通过了肯尼迪和他的继任者林登·贝恩斯·约翰逊(Lyndon Baines Johnson)提出的民权法案。此次通过的民权法案是美国历史上最彻底的民权法。该法案规定公共场所必须为所有人提供服务,不论其种族、肤色、宗教信仰和国籍。该法案还要求,不同的人在受聘和受教育方面须享有同等的机会。

1965年,迫于金领导的民权运动的压力,美国国会通过了一项选举法,它一举消除了南方各州对黑人参加选举的一切限制,包括废

除了南方许多州实行的文化水平测试。

在20世纪60年代,许多其他族裔群体,包括墨西哥裔美国人也开始要求得到充分的权利。以黑人为主导的民权运动和反抗组织为墨西哥裔美国人进行同样的斗争提供了模式和动力。在这些运动中,塞萨尔·查维斯(Cesar Chavez)领导的农业工人的劳动工会所发起的政治运动最为著名。由于墨西哥裔美国人的不懈努力,他们中的一些代表性政治人物开始在美国政坛崭露头角,这一点在20世纪50年代之前是极为罕见的(索威尔,2015)。

除了少数族裔争取平等权益的斗争之外,妇女解放运动也随着民权运动的开展而风生水起,而且开展得最为深入和持久。参加民权运动的妇女为了反抗她们二等公民的待遇,在此运动中又发展了她们自己的争取权利的运动,即妇女解放运动。到20世纪60年代末,妇女解放运动已经成功地向所有试图强加给妇女所谓行为模式准则的美国传统观念发起挑战。在运动中美国全国妇女组织领导的各类妇女团体,对雇佣歧视、政治中对妇女的歧视,以及在国家主要经济和社会机构中普遍存在的对妇女的歧视表示反抗。它们唤起了妇女对被按性别进行区别对待所形成的文化束缚的反抗。这些运动抨击了所有限制妇女的社会机构和社会准则。

因此,继1919年国会通过针对妇女选举权的宪法修正案之后,妇女解放运动又一次在很大程度上改变了妇女在美国家庭和社会中的地位。同时,在妇女解放运动的不断推动下,各项与妇女权益相关的社会改革得以不断实施。随着该运动在美国当代文化方面的不断深入,女性主义意识通过文学与各种文化模式深入人心,改变了各阶级、各种族、各族裔和不同宗教背景的女性的自我认知。在1962年进行的一次盖勒普民意调查显示,少于1/3的美国妇女感到被歧视。8年后,面对同样的问题,50%的被采访妇女表示她们受到了歧视。到1974年,2/3的妇女表示自己是被歧视的受害者,并且表示她们支持争取平等权利的运动(谢弗,2006)。尽管大多数人都不赞成妇女解放运动,但绝大多数人却支持女性主义关于日托、堕胎以及获得平等工作机会的方案（谢弗，2006）。

20世纪60年代中期，许多美国人开始对国家的对外政策提出质疑。各种各样的抗议者举行抗议活动，这些抗议活动中反对越南战争的最多。抗议者试图改变现状，迫使美国政府撤军和推动各项社会改革。大多数抗议活动都是以和平的方式进行的，但也有某些抗议活动引发了暴力冲突。当时以暴力抗争的组织中，由黑人组成的"黑豹党"（Black Panther Party）是比较著名的团体之一。1969年5月，在加利福尼亚大学伯克利分校爆发的"人民公园之战"则是个例外。从1964年开始，该校3/4的学生发起了"言论自由运动"，他们挑战校园警察，罢课，占领行政大楼，这使整个校园和城市几乎变成了战场。学生的抗议活动旷日持久，到1969年5月，暴乱愈演愈烈，最终，政府不得不调遣国民警卫队前往维持秩序。

如前所述，在20世纪50年代后的几十年中，美国的政治和文化经历了翻天覆地的变化，从以白人盎格鲁-撒克逊新教徒为主体的美国主流文化逐渐发展为多元文化，民权运动、反战示威、妇女解放运动、性解放等政治文化运动使曾经被边缘化的群体逐渐能够在主流文化中占据一席之地，而中产阶级文化也在这一大环境中经历了从最初的抵触到逐渐融入的转变。中产阶级开始接受文化上的这一变化的同时，又一次体现了中产阶级的从众思维。与20世纪50年代相同，这一时期美国出版了大量涉及中产题材的文学作品，本章后面各节将对其中有代表性小说进行较为详细的讨论。

第二节　杰罗姆·大卫·塞林格与《麦田里的守望者》

米勒、契弗和威尔逊的作品直接描绘了20世纪40～50年代美国中产阶级的消费主义生活方式，为了和他人一样获得较高的社会经济地位和来自他人较多的尊重，中产阶级不得不戴上面具，顺应社会规范。塞林格于1951年出版的《麦田里的守望者》则是对中产阶级从众文化提出直接批判的一部小说。自出版之日起，《麦田里的守望者》一直被视为美国文学经典之作，对"垮掉的一代"文学也有着深远的影响，是读者了解美国文学和文化的重要书目。

作为反映20世纪50年代社会现实和青少年成长的重要作品，《麦田里的守望者》一直以来都是美国中学生的必读文学作品之一，同时也是美国文学研究常常涉及的重要作品，其对文学发展的贡献和其深远的文化含义直至今日仍具有一定的研究价值。本节将结合主人公霍尔顿的叛逆心理、社会环境对以"垮掉的一代"自称的身为中产子弟的美国年轻一代的行为和思维方式进行解读，以说明那一时代中产阶级附庸风雅的从众心理。

一、从众的成年人与"垮掉的一代"

书中霍尔顿的经历实际上反映了20世纪50年代那个"黄金年代"中青少年所面临的种种问题。这些问题与成年人的自身处境相互联系，同时也是他们问题的进一步延伸。美国在第二次世界大战之后遇上了战略机遇期，不但政治地位因作为反法西斯战争的重要领袖而得到了加强，而且在经济上借助于马歇尔计划和国内的诸多政策得以飞速发展，造就了一大批中产阶级。他们收入丰厚，生活条件优越，所居住的中产阶级社区也逐渐形成了强调规范伦理的社区文化。他们以成为这些高档社区的成员为荣，同时也苦于在思想和行为上受各种条条框框的限制。经历了20世纪40年代末50年代初的麦卡锡主义和杜鲁门主义对异见人士的迫害，中产阶级往往以追随主流的资产阶级价值观，回避激进思潮的影响而自保。笑容可掬、温文尔雅但千篇一律的假面之下隐藏的是麻木、压抑，由于缺乏精神信仰和追求而苦闷、焦虑的心灵，因此美国的一些史学家将20世纪50年代称为"寂静"或"怯懦"的年代。年轻一代则以消极的方式与当时的社会文化体制进行对抗，他们中的许多人依靠在父母这棵经济大树上得过且过、胸无大志。他们酗酒、吸毒、群居，其行为模式完全无法被当时的社会规范和道德伦理体系所接受，因此，他们被称为"垮掉的一代"。书中主人公霍尔顿则是他们中的一员。

二、霍尔顿的叛逆之路

在分析《麦田里的守望者》一书时，我们需要通过霍尔顿对过去事件的叙述来深刻剖析他的内心世界，以及他所存在的心理问题。第一，在小说中，霍尔顿身体和心理上的不一致造成其在许多方面的自相矛盾。霍尔顿是一个16岁的青春期少年，他虽然在身体上已经基本上发育成成年人，超过了6英尺，但心理上和行为举止上却依旧像个不成熟的孩子。他看似是成人，却无法应对1年内新增的2英尺身高，处处显得笨拙不堪，跌跌撞撞，常常被房间内的器物绊倒。他冒充成年人到酒吧饮酒，但其幼稚的相貌和举止很快就暴露出他的真实年龄。霍尔顿的言语和行为往往是矛盾的：他声称痛恨电影和戏剧，弄不懂为什么在每个星期日百老汇的电影院和剧院都人满为患，而自己却又把看电影、看话剧作为重要的娱乐方式和约会内容；他讽刺那些经常絮絮叨叨地谈自己和女朋友的性关系的同学，而他自己也在不停地述说他的情史；他蔑视那些拜金的成年人和同学，而自己却也不厌其烦地计算着自己游逛期间各项活动的花费，为花了冤枉钱而喋喋不休。

霍尔顿总是显出一副老练的叛逆青年的样子，实际上却是个思想纯真、童心未泯、依旧缺乏社会经验的少年。他四处吹嘘自己和女朋友已经发生过性关系，但他依旧是个童男。他在旅馆中在莫里斯（Maurice）的诱惑下招了妓，但妓女桑尼（Sunny）到了之后他却很快就想把她打发走，这使莫里斯和桑尼看出了他年龄的破绽，进而对他进行诈骗和暴力袭击。面对这些，霍尔顿没有报警，却急忙逃离了酒店。这无疑暴露了他社会经验的缺乏，同时也说明了他的中产阶级家庭和贵族学校为他提供的教育在应对社会现实方面的欠缺。因此，霍尔顿在面对突发事件时，往往只采用逃避的策略。

第二，霍尔顿对中产阶级消费主义生活方式深表怀疑和鄙视，但同时为了彰显自我，他大肆挥霍父母给他的生活费和从妹妹菲苾（Pheobe）那里借来的钱。在小说中，霍尔顿对中产阶级消费主义生活方式的批评全部集中在汽车上,他认为美国人对汽车喋喋不休的偏爱已经超出对物质应有的态度。

霍尔顿的批评不无根据,在20世纪50年代,汽车随着道路体系的完善加速了普及的步伐,已经逐渐变成美国人不断增强的主体性的最典型体现。汽车不但是人们经济地位最易凸显的象征,同时也是个人自由的最佳载体。它不但能使人们便利地往返于工作和家庭之间,而且也能使人们在闲暇时充分享受这一地域广阔的国度中的壮丽的自然景观和迥异的人文环境。因此,汽车是最容易被符号化的商品,自然受到了生活和事业处于上升时期的中产阶级的喜爱。

第三,霍尔顿对主流社会的以礼貌用语、文雅举止为代表的规范体系公然进行蔑视和抨击。霍尔顿口中脏字连篇,他无法接受大人世界中的那种"庸俗和虚伪"的行事方式,甚至对最基本的礼貌用语都无端地怀疑和讽刺。在他看来,学校里所有的人都是"伪君子",他将以前就读的爱尔敦·希尔斯中学的校长哈斯(Haas)称为"假仁假义的杂种,比(潘西中学校长)老绥摩(Thurmer)还要坏10倍"(塞林格,1998:12),原因是哈斯在迎接学生父母时显得极端势利,只重视接待那些富有、端庄、举止文雅的家长,并长时间与他们交流,而对其他人则显现出一种傲慢的神态,对他们的接待也敷衍了事。同样,霍尔顿对夜总会老板欧尼(Ernie)也持有相似的看法,认为此人也是同样的"假模假式"的"大势利鬼"(塞林格,1998:79)。

霍尔顿对自己女朋友萨利(Sally)的评价也是同出一辙。他约萨利出来看她喜爱的话剧,当她以惊讶和兴奋的神情对他表示谢意时,他却认为萨利是"天底下最假模假式的女子"(塞林格,1998:108)。从上面可以看出,霍尔顿无法理解主流社会,乃至文明社会中人们经常使用的礼貌语言和礼貌举止,并将这些一并称为"假模假式"。

第四,霍尔顿无法适应学校、教学内容和教育理念,对教育体系的培养目标深表不满,对学生的势利庸俗嗤之以鼻。在霍尔顿的眼中,教职员工里虽有那么一两个好老师,可连他们也都是"假模假式的伪君子"（塞林格，1998：156）。他无法接受他的老师所推崇的极端利己主义信条："一个不成熟男子的标志是他愿意为某种事业英勇地死去，一个成熟男子的标志是他愿意为某种事业卑贱地活着。"（塞林格，1998：175）此外，他对自己周围的同学也不屑一顾，认为他们是极度拜金、缺乏自我、拉帮结派的利己主义者。

在与菲苾的谈话中，霍尔顿揭露了一桩自己亲眼目睹的霸凌事件，被霸凌的同学因不堪他人的侮辱殴打而跳楼自尽。为了息事宁人，减少学校名誉上的损失，那些行凶的学生只是被开除，没有任何人为此承担法律责任。此次事件无疑加深了霍尔顿对学校以及整个教育体系的憎恶。

霍尔顿除了对当时教育体制存在不满，还对自己已然被社会期待和习俗定制了的未来人生道路深表厌倦。他认为进入大学之后，生活会变得更加模式化，为此他将会不得不放弃自己如此珍视的个性和自由。此外，霍尔顿对自己将来的职业也没有明确的规划和展望。在交谈中，菲苾建议他和父亲一样学习法律，毕业之后做一名律师。霍尔顿答道：

> 律师倒是不错，我揣摩——可是不合我的胃口……我是说他们要是老出去搭救受冤枉的人的性命，那倒是不错，可你一当了律师，就不干那样的事了。你只是挣许许多多的钱，打高尔夫球，打桥牌，买汽车，喝马提尼酒，摆臭架子。再说，即便你真的出去救人性命了，你怎么知道这样做到底是因为你真的要救人性命呢，还是因为你真正的动机是想当一个红律师。（塞林格，1998：160）

由此可以看出，霍尔顿无法接受当时教育体系所提供的人生道路的模板，也无法接受家庭教育中父母通过以身作则为他树立的榜样，这充分显示出"垮掉的一代"在反叛之余缺乏人生目标的基本特质。

第五，霍尔顿无法接受主流社会的价值观，幻想着偏居一隅逃离现实。在 20 世纪 40 年代末 50 年代初，主流社会的价值观通过社会角色的分配而得以体现，年轻人在父辈的影响下，将物质生活追求作为自己人生的首要目标，为的是扮演好社会赋予的角色，承担与这一角色相应的责任。与其他同龄人相比，16岁的霍尔顿依然保持着一份童真和对自身理想的追求，虽然这一理想是那样的天真可笑，甚至他自己也难以说明。他错误地把与别人的不同、拒绝顺应规范当成自己的人生准则，并希望将来远离这些虚伪势利的人群和规范重重的城市，到远离当代文明的科罗拉多州的农场，过一种淳朴简单，同时又是他自认为有所担当的生活，他只想当个麦田里的守望者（塞林格，1998）。

霍尔顿进一步想象自己今后的生活，认为自己可以在当地的一家加油站找份工作，认为自己可以扮成一个聋哑人，这样就可以避免和他人讲任何废话了，需要交流时可以在纸上写下要说的话，这样下半辈子就再也不用跟任何人讲话了（塞林格，1998）。他会用赚来的工资在树林的边上建一座小木屋，整日里尽享阳光的普照。他会和一个美丽的聋哑姑娘结婚，住在小屋里。以后有了孩子，他就会把他们送到什么地方藏起来，并给他们买许许多多的书，亲自教他们读书写字。

总之，霍尔顿拒绝学习和顺应城市人的思想和行为规范体系，拒绝像其他人那样去扮演社会为自己分配的角色和承担与之相对应的责任，他只是想到科罗拉多州的农场上去过责任单一的简单生活。从霍尔顿的经历可以看出，当时的美国社会同质性过高，过于重视人的社会功能而忽视了他们的个性发展，这一情况体现在教育体系中就是学校培养了大量作为社会中坚的中产阶级，但也仅仅为他们的人生提供了一种可能。由于战后以及整个20世纪50年代的特殊性，美国有充足的高质量工作机会来使大多数按部就班的人过上富足的生活，而其他可能的尝试往往意味着失败。那些具有反叛心理的青少年，由于看不到背离主流价值观后自己能够寻找到的出路，也无法大张旗鼓地参加各式各样的政治运动，只能像霍尔顿那样将自己的叛逆行为控制在有限的范围内，无论真实思想如何，最后基本上都会走过叛逆期，被主流价值观和文化体系所同化而变成千万个具有相似社会人格的人中的一部分。

三、霍尔顿叛逆行为的背后——"垮掉的一代"与"反文化"的兴起

《麦田里的守望者》出版后在美国引发了两种截然不同的反应：一些人认为该书不仅在文学创作风格上有所突破，通过主人公——一个青少年的口吻来叙说中产阶级子弟的空洞彷徨的精神世界，更重要的是成年人可以通过该书增加对青少年的理解，而青少年通过阅读此书也可以增进对生活的认识，能够学会识别社会上那些丑恶的东西，并走上一条自爱之路；另一些人则认为主人公满口的污言秽语给青少年读者树立了一个极坏的榜样，尤其书中提到的仍未成年的霍尔顿吸烟、喝酒等细节，此外还发表亵渎宗教信仰的言论等，这些都不能被那些态度保守的群体所接受。因此，该书在一些地方（如哈佛大学）被列为学生必读书目，而在另一些地方（如加利福尼亚州的马林县和洛杉矶郡）却曾被列为禁书。今天，我们重读这部名著时会发现，霍尔顿在书中的言行实际上代表了当时不少青少年的生活态度和文化取向，同时还对 20 世纪 50 年代之后美国文化数十年间所发生的变化有着一定的警示作用。

如上所述，第二次世界大战之后美国发生了翻天覆地的变化，不但美国主导的全球新经济模式得以确立，而且随着大量美国人的中产化，一种具有前所未有影响力的中产阶级文化也逐渐深入人心，成为引导和约束多数美国人的标尺。这种高度同质化的文化虽然继承了清教传统中的某些因素，如将工作视为人生最重要的目标，但却失去了其精神内涵。在城市中的办公场所和市郊社区同质化的白人盎格鲁-撒克逊新教徒的文化氛围中，特别是在麦卡锡主义等极右思想的高压下，人们比美国历史上任何时期都要顾及社会对自己的期待，出于使自己免于成为被边缘化异类的需要，人们开始模仿那些成功人士的方方面面，其中包括思想行为、言谈举止、身体语言、衣着风格等，甚

至去竞相购买成功人士购买的消费品。可以说，当时特殊的文化环境造就了许多同处中产阶级群体、思想行为极为相似的人群。他们有同样的价值观，有相同的物质主义人生目标和追求，受到相同的城市和社区各项规章制度的约束。然而，他们也有相同或相似的心理问题，这一点在契弗小说中也有反映。

缺乏信仰是这一时代美国中产阶级的通病。他们中的许多人有选择地继承了清教传统中崇尚的工作精神来激励自己去赚钱，但舍弃了清教对信仰的崇高追求，因此，当他们感觉生活落入俗套、内心焦虑苦闷的时候，除了仅为重症患者提供帮助的心理治疗机构，已经高度世俗化了的新教教会面对如此追求物质生活的信众，在精神层面上也难以提供有效的缓解手段，难以为他们排忧解难。牧师的布道词在科学技术高度发达的时期听起来不免会显得空洞、虚假，无法让依然到教堂去参加宗教活动的人真正信服。美国人所面临的信仰危机从霍尔顿的叙述中便有所流露：

> 我真想祷告的时候，却往往祷告不出来。主要原因是我不信教。我喜欢耶稣什么的，可我对《圣经》里其他那些玩意儿多半不感兴趣……我的确从来不上教堂。主要是，我父母信不同的教，家里的孩子也就什么教也不信了。你如果要我说实话，我可以老实告诉你说我甚至受不了那些牧师。就拿我念书的那些学校里的牧师来说吧，他们布道的时候，总装出那么一副神圣的嗓音。天啊，我真讨厌这个。我真他妈地看不出他们为什么不能用原来的嗓音讲道。他们一讲起道来听上去总是那么假。（塞林格，1998：92-93）

霍尔顿所面临的问题实际上是那个年代各个年龄段的美国人都面临的问题。曾经作为美国人最重要的信仰，基督教在科学技术的冲击下逐渐失去了在精神层面对人的引领作用。随着人的主体性的增强，普通人更愿意把命运掌握在自己手中。在如此之多的成功案例的激励下，他们更愿意相信，通过自己的努力他们能够实现自己的美国梦，而不是依靠对上帝的信仰。然而，失去了外在的强有力的超自然精神支柱，人们在面临自己无法解决的问题时，便会产生难以排解的焦虑和不安，而这一现象也是追求个人成功的社会的通病之一。

小说旨在暴露的另一个问题便是城市中的罪恶。然而，这些罪恶在现在看来需要进行进一步分析。战后的十年往往被认为是美国历史上社会秩序最稳定、犯罪率最低的时期之一，在小说中霍尔顿只身一人乘出租车在纽约市中游荡，到中央公园寻找鸭子而没有遇到什么麻烦。至于霍尔顿被骗、被袭击，是由于他初出茅庐，缺乏社会经验，他在城市这个弱肉强食的水泥丛林中自然就成为莫里斯和桑尼这些自身便是弱者的人的牺牲品。

书中提到的另一个社会丑恶面则是霍尔顿透过酒店的窗户所目睹的异装癖男人。如果当时的中产阶级把酗酒作为排解内心抑郁情绪的有效途径的话，那么这种有着易装癖的男人在无人知晓的酒店房间里发生这样的举动也可以理解。在21世纪，同性恋和异装行为是某些地区特定人群在法律允许下的正常行为，而在20世纪50年代，它们都无法被主流社会和文化接受。如果被人发现自己有这样的行为，相关人士会面临巨大的压力。在相对封闭的市郊社区中，这些"伤风败俗"的行为必然导致他们被邻居和社区隔离与排斥；在文化环境相对宽松的大城市，人们对这些行为的包容度较高，但还仅仅局限在特定人群经常活动的范围之内，例如霍尔顿后来光顾的同性恋酒吧等，人们总体上是排斥这些行为的。霍尔顿在发觉以前的老师安多里尼（Antolini）对他的亲昵动作后立刻认为他是同性恋者，并认定自己会遭受人身伤害而逃之夭夭。霍尔顿幼稚的思维方式和反应看似对社会和人性缺乏了解，但其实是在当时主流文化影响下的产物，声称具有反叛精神的他实际上从一开始便已经被所处的文化环境所濡化，不知不觉地顺应了大多数人的思想和行为，无形中成了这一歧视文化的共谋。

该小说的最后暗示家人把处处表现出与现实格格不入的霍尔顿这种反叛情绪视作一种精神疾病，并希望通过心理医生的治疗使其恢复

"正常"。面对来自社会和家庭的期待和压力，霍尔顿在步入 20 岁之后很可能会被重新塑造成一个"正常"的成年人，一个在思想方式和行为举止上无异于其他成年人的中产阶级男子，一个认真履行自己社会和家庭职责的好公民。因为对霍尔顿来说，随着年龄的增长，他终将度过叛逆期，终将不再把中产阶级的那些礼貌文雅视为"假模假式"。然而，他对当时体制的叛逆想法并不会完全随着年龄的增长而消失，他只是把那些叛逆的欲望和与之同在的快感压在了自己的阴影中。

到了 20 世纪 60 年代中期之后，在那风起云涌的政治文化运动中，人们将会看到一大批霍尔顿那样的美国人，他们年轻时曾经效仿霍尔顿的叛逆模式，将那顶红色猎人帽视为时尚之峰，如今重新走上旨在改变现实、改变体制的抗争之路。他们或是民权运动的支持者，或是声称摒弃消费主义生活方式的嬉皮士，或是积极的反战者。从这一点来看，《麦田里的守望者》在对一代人的影响方面是不容小觑的。

第三节　杰克·凯鲁亚克、"垮掉的一代"与《在路上》

从上一节中可以看到，《麦田里的守望者》使读者通过主人公的视角领略了 20 世纪 50 年代中产阶级的从众文化，并可以体会到作者对这种剥夺个性的社会文化氛围的控诉。在"垮掉的一代"的代表人物凯鲁亚克 1957 年出版的小说《在路上》中，读者可以领略到在那种沉闷的文化中，一种叛逆、追求个性、蔑视权威、抨击当时体制的"反文化"正在悄然兴起。"垮掉的一代"所代表的思想使美国人更注重个人追求，其中不乏许多生活在大城市和市郊的中产阶级，尤其是在知识界、文化界和教育界供职的人们，他们的思维更加开阔，提高了对非主流社会现象的容忍度，也从根本上改变了中产阶级保守的政治立场和文化取向的整体特质，打破了它的同质性。在一定意义上，我们可以说，《在路上》的出版是美国中产阶级文化变迁的一个重要节点。

一、反传统、反英雄的主要人物以及他们对正统文学形象的冲击

《在路上》的主人公萨尔·帕拉迪思（Sal Paradise）为了追求个性，与迪安·莫里亚蒂（Dean Moriarty）、卡洛·马克思（Carlo Marx）、玛丽露（Marylou）等几个年轻男女沿途搭车或开车，几次横越美国大陆，一路上他们狂喝滥饮，吸大麻，大谈东方禅宗，走累了就挡道拦车，夜宿村落，从纽约游荡到旧金山，最终到了墨西哥，最后各奔东西。同时，该书体现了作者主张的即兴式自发性写作技巧——思绪自然流动，反情节，大量使用俚语、俗语、不符合语法规范的长句，并广泛涉及美国社会及文化习俗；该书还展现了美国辽阔大地上的山川、平原、沙漠、城镇等，如一幅幅画卷展现在读者面前。

作为小说中最重要的人物，迪安是一个典型的反英雄人物，该小说对他的"不负责任"的人品、随心所欲的行事风格和非主流的生活方式的描写，完全让20世纪50年代的读者大吃一惊。迪安是一个酒鬼的儿子，他父亲是拉里默街最落魄的流浪汉，事实上迪安是拉里默街附近的人抚养大的。他6岁的时候就常常请求法庭释放他的爸爸。他常常在拉里默街上乞讨，把要来的钱悄悄拿回去给他爸爸，而他爸爸则在一摊砸碎的空酒瓶中间同一个老朋友一起等钱买酒。迪安长大后，开始在格伦阿姆的台球房周围闲荡，他创立了丹佛偷汽车和进少管所次数最多的纪录。11～17岁的这段时间，他多半是在少管所里度过的。他的专长是偷汽车，下午追求放学回家的女中学生，开车把她们弄到山区，诱奸她们，然后回到任何一家有空房的旅馆的浴盆里睡觉。他爸爸本来是个勤劳体面的白铁工，但后来嗜酒成瘾，他爸爸爱喝葡萄酒，这比爱喝威士忌更糟糕，最后落魄成了货运卡车司机，冬天开车去得克萨斯，夏天开车回丹佛。在迪安很小的时候，他母亲就去世了，他有几个同母兄弟，不过他们都不喜欢他。"迪安的好朋友都是台球房的哥们。迪安具有美国新型圣徒的巨大能量，他和卡

洛,加上台球房的那帮哥们,构成了丹佛当时地下的怪胎,作为绝妙象征的是卡洛在格兰特街租有一间地下室,我们一伙时常在那里聚会到天亮——包括卡洛、迪安、我[①]、汤姆·斯纳克、埃德·邓克尔和罗伊·约翰逊。"(凯鲁亚克,2006:49)

  迪安和萨尔等人的组合可以被看作是文学和自由精神的合璧。这位桀骜不驯、未受过多少正统教育的年轻人与这群文学青年,特别是萨尔的友谊多少使人觉得不可思议。然而,如果说是迪安的自由奔放吸引了萨尔等人,那么这些文学青年在表达自己思想方面所展现出的高超的语言能力则让迪安感到自己需要借助文字来进一步表达自己的自由精神。这自然是迪安开始尝试创作诗歌的原因。迪安也因此赢得了读者的敬意,也使他区别于一般的被社会所不容的鸡鸣狗盗之徒。

  反观该书的叙事者,同时也是男主人公萨尔,读者则更容易看到自己熟悉的人物类型,而如果他们仔细阅读,便可以发现萨尔只是迪安较为理性的表现方式而已。在某种意义上,迪安是萨尔的本真,或者是萨尔抛掉"超我"的约束之后他的人格应该具有的本来面目。

  萨尔因离婚情绪低落,因此决定离开他工作和生活的东部,然而促使他离开的除了情感原因外,迪安的自由和为所欲为的生活状态才是真正的诱因。萨尔此前的生活阅历与当时美国年轻一代中产阶级相似:出生于中等收入的白人家庭,从小受到良好的教育,同时父母的人生哲学和所代表阶层的价值观、伦理观无不在影响着他们。由于学业出色,他们进入名牌大学学习,接受专业训练和职业伦理操守的熏陶。相似的经历和对未来生活的期待必然会促使或诱导他们形成相似的社会人面孔,同时将每个人的个性,特别是无法被社会主流价值观认可的人格因素全部压抑和隐藏起来。萨尔自然清楚自己顺应社会的结果是什么,但他埋藏在温文尔雅外表下面的是一颗狂野的心,以及对自由奔放生活方式的期盼。这样,读者就能理解一个大学毕业生、一个有成为一名专业作家潜力的萨尔会与社会弃儿迪安为伍,并与之

[①] 笔者注:指萨尔。

建立起惺惺相惜的真挚友情。

萨尔通过旅行不仅获得了与迪安的友情，而且在路上对美国各地风土人情的了解以及与形形色色人物的接触，特别是对吸毒、酗酒、乱性、逃避警察追捕等"另类"行为的亲身经历和体验，也为他今后的文学创作积累了大量的素材，因此作为萨尔原型的凯鲁亚克本人能够写出这部如此惊世骇俗，对美国文学和文化的发展具有深远影响和划时代意义的作品。

二、大城市与小城镇、道路与汽车——《在路上》的文化主题分析

《在路上》自出版之日起就一直受到文学爱好者和研究者的重视，其中关于美国横贯东西南北的道路体系、汽车，以及沿途的大城市与小城镇等的描写，为读者全景式展现了美国各地的文化。该小说关注更多的是与旅行相伴的思维和行为模式的改变，即一个人在陌生地方旅行时所显现出的不同于他在永久居住地的思维和行为模式，而这些改变包括人们对异地城市、小城镇、道路和交通工具等因素的体验和认知。书中人物放飞自我、追求刺激、不愿接受行为规范约束的意愿和行为，是通过四个方面表现出来的。

第一，小城镇为追求自由生活体验的年轻人提供了无限的探索空间。

《在路上》中萨尔等人在旅途中曾在美国东西海岸之间，以及南方各地的小城镇经过或停留。这些城镇与他们所熟悉的大城市相比，有着不同的文化习俗和社会规范，具有较强的独特性和未知性，因此成为书中探险者体验另类生活的目标，为他们提供了无限的探索空间。不同于大城市，美国的小城镇在战后依然无法做到自由、开放，城镇居民思维传统，生活方式闭塞保守，许多人因贫穷或各种约束和羁绊，无法自由自在地生活，也不能轻易离开自己的故土。这一现象在丹尼尔·华莱士（Daniel Wallace）的南方小镇逃离题材的小说《大鱼》（*Big Fish*）中有着更具体的描写（Wallace, 2012）。由于萨尔等人旅行者的身份，他们可能需要赚一些钱稍解燃眉之急，他们

不得不在镇上临时找份工作，或因身体原因略作调整，但除此之外，他们从未真正考虑过在某个小镇定居下来，也未想过要受那里道德伦理的制约，即使因犯罪被警察追捕，他们也能迅速逃离，无牵无挂。因此，这些具有不同地域特色的小城镇非但没有让他们感到失去自我的痛苦，反而成了他们随心所欲彰显自我的天堂。他们无所顾忌地尝试着性、酒精和毒品带来的转瞬即逝的快乐。在这些小城镇里，他们可以向当地居民表示友善，但绝不会受他们保守思想的影响。他们厌烦了之后，就会漂泊到另一个地方，而离开某地，甚至某人的决定可以在很短的时间内做出。总之，小城镇给萨尔等文学青年提供了一个获得经历和体验"另类"生活，但又不需受其约束的宝贵机会。

第二，美国四通八达的道路使萨尔等人在辽阔国土上的漫游成为可能。

虽然美国全境完备的高速公路系统网到20世纪50年代艾森豪威尔任总统期间才建成和完善，但自20世纪20年代美国进入汽车时代起，由各等级道路组成的公路网的公里数已居世界第一，其中，州际公路网已逐渐取代了曾经作为重要交通运输渠道的铁路网，成为美国人首选的旅行路线。第二次世界大战之后的道路体系虽然无法和20世纪50年代后的硬面高速路相提并论，但也足够使像萨尔这样的年轻人较为轻松地乘坐长途汽车等交通工具横贯东西，从东部的纽约到西部的旧金山。这些道路可以让他们抵达美国几乎每个角落，与铁路不同，公路旅行使他们具有更高的自由度，因乘坐长途汽车，并可以免费搭车，其费用也较为低廉。因此，萨尔和他的朋友们可以沿着公路，在较短的时间内随心所欲地到自己希望去的地方，而不会受到什么限制。

沿着公路旅行同样会让萨尔等人充分展现思维和行为模式所发生的变化，他们除了遵守公共场合最基本的礼仪和行为规范之外，无须忍受太多的约束。他们可以去结识更多的人，去经历更多的事。萨尔就是在长途汽车上认识了逃婚的墨西哥姑娘特雷（Terry）。萨尔跟随她到了洛杉矶她娘家人的住地，与她生活在一起，并在那里找了一份工作，来赚取下一段旅程的路费。虽然萨尔最终逃离了此地，但这段经历为他随心所欲的旅程增添了一段难以磨灭的记忆。

同样，萨尔、迪安等人因搭乘一个同性恋者的汽车而又增添了一份冒险的经历。萨尔最初惧怕同性恋者，在小说第一部第十一章，他贸然进入旧金山的一家同性恋酒吧，当一名同性恋者凑过来时，他惊愕地拔出手枪驱离了对方。在第三部第五章中，他与同性恋者旅行的经历有助于他近距离了解这一群体成员的特点，这使他今后能够正确对待他们。

总之，"道路就是生活"（凯鲁亚克，2006：271），该小说的名称恰如其分地说明了离开城市约束的年轻人在旅途中所经历的冒险，不仅为该小说的内容增色不少，同时也给那些有同样期盼的美国年轻一代指明了一种寻找自我的有效途径。

第三，汽车使他们的历险更为高效，让他们获得更高的自由度。

第二次世界大战后，汽车在美国已经进入普通国民的家庭，然而，对萨尔和迪安这样尚无固定工作、又无必要职业技能的年轻人来说，还无法轻易购买汽车。在小说中，迪安未征得妻子的同意，便冲动地决定用所有的积蓄来购买一辆汽车，仅仅是为了离开加利福尼亚和前女友玛丽卢（Marylou）一起到纽约去看萨尔，之后再去南部见其他的朋友。这部汽车使迪安、萨尔和玛丽卢更自由地随心所动，去放飞自己，去任何想去的地方。他们开着新车，却身无分文，不免多次遭到警察的盘问和检查，但最后都会得到放行。最终，因长时间不间断驾驶，汽车耗损严重而报废，然而迪安却对此并不十分在意。对他来说，友情和自由的重要性显然已经超出了物质财富。

在该小说中，驾驶汽车还被迪安当做发泄个人情绪的重要途径。迪安张扬的个性、强烈的控制欲和对冒险刺激的追求在驾驶同性恋者的普茨茅斯牌汽车的过程中显露无遗。在该小说的第五章，迪安征得那位车主的同意，驾车离开萨克拉门托。他一路狂飙，全然不顾交通法规，不仅将对面车道行驶的卡车司机吓得"面如土色"，而且更使随行的车主和其他人不禁为自己的生命担忧，他们称迪安为"从疯人院里放出来的疯子"（凯鲁亚克，2006：269-270）。

在以往出版的小说里，如刘易斯的《巴比特》中，汽车是商界富甲彰显身份地位的符号；在约翰·斯坦贝克（John Steinbeck）的《愤怒的葡萄》（*The Grapes of Wrath*）中，汽车被失去土地的农民当作重要的迁徙和谋生的工具；在《在路上》中，汽车却成为自由的载体和实现渠道。虽然当时许多大城市人拥有汽车，但多用在市内交通和近距离旅行中，而迪安和萨尔的大胆行为着实给那些有车一族的中产阶级上了一课，让他们意识到汽车在实现自我方面能够发挥巨大作用。

第四，大城市在小说人物的生活中扮演矛盾的角色。

第二次世界大战之后由于欧洲重建和美国国内经济发展的需要，美国的各大城市继工业革命之后再次获得了重要机遇，同时，它们依旧扮演着美国政治文化的中心，以及新的政治理念和文化思潮的发源地的角色。然而，城市生活本身约定俗成的模式也迫使城市居民不得不扮演社会要求他们扮演的角色，年轻的城市居民不得不根据各种条条框框来规范自己的行为，以获得社会的接受以及进一步发展的机会。在小说中，萨尔无法和其他同辈一样过中规中矩的生活，作为一个文学青年，他认为创作的灵感终会因这种定式生活方式而泯灭。但作为他人生的起点，城市发挥了无可替代的作用，那就是使他接受了高质量的教育，获得了一个作家所必须的专业训练。相比之下，他的好友，充满野性的迪安，因没有大城市教育体系给他的必要的思维约束和引导，狂野有余而理性不足，无法过上正常人的生活。他虽然也有进行文学创作的欲望，但由于缺乏正统教育提供的必要训练，必须在萨尔等人的帮助下才能进行有效的表达，才能获得被认可的机会。

总体来讲，东部大城市，特别是纽约，在小说中是充满清规戒律的地方，是萨尔希望逃离的地方；西部的重要大城市——洛杉矶、旧金山和丹佛则和整个西部地区一样，除了地理位置外，充满着各种新奇事物。与东部城市相比，洛杉矶和旧金山的居民在思想上更为开放，因此，它们成为萨尔作为一个旅行者历险的目的地。

东部大城市，尤其是纽约，作为发展完备的大都会所具有的功能一般容易被欣赏主人公探险精神的读者所忽略。它们在萨尔等自由向往者的探险路途中不仅扮演着最终需要回归的地方这一角色，而且也发挥了不可或缺的"大后方"、"落脚点"和"加油站"的作用，帮助主人公为随后的历险做好心理和物质的准备。此外，东部大城市还扮演着萨尔等人的稳定、有序、可靠、有安全保障的家的角色，为他们提供良好的生活环境和沉淀经历、思考人生和文学创作的空间。萨尔等人在历经各种冒险之后，最终还是要回归到他们所属的大城市安定下来。没有大城市稳定的居住环境使他静心凝气，萨尔将无法进行他热衷的文学创作，也无法顺利地完成他的作品。

三、《在路上》对美国主流文化的冲击与"反文化"运动的兴起

《在路上》是凯鲁亚克以自己和朋友在战后数次横跨美国大陆的旅行为原型创作而成的，这些朋友包括"垮掉的一代"几乎所有的重要作家和诗人，其中包括尼尔·卡萨迪（Neal Cassady）、金斯伯格和威廉·S. 巴勒斯（William S. Burroughs）。1951年4月，凯鲁亚克用了3个星期的时间完成了这部小说的创作，他参照了自己在过去数年内积累的笔记和一些已经完成但尚未发表的作品，在一张事先粘在一起的30米长的打印纸上一气呵成。然而，这部小说的改写和出版却经历了数年时间，这部"垮掉的一代"的经典之作终于在1957年9月4日由维京出版社（Viking Press）出版。1998年，现代图书馆出版社（The Modern Library）将其列入20世纪100部最佳英文小说榜单，居第55位。同时，这部小说也被《时代》（Time）周刊列为1923~2005年100部最杰出英语小说之一[①]。

在出版之初，《在路上》便收到了舆论界截然不同的反响，其中，《纽约时报》（The New York Times）的评论更显中性温和。评论员米尔斯坦认为，凯鲁亚克作为他自己数年前命名的所谓"垮掉的

---

① Grossman, L., Lacayo, R. 2005. ALL-TIME 100 Novels: The Complete List. *Time Magazine*. Oct. 16 (Entertainment).

一代"作家的主要代表人物,其《在路上》在当时是此类作家作品中观点表达得最恰如其分、最清晰,同时也是最重要的小说(Millstein,1957)。

开始时,这种由几位自我标榜为"垮掉的一代"的诗人和作家主导的文化现象注重对文学语言的自发性、人性自由、同性恋、毒品的描述,以及对东方宗教信仰的探索,这在 20 世纪 50 年代的社会大背景下显得那样格格不入,被主流文化所唾弃。他们的作品因其中的"下流"语言和对性的露骨描写以及涉及同性恋内容经常被禁止出版,因此其影响仅仅限于知识界和大学生组成的小圈子,似乎显得微不足道。然而,以金斯伯格、凯鲁亚克、巴勒斯、卡萨迪等为代表的这一文化现象进入 20 世纪 60 年代之后逐渐发展成为具有众多追随者的"嬉皮士"文化,20 世纪 70 年代以后成为"雅皮士"文化,同时演变成影响范围更广的"反文化"运动。"垮掉的一代"的发起人身为文学精英,他们的作品和行为无论是在文化上,还是在生活方式和人生态度上,都给那些以"追求另类生活方式"和"反文化"的中产阶级子弟们为主体的年轻人树立了可模仿、效仿的典范。虽然追随者们在初期仅仅是表达叛逆的个人行为,但随着"反文化"的加深,这些追随者们越来越有意识地一同参与了 20 世纪 60 和 70 年代美国发生的各种政治文化运动,其中包括民权运动及其后各种权利争取运动、反战示威、女性解放运动、性解放运动、争取同性恋权益运动等,目的都是创造一种具有更高包容性、更加多元的新文化,以及一个属于具有不同种族、不同信仰、不同性取向群体的美利坚合众国。因此可以断言,《在路上》作为"垮掉的一代"的代表作品,与《麦田里的守望者》一道,为"反文化"运动奠定了基础。

如果说"垮掉的一代"和《在路上》在美国文化发展过程中充当了重要的里程碑,并具有划时代意义,那么这些作家的私生活对中产阶级,特别是中间派和右翼人士来说却无法起到表率作用。首先,20世纪 60 年代以来,美国的毒品滥用现象严重,早已成为危害美国人身心健康,同时也是威胁个人与公众安全的重大问题。由此引发的贩毒和帮派战争更是成为包括纽约、芝加哥在内的各大城市难以治愈的顽疾。由"垮掉的一代"引发的"反文化"生活方式则是该问题产生的根源。其次,"垮掉的一代"中的作家和诗人,皆因个人生活放纵、酗酒、吸毒而英年早逝。因此,他们无法成为许多自律的中产阶级人士所推崇的生活榜样。最后,"垮掉的一代"作为一个整体,被保守人士视为对美国传统文化和价值观体系的严重威胁,他们所代表的思维、行为方式和道德准则一直是保守派的攻击对象。

尽管在这个问题上,美国人存在不同的态度,但"垮掉的一代"的作家和诗人对美国文学,特别是后现代文学的发展起到了推动作用,而且对美国文化本身也有着不容忽视的影响。1974 年,金斯伯格的诗集《美国的衰落》(The Fall of America)获得了美国国家图书奖诗歌奖。从开始时的被排斥,到后来得到主流社会的正式认可,并逐渐成为美国主流文化的一部分,其间经历了 20 余年。《在路上》也几经周折,终于在 2012 年被拍摄成同名影片,继续影响着美国年轻一代。在 20 世纪 60 年代之后的 40 余年中,每逢共和党人上台保守派势力便得到加强,如 20 世纪 80 年代的罗纳德·里根(Ronald Reagan)、20 世纪 90 年代的老布什(George Herbert Walker Bush)和 2000 年后的小布什(George W. Bush)等执政时期,他们极力将这些"非美国因素"从主流文化中排除出去,甚至他们有时还会使民主党政府制定的相关政策、法令遭到取消,因此从整体上看,美国文化的多元化过程会出现一些周期性的反复。民主党夺回行政和立法的控制权后,如比尔·克林顿(Bill Clinton)和贝拉克·奥巴马(Barack Obama)执政期间,依然会继续推动多元化进程。由此看来,"垮掉的一代"所代表的"反正统"文化,一直给美国文化带来新的理念、新的元素,推动着美国文化朝着多元化、高包容性的方向发展。作为中间派的中产阶级,大多数则充当了这些文化运动的缓冲器,他们通过手中的选票使美国在不断进步、不断多元化的同时,避免受到极端思想的影响和冲击。

第四节 约翰·厄普代克与《兔子,跑吧》和《兔子回家》

在20世纪50年代末60年代初,同样是反映当时社会从众文化对美国人个性发展的压制,一些作家采取了与"垮掉的一代"作家和诗人的激进行为完全不同的策略和创造手法,他们寻求突破,但却表现得更加温和,因此也更容易被主流社会和文化接受。当代著名作家厄普代克便是其中之一。在厄普代克众多的作品中,兔子四部曲可谓上乘之作。本节将结合20世纪五六十年代美国政治文化背景对厄普代克兔子四部曲中的前两部《兔子,跑吧》和《兔子回家》进行分析,以了解普通中产阶级在20世纪50年代末高度同质化的社会中的挣扎反叛和在20世纪60年代风起云涌的社会变革面前的彷徨无措。

一、《兔子,跑吧》——个人对幸福的追求与社会规范的冲突

厄普代克兔子四部曲的第一部《兔子,跑吧》自1960年出版以来,一直强烈吸引着众多的读者和文学批评家。该书无论在内容还是写作风格上都对当时的美国民众有着深刻的影响。国际上,批评界对厄普代克以中产阶级生活为主题的作品的看法不尽相同,由于此类作品中勾勒的多是平淡无奇的家庭生活,而缺乏伟大文学作品通常涉及的深层次的人性、精神、内心冲突等文学主题,因此,有些批评家和作家曾认为它们不具备伟大文学作品应有的条件。其中,托尼·坦纳(Tony Tanner)认为,在多数美国作家的眼中,小城镇中的中产世界是文学创作素材的沙漠(Tanner, 1987)。一些批评家则将矛头直指厄普代克,认为他的中产阶级主题完全不值得他用其华丽的辞藻来描述。安东尼·伯格斯(Anthony Burgess)批评厄普代克用丰富形象的语言来描写毫无任何价值的人和事(Burgess, 1966)。然而近年来,批评界对厄普代克中产阶级题材小说的看法已经有了很大的改变。其作品频频获得了包括普利策文学奖和美国国家图书奖在内的各

种重要奖项的事实正是说明了这一点。2006 年,《纽约时报》在全球的一些知名作家中举行了的一次"过去 25 年中最好的美国小说"问卷调查,其结果显示,厄普代克的兔子四部曲在众多名著中名列第四[①]。这一结果表明,除了其文学性,描写波澜不惊的中产阶级生活作品的文化性和社会性都已经得到了当今学术界的广泛重视。作家对平淡的中产生活和文化的敏锐观察和真实记录,使我们清楚地意识到中产阶级在其丰富的物质生活背后所隐藏的普遍的乃至全球性的精神问题、社会问题和文化问题。由于厄普代克独特的写作手法和创作主题,他的小说已经被读者和研究者普遍视为美国文化演变的编年史,无论从文学角度,还是文化角度来看,都有着极其重要的价值。本节将结合当时的政治文化背景,对兔子哈里(Harry)在从众保守环境中自我追求的心理因素进行分析,以突出他在当时社会环境下叛逆和逃离过程中的无果挣扎。

(一)个人对幸福的追求与社会规范之间的矛盾冲突

小说的男主角兔子哈里一直是个颇受争议的反英雄式人物。兔子具有争议的地方具体表现在他的人格和行为方面,许多评论家对此进行过分析,马歇尔·博斯维尔(Marshal Boswell)将兔子形容成"作为一个身处中道的中产阶级男性,被夹在两种相互对立的力量,即性爱与社会、神圣与世俗之间"(Boswell,2001:56)。詹姆斯·施夫(James Schiff)认为,兔子对生活所做出的反应是本能的,他所做的事情任何其他的人也会想做,但与兔子不同的是,在社会规范和责任面前他们会止步不前。为所欲为的兔子在享受自由的同时,内心不但没有负罪感,而且也没有受到来自造物者的惩罚(Schiff,1998)。迪尔沃·L. 里斯托夫(Dilvo L. Ristoff)则认为,兔子非同一般的行为实际上是他在顺应现有社会系统规范过程中自身与周围环境之间所产生的张力所致。他在不停地跑,不停地抗争,以追求他理想中的幸

---

① The New York Times. 2006. What Is the Best Work of American Fiction of the Last 25 Years? http://www.nytimes.com/2006/05/21/books/fiction-25-years.html[2010-12-10].

福生活（Ristoff，1988），而兔子为什么会逃离婚姻、与生活抗争，以及他的抗争为什么不能被当时的人所理解和接受，最终以失败告终一直是批评界所关心的两个问题。

对兔子处理个人与群体关系方面的分析不妨借鉴荣格的"人格结构"理论，由于兔子所处时代的特点，对"人格面具"在人格结构中作用的理解在本书的分析中尤为重要。有两个方面必须引起我们的注意，首先，在人格结构中，"人格面具"的形成往往是与人所处时代的道德标准与行为规范紧密相连的，并且受其制约。人在不同历史时期的"人格面具"的内容可能是会非常不同，甚至在同一作家不同年代的作品中人物所反映出的内涵可能也会有所不同。兔子四部曲之二的《兔子回家》与《兔子，跑吧》相比，所表现的道德标准与行为规范就有着很大的区别。这是由于各种政治思潮的兴起，美国传统的以白人男性为主体的价值观体系发生了动摇，因此社会对个人的道德期待与 20 世纪 50 年代相比变得更加宽松。2000 年出版的该四部曲的后续篇《回忆兔子》（Rabbit Remembered）中所反映的社会期待较《兔子回家》更加宽松。这一不同是由社会的发展、公共伦理道德标准的改变和对某些"不道德"行为，如婚外恋等包容度的变化造成的。因此，我们必须将分析社会历史背景作为分析人物"人格面具"的重要部分。其次，除了受社会历史因素的影响，"人格面具"是人在顺应社会期待的情况下产生，同时社会期待指导自我（self）去控制压抑在阴影（shadow）中的个人欲望。在此过程中，对阴影的控制也会在不同程度上受个人经历所左右和干扰，如自恋引起的对现实生活的不满等。这种干扰往往会导致社会期待作用的弱化和消失，其结果使自我对阴影失去控制，对欲望的追求进而成为人生活的主要目的。其结果必然使人失去"人格面具"，并与社会道德期待发生直接冲突，暴露在社会舆论的强大压力之下。

通过对当时社会规范和个人顺应之间关系的研究，就不难发现兔子逃离婚姻、与生活抗争的原因。兔子是美国中产阶级男性中很普通的一员，不同的是，他对自己的生活进行了抗争。与其他多数人相同，兔子必须接受和顺应社会规范体系的严格约束，使自己的行为和其他人相一致，才能确保自己被社会接受。与许多同时代的人一样，兔子的夫妻生活绝非完美和谐，但在当时的社会背景下，他绝不允许自己表现出有悖于社会规范和道德标准的冲动。然而，在婚后生活中，社会规范体系对兔子的指导作用一直受自身的一些心理问题困扰、弱化和动摇，而这些问题又源于他的自恋情结，即无意识中对过去辉煌经历的眷恋而造成的以自我为中心的心理状态，这使他对个人自由的渴望不断增强，最终挣脱了社会规范的约束。

造成兔子与社会规范体系的脱节有两个原因，第一个是自恋情结导致的失落感。兔子有着成功的过去和失败的现在，现在和过去之间的落差使他难以满足现状。他曾经有过一段辉煌的历史，那就是他高中时期的篮球生涯，作为全郡最优秀的球员，兔子将一场比赛入球的最高纪录保持了多年。在教练和观众的心中，他是个完美、不可多得的篮球明星，在赛场上他"从不犯规"。对这段历史的追忆所产生的自恋情结使他无法释怀，因此他处处以自我为中心。然而，高中毕业后的生活使他变成了一个极为普通的人——一名廉价厨房用品推销员，往日的荣耀早已离他远去。更糟糕的却是他的婚姻状况：一家人住在一套狭小的公寓里，用的多半是妻子父母家中替换下来的旧家具，汽车也是岳父为了维护自己生意人的脸面低价卖给他们的二手货。书中对其家庭环境的描写进一步道出了兔子对婚姻失去信心的原因所在：

> 他走到衣橱那里，把刚才整齐地挂起来的外衣取出来。这儿，好像只有他才是讲究整洁的人。身后房间内，简直一团糟——装鸡尾酒的杯子里满是污浊的渣滓，堆得满满的烟灰缸在椅臂上摇晃，地毯皱巴巴的，纸面光滑的板纸堆岌岌可危，小孩的玩具东放一个，西塞一个，有的破旧不堪，这里露出玩具娃娃身上的腿，那里躺着一张折起来的纸板，上面贴有剪下来的早餐盒上的图案，暖气片下的灰尘已经裹成绒团，屋内一片狼藉。——这一切恰似一张正在收紧的网，附在他的背上。（Updike，1960：17）

最使他不满的是妻子简妮丝（Janice），在他看来，简妮丝懒惰、愚蠢、嗜酒如命，缺乏一个称职家庭主妇应有的品质。此外，他们的性生活也不够和谐。他将他们的婚姻称为"二等生活"："我的篮球水平是第一流的。真的。可是，只要干过点一流的事情，不管什么事儿，再要去干第二流的事情，就会觉得没有趣也没有劲头了。"（Updike，1960：145）虽然兔子后来的生活日渐平庸，但他做事还是力求完美，因此与简妮丝的争吵就在所难免了。

影响兔子自我控制力的第二个原因是他安全感的缺乏。这实际上也是源于兔子的自恋情结，即无意识中对昔日荣耀的依恋，这使兔子难以适应和把握婚后生活，远离过去使他常常有一种恐惧感，妻子简妮丝和混乱无序的婚姻生活都不能给他所需要的抗衡这种恐惧的安全感。桑福德·平斯克（Sanford Pinsker）指出："兔子不顾一切寻找的只不过是'美好的家'，一个使他有安全感的地方，而这却离他很远——具有嘲讽意味的是，他愈是试图用以前的那种毫不费力的投篮方式把球投入家庭这个篮筐，这种感觉就愈发强烈。他发现，成人的生活缺乏孩提时期运动的清晰和明了，是件梳理不清、乱七八糟的事情。"（Pinsker，1993：73）由于缺乏安全感，恐惧存在于兔子的无意识中，影响着他的行为，如兔子在家中无人、不得不自己用钥匙开门时，手会不由自主地颤抖。小说中"恐惧"（fear）一词的使用频率非常之高。当这种恐惧感积累到一定程度时，社会期待就会失去作用，长期压抑在阴影中对自由、完美和整洁安定环境的渴望便会被唤醒，促使兔子抛弃"人格面具"，逃离给他带来恐惧的人和环境，而不再去考虑此举可能带来的不良后果。

随着兔子对平庸家庭和工作不满的与日俱增，以上两个心理因素使他最终失去对阴影的控制，迫使其最终采取行动，奔向梦寐以求的自由。三月里极其偶然的一场街头篮球赛唤起了兔子脑海中那段精彩的回忆，他觉得自己仍和以前一样完美："手还是那么灵巧自如，他打得得心应手。他觉得从长期的忧郁中解脱出来了。"（Updike，1960：30）这次重温旧梦使他决心重新开始生活，同时也使他愈发不能忍受自己的婚姻和妻子。一念之间，他决定离家出走，逃离令人厌烦的现实，逃到南方去，因为那里有自由："沿着（地图上）任何一条（通往南方的）路走下去，明天早上就能看到那芬芳的棉田。是的，只要他到了那儿，就能把所有烦恼和不快抛到身后去。"（Updike，1960：30）作为一个成年男子，虽然他的向往看上去幼稚可笑，但这实际上恰恰是对新生活的渴望，是对个人主体性的追求。

然而，兔子的出逃与其说是早有预谋的行为，不如说是出于本能的、漫无目的、缺乏理性判断的冲动。因为不熟悉路况，兔子离家出走所带来的兴奋感逐渐被莫名的恐惧感代替。没有清晰的路标，又不能从蜘蛛网般的地图上获得任何信息，兔子失去了方向感，因此变得越来越迷茫，越来越没有安全感。这表明，兔子早已经习惯顺应社会期待，新的经历反而使他难以接受，即使这种经历是他追求幸福生活所必需的。恐惧感使他最终放弃了对南方之梦的追求，使他从原路返回，回到他所熟悉的宾夕法尼亚小城的生活中去。与去时相比，不但返回路上的路标数量变多，鲜明易见，而且汽车中收音机播放的音乐的节奏也趋于平缓，这两个现象看似自然巧合，但它们从侧面反映出兔子对自己所熟悉环境的依恋和心理上的不成熟，这在客观上促成了兔子的回归，这无疑也是作者匠心独具所在。

（二）逃离后的"新生活"面临的道德压力

返回布鲁厄（Brewer）后，兔子并没有放弃对个人幸福的追求。他没有回到简妮丝的身边，而是本能地去找他高中时期的篮球教练托塞罗（Tothero）。与简妮丝相比，托塞罗同样是个不修边幅、不善生活的人，在道德方面与兔子理想中的"完美"也相距甚远。托塞罗的住所也与兔子的家一样杂乱无章、拥挤不堪。但兔子对此并未十分在意，因为在那里，兔子体验到长时间没有的一种安全感，托塞罗成为他与过去联系的桥梁，只有托塞罗才能给他所期盼的认可，他需要的情感上的抚慰也只有托塞罗才能够给予。在这里，兔子找到了依靠。

对兔子来说，托塞罗还给他带来了"新生活"，即与露丝（Ruth）结识和同居。在生活上，露丝对他言听计从，这使他的自恋情结得到满足，过去的那种自我中心感得以恢复。同时，露丝也表现出简妮丝不具备的良好品格，如善于理家等，这无不使他感受到"新生活"的美好。更重要的是，兔子把露丝的身体当成了避难所（Olster，1993），他的情欲得到了真正的满足。这种所谓的"新生活"实际上是过去的变体，或者说是过去通过托塞罗得到的延续。"新生活"使兔子把握自身命运的渴望在很大程度上得到了实现。

以当时社会规范体系的标准来衡量，兔子的追求和抗争与人们崇尚的家庭观念格格不入，难以得到社会的同情和认可。但如果以当今美国社会道德标准为出发点来反观兔子对幸福生活的追求，似乎无可厚非。如果兔子持之以恒，坚持自己的追求，社会舆论会自行消散，兔子会像霍桑的《红字》中女主人公海丝特那样，终究会被人们接受，然而兔子最终还是失败了。其原因何在？

兔子拒绝顺应社会期待的这场抗争的失败有两个原因，第一个是上面提到的外部原因。在当时，由于周围人们的整体伦理道德意识，他的努力理所当然地不能被接受和理解，他感受到了压力，而且他周围以牧师杰克·艾克尔斯（Jack Eccles）为代表的人们也在不停地对他施加影响。第二个则是兔子自身的原因。这个原因较前者更为重要。从前文看，兔子似乎通过对个人主体性的追求得到了自己梦寐以求的生活。然而，这种生活方式构建在对社会规范体系背离的基础上，因此很难经得起考验。与露丝同居后，一次兔子与前队友罗尼·哈里森（Ronnie Harrison）相遇，闲谈中哈里森指出，作为篮球运动员兔子并不是完美无缺的，只不过是教练给了他机会而已。哈里森认为如果当时自己也得到了这样的机会，也会像兔子一样出名。哈里森的见解使兔子非常气恼，同时也使他受到了很大的震动，在别人的眼里，他昔日的荣耀竟有如此之多的人为因素。他那种通过把感情寄托于过去而获得的安全感因而受到了威胁。由于和哈里森的会面与露丝有关，而露丝与哈里森过去曾有过性关系，兔子对此非常嫉恨，对露丝的感情也因此受到了影响，以致最后离她而去。

由于失去了社会规范的约束，兔子在欲望的驱使下表现出幼稚、自私的人格，做出了许多不负责任的事情，最终受到社会的唾弃。兔子对其生活中的女人缺乏真正的爱、真正的理解和真正的体贴，他的行为在很大程度上受力比多驱使。在与露丝的交往过程中，他把自己和对方都进行了神化，认为自己能像上帝那样赐爱给露丝，使其"像花朵一样开放"（Updike，1960：92），露丝虽然身为半职业妓女，在他眼里却显得美丽圣洁。然而，当露丝卸下粉黛，以平常女人之身展现在他眼前，与他共同生活时，这些想象中的光环便随着时光的流逝慢慢地消失了，生活中的一切又变得平淡无奇。不久，兔子见到牧师艾克尔斯的妻子露西（Lucy）时，便开始有了非分之想，认为露西和露丝一样会接受他爱的恩赐。但这一企图终遭露西拒绝。随后，兔子在他第二个孩子降生时回到简妮丝的身边，此举或许表现出他对家庭的责任感，似乎是超我作用的恢复和自我回归的最初表象，但这实际上仍是欲望驱动的结果，他不顾简妮丝的身体状况提出性要求则再一次表明他对欲望的放纵。被拒绝后，兔子又一次离家出走，致使简妮丝重新酗酒，最终导致新生儿溺水身亡。由此看来，这一悲剧是由源自阴影的欲望失控间接造成的，它会引发人们对兔子的严厉谴责。在举行葬礼时，兔子感到了极大的压力，那种莫名的恐惧感再度袭来，其力度超过以往任何时候——他这次面对的是整个社会的谴责，感受的是自己深深的愧疚。兔子于是再一次选择逃跑。

在小说的最后，当他不得不再次回到露丝身边时，露丝对他那令人震惊的评价宣告了他的追求和抗争的彻底失败："我突然认清了你，你就是死神先生本人。你不仅毫无价值，你比毫无价值更糟。你连老鼠也不如，你发不出臭气，你还没有能耐发出臭气。"（Updike，1960：417）兔子"平时总是为自己衣着整齐而骄傲，总是以为自己看上去很帅。过去，他总觉得自己是她天然的主人，完全能够驾驭她；现在，这种感觉不复存在了"（Updike，1960：481）。兔子自以为寻找到的、以自己为中心的"新生活"就此结束，所有的一切，包括他那"辉煌的过去"，都化为乌有，兔子终究成了一个失败者。

总之，通过运用人格结构理论分析《兔子，跑吧》，首先，我们能够较为深刻地理解作者刻画兔子人格和行为的成功之处。其次，我们能够理解社会历史因素对人们心理和行为的影响。该小说可悲的结局清楚地表明，追求完美幸福生活、拒绝顺应社会伦理道德规范的兔子在与命运和生活的抗争中是个失败者，而通过分析我们不难看出，他的失败不仅是其人格和行为上的缺陷导致的，20世纪50年代的社会道德期待对一般中产阶级的思维方式和行为方式有着极其强大的压力，使他们不得不按照约定俗成的社会角色来规范自己的行为，压抑自己的个性和情感，否则将会面临被社会抛弃的危险。他们的行为无疑助推了20世纪50年代"万人一面"的社会现实，这在美国历史上也是不多见的。与刘易斯和契弗笔下的人物相似，兔子哈里为了生存也不得不重复着顺应—叛逆—顺应的人生之路，但在《兔子，跑吧》中，我们可以明显感到男主人公追求个人幸福和成功的张力和冲动，代表了年轻一代追求社会变化的期望。兔子哈里仅仅是这些中产阶级人士中的一个，只是他的抗争不像《乡下丈夫》中的弗朗西斯那样只停留在内心世界里，他用"逃离"这一具体行动来表达自己的希冀。兔子哈里的经历在20世纪50年代虽属少数，但无疑也预示了20世纪60年代风起云涌的社会变革以及个性解放时代的到来。

二、《兔子回家》

在本节前面已经谈到，厄普代克毕生致力于在作品中反映在中产阶级富足生活的背后人们所表现出来的无奈和空虚。在《兔子，跑吧》出版十年之后，厄普代克又出版了兔子四部曲的第二部，即《兔子回家》，此外还有多部描写普通中产阶级日常婚姻生活的长篇小说和短篇小说集获得了美国乃至国际文学批评界的高度评价。在《兔子回家》中，厄普代克继续忠实、传神地记录了20世纪60年代美国社会的纷争和动荡，以及个人的困惑和迷茫。这里将结合20世纪60年代美国的政治文化环境的特点对兔子的心理和行为模式做进一步分析。

（一）从叛逆者到顺应者——兔子身份的转换

如前所言，《兔子，跑吧》讲述了一个普普通通的美国下中产阶级男子兔子哈里以奇特的方式追寻自由，并以此来反叛当时社会道德规范的故事，而《兔子回家》则描写了哈里如何以既是旁观者又是参与者的身份目睹和体验了美国 20 世纪 60 年代风起云涌的政治运动，以及它们给美国中产阶级的生活态度乃至价值观所带来的巨大冲击。十年前，哈里试图挣脱的那种艾森豪威尔时代的社会道德规范在当时是如此的坚不可摧和深入人心，而如今在不同的文化思潮和政治运动，其中包括民权运动、女性解放运动、性解放运动、争取同性恋者权益运动、反战示威等，以及美国城市中心犯罪率飙升、白人文化的衰落、少数民族文化兴起等社会文化现象的冲击下变得岌岌可危。哈里和以往那些信心十足的中产阶级一样，如今在众多的变化面前不知所措，对前途感到迷茫。阿波罗Ⅱ号登月终于在苏联发射第一颗人造地球卫星之后，使美国人，尤其是以中产阶级为代表的主流社会，感到在一定程度上重新恢复了信心和民族自豪感，重新看到了国家的希望。因此，美国学者施夫将《兔子回家》称作"美国人的一次同时穿越内心世界和外部太空的夜间旅行"（Schiff，1998：41）。

在厄普代克称为"内战以来异见最多的十年"（Updike，1981：i），其笔下的普通人（everyman）——兔子哈里作为普通中产阶级的代表深刻体会了这个时代美国人的困境。首先，对中产阶级有着强烈认同感的哈里虽然面临着生活中的各种挫折，但依然坚守中产阶级的价值观。书中的哈里身体已经开始发福，似乎已经失去了在上一部中曾有的活力。与哈里相比，妻子简妮丝却已经从家庭主妇变成了一位职业女性，同时已经开始和情夫同居，哈里与妻子的分居状况使他们的婚姻前途渺茫。身为排字工人的哈里收入微薄，而且可能很快会因为新型排版技术的引入而失去工作。然而，与十年前那个勇于挣脱社会道德规范束缚、勇于追求信仰和幸福的哈里不同，如今，哈里的思维有着强烈的从众色彩。他坚决支持政府对越南政局的军事干预，依然虔信早已过时了的社会规范，钟情于秩序和清洁，同时因坚持种族主义观点而被朋友疏远。他因此被已经接受新文化洗礼的简妮丝称为仍具有帝国主义情怀的"丑陋的美国人"（Updike，1972：45）。

作为排字工人的哈里在小说开头却以一名保守派人士自居，不仅对黑人持有强烈的种族歧视，而且对反战等政治运动持敌视态度。在他的眼中，黑人是一个奇怪的族群，书中对他看到黑人时的反应进行了较为详细的描写，暴露出他的种族主义意识："这些人的头发蓬松浓密，耳上戴着金耳环，在公共汽车上呼呼呼地闹个不停。这就像某种热带植物的种子被鸟儿带了进来，撒满了整个花园。"（Updike，1972：16-17）他甚至宣称："我讨厌（公共汽车）！满车都是黑鬼味。"（Updike，1972：51）此外，哈里对以黑人为主体的民权运动对白人主导的美国社会的威胁深感忧虑："那些黑人拥有的东西比以前任何时候都多，而似乎他们觉得还比以前少。我们这些人（白人）从小长到大，从来都是要什么有什么，而现在的世界已经不是你要什么就给什么了。"（Updike，1972）可见，哈里深感黑人地位的变化和对权益的不断诉求给白人在社会中的主导地位带来的威胁和冲击。

此外，和当时许多白人一样，哈里对他认为对美国有害的人和事都采取了敌视态度。为了宣誓自己的爱国情怀，他在汽车的后挡风玻璃上张贴了美国国旗。在与简妮丝的情人斯塔夫罗斯（Stavros）用餐时，他与这位思维新潮的人物唇枪舌剑，这体现出了他保守的"爱国者"情怀。斯塔夫罗斯无比讽刺地认为正是因为有了哈里这样的"勇士"，美国才显得"伟大"，简妮丝则把哈里称作"不爱保持沉默"的"沉默的多数"（Updike，1972：68）。哈里对离家出走的白人富家女吉尔（Jill）的一些叛逆行为无法容忍，粗暴地斥责她为"拿生命当儿戏"、破坏社会秩序的"有钱人家的孩子"（Updike，1972：245）。

由此看来，小说中哈里随后与蚊子（Skeeter）的邂逅和相处的情节显得非常不可思议，其仅仅是厄普代克在书中有意安排的白人与黑人、传统思想与当代思潮冲突的战场。哈里对蚊子有着天然的抵触情绪,他在多个场合明确表示他反感黑人这一称谓。面对蚊子声称自己是"黑耶稣",并肆意攻击他信仰的白人上帝和他所依赖的法制体系,哈里怒不可遏,不惜以拳脚相对,将其打翻在地。当偶然读到蚊子的书籍,他被其中的左派思想所震惊:"政府的作用是推动人民的进步,而不是维护贵族的安逸。工业的目的应该是为工人谋福利而不是为其拥有者创造财富。文明的目标是工人大众的文化进步,而不是仅仅造福于知识精英阶层。"(Updike,1972:202)同时,儿子纳尔逊(Nelson)对蚊子的亲近感也使他备感忧虑。

(二)从保守派到新文化的亲历者

尽管如此,中产阶级还是在愤怒、彷徨和无奈中开始接受文化的变化,开始习惯于与具有不同肤色和理念的人们相处,并开始慢慢地接受他们的影响。如前所述,书中接受新思潮最快的自然是简妮丝。她在《兔子,跑吧》中是个希望恪守传统,但又因为慵懒、任性而无法使丈夫满意的家庭主妇。如今,她却与哈里互换了角色,成为一个标新立异、敢爱敢恨、乐于接受新鲜事物的"既自信又满足"的职业女性。新文化使简妮丝成为一位充满生命活力的新女性,而且因为挽救了犯心脏病的斯塔夫罗斯的生命,彻底从不小心溺死自己女儿的阴影中走出来:"那个作为死亡赋予者的印迹被彻底抹去。"(Updike,1972:336)

同时,虽然在小说开始,哈里被描写成一个典型的保守派人士,但作者并未把他塑造成一个顽固的种族主义和极右分子,这也是厄普代克的高人之处。在变化了的时代下,即使是哈里这样固守传统观念的白人中产阶级也不得不开始接受新的思潮。简妮丝离家出走后,哈里反而有了更多的机会接触一些自己此前曾极力鄙视的新新人类,甚至是黑人。出人意料的是,在黑人同事布坎南(Buchanan)的引荐下,思想保守的哈里去了前卫白人和黑人光顾的金波夜总会,不仅把吉尔带回家,甚至接纳了她的朋友——因违法行为被通缉的蚊子。平日保守的哈里开始和他们一起淫乱、吸食大麻。哈里却也因此得以接触和了解他们的思维方式和观点,从反对、猜疑,到最终以奇怪的方式表示接受。

兔子与蚊子一起朗读描写黑奴悲惨经历的《弗雷德里克·道格拉斯的生平与时代》(Life and Times of Frederick Douglass)一书,并参与有关黑人的历史与现状、越南战争、宗教,以及时事政治的讨论。在讨论中,兔子了解了一些事实,他的从众保守立场开始松动,学着用不同的眼光看历史和现实,了解美国和世界上所发生的事情,并在一定程度上对吉尔和蚊子的生活方式和政治理念表示认同。他在反击简妮丝对他提出要请律师办理离婚手续的要求时就用了吉尔和蚊子的表述方式:"法律仅仅是为少数精英阶层的统治服务,权力应归人民所有。"(Updike,1972:193)作为下一代美国人的代表,纳尔逊和他的朋友比利·福斯纳希特(Billy Fosnacht)不仅可以与吉尔和蚊子和平相处,而且喜欢他们的思维和行为方式,对他们有着强烈的认同感,反而与哈里和他代表的老一套规范格格不入。这无疑也预示了纳尔逊今后与哈里在方方面面的矛盾和冲突。

(三)小说结尾中隐含的作者本人的政治立场

小说的叙事过程反映了 20 世纪 60 年代末美国庞杂纷乱的政治走向,同时也表现出一种逐渐走向缓和与稳定,并正在形成一种新文化的趋势。该小说以写实的手法通过电视新闻重现了美国载人登月的成功,也细致地反映了那一时期的民权运动、反战示威,以及随之引起的各地骚乱,同时又巧妙地将哈里一家描写成这些政治事件的见证者和参与者。更重要的是,《兔子回家》反映了 20 世纪 60 年代末白人中产阶级的生活因政治动荡所受到的影响,以及他们对民权运动、反战运动激进者的敌对情绪。在小说中,哈里因收留行为不当的吉尔遭到了邻居的投诉,而蚊子的出现更是进一步引发了这些人的焦虑和敌对情绪,以至于纳尔逊因此被同学孤立。最终,在抗议无果之后,邻居放火烧毁了哈里在潘恩别墅(Penn Villas)的那所房子,同时,大火也夺去了吉尔的生命,赶走了蚊子,而被留在家里的纳尔逊却安然无恙。虽然这是个悲剧的结局,但它无疑预示了充满不安定因素的过去已经结束,新的秩序正在形成。在小说的最后,哈里和简妮丝摒弃前嫌,开始像高中初恋时那样约会,最终破镜重圆。这样近似完美的结局也预示了四部曲的下一部《兔子富了》中所描绘的此后十年哈里和简妮丝富足而保守、不再关注政治思潮的中产阶级消费主义生活的开始。

然而,这样的结局描写也从另一方面表明厄普代克本人的态度。作为一位毕生志在弘扬美国传统道德观和宗教对普通人生活引领作用的作家,当直面20世纪60年代动荡的政治局势时,他不免表现出某种程度的忧虑和愤慨。在反战示威和争取各种权利运动风起云涌的过程中,厄普代克曾毫不掩饰地表达了他的看法,他认为美国的困局都是那些所谓的"知识分子精英们"对美国政府对人民的忠诚和掌控政局所表现出来的富于常识的做法的攻击造成的。为此,他带着家人于1968年离开美国前往英国,并在那里停留了一年。他写《兔子回家》的目的正是希望通过对哈里的塑造来反映他本人的这种愤懑之情(Updike,1995)。此外,他对吉尔和蚊子的描写也说明了他与那些积极参与各种权益示威活动人士之间存在的芥蒂。小说中的蚊子集各种身份于一身:越南战争老兵、黑人弥赛亚、革命者、吸毒者、骗子和罪犯等。他高谈阔论,头脑里充满着离奇的叛逆思想。他口头要平等、要革命,却是个毫无责任感的十足无赖型人物。在小说中,这位"弥赛亚"代表了上帝的声音,但他的上帝却是个给世界秩序带来毁灭的无序和动荡之神。在《兔子富了》中,唯一提到蚊子的地方就是他因非法行为被警察追捕,并在与警察的枪战中被击毙。在小说中,吉尔是个驾驶保时捷跑车离家出走的上中产阶级家庭的女孩。她被描写成一个生活不真实、追求不真实的女孩(moon child),同情黑人遭遇,钟情于新的文化模式,具有伟大的理想,却甘于和保守派和骗子同居一个屋檐之下,并与他们一起吸毒、滥交。厄普代克为吉尔设定的最终葬身火海的悲惨结局受到了许多批评家的诟病,他们认为和前一部小说《兔子,跑吧》中溺亡的女婴一样,女性是厄普代克笔下暴力的牺牲品（Gordon M，1991）。吉尔被安排的死亡结局确实是在某种程度上反映了厄普代克对那些白人左派和新思潮代表人物的反讽，也充分反映了厄普代克本人当时的价值取向和政治态度，同时也试图说明任何激进的意识形态往往会招致敌对的保守势力以极端的方式来解决纷争。吉尔作为叛逆文化的代表和改变的象征，她的逝去不仅意味着家庭的安宁和社会秩序的回归，同时也是对"垮掉的一代"所推崇的前卫文化和生活方式的反讽。然而，吉尔的死却也给哈里和纳尔逊带来了心理创伤，父子二人在今后十年，甚至更长时间内由此引发的冲突为兔子四部曲的后两部提供了素材。

第五节　索尔·贝娄与《赫索格》

20世纪60年代所发生的政治社会和文化方面的变化不仅给厄普代克带来了疑惑和迷茫，同时也使诺贝尔文学奖获得者贝娄这位少数族裔作家不得不对美国在这一时期的变迁进行反思，重新认识美国，并调整自己，来适应这些变化和冲击。他在1964年出版的小说《赫索格》（Herzog）中正是通过对男主人公对生活变故的适应过程的描写反映了自己的情绪动向。这部作品也是贝娄自身保守政治态度的体现，以及对左翼政治和多元文化进行抵制的开始（Gordon A，2013）。本节将对该作品进行分析，以借此说明贝娄的这一态度。

一、多方面相互冲突的矛盾体

书中主人公摩西·赫索格（Moses Herzog）经受着由事业低谷和婚姻变故带来的孤独、痛苦、错乱的精神状态，以及焦虑时代引发的精神危机。在贝娄笔下，他是一个多方面相互冲突的矛盾体。首先，在现实生活中，赫索格是个怯懦者、弱者、失败者。他在盛怒之后开始内省，逐渐发现了自己的弱点和堕落为失败的婚姻乃至人生的根源所在。他承认自己在两次婚姻中都没有尽到丈夫的责任。他没有善待第一任妻子黛西（Daisy），而他的失职直接导致了第二任妻子马德琳（Madeleine）的出轨。"对儿女，他虽然不乏慈爱，但仍是个坏父亲；对父母，他是个忘恩负义的儿子；对国家，他是个漠不关心的公民；对兄弟姐妹，虽然亲近，但平时很少往来；对朋友，自高自大；对爱情，十分疏懒；论聪明才智，自己愚昧迟钝；对权力，毫无兴趣；对自己的灵魂，不敢正视。"（贝娄，2000：17-18）在马德琳眼中，赫索格自私专横、阴沉抑郁，而且好在外面拈花惹草。后来，赫索格逐渐意识到，马德琳婚前能力平庸，仅仅靠着姿色获取了他的爱。正是因为他的正确引导，马德琳才获得了斯拉夫语的硕士学位，而从此，赫索格才意识到马德琳的野心是想在学术领域里取代、打压自己，并攀向巅峰，成为文人的女王、坚不可摧的女才子，而自己只能在她那优美而敏捷的脚下蠕动。同时，也正是因为他愚钝懒散、缺乏爱心，而且一向不工于心计，所以直到最后才意识到，马德琳为了要摆脱他，事先做了极为周全的准备。

然而，赫索格的自我疗伤和顺应变故过程并非遵循了一条线性的道路。他为自我过失和弱点痛心疾首的同时，仍无法原谅马德琳对他的背叛，他甚至迁怒于整个女性群体："这是这位中产阶级妇女的团结思想，她要为一个正派女人辩护，不让她被人指责为工于心计和恶毒堕落。正派女人是为了爱情而结婚，可是一到爱情枯竭之时，她们便会自由自在地去爱旁人。"（贝娄，2000：116）赫索格愤懑地认为，在马德琳的姨母泽尔达（Zelda）看来，一个女人有权要求她的丈夫每天晚上给她性的满足、安全感、金钱、人寿保险、貂皮大衣、珠宝首饰、女佣人、帷帘、夜总会、野外俱乐部、戏院、汽车。为了发泄自己的怒火，他在信中写道：永远搞不清楚女人要的是什么。她们到底要什么？她们吃碧绿的生菜，喝鲜红的人血。此外，他在信中还多次谴责马德琳的消费主义生活方式，以及借着他的名声和地位向上爬的市侩嘴脸。

在离婚后的最初阶段，赫索格正是这样在理性与感性之间徘徊，对他的反复无常心态的描写恰恰反映了贝娄对人物内心刻画的精准。他内心怯懦，但又无法忍受曾经的挚友瓦伦丁·格斯贝奇（Valetine

Gersbach）对他犯下的夺妻之罪。他拿着父亲留下来的那把手枪，但心里却感到害怕。最终，赫索格在目睹了情敌对女儿的温情后毅然放弃了射杀他的念头，这使他找到了堂而皇之的退缩的借口，也使他终于能够劝说自己摆脱痛苦的情感轮回，走出人生低谷，获得重新开始生活的信心。然而，因妻子的缘故放弃了过去的社交圈、搬到世界偏远的角落之中的赫索格，被踢出了马德琳建立的社交圈，同时他也主动断绝了与朋友的来往，疏远了家人。他迂腐愚钝，不善与他人交流，这给他心头抑郁情绪的排解造成了重重阻碍。因此，他只能利用自己惯常使用的方式——书写来调整自己。总之，赫索格正是在这一反反复复的过程中，通过书写与自我诉说调整了心态，重归理性，以此来顺应生活中的变故。

二、自我封闭、依然具有良心的知识分子和思想巨人

作为一个相互冲突的矛盾体的同时，赫索格又是一个自我封闭的思想巨人。他对"大我"的追求逐渐淡化了他作为"小我"所遭遇的种种不幸。《赫索格》不仅是一部有关婚姻家庭的作品，而且还反映了当时价值观发生剧变的社会大环境，以及在如此环境下一位普通知识分子茫然、愤懑、思考和顺应的过程，而这一点也是本书的重要研究内容。出于知识分子的本能，主人公在反思个人不幸的同时，没有忘记对社会问题的思考、审视，对社会变得越来越程式化、官僚化表示费解，对极端化的权力意识深感厌恶。小说中较为集中地反映了赫索格对个人权力与群体、社会之间关系的判断，以及他对个人自由和权益的倚重：

> 社会没有秩序，人类便不可能获得进一步的发展。然而，我们的目标是自由。……当我们的社会越富于政治性（就"政治"二字最广义而言，就是集体的迷恋与强制），人的个性似乎越来越消失。……国家的目的现在已经和制造那些并非人类生活所必需的商品纠缠在一起了，而这种商品的制造对于这个国家政治生命的延续却大为重要。因为现在我们全都被吸引到国民生产总值

的奇迹之中，我们被迫接受某些荒唐或虚伪的事情，把它们看作神圣不可侵犯，……在另一方面，现在比一世纪前有了更多的"私生活"，那时候工作时间每天是十四个小时。这整个事情最为重要，因为这关系到私生活（包括性生活）受到剥削和统治技巧的侵犯。（贝娄，2000：216）

同时，他进一步强调，在生活中，必须给色欲以适当的地位，尤其是在一个解放了的社会之中，因为这个社会了解性的抑制和疾病、战争、财产、金钱以及极权主义的关系。他对在当时制度之下个人权力遭到公权的群体蚕食和侵害深表哀叹。

作为一名知识分子，赫索格出身于传统犹太人家庭，从小就深受犹太伦理的影响和教化，他看中社会规则在保证普通人生存方面的重要性，为了确保这些规则被认真遵守，必须有国家、政府、法律等更高一层的制度来进行监督和保障，这反映了他观点的保守性。然而，他不希望这种制度成为某些社会精英和社会团体影响普通人生活质量、剥夺他们自由的借口。

为了进一步表明自己对美国以个人主义为核心的价值观体系、个人权利和自由的珍视，他在始终都没有真正发出的给艾森豪威尔总统的信中，表达了对美国税务制度烦琐的规章条例的不满，他写道："每个公民的生命正在变成一笔生意。在我看来，这是历史上对人的生命的意义最坏的解释。人的生命不是生意。"（贝娄，2000：25）他以此来哀叹美国已经变得越来越非人性化，而个体公民也逐渐变成简单的数字了。

他在给总统的信中表明，自己是一个有思想的人，相信公众表达政治意见的好处。有知识而没有影响力的人常常会有一种自我鄙视的思想，其实，这反映了他对那些在政治上或社会上有权力的人的鄙视，或者是对那些自以为有权力的人的鄙视。他随即又使用了黑格尔对权力斗争的观点来进一步阐述自己的看法，即"人类生命的实质起源于历史。历史，记忆——这一切使我们变成人类，给予我们死亡的知识：'死亡因人而生'。因为死亡的知识，使我们希望牺牲别人以延续自己的生命。这是权力斗争的根本原因"（贝娄，2000：215）。赫索格进一步在信中论述了社会秩序与个人自由、公共生活与私生活之间的关系。在该小说中，贝娄借着赫索格之口表达了自己对人的个性被压制和权益遭到侵犯的越来越多的事实的不满，20世纪60年代以来美国社会的政治气息越来越浓，国家更加注重商品制造和国民生产总值的提高，而个人不得不屈服于这种压力，接受政治上所定义的"权威"，而为自己招致由此所产生的后果。惹得他们对自己采取报复手段，一种嘲讽、鄙视、超越否定的报复（贝娄，2000）。在字里行间流露出知识分子批评社会、孤芳自赏的特质，赫索格自认为，在20世纪60年代这个精神价值陷于混乱的时代，能有这样的感觉的人应该算是一个特立独行的人了。

三、对个人生活和时代变迁的消极顺应

在信中，赫索格屡次提到的人们面对社会压力的态度，似乎是他自己终将选择的人生道路，他最终调整自己，以适应所有的变化。赫索格似乎要为自己找到一条既能生活在现实之中又不随波逐流、既与现实和解又能保持个人尊严的道路，其结果实际上是逃避现实，从异化逐步走向与社会的协调。

从以上内容可以看出，虽然赫索格在信件中极力展现他的具有博爱精神、热爱自由、敢于伸张正义的知识分子的形象，但纵观全书中所显现出的他的人生轨迹，就不难看出他的逃避主义生活态度。作为一名知识分子，特别是一名历史学家，一位专注于政治文化研究的学者，他敬重正统的伦理规范，他对他的律师希梅斯坦（Himelstein）对逐渐兴起的嬉皮士文化的蔑视态度表示认同。当他面对当时美国社会各种政治势力的集结，属于保守势力的白人至上主义者，以及以黑人为主的公民权益争取者都在为将要发生的政治运动做着斗争准备的时候，他却选择了逃避。他的逃避与其说是避免自己被卷入政治的狂澜之中，不如说是缺乏直面社会政治文化变迁的勇气。习惯了传统家庭模式和社会伦理道德体系的他对这些即将发生和已经发生的变化手足无措，家庭与社会角色的反转使他狼狈不堪。

从表面上看，赫索格为了取悦妻子马德琳，从大都市辞掉历史学教授这份名利双收的职位，他来到马萨诸塞州伯克夏的路德村，这个地图上都找不到的偏僻之地，用他父亲留给他的两万美元买下了那座年久失修、周围有着"20英亩山坡和林地"的房子（贝娄，2000：408），置办了热水器、洗衣机、烘干机等家电。而且，为了修复房子，他自己做起了泥瓦匠、水暖工、木匠、花匠等。他的目的不仅仅是想在不被打扰的环境中来专心地完成他的历史巨作，并以此来维持他全家人的品位生活，更重要的是想为自己搭建一个躲避世事纷扰的乌托邦式的田园世界，减少与外部世界的联系，成为一个旧时代的乡绅，沉湎于对历史的追溯。婚姻的终结使他出于无奈断了这个念头。

然而，在挺过了离婚最初的打击，经过短暂的离开后，赫索格又决定回到路德村，并通过写信来疗养内心的伤痛，而事实上这种情绪的抒发也只是躲在隐秘处的自言自语而已，他的引经据典也是他为自己隔断与现实世界的联系找到的一个自欺欺人的借口。他婉言拒绝与"浑身芬芳、充满性感、品格高尚"（贝娄，2000：201）的女友雷蒙娜（Ramona）进一步交往，更不愿与之结婚，对她到路德村来看自己也未表现出应有的热情，他对于异性的情感采取了排斥的态度，相比较而言，孤独使他更容易保持清醒和冷静。

在小说的结尾，赫索格在他路德村的古屋里说道："我对现状已相当满足，满足于我的和别人的意志给我的安排，只要我能够在这儿住下来，不管多久我都会感到心满意足。"（贝娄，2000：438）现在，只有远离他人，躲到这个世外桃源，赫索格才能够理清思绪、找回自我，并向他人、向命运妥协，最终在寂寥中结束余生。

《赫索格》出版一年后，荣获美国国家图书奖文学奖，这也是贝娄第二次获得该奖项。这说明反映知识分子，或中产阶级美国人对个人和社会问题思考的小说受到了当时评论界和文坛主流势力的认可。鉴于20世纪60年代美国社会的矛盾，尤其是种族矛盾的不断加剧，普通人已经无法体会到20世纪50年代的那种稳定的社会秩序和美利坚民族认同的同一性。贝娄感受到以民权运动为主的一系列政治运动的到来，以及它们即将对传统文化价值观的巨大冲击。当时的美国知识界对极右的麦卡锡主义的影响记忆犹新，保守的思想方式还维持着统治地位，而20世纪60年代风起云涌的政治运动使知识分子也经历了风暴的洗礼。在运动的初期，他们对左翼的观点难免会表现出质疑的态度。一些人开始迷茫，不知所措，最后不得不调整自己的思维方式和政治立场来逐渐适应大学校园和文化圈中日益多元化的趋势。另外一些人则挺身而出，试图阻止这些改变主流文化性质的政治企图。贝娄就是这些代表着保守势力的知识分子中的一位。他1970年出版的小说《赛姆勒先生的星球》(*Mr. Sammler's Planet*)正是表述了这一政治态度。与同时代的厄普代克一样，贝娄没有盲从，而是以批判的眼光审视着美国文化经历的变化和面临的挑战，尽到了一名知识分子应尽的社会责任。然而，与厄普代克相似，贝娄最终也无法逆多元文化主义这一历史潮流而动。随着文化多元化进程的逐步深入，并开始影响美国的宏观政治经济和社会文化，贝娄虽然在后期作品中依旧秉承着对现实社会文化批判的责任，其文中不免夹杂着对传统的珍惜之情，但整体上已不再被视为右翼保守派作家。

总之，这一历史时期出版的文学作品基本上反映了美国文化的变迁，而本章讨论的几位作家在作品中无不体现出了中产阶级在这一变迁过程中从20世纪50年代的压抑愤懑到20世纪60年代和70年代的无奈彷徨和难以适应的情绪变化。然而，中产阶级凭借自己对社会变化的从众心理和适应性，他们最终还是能够走出自己的小圈子，去迎接新时代带来的挑战，为自己在变化了的世界中再次谋得有利位置，其中一些人也将成为后来历次政治运动的推动者和参与者。在此过程中，更开放、更包容的新的中产阶级文化应运而生，而这也宣告以中产阶级文化为主体的美国主流文化开始向多元化方向迈进。

第九章　后现代消费主义话语体系与从众思维

20世纪六七十年代以后，西方社会逐渐步入后现代社会。20世纪50年代之后，美国在国际上处于冷战最严峻的时期，同时深陷越南战争泥沼，国内的民权运动、反战示威，以及各种权利运动也使各大城市不断陷入不间断的政治动荡之中。然而，美国不仅在科技上快速赶超苏联，继续维持其世界霸权地位，而且在经济上也依然保持了高速发展的态势。因此，消费主义作为一种生活方式、一种文化，甚至是一种意识形态的方式继续潜移默化地主宰着普通美国人，尤其是美国中产阶级的生活与思维和行为方式。

这一时期的美国文学也正式步入后现代主义文学阶段，出现了德里罗、罗斯、托马斯·品钦（Thomas Pyncheon）等一大批以后现代主义艺术理念为主要创作思想的作家。他们的作品既推动了文学创新，又以不同的方式反映和批判了美国后现代社会环境下以消费主义为主导的社会和文化现实，对这一时期美国人的生存状况进行了深刻探索。本章将结合后现代社会和消费主义生活方式的时代背景，对这一时期反映中产阶级生存的作家的作品进行深入研究，以探究该时期中产阶级文化的特质和变化轨迹。

第一节　后现代社会语境与消费主义话语体系

与20世纪20年代和50年代的消费主义分别注重商品本身以及

商品对社会地位彰显的作用不同，进入后现代社会后，消费主义的内涵开始包括更多的符号化成分，并与媒体和大众文化紧密相连。简单来说，消费主义是一种经济现象，同时也是一种文化现象和政治现象，是一种将经济和文化联系在一起的意识形态。消费主义的成功在于对人欲望的顺应。由于消费主义对经济增长有利，尽管知识界对其多有诟病，但它通常受到各国政府的默许。消费主义至今得以在世界各国蔓延得益于它的话语体系的普遍性、高效性、非强制性和易接受性，同时，该话语体系还有着很强的适应性和开放性。

一、大型购物中心与"限制工业化"过程

根据美国经济学家戈登对美国经济起落的研究，工业和科技在1870～1970这一百年间给人民生活带来了重大变革，这段时间的发明和工业制品，如电报、电灯、留声机、电冰箱、洗衣机、电视机，以及住房的自来水、下水道、煤气、电力等管网系统，铁路的四通八达，汽车的发明、普及，城市的公共交通等，使普通美国人的生活水平和生活质量得到了很大的提高，也使美国成为世界第一工业强国。然而，这一阶段到了20世纪70年代便已结束，其原因在于，前面提到的所有工业、科技产品都已经进入普通美国人的家庭，之后的科技发明创造，包括计算机以及互联网在内，虽然在一定程度上推动了美国经济的发展，但未曾给人们的生活质量带来很大的质的飞跃（戈登，2018）。到了20世纪70年代和80年代，美国经济进入了依靠人民更加细化的消费来获得发展动力的时期，因此，继20世纪20年代和50年代之后，消费主义生活方式便开始以一种更新型的模式在美国人的生活中占据主导地位。

到20世纪70年代，大型购物中心进一步发展和普及，这正是后现代消费文化发展的产物。20世纪初，购物中心开始出现。到20世纪50年代中期，小型商品一条街和大型综合商场已经遍布全美。这种新型的购物中心分布在市郊各大居民区附近，为了给这里的居民提供便利，它们一般都配有大型停车设施。它们对传统的市中心购物区

构成了严重的威胁。到 20 世纪 70 年代，这种商业模式已经日臻成熟。它们一般都具有几英亩的占地面积，同时配有餐厅、影院、溜冰场、保龄球馆、酒店、电子游戏厅等，此外还有喷泉、长椅、花卉树木和演出场所，以吸引顾客长时间停留。这些大型购物中心已经成为高度自足、精心过滤、系统管理，试图免除城市各种问题和烦恼的全新环境。它们拒绝酒吧、色情场所等入驻，并将流浪汉等不受欢迎的人士拒之门外，其安静、清洁、有序的环境吸引了大量的白人中产阶级消费者（布林克利，2009）。

消费主义生活方式和意识形态是通过消费主义话语体系来向公众传播的。消费主义话语体系是由商品制造商、媒体、广告商、名人或明星构成的，以商品为载体，以符号和概念为承载物。消费主义话语体系对受众的生活方式和意识形态的形成具有指导作用，而受众的需要和观点也左右着消费主义话语体系的内容和形式。

二、消费主义话语体系的建立

为了给受众提供文化消遣和视觉体验，吸引他们的眼球，媒体通过推出文化产品，此类产品包括新闻、影视、文学、音乐、脱口秀等，在满足人们求知欲和好奇心（猎奇心理）的同时，通过虚拟现实为受众提供一个逃避现实的机会。报纸杂志对公众人物的私生活进行跟踪报道，同时也不断打造明星和偶像等公众人物来作为受众的崇拜对象，以加强媒体对受众的吸引力。常用的方式为刊登公众人物在各种场合拍摄的照片和花边新闻，这通常涉及他们的个人隐私，以此来满足受众的窥探欲。以互联网新闻为例，媒体常常将新闻冠上耸人听闻的标题，以此来获得高点击率。这样做对明星、媒体和明星代言人都有益处：明星获得较高的曝光率，提高了自己的知名度和未来的片酬、代言费、出场费及各种收入，而他们的生活方式也成为公众竞相憧憬和模仿的样板；媒体则获得了更多人的关注，不仅提高了投放广告的能力，而且有机会对自身的经营方式进行细化，以更好地适应不同的社会群体，提高盈利能力；广告中的明星代言人对商品内在价值的符号化营造又使制造商提高了商品的档次和附加值，同时，明星代言人通过这些广告又提高了自己的曝光率和知名度。这样，明星、媒体、广告商、制造商形成了一个相互合作、相互依赖、看似牢不可破的商业联盟，进而打造出柔性但无处不在的消费主义话语体系。该话语体系通过影响人们对商品的选择而潜移默化地左右着人们的生活方式、思维方式和世界观。换句话说，消费主义话语体系不仅决定了人们要买什么，而且还告诉他们如何生活，为他们制定了生活目标，影响着他们对包括亲情、友情和爱情在内的社会关系处理方式，甚至对生命意义的理解。

三、消费主义话语体系的非强制性

多年来，欧美著名奢侈品公司一直牢牢地掌控着时尚世界，每年例行的几次时装发布会成为时装规则的制定大会。在此，这些公司都享受着至高无上的话语权。追求时尚的人群往往唯它们马首是瞻。然而，对其他人来说，这些公司只是一些名称而已，甚至在某些群体中鲜为人知。可见，消费主义话语体系至少是时尚话语体系影响的局限性。

消费主义话语不同于政治话语，并不是强加于人的话语体系，它只在一定范围内发生作用，只对那些自愿进入其势力范围的人，即对有消费意愿和消费能力的人产生影响。为了使更多的人能够自愿接受它的影响，消费主义话语体系在它有限的表达渠道中，如广告媒体、商店橱窗、影视作品等，以时尚的方式，通过视觉的冲击和形象的营造来吸引潜在的话语体系的接受者，即消费者。

同时，消费主义话语体系受其他话语体系的左右和控制，政治话语体系既可以对消费主义话语体系进行支持和弘扬，又可以对其进行抑制，甚至打压。当经济发展成为政治需要时，政治话语体系对它采取的是默许、宽容，甚至鼓励的态度。一些崇尚节俭的政治理念又可以对消费主义话语体系进行打压。传统文化与宗教话语体系对消费主义话语体系也有一定的影响力。

构成消费主义话语体系的基础是明星、媒体、广告商、制造商等组成的商业联盟，它们具有很强的易变性和脆弱性。其中的各个环节都会出于种种原因退出人的视野，并很快被人淡忘，例如：美国某些名人由于婚外恋和性乱触及了道德底线而被代言公司抛弃；平面媒体在包括新兴的互联网等其他媒体的冲击下，影响力逐渐萎缩；电视媒体中的任何栏目都无法永远吸引受众的视线，电视节目必须经常推陈出新，不断地改变形式和内容，来适应受众的需求。突发事件可以使一些媒体在很短时间内失去其影响力，甚至倒闭，例如，鲁珀特·默多克（Rupert Murdoch）的新闻集团由于涉及旗下包括《世界新闻报》（News of the World）在内的多家报社的窃听窃密事件而饱受公众的质疑。各媒体间相互渗透也是意在将自身的影响力最大化。广告商作为经营公司的淘汰率很高，而制造商也会因为经营不佳而减少广告投入。虽然作为整体，消费主义话语体系会一直存在下去，但商业联盟组成部分的易变性也会不可避免地反映到话语体系中。

作为受众来讲，虽然他们是消费主义话语体系的接受者，但他们的价值观和兴趣取向又时时刻刻影响着媒体等其他环节。他们可以对某种媒体中某个公众人物趋之若鹜，但如果这个媒体或个人与他们的取向相背离，他们会毫不犹豫地转到其他媒体和其他公众人物上，因此，他们是上帝。随着互联网等互动媒体的发展，受众在接受信息的同时，也是参与者，他们的反馈成为反映信息接受度的最重要指标，从这方面看，媒体被受众的观点左右。因此，为了生存，媒体、公众人物和广告都不得不尊重受众的价值观取向，迎合他们的趣味，以他们能够接受的方式来进行信息传播。但由于受众又接受媒体、公众人物和广告在生活方式方面的引导，后者在顺应受众需求大方向时，依然能够在一定范围内潜移默化地影响受众，影响他们的价值观和生活方式。

总之，消费主义话语体系实际上受多方因素的制约，在不停地进行自身调整，以适应各方面需求的变化。该话语体系的易变性也使传播新理念、新思维成为可能。例如，20世纪70年代以后以丰田品牌为代表的日产小排量节油汽车的销售、绿色健康食品的风行、简·方达（Jane Fonda）教授的塑身健体电视节目的普及、徒步旅行文化的兴起和耐克公司的脱颖而出等，都与消费主义话语体系的引导有着密切联系。

消费主义话语体系也受经济发展状况的影响和制约。在一个国家经济发展的上升期，社会结构中的向上流动性增强。富人消费模式在消费主义话语体系中被尊为生活方式的样板，富人消费的奢侈品成为中产阶级追逐的目标。在消费主义话语体系中，中产阶级作为最大的消费群体和重要的受众群体，出于对符号性消费的共同需要，认同感得到很大提高。一部分中产阶级通过自身的努力，通过消费富人消费的商品实现了自己过富人生活的梦想，由达斯汀·霍夫曼（Dustin Hoffman）和梅丽尔·斯特里普（Meryl Streep）主演，1979年上映的电影《克莱默夫妇》（*Kramer vs. Kramer*）将这一阶段中产阶级对物质生活和社会地位的追求和期盼以及伴随的问题彰显得淋漓尽致。在国家经济的停滞萧条期，社会结构中的向下流动性增强，一部分下中产阶级变成了下层阶级，消费品，特别是奢侈品的销量下降，消费主义话语体系便会塑造出中产阶级家庭节俭持家的形象而促进中低端消费品的销售。

四、消费主义与个人主义

个人主义导致了消费主义的诞生和发展，但同时又抑制了消费主义的过度发展。消费主义在一定意义上是个人主义与民主精神的延伸——在提倡权利平等的美国，对消费的追求成为每个人应有的政治权利，因为在消费面前任何社会阶层的成员都享受着平等的待遇，任何人的权利都不会被他人剥夺。任何美国人都可以通过消费以物质的方式将自身的价值观、自我意识和生活方式加以表现，可以说在某种程度上，消费主义为个人主义提供了一个新舞台。

首先，普通人选择的权利得到了前所未有的加强。消费社会中市场需求的极度扩大使众多的生产商能够推出大量不同的产品来供消者挑选。与物资紧缺的战争年代相比，消费者考虑的不是能否买到商品，而是要买哪一种。他们可以完全根据自己的消费能力、审美观和兴趣来选购不同的商品。

其次，消费主义话语体系由于具有非强制性，只能为消费者提供消费指南，除了那些少数的屈服于话语体系的人外，无法控制多数人的生活方式和思维方式。相反，消费者个人的反馈意见往往却能左右该话语体系的诸多环节，进而对整个话语体系产生影响。

最后，则是后现代文化对消费主义和享乐主义文化的消解。由于后现代文化对所有现行体系的冲击，人们更加注重个性的发展。麦克·费瑟斯通（Mike Featherstone）指出，后现代社会的消费者不再只寻求一种单一的自我形象，而倾向于寻求适合不同情境和心态的多种形象。为了获得多种形象，他们就必须去实现各种各样的"匹配"（Featherstone，1991）。

在后现代社会中，原有的二元对立关系受到了颠覆和消解，作为这些关系之一的个人与群体的关系也发生了变化。在传统社会中，群体为个人提供了生存机会和精神依托。群体作为主体，是控制方，往往主宰着作为被控制方的个人的命运，个人的自由度受到了不同程度的限制，一旦离开所在的群体，或被其抛弃，个人将面临严重的生存和认同问题。因此，个人的命运往往和群体的兴衰密不可分。后现代社会也是后工业化社会的代名词，在后现代社会中，由于科学技术的发展和社会进步，个人不再为了生存不得不依附于某一个群体，反之，群体再也无法强行限制个人对自己生活方式的选择自由。这一古老的人类二元对立关系开始发生变化，个人与群体的关系开始朝着平等的方向演变。

在这一演变中，个人主体意识的增强是新兴的个人与群体关系的最突出表现。个人主体意识的增强是后现代社会发展的产物，同时，个人主体意识也对文化产生潜移默化的影响。当代美国人越来越注重个人的内心感受，他们中的许多人不再像他们的父辈那样为了群体赋予他们的身份和安全感去牺牲个人利益而服从群体利益。社会发展和科技进步极大地增加了个人的流动性，不仅使他们接受教育的权利以及其他合法权益受到了保障，同时也不再受物理距离的约束。为了追求个人的生活目标，人们能根据自身的感觉和好恶自主选择他们的生活环境，因此群体对个人的约束力受到了空前的弱化。为了维系与成员之间的联系，在许多情况下群体不得不对个人进行迁就，迎合他们的好恶。这样做的结果是个人的主体性得到了不断的增强，而群体的主体性和主导地位受到了不断的削弱。

然而，这并不意味着群体对个体控制的终结。在当今社会，群体依然处于主导地位，只是它对个体的控制往往变得更加隐蔽、更加无形，更多的是以潜移默化的方式进行。早在20世纪60年代，马尔库塞就发现，在消费社会，作为保存自己私人空间的"内心自由"已经被现实所侵占和削弱。"大量生产和大量分配占据个人的全部身心，工业心理学已不再局限于工厂范围。在几乎机械的反应中，潜化的各种不同过程都好像僵化了。结果不是调整而是模仿：即个人同他的社会、进而同整个社会所达到的直接的一致化。"（马尔库塞，2008：10）在新闻媒体的灌输下，人只有选择的自由，而绝对的自由是不存在的。作为高校商学院系的重要课程，营销学和消费心理学对消费领域的现象进行科学系统的研究，目的是为商家找出向潜在消费者进行商品营销的最有效途径。如今，在商业领域，商家为顾客提供的服务趋于个性化，在满足顾客个性化需求的过程中进行盈利。靠出售硬件赚取丰厚利润的时代随着行业内竞争的不断激烈、劳动力成本的不断提高而逐渐一去不返，商家只有将硬件与软件服务集成配套产品来满足不同的顾客需要才能获取利润。同时，商家通过广告宣传对消费者进行消费行为引导，并对消费者进行潜移默化的影响，使消费者认为自己是新型生活方式的缔造者和领跑者，由此使产品在消费者心目中树立良好的形象。他们通过大量的广告投入，通过各种媒体不断地重复商品的品牌、广告语和商品的相关信息来强化对消费者的影响，最终实现对消费者决策的影响。虽然消费者有最终选择的权利，但是他们的选择对象往往会局限于在他们内心中业已概念化的那些品牌的产品。虽然不是所有人都会购买同一个品牌的产品，但每个有较大广告投入的品牌都会有自己的忠实用户，只是在数量上有所不同而已。

到了20世纪70年代和80年代，这些营销理念不仅用于消费领域，同时也被文化领域、宗教领域，甚至政治领域广泛采纳。在政治选举中，各政党通过在媒体投放广告和参加电视及网络辩论会的方式向选民宣传本党派的候选人，而竞选基金与选举结果有着重要的联系。具有雄厚资金的一方更能够增加己方选举的曝光度，能够宣传自身的纲领，以在选民中确立正面形象，同时也更能妖魔化对手，建立他们的负面形象。为了重视个人选民的反应，在选战过程中，各政党的竞选班子都会通过专业调查机构进行民意调查，根据调查结果来准备竞选策略，突出自身的长处，同时攻击对手的薄弱环节。在每次大选中，两党的候选人皆将经费的一大部分花费在广告费上，以及竞选者本人和竞选团队到各州进行造势的交通费、场地租赁费和各种费用上。

此外，人的主体意识从根本上讲一直由所受教育以及个人人生中的经验教训所左右。主体意识的增强有可能使人在精神层面追求的增加。由于科学技术的进步和社会文化的发展，后现代社会物质生活极大丰富。人们无须再像他们的父辈那样不得不将所有的精力用于维持家庭的温饱，他们在工作之余仍然会有精力来充实自己，追求精神上的享受。换句话说，当物质方面的成就不再能够给人们带来所期待的更多的愉悦感时，人们的注意力就有可能向精神追求的方向转移。不同的是，人们对精神的追求是自发的，出于自身的兴趣、利益和选择，虽然不排除外部因素的影响，但在一般情况下不受其控制，在实现精神追求的过程中，人们一直保留着高度的自主性。

在后现代社会出现之前，群体价值观和意识形态等体系一般由精英阶层制定，并通过由他们控制的话语体系和各种渠道，以自上而下的形式进行传播，以达到对社会其他阶层的教化和控制的目的。为了更好地实现这种教化和控制，维护自身的利益，精英阶层往往会以编织梦想的方式为其他阶层划定出一条在现行体制之中实现社会地位上升之路，并通过建立相关机制对那些顺从者进行褒奖，用他们的成功故事来激励他人。正如弗罗姆所言："似乎外在权威和内在权威在个人的生活中都不再扮演重要角色。人人都彻底'自由'了，只要不干涉他人的合法要求。但是，我们发现，权威并未消失，而是自己隐而不现。'匿名'权威取代了公开权威，实行统治。它装扮成常识、科学、心理健康、道德与舆论。它不言自明，根本不用发号施令，它仅仅靠温和的劝说，根本不用施加任何压力。"（弗罗姆，2007：114）同时，国家机器会被用来惩罚那些拒绝接受精英阶层所建立的各种体制的人，并通过有效方式对其他人进行吓阻，以达到强化这些体制的目的。

后现代社会为个人主体性提供了前所未有的发展空间，这是否意味着精英统治的结束？诚然，在一些人看来，后现代主义思潮似乎动摇，甚至摧毁了人类社会千百年来一直存在的社会秩序的方方面面，处于社会秩序顶端的精英阶层的地位会变得岌岌可危。但实际情况是，在人类社会发展的历史过程中，导致社会秩序失控的无政府状态从未在较大范围之内长时间持续，往往是经过社会内部的斗争或整合之后，社会秩序便得以恢复，只是其内涵已经发生了变化。在后现代社会，社会秩序在各种纷乱的表象下正在或已经完成了模式上的转变，其中个人主体性得到空前的彰显，新兴媒体使各阶层之间的互动更为便捷和频繁。虽然精英阶层依然掌控着社会的各个领域，但是来自其他阶层的声音能够比以往更大程度地对他们进行影响和监督，并迫使他们将社会体制朝着有利于实现这一目的的方向进行调整和改变。

因此，即使在后现代社会，美国社会依然是由精英阶层掌控的，但不同的是，他们的统治模式已经发生了重大改变。除了现存的教育体系，大众媒体，特别是以互联网为代表的新媒体，都成为精英阶层影响其他阶层判断力和选择权的主要途径。作为社会中的个体，他们的主体性不得不受教育体系和大众传媒潜移默化的影响，他们的认知能力、判断力和选择权也由于这些影响而变得程式化。那些个体认为的自身的选择实际上是在教育体系和媒体的共同作用下做出的，并不是个体自发和自主的思维过程结果。

　　由于害怕孤独，后现代社会的个体也会在某种程度上牺牲自身的主体性而换取所期待的安全感和归属感，而这种换取是在不过度影响自身主体性的前提下进行的，它与过去个体为了保全自身的安全和福利的被动屈从有着本质上的区别。

　　在对待不同观点的态度方面，似乎出现了两种不同的现象，一是采取宽容的态度，个体主体性的发挥得益于对个体不同身份认同和观点的多元化的宏观社会环境，作为社会环境组成部分的个体则也应该显现出对不同观点的容忍。如果个体单纯强调自身的主体性而忽略他人的话语权，就会出现第二种现象，那就是一些个体通过暴力和其他非正当手段剥夺他人表达观点的权利。

五、后现代消费文化对人的规训

　　上一小节提到弗罗姆对"匿名"权威的评述可以很好地解释后现代文化对人潜移默化的影响。它以白噪音的方式对人进行规训和濡化，使其就范于消费主义享乐文化。大众传媒所引发的人对死亡的恐惧使其更愿意及时行乐，更愿意去消费。同时，我们还可以根据瑞士心理学家让·皮亚杰（Jean Piaget）的"认知图式"的建立模式来理解后现代文化对人的影响。皮亚杰在其多部论著，特别是《儿童的语言与思维》（The Language and Thought of the Child）中指出，发展是个体在与环境不断的相互作用中的一种建构过程，其内部的心理结构是不断变化的，而所谓图式正是人们为了应对某一特定情境而产生的认知结构。在意识中，人们对世界万物，不论具体或抽象、有形或无形，都能通过学习或外部的灌输，形成对应的一系列概念性图式，其会作为认知单位储存在人脑之中，并随着人们从外部环境或自我学习过程中所获得的新知识和信息得到不断的充实和修正。图式中所含的因素包括事物的各种属性，形成人对万物知识的基本组成单位。与此同时，与这些事物相关的个人经历，以及他人向其描述或传授的经历也同样存储在图式之中。这些经历既包括正面的，也包括反面的，这些亲身经历或经他人传授的经历连同图式中的其他因素将直接参与到人对外部事物的判断之中，构成人的观点。当人们面对某一事物，便会自然调取大脑中储备的相应图式，图式中包含的信息可以帮助人们在短时间内针对这一事物形成判断和观点。同样，图式中还包括与事物相关问题的解决方法等。

20世纪80年代，后现代美国社会中的人们通常受到各种不同来源的潜移默化的影响。这些来源包括文化活动和商业活动。通过大众媒体获取信息已经成为文化活动和商业活动的重要组成部分，当代大众媒体在传播渠道和受众接受心理方面都有着深入的专业化研究，通常能保证准确、高效地吸引和培养目标受众。从宏观上看，当代大众媒体通过不断重复一些固定的模式潜移默化地培养受众的阅读和观赏习惯，将其变为人们生活的一部分；从微观上看，当代大众媒体能够在人们未察觉的情况下在人们形成的对世界万物的图式中慢慢植入其希望灌输的正面的或反面的因素，而这些因素最终能够左右人对事物的理解和判断。罗伯特·M. 恩特曼（Robert M. Entman）认为，如果人们在处理外来信息时所使用的图式本身受到媒体和其他文化因素的影响，如果人们能够接受理性劝说以外的那些偏重感情色彩信息的影响，那么最终控制人们的思维方式是可以做到的。而且在人们理解其他事件时，来自电视的信息最为常用（Entman，1989）。因此说，当代大众媒体对人们思维范式的形成具有"濡化"作用。当代大众媒体通过对受众的习惯的调查，掌握其思维和兴趣的范式，并在此基础上调整自身的内容和传播方式，改善自身形象，通过潜移默化的方式，去吸引和影响受众，以达到其目的和最佳效果。良好的收视率和发行量能够确保媒体赚取高额的广告费，而厂家和他们的广告商有机会用同样的"濡化"方式来推销他们的产品，并将他们的品牌形象以生活方式的形式成功地渗透到受众的图式中去。

乔治·戈尔博纳（George Gerbner）等美国大众媒体研究学者认为，电视是文化中最有影响力的因素，因为它向观众不断重复着神话与意识形态、事实与那些能够定义社会秩序并使之合法化的关系方式。根据这一培养理论，每天看电视会使人受到一种向心力的影响，这种力量最终使那些原本有着许多差异的观众群体在对一些概念和对现实的期待方面产生相同的看法（Gerbner et al.，1994）。以电视为主的媒体的建立、传播和对人们思维和行为主导地位的获得源于人们对死亡、饥荒、灾难和陌生环境的恐惧，除了宗教信仰外，人们还需要一种能在日常生活中提供稳定、可靠精神依托的范式，而媒体恰恰能够满足这一需求。媒体的运作方式，即范式的重复，很容易使人养成习惯并产生依赖。完成这一目的后，媒体便开始对受众进行理念灌输，灌输的方法同样利用了人们对死亡、灾难等的恐惧。大卫·L.阿什德（David L. Altheide）认为，许多新闻报道是经过一个过程制作出来的，这一过程反映娱乐节目的考虑和模式，推行的是所谓的"问题设计"（problem frame），它有助于将恐惧打造成新闻报道中的强势话语。由于新闻机构将新闻制作成可以销售的商品，它们以制造恐惧为目的，其结果造成人们不仅对恐惧耳濡目染，而且最终将其视为生存环境的重要组成部分（Altheide，1997）。因此，在媒体的操控下，后现代社会越来越由单向度思想来主宰。正如马尔库塞所言，单向度思想是由政策制订者及其新闻信息的提供者系统推进的。他们的论域充满自我生效的假设，这些被垄断的假设不断重复，最后标出令人昏昏欲睡的定义和命令。

同样，居伊·德波（Guy Debord）在他的《景观社会》（*La Société du Spectacle*）中对被资本操纵的消费主义生活方式也进行了批判。他认为："在现代生产条件无所不在的社会，生活本身展现为景观（spectacles）的庞大堆聚。直接存在的一切全都转化为一个表象。"（德波，2006：3）路德维希·费尔巴哈（Ludwig Feuerbach）判断的他那个时代的"符号胜于物体，副本胜于原本，幻想胜于现实"的事实被这个景观的世纪彻底证实（德波，2006：130）。人们因为对景观的迷入而丧失对本真生活的渴望和要求，而资本家则通过大众媒体依靠控制景观的生存和变换来操控整个社会生活。张一兵在《景观社会》的代译序中对德波的理论进行了进一步梳理，他认为德波的理论体系包含以下内容：首先，景观是指少数人演出、多数人默默观赏的某种表演。所谓少数人是指那些作为幕后操控者的资本家，他们制造了充斥当今全部生活的景观性演出；多数人指的是那些被支配的观众。他们在"一种痴迷和惊诧的全神贯注状态"中沉醉地观赏着"少数人"制造和操控的景观性演出。其次，景观并不是一种外在的强制手段，它既不是暴力性的政治意识形态，也不是商业过程中看得见的强买强卖，而是"在直接的暴力之外将潜在的具有政治的、批判的和创造性能力的人类归属于思想和行动的边缘的所有方法和手段"（德波，2006：11）。虽然从表面上看，景观不具有干涉效应，但却能够在不干预中实现隐性控制，这才是对人的最为深刻的奴役。最后，在景观所造成的广泛的"娱乐"的迷惑之下，大多数人将彻底偏离自己本真的批判性和创造性，沦为景观控制的奴隶。由此可见，与鲍德里亚、马尔库塞等相同，德波一针见血地指出貌似为大众提供了近乎无限自由选择空间的消费主义生活方式，实际上只是资本家和社会精英手中控制的玩偶，大众无时无刻不围着资本家和社会精英的利益和权欲的指挥棒翩翩起舞，陶醉于灯红酒绿、纸醉金迷的物质享受中，同时错误地认为自己的行动和思维都在自身的掌控之中。

本节通过后现代社会及消费主义文化的实质、话语体系、权力机制，揭示了消费社会的符号性和单一性，以及对消费者生存的影响。后文将通过德里罗、厄普代克的作品文本对后现代社会及消费主义生活方式对普通美国人，尤其是中产阶级的生活方式的控制和影响的分析，探索后现代社会中产阶级文化的现状和发展趋势。

第二节 唐·德里罗与《白噪音》

《白噪音》是美国后现代作家德里罗的成名之作。在被称作"死亡之书"的《白噪音》中，德里罗不但探索了死亡这一永恒的文学主题，而且还对后现代社会中的大众传媒和消费主义生活方式两大主题进行了颇具独到之处的讨论。

国外的研究一般集中在该小说中表现出的后现代主义风格、现代主义因素，以及其中包含的消费主义拟真与拟像方面。国内的研究也大多聚焦于该小说对消费主义文化的批判方面。综上所述，目前国内外对该小说的三大主题的研究大多分散进行，对它们之间的因果关系则鲜有涉及。从人类认知的角度出发，在《白噪音》的三大主题——大众传媒、死亡恐惧和消费主义生活方式之间建立起有机的联系能够更好地使作者的创作思想统一起来，将这三个主题看成一个有机的整体，即大众传媒利用受众的猎奇心理热衷于对灾害、战争和死亡进行报道，此举虽然提高了收视率，但也最终使人认为死亡无处不在而陷入恐惧之中。超市和购物中心作为后现代社会的另一产物，向人们提供一种象征着稳定和秩序的事物、人们可以用来排解烦恼和恐惧的食品以及其他消费品的可靠来源，以此来揭示后现代社会对人们认知图式建立的影响与控制如同白噪音一样无所不在，以行之有效、潜移默化的方式改变着人们，塑造着人们的思想，控制着人们的行为。

一、大众传媒的恐惧营造

大众传媒不仅仅致力于控制人的思维方式，而且通过不停重复将商品符号深深地嵌入人们的潜意识之中，例如，小说中女主人公芭比特（Babette）的女儿斯泰菲（Steiffi）会在睡梦中不停地呼喊"丰田赛利卡卡"（Toyota, Celica）等商标名，这无疑体现了德里罗对以大众传媒，尤其是电视为传播途径的商品广告诱导人消费，甚至会潜移默化地影响和构建人们的文化图式和思维模式的担忧。在该小说中更能够反映死亡主题的是大众媒体，即电视和报纸，它们都在利用人们的猎奇心理在新闻报道中加入大量的与灾难、战争和死亡相关的内容，以操控受众的注意力，增加收视率，最大限度地吸引广告，使经济效益最大化。对一般受众来说，灾难、战争和死亡虽然存在，但离自己很遥远。大众传媒会使受众将生活在遥远地方的人们的痛苦和死亡作为自己的娱乐内容，将其视为"非常好玩"。对此，男主人公杰克·格拉迪尼（Jack Gladney）的同事拉舍（Lasher）认为，人们精神苦闷，所以偶尔需要一个灾难来打破持续不断的信息轰炸，人们整天处在由词汇、数字、事实、照片、手绘图片、统计资料、斑迹、波、微粒、尘埃组成的永恒流动的信息之中，只有灾难会吸引人们的注意力。人们想到它们，需要它们，依赖它们——只要它们在别处发生。人们之所以能够在灾难面前麻木不仁，甚至觉得好玩，是因为在他们看来，由于其自身的劣行，受害人活该遭受任何一种灾难。一旦这些灾难、战争和死亡发生在自己身边时，他们就会岌岌自危，恐惧心理无时无刻不让人们意识到死亡近在咫尺。媒体对科技知识的普及使人们更清楚自身所面临的危险，世界各地所发生灾难的报道在第一时间会通过电视直播使人们身临其境，但同时也使人们生活在恐惧之中："新闻节目里每天都报道一桩有毒物质的泄漏事故：致癌溶液从贮罐外溢，砷从烟囱冒出，放射污染的废水从发电厂排放。"（德里罗，2013：189）这些负面新闻使人们不免感到"科学的进步越巨大，恐惧越原始"（德里罗，2013：176）。

由于大众媒体拉近了人们与死亡的距离，格拉迪尼每天都生活在对死亡的恐惧之中。他将自己的大部分精力投入到对阿道夫·希特勒（Adolf Hitler）的研究中去，这项研究也使他不时对死亡这一主题进行探索和思考，其间也不免将自己的感受纳入其中。他在看报纸上的讣告时，总是将死者的年龄和自己的比较，以算出自己可能余下的寿命。他在深夜经常被噩梦惊醒，同时会发现自己被冷汗浸湿，能使他慰藉的就是感觉到旁边妻子芭比特的体温。在格拉迪尼眼中，芭比特高大健壮，喜欢运动，她头发蓬乱，"具有某种大人物漫不经心的庄严，这种人物专注于大事业，以至于不了解或无暇顾及自己的外表"（德里罗，2013：5），几乎总是"有条不紊地、熟练地、似乎轻松地做着各种事情，一点儿不像我的前任妻子们"（德里罗，2013：6）。这一点给了男主人公很强的安全感。

然而，由于工作的特殊性，芭比特必须与老年人接触，整日目睹的是那些行将就木的人们在死亡将要来临时显现出的恐惧和挣扎。与死亡的近距离接触不免使喜爱锻炼的她仍然能听到死神的脚步离她越来越近。与丈夫不同，芭比特把对死亡的恐惧深藏在心里而得不到排解，最终不得不出卖身体来换取抵抗死亡恐惧的神药"戴乐"（Dyler）。因此，芭比特才是该小说中最害怕死亡的人物。

对《白噪音》中的人物来说，他们将死亡作为一个严肃的学术问题来探讨的初衷是使他们自己能够理性面对死亡，而实际上却一步步加深了他们对死亡的恐惧，对历史人物生死观和异域文化的追溯和研究也无法帮助他们摆脱后现代社会大众媒体在他们潜意识中植入的对人生的悲观态度。格拉迪尼对于中世纪那位在欧洲不停四处征战的匈奴王阿提拉（Attila）整日面临死亡的威胁却能够泰然自若而深感敬佩："他不会说：'那只可怜的满身跳蚤的畜牲，其实胜过最伟大的人类统治者。它不知道我们之所知，它没有感觉到我们之所感觉，它不会像我们一样发愁。'"（德里罗，2013：111）格拉迪尼的同事默里（Murray）更是将死亡作为自己研究的内容，对死亡有着独到的见解。默里认为死亡并不可怕，死亡只是人们一次生命结束和另一次生命开始前的一段等待时期。他也喜欢光顾超市，认为那里可以从精神上充实和装备人类，似乎是通往来世的一个路口和路径。当默里在超市与芭比特不期而遇，他就开始对死亡的话题高谈阔论，同时也意在宽慰芭比特。默里的话丝毫未能解除芭比特对"戴乐"的依赖，因为芭比特对死亡的恐惧已经深深植入到她的潜意识中去了。

二、死亡恐惧与消费主义的抚慰功能

在前面几章中讲过，地位意识导致中产阶级的从众思想和行为，而对消费主义生活方式的顺应和追求更是这种从众思维的集中表现。在该小说的一开始，德里罗便把读者带入了他工作的校园，尽管这个校园位置偏僻，但依然是一个充满各类商品的消费社会：

    旅行车的车顶上满载着各种各样的物品，小心地绑着的手提箱里塞满了厚薄衣服；盒子里装着毛毯、鞋子、皮靴、文具书籍、床单、枕头和被子；有卷起的小地毯和睡袋；有自行车、雪橇板、帆布背包、英式和西部牛仔式的马鞍、充了气的筏子。当车子减速缓行并终于停下时，大学生们立即跳下车，冲到后面的车门，开始卸车内的东西：立体音响、收音机、个人电脑；小冰箱和小拼桌；唱片盒和音带盒；吹风机和烫发夹；网球拍、足球、冰球和曲棍球杆、弓和箭；管制物品、避孕药丸和器具；还有形形色色仍然装在购物袋里的小吃——葱蒜味土豆片、辣味干酪玉米片、焦糖奶油小馅饼、名叫华夫洛和卡布姆的早餐食品、水果软糖和奶油爆米花；达姆汽水和"神秘"薄荷糖。（德里罗，2013：3）

即使学校坐落在远离大城市的小镇上，发达的公路系统和私家车，尤其是大容量的旅行车，也使它难以逃离消费主义生活方式的影像。青年学生在踏上人生之路之前便已经对消费主义生活方式产生依赖，在父母为他们营造的物质世界里享受他们的自由和个性。然而，这种自由和个性因为建立在各种消费品的基础之上，也使这些青年学生被束缚在物质之上，并使他们为了维持这种富足的生活不得不依附和顺从于当时的消费社会规范。不久，这些青年学生将变成像他们父母那样的善于顺应时代规范的千人一面、毫无个性可言的中产阶级。以下是格拉迪尼在过去 21 年中作为一名教授在每年 9 月学校开学时都会看到的场景。每年见面后，学生们都会吹嘘自己在假期如何"无法无天地寻欢作乐"（德里罗，2013：3-4）。他们的父母则站在汽车旁，从各个方面看着他们自己的形象。书中感叹道："他们是一群思想上相仿和精神上相连的人，一样的民族，一样的国民。"（德里罗，2013：4）

对消费品的追随决定了美国中产阶级对大众媒体所提供的广告信息的依赖，从而成为它们的操控对象。这一点也是德里罗与其他作家在批评消费主义生活方式方面的不同之处。德里罗通过描述消费社会营造的幻象，对造成这一后现代社会特有现象的起因进行了揭露和批判，不能不说他已经跳出了以往的思维定式而将这种文化批评推向深处。

消费主义不但能为中产阶级的从众思维提供一个绝佳的自我实现途径，而且还可以作为一种抚慰他们对死亡恐惧的内心的有效手段。在德里罗看来，后现代社会中的大众媒体对受众的信息轰炸进行思维控制，这使人们对死亡这一概念有了更多的接触和思考，使其中一些人整日生活在对死亡的恐惧之中。为了抵抗这种恐惧心理，人们会求助于古老的生物本能，通过享受生活、满足自己的官能来暂时忘却死神的临近。在《白噪音》中，人们会通过进食来忘却自己的担忧和恐惧："日子不好过的时候，人们就觉得必须大吃大喝。于是，铁匠镇上到处是肥胖的成人和儿童，个个有粗短的大腿，穿着肥大的裤子，摇摇摆摆地蹒跚而过。他们费力地从小汽车里钻出来。他们穿运动衫，全家一块儿外出跑步。他们脑满肠肥地招摇过市。他们在商店里、在汽车里、在停车场上吃，在大树底下吃，排队等公共汽车和买电影票时也吃。"（德里罗，2013：14）超市成了人们食物的重要来源，因此具有了超乎其实际功能的深层含义。

鲍德里亚认为，消费是用某种编码及某种与此编码相适应的竞争性合作的无意识纪律来驯化他们（中产阶级）；这不是取消便利，相反是让他们进入游戏规则。这样，消费才能只身取代一切意识形态，并同时只身负担起整个社会的一体化，就像原始社会的等级或宗教礼仪所做到的那样（鲍德里亚，2014）。大众媒体是后现代社会普及和维持消费主义生活方式的决定性因素。通过对受众的濡化，大众媒体将消费品的品牌作为消费文化的一部分深深植入受众的潜意识中，消费主义生活方式中最具代表性的行为莫过于随心所欲地购物了。在《白噪音》中，主要人物的购物行为可以被理解为深层次上人与死亡和对死亡地恐惧的抗争中的重要一环。超市为人们抗击和忘却死亡提供了机会。在《白噪音》中，家庭作为一个群体，为其成员，特别是男女主人公，提供了一个通过承担责任和义务来逃避死亡恐惧的机会。外出购物这平常的家庭活动为男女主人公提供了一种心理上的安慰。

每次购物，芭比特都会购买过多的商品，回家后塞到冰箱中，部分食品最后会变质。然而下一次，芭比特依然会继续买那些他们吃不完的食物，似乎只有这样才能获得内心的平静和满足。曾受高雅的现代主义文化熏陶的格拉迪尼在对人生价值等严肃问题进行认真思考的同时，也难以避开消费主义生活方式的影响，与家人购物能给他带来愉悦的感觉。他似乎觉得自己和芭比特所买的一大堆品种繁多的东西、装得满满的袋子，表明了他们家庭生活的富足："看看这重量、体积和数量，这些熟悉的包装设计和生动的说明文字，巨大的体积，带有荧光闪彩售货标签的特价家庭用大包装货物，我们感到昌盛繁荣；这些产品给我们灵魂深处的安乐窝带来安全感和满足——好像我们已经成就了一种生存的充实，那是缺衣少食、不敢奢望的人们无法体会的，他们黄昏时分还在孤零零的人行道上算计着自己的生活。"（德里罗，2013：21）

这种心理还延伸至格拉迪尼对其他商品的消费方面，"为购买而购买"（德里罗，2013：93）所带来的喜悦之情使他暂时忘却焦虑和烦恼，充分享受消费主义生活方式赋予的貌似浅薄但又不可替代的娱乐与慰藉，以及转瞬即逝的那种对生命的控制感。

于是，购物使格拉迪尼一家短时间内摆脱了负面的电视节目和新闻报道引发的恐惧，同时会用更多的时间从电视和其他媒体那里获得所需的商品信息，以不断地获得物质追求所伴随的欣喜和宽慰。

德里罗笔下的超市代表着稳定可靠的秩序，和电视、电台一样可以向人们提供一种抵御恐惧的心理依靠。它们对人们的影响无处不在，以白噪音的方式潜移默化地影响着人们的行为和思维方式。超市的出现使城镇居民无须再为饥荒担忧，但许多人依然会采购过多的食物。这种行为不仅仅是消费社会的影响，也可能源自人类古老的对饥荒的恐惧以及由此引发的囤积行为。超市代表着一种不但物质丰富，而且有序可靠的生活范式，这种范式的建立可以使人们远离对饥饿的恐惧，同时也能使人们获得安全感，超市是人们面临威胁时首先要去的地方之一，它能够为人们抵御威胁、储备必要的物资提供条件。久而久之，超市也会在人的头脑中构建一个固化的范式，其中不但包含商品，而且包括货架的摆放位置。因此，一旦其中任何因素产生变化，如货架和商品摆放的位置，也会给人，特别是老年人，带来困惑和不安：

> 超市货架被重新摆过了。这发生在某一天，事先却未有预告。过道里弥漫着焦躁不安和惊慌失措，老年顾客的面孔上可见沮丧惊愕。他们行走时神志恍惚，时而止步、时而前进；衣冠楚楚的小堆人群在过道里发呆，试图弄明白货架摆放的格局，搞清楚其中的逻辑，试图回忆他们是在哪儿见到过麦酪。他们觉得没有什么理由需要重新摆放货架，也发现不了其中有什么意思。
> （德里罗，2013：358）

在该小说中，格拉迪尼一家将超市购物视作一个全体家庭成员参与的重要事件，他们在货架之间穿行，被琳琅满目的商品所诱惑，仿佛置身于一个物质丰富的海洋之中。然而，这种似乎无处不在的后现代社会产物竟如此不可靠，它们社会功能的正常发挥依赖于平稳的社会秩序和安全的自然环境，一旦社会秩序遭到破坏，自然环境中出现灾难，它们的功能就会突然消失，同时它们使人失去业已形成的心理依靠，不得不直面恐惧，甚至死亡的威胁。

"戴乐"的出现则把消费主义文化推到极致——通过消费这一后现代社会的高科技产品，人们可以克服对死亡与生俱来的恐惧。但具有讽刺意味的是，芭比特为了获得"戴乐"却给自己的女儿和丈夫带来了无端的忧虑和恐惧，甚至面临失去家庭的危险，而家庭却是能够为她提供最多抚慰的地方。"戴乐"和电视等媒体一样，在危难时刻人们最需要它的时候，它却毫无效用。那位"戴乐"的发明者格雷（Gray）先生面对格拉迪尼的枪口大把吞下这种高科技药片，但丝毫无法缓解自己心中的恐惧，反而是要杀他的格拉迪尼最终拯救了他的生命。

在《白噪音》中，德里罗揭示了在后现代社会大众媒体潜移默化的影响之下中产阶级生活方式所发生的异化现象，以及由此给人们带来的焦虑、迷茫和恐惧。与此同时，他也对美国后工业社会下社会精英通过大众传媒对大众实施控制进行了批判。在这一点上，德里罗与马尔库塞、鲍德里亚、德波等人所持的观点相同。《白噪音》不但忠实地记录了20世纪80年代美国进入后现代、后工业社会后，消费主义生活方式大行其道的现象，而且从中我们可以看到德里罗对资本家和社会文化精英通过大众传媒对美国民众进行潜移默化的影响的揭露。在后现代社会，人们或许可以通过高科技手段来发明抵御死亡恐惧的灵丹妙药，但却无法从根本上解决大众媒体主导的后现代文化给人们带来的焦虑、迷茫，无法阻止大众传媒通过利用人们对死亡的天然恐惧来达到其经济利益最大化的图谋，更无法阻止资本家和社会文化精英对沉默的大多数的精神操控。因为人们实际上已经习惯了这种信息轰炸和思维控制，缺少了这些，人们会像超市里的那些老人一样，因发现自己熟悉的货架和商品被人挪动后而感到彷徨、失落和不知所措。这种精神操控已然被美国人内化，成为社会规范的代名词和他们人生追随的目标。

第三节　约翰·厄普代克与《兔子富了》和《兔子安息》

在《兔子，跑吧》《兔子回家》出版之后，厄普代克相继出版了兔子四部曲的后两部，即《兔子富了》和《兔子安息》（Rabbit at Rest），继续着他对兔子这个普普通通的美国中产阶级的家庭生活的描写，以作为20年美国政治文化变迁的忠实写照。如第八章第四节所言，作为一位主流作家的厄普代克一直以来以一种近乎白描的方式，将美国中产阶级在社会变革面前的从手足无措到泰然处之再到积极拥趸这一转变过程刻画得淋漓尽致。这两部作品和厄普代克的其他作品一样，为读者和研究者提供了了解20世纪70年代和80年代美国社会变化的一个难能可贵的途径，同时，也为了解21世纪的美国社会奠定了基础。

一、《兔子富了》

与《兔子,跑吧》一样,《兔子富了》是厄普代克的代表作之一,是 1982 年普利策文学奖获奖作品。与前两部兔子小说相同,《兔子富了》又一次忠实地记录了 20 世纪 70 年代末美国在中东石油危机、伊朗人质危机影响下的人生百态,同时也更直接、更具体地描写了中产阶级生活方式的方方面面。其中,中产阶级对消费主义生活方式的过度追求所导致的物化现象和群体认同值得我们进行认真的分析和研究,这可使我们在更好地理解厄普代克作品的同时,也能更深入地了解中产阶级的从众生活方式和价值观以及其中存在的问题。

(一)物化的社会地位

在《兔子富了》中,厄普代克一改前两部的文风,不再讨论宗教、政治,转而对美国中产阶级高度物化的生活方式进行了逼真的描写。该小说中不仅充满了物化现象,而且人物之间也是赤裸裸的物化关系,他们的生活也被物质追求所主宰。小说向读者展现出一个富足的中产阶级物质世界,其中包含汽车、日用品、服装、食品的数十个品牌的商品及装饰豪华的住宅等。小说所描写的内容更像刘易斯笔下《巴比特》中的景象。与被卷入政治漩涡的巴比特的经历不同,美国人在经历了动荡的 20 世纪六七十年代后,重新把人生的追求目标物质化。年轻一代的巴比特们不再空谈政治,而是从政治事件的讨论中嗅出潜在的经济利益。在该小说中,曾对宗教信仰有着浓厚兴趣的哈里不再谈论上帝。对他来说,"上帝已经变成了被人丢弃在汽车座位下的一枚干瘪的葡萄干"(Updike,1981:365)。哈里和他的朋友们还像以前那样大谈政治,但目的是分析那些政治事件,如伊朗人质危机,是否能引起商品市场的波动,是否能使他们在贵重金属投机等方面获利。哈里在莫奇特(Murkett)的建议下投机黄金,在此,厄普代克有意安排了兔子购买了 15 枚南非金币的情节。当时国际社会已经对奉行种族隔离制度的南非政府进行了经济制裁,而兔子此举表现出他唯利是图、置正义于不顾的心态。

此外,《兔子富了》的一个非常明显的主题就是哈里和其子纳尔逊之间的激烈冲突。在厄普代克的笔下,这种冲突有着鲜明的"恋母仇父"的色彩。但实质上,这种冲突包含着对物权的追求,即对汽车专卖店的控制权的争夺。哈里在纳尔逊在外求学期间,过着舒适富足的生活。在家里,他成了一家之主,作为家里唯一的男人,每天都会坐在其岳父斯普林格(Springer)生前坐过的象征着权力的沙发椅上;在公司,昔日的情敌斯塔夫罗斯成了他的下属,和其他员工一起忠心耿耿地工作着,哈里在办公室的墙上挂着他中学时期作为篮球明星的照片。哈里俨然有一种国王的感觉,经常得意地环视着他的领地。然而这一切都随着纳尔逊中途辍学回家而终结。哈里认为纳尔逊对他的家长地位形成了极大的威胁,而简妮丝和她的母亲斯普林格太太强烈要求哈里把纳尔逊安排到专卖店工作更加重了他的担忧。这两个女人拥有公司所有的股份,而纳尔逊又是公司的合法继承人。如此窘境才使哈里极力阻挠纳尔逊的加入。纳尔逊在有意无意之间毁坏了数辆哈里视为财富的汽车,以物化的方式来报复他父亲的无情无义。哈里为了对抗家庭的其他成员,幸灾乐祸地看着纳尔逊一次次地犯错误,而这些错误以物化的方式出现给公司带来了重大损失。最后,纳尔逊自己由于难以承担公司和家庭的双重负担离家出走,父子间的争斗宣告结束。哈里是这场俄狄浦斯式冲突的胜利者,他夺回了自己的物权,重新统治自己一度失去的赚取财富的领地。

(二)物化的性与婚姻关系

在物化现象方面,厄普代克探索得非常深入。他不仅涉及了作为物化符号的商品、服务和物权,而且还对婚姻关系与性的物化现象进行了描写。《兔子富了》的另一主题则更能深刻地反映厄普代克的创作理念和宗教思想,这个主题是兔子对性作为物化符号的崇拜。在《兔子,跑吧》中,哈里非常滑稽地将自己的性冲动与上帝和宗教联系在一起。同时,他还不厌其烦地与牧师埃克尔斯(Eccles)谈论宗教问题,并试图从其中找到生命的意义。然而,在《兔子富了》中,哈里的性几乎等同于物质和金钱，其力比多的原动力来自他的物欲。哈里夫妇经常在讨论与消费品和金钱有关的话题过程中产生性冲动。最具讽刺意义的一幕就是哈里在做爱时将当天兑换的15枚南非金币悉数放在简妮丝的身体上。与此同时，哈里还暗恋着莫奇特之妻辛迪（Cindy）。但正像赛玛（Thelma）说的那样，哈里羡慕莫奇特既富有又高雅的生活方式，喜欢其包括下沉式的会客厅和印有卡通人物形象的卫生纸在内的许多物品，由此爱屋及乌地喜欢上了辛迪。在莫奇特家做客时，哈里偷窥莫奇特夫妇的私人用品和私密照片，梦想着自己也能够得到莫奇特拥有的一切。哈里对辛迪的这种情感实际上也是源自对金钱的爱。在他的物质主义追求过程中，莫奇特是他的导师和上帝，同时莫奇特所拥有的一切也成为哈里梦寐以求的目标。

物质和金钱同样也成了哈里夫妇婚姻的纽带。对哈里来说，简妮丝是一个钱袋，让他热爱和崇拜。没有简妮丝，他就会失去所有的一切："依旧如此，他不能不喜欢这个长着棕色眼睛的女人，到五月，她做妻子就有23个年头了。他是因为她继承的遗产才有今天的富裕，这种默契很像某种形式的性一样将他俩牢牢地绑在一起。这种关系使他既感到舒服，同时又觉得靠不住。"（Updike, 1981: 39）哈里接受了莫奇特的劝告，将持有的金币换成银币，来期待银价的攀升而获利。因为要把兑换好的银币从兑换处送到银行的保险箱，哈里和简妮丝需要走三个街区。他们提着沉重的装满银币的皮箱走在布鲁厄市的大街上，因为担心遭遇抢劫，他们觉得周围的人忽然间看上去都像强盗。不无讽刺意味的是，这使他们在冬日里仍不免汗流浃背，相互紧紧地依偎在一起，保护物质财产的共同利益使他们感到前所未有的亲近。

对物质财富的拥有所导致的人与人之间的权力控制在《兔子富了》中也体现得淋漓尽致。在该小说中，简妮丝的母亲——斯普林格太太虽然是位年事已高、深居简出的老妇人，但因手中掌握着汽车专卖店一半的股权，对是否应该安排尚无任何经验的纳尔逊接替斯塔夫罗斯二手车业务主管的位置横加干涉，并一再向哈里宣示自己对专卖店的控制权。此外，多年来哈里不得不寄宿在岳母的大房子里，虽然岳父死后，他多少有一些一家之主的感觉，但总不免感到寄人篱下之苦。至此，拥有一幢高尚社区的住房，使兔子达到了作为成功人士的最后一项指标。从此，哈里开始享受他的新房、他对多辆汽车的拥有权、他总经理的职位、他的股权、他的飞鹰俱乐部成员资格、他与富人朋友的友谊、他篮球明星的过去。哈里在这一充斥着各种象征着地位的符号世界里享受着物质财富带来的欢愉。

（三）物化生活方式背后的道德信仰缺失

在《兔子富了》中，厄普代克同样也描述了中产阶级物化生活方式背后道德信仰的缺失以及与富足的物质生活相随的虚无和堕落。在该小说接近尾声时，哈里和简妮丝与他们飞鹰俱乐部的朋友们一起到加勒比旅游。对从未到过国外的哈里来说，这远非一般意义上的旅行，它不但意味着对新奇事物的探索，也是彰显他作为一个富人的社会地位的重要方式。此次旅行也为他实现自己心存已久的对辛迪的非分之想提供了可能。正如他所预料的，他确实得到了与辛迪单独出海的机会，这使他兴奋不已。当他面对辛迪的丈夫、他的投资引路人和好朋友时，竟然没有为这种想法感到丝毫的愧疚。为了寻求刺激，三对夫妇玩起了换妻游戏。为了满足欲望，所有人都彻底抛弃了平日在俱乐部里戴着的那种温文尔雅、礼貌贤淑的虚伪面具。在换妻游戏中，哈里的一夜伴侣是赛玛，他吃惊地发现赛玛一直对自己存有爱慕之情。在后来对他们性爱过程的描写中，厄普代克以高超的手法，再度重现了他在该小说中似乎一直被弱化的主题，即他擅长的宗教信仰主题。哈里在和赛玛尝试探索新的性交方式的过程中体验到了快感，但同时哈里也在赛玛身体中感受到了"黑匣子"。在此处，这个"黑匣子"象征着虚无、黑暗和死亡，象征着一个魔鬼的世界，这使哈里感受到对死亡的恐惧。通过这一充满争议的象征性描写手法，厄普代克向读者展示了中产阶级在享受富足的物质生活的同时心灵上却备感空虚。为了填补这样的空虚，他们抛弃传统道德和信仰去标新立异、寻求刺激，试图以此使他们的生命意义得到提升。然而，如此追求的结果只能使他们倍加迷茫。

（四）物化导致的社会等级现象和从众行为

物化现象是中产阶级消费主义生活方式的必然结果，它渗透到中产阶级生活的方方面面。卢卡奇（György Lukács）认为，物化就是将人自己的活动、人自己的劳动，作为某种客观的东西，物化是某种不依赖于人的东西、某种通过异于人的自律性来控制人的东西，同人相对立。因此，物化的本质就是人与人的关系表现为物与物的关系，人的创造物反而支配、控制着人。根据卢卡奇的观点，"物化意识"就是物化结构深入到人的意识里。它的表现是合理性和可计算性，实质是把一切社会现象当作物来看待。因此，卢卡奇得出结论：在直接商品关系中隐藏的人们相互之间以及人们同满足自己现实需要的真正客体之间的关系逐渐变得无法觉察和无法辨认了，所以这些关系必然成为物化社会意识的真正代表。他认为，在资本主义社会，商品拜物教变成了一张无形之网，将人与人之间的社会关系颠倒为物与物即商品与商品之间的关系（卢卡奇，1999）。

在批判哈里们的消费主义生活方式方面，卢卡奇的物化理论有助于我们理解美国中产阶级的经济生活和文化生活，我们对物化对象的内涵也可以进行相应的扩展。物化使人们的无形资产，即社会地位、经济实力、收入水平、受教育程度，以及所掌握的社会资源等，都可以通过所购买和拥有的商品和服务反映出来。物化过程是人们主动通过购买与其身份相符的商品和服务的方式完成的，目的在于将其本身所拥有的无形资产与资源有形化。虽然物化方式和程度有国度和地区之间的差别，但物化本身通常可在不同程度上被人们所在的社会和社会集团所默认和接受。物化使商品和服务具有了反映人们的社会地位、经济实力、受教育程度、文化素养和生活品位的属性，从而使商品和服务成为反映这些无形资产的有形符号。这样，购买和拥有商品和服务层次的不同便能够反映出无形资产的不同（凡勃伦，1964）。

社会经济文化地位的改善往往导致人所拥有的商品和服务的升级换代，反之则可以从这些商品和服务价格层次的下降反映出来。美国学者保罗·福塞尔（Paul Fussell）对美国社会的等级现象和中产阶级的等级意识做了无情的解剖：一方面，中产阶级不愿意谈论社会等级的话题；另一方面，恰恰是这些人对社会等级高度敏感。在住房、着装、饮食、运动、旅游、言谈等方面，中产阶级的人们总是要极力向别人展示自己的品位，他们生怕被别人当作下层阶级的一分子，被人看作不入流（福塞尔，1998）。这样，人们通过购买和拥有不同的商品和服务便可以向他人彰显自己，商品服务价格的高低直接反映出拥有它们的人的社会地位、经济能力、文化修养以及其他无形资产。

综上所述，对物质的追求已经成为中产阶级社会生活的重要组成部分，而出于对同一目标的追求促使他们形成具有本阶级特色的社会团体，这些团体包括行业协会、乡间俱乐部等具有固定形式的组织，同时也会形成形式并不固定的社交圈。成为这些群体的成员往往会被视为自身社会地位的象征，这些不同群体形成的同时也会促使与其相对应的群体规范的形成。群体规范自然也会成为衡量中产阶级人生成就、家庭状况，以及言行举止的社会规范之一。

对于生活在 20 世纪 70 年代末的哈里来说，放弃无果的精神追求，不但理清了自己的人生目标，而且还能够和其他富人们一样，因抢得了时代赋予的先机，事业朝气蓬勃；同时，还能有如此之多的志同道合的中产阶级朋友，一起娱乐，一起投资赚钱。此时的哈里依然会像 20 年前那样怀念自己作为篮球明星的岁月，但在金钱上的成就使他更为现在的自己感到骄傲，早已没有了《兔子，跑吧》中的那份失落和迷茫。物化的消费主义生活方式使他感受到从未有过的脚踏实地的安全感。因为有共同的目标，他与妻子简妮丝的关系也是四部曲中最为牢固的。也许厄普代克笔下少了一个勇于叛逆、勇于追求个性与幸福的人物，但美国中产阶级却多了一个值得效仿的"普通人"的文学人物形象。从表面上看，《兔子富了》中兔子哈里的人生路径无疑是成功的，因为他顺应了多数人的思维方式和行为准则，他守秩序、重亲情，做一个好朋友、可信赖的生意合作伙伴，因此有了坚实的物质基础，同时还找到了丧失良久的归属感，没有了焦虑、困惑，收获了信心。

厄普代克对哈里的塑造并未停留在这里，作为一个对美国当代大众文化一直持有批评态度的作家，在小说的结尾，他对兔子所在社交圈的换妻游戏的描写无疑表明了他的态度：在中产阶级盲目顺应和追随消费主义生活方式的过程中，他们逐渐忘记了信仰对人们生存的重要性，从索伦·基尔凯郭尔（Soren Kierkegaard）的存在主义思想来看，就是当代的以中产阶级为代表的美国人尚停留在人生的三个阶段（美学、道德、宗教）中的美学阶段，即对物质的追求和肉欲的体验方面。他们可以抛弃道德和宗教层面的追求，不但使他们的人生之路无法超脱消费主义生活方式的浮夸和由此带来的无法满足的物欲，而且最终将使他们陷入更深的虚无之中。因此说，《兔子富了》在探讨人的生存意义方面，绝不亚于四部曲的前两部作品，是厄普代克的上乘之作。

（五）书中人物和作者本身与时代的张力

作为一位描写相对传统保守阶层生活的白人男作家，厄普代克对书中一些人物的塑造在今天看来无疑反映了他所代表的那一阶层人士的偏见。第一是富起来的兔子哈里具有强烈的男权意识。哈里的发迹尽管有着时代和机遇的原因，但主要还是依靠妻子一家的财产，他为了增强自己的信心，把简妮丝看成他赚钱和性满足的工具。他对辛迪的贪恋以及对赛玛身体的利用都是出于这一目的，并无任何情感可言。这一点和20世纪70年代女权主义意识越来越强烈的时代发展趋势显得格格不入，而兔子的形象以及厄普代克本人因此成为女性主义批评家抨击的对象。

第二，书中反映了美国白人对少数民族的歧视和偏见。在《兔子富了》中，读者可以领略到曾在布鲁厄市生活的白人居民对黑人和拉丁裔移民的恐惧和敌视。在把三箱银币从贵金属公司拿到银行的路上，哈里认为街上闲逛或站在街角四处张望的黑人都可能是抢匪，并为此感到害怕。每次开车到布鲁厄市中心，他就会害怕在等红灯时，会有黑人或墨西哥人冲过来损坏他的汽车。在他的眼中，黑人和墨西哥人便是"他者"，他们的行为怪异，让他难以接受。当时女黑人流行的发式在他看来就像是长着三只耳朵的米老鼠。《兔子回家》中对哈里的生活曾经产生过重大影响的蚊子在该书中在与警察的交火中被击毙，由此长期以来笼罩在哈里心头的一个阴影至此消失殆尽，使他能彻底忘记他十年前给自己和他人带来痛苦的经历，但他也忘记了当时表达出的对黑人民权运动的同情和理解，对黑人的歧视则有增无减。和兔子哈里相同，作为老一代白人，斯普林格太太对少数民族的歧视更是溢于言表。她坚持让简妮丝继承她的房产，为的是不使其落在犹太人手中，同时她对城中不断增加的黑人、拉丁裔移民深感不安。她甚至对人的姓名都很敏感，怀疑纳尔逊的大学女同学米兰妮（Melanie）是黑人。总之，美国白人中产阶级对少数族裔的歧视由来已久，在民权运动之后黑人和拉丁裔移民的政治权益斗争日趋活跃，这无疑加重了这种歧视和敌意，使白人和少数族裔的冲突更加表面化，而作为社会变迁记录者的厄普代克对此不会视而不见。

第三，对新潮人士的塑造基本上延续了《兔子回家》中的模式，反映了白人中产阶级对 20 世纪七八十年代兴起的新思潮的抵制和歧视。书中的米兰妮被描写成一个举止怪异、道德观松懈的新新人物。她具有生态主义思想，并试图通过介绍环保理念和东方宗教思想来影响兔子一家的生活方式。然而作为纳尔逊和其女友普露（Pru）的共同朋友，明知道二人由于普露已经怀孕不得不马上举办婚礼，米兰妮依然与纳尔逊在兔子全家的眼皮底下同居一室。这不免让读者想起《兔子回家》中同样是一个新潮人物，同时也是一个行为放荡的女孩儿吉尔。很快，全体家庭成员对米兰妮的态度由热情转为冷淡，这显示了他们固守的价值观难以接受这样一个不入流的年轻女子，书中对米兰妮的描写不免过于负面，这同时也是厄普代克本人当时态度的显露。书中对一位同性恋人士——不称职的牧师苏丕（Soupy）的描写多少也有一些讽刺意味。尽管如此，这部出版于20世纪80年代的小说对我们研究美国社会和文化的演变依然有着很重要的借鉴意义。

第四，厄普代克通过哈里的言行反映出白人中产阶级对美国前途的忧虑。这一主题实际上也是《兔子回家》中对社会文化的变化所持怀疑态度的又一体现。在《兔子回家》中，兔子从一个懵懂的旁观者变成一个亲历者，切实体验了当时的政治文化运动给普通美国人带来的困惑、痛苦，甚至伤害。在《兔子富了》中，哈里虽然从石油危机创造的机遇中通过售卖丰田车赚到了钱，但作为一个美国人却体会到了美国在科技领域的落后，而他认为这一落后与过去十余年的政治动荡和文化变迁不无关系。在他看来，这些所谓的新文化蚕食了美国人珍重工作的传统价值观，使人变得懒惰、不思进取，同时，他还将矛头指向造成这一蜕变的非裔美国人：

"让我告诉你丰田车的一些情况吧，"他对纳尔逊叫道，"是那些矮小的黄皮肤的人造出来的，他们穿着白工作服在装配线上认真、像发疯似了地干，要是发现油路里有一点灰尘也是不放过的，再看看底特律的情况吧，全是头戴立体声耳机，听着音乐，抽毒品抽得昏昏沉沉的（黑人）家伙，连往哪里上螺丝都弄不清，而且对公司就没有一点感情。从福特公司生产出来的汽车，有一半都是这么被弄糟的。"（厄普代克，1990a：512-513）

哈里口出此言虽与对纳尔逊的经营理念不满不无关系，但作为一名具有很强的美国人信念的人，他的这一番话却是肺腑之言。眼看着美国汽车业被日本人击败，他的内心非常复杂，不免将愤懑之情发泄到美国的新文化上面。对政治文化变迁给普通人生活造成的影响，以及对整个国家的价值观和信仰的动摇的描写在厄普代克此后出版的小说中一直是个重要的主题。

二、《兔子安息》

1990年出版的《兔子安息》是厄普代克兔子四部曲的第四部，它使厄普代克获得了1991年的普利策文学奖，这在美国文学史上是罕见的成就，同时也进一步奠定了厄普代克在美国文坛的重要地位。在《兔子安息》中，厄普代克延续了他在《兔子回家》和《兔子富了》中对美国当代文化的疑问和批评。厄普代克通过对普通人哈里的描写说明了美国社会和文化存在着严重的问题，以及中产阶级对新文化的抵制和顺应，同时也反映出女性的崛起与男权的衰落这一社会现实。

（一）延续了对美国当代文化的疑问和批评

作为一位偏保守的主流作家，厄普代克以一种独到的视角呈现出美国当代文化对美国传统文化和代表着传统文化的老一代美国人产生的消极影响，并由此提出疑问和批评。在厄普代克看来，曾经充满活力的美国如今却因为过度的物质主义追求，像一个吃了太多糖果的胖男孩一样变得臃肿、懒惰。7月4日美国国庆日，为了孙女朱迪（Judy），哈里参加了在加基镇（Mount Judge）举行的游行。原因是朱迪所在的童子军队伍也在游行队列，他们需要一个人来扮演山姆大叔，因此朱迪向队长推荐了她祖父。作为国家形象的象征，他是胖了些，然而那恰如其分的白皮肤、浅蓝色的眼睛和军人般强健的体魄都合乎标准，他还在朝鲜战争中服过役。然而，在游行当天，沿途的观众嘲讽地挥着手，把哈里看作山姆大叔、行走的国旗、贪心的纳税人、不安定的国际争端制造者（厄普代克，1993），哈里只能向观众招手，小心地点头，随时提防不让帽子和山羊胡子掉下来。当人们最后终于把他当作曾经的体育明星，为他欢呼、呼唤他的名字时，他才放松下来，但满脸的汗水使他的假胡子脱落，显得狼狈不堪。由于多年来缺乏自律和锻炼，特别是晚年增加了贪吃零食的嗜好，哈里肥胖的身躯几乎把服装撑破，在行进的游行队伍中显得滑稽可笑。在他貌似强壮的躯体内部是一颗几乎被胆固醇堵塞了的心脏，同时与普露乱伦而导致的愧疚与对来自观众冷嘲热讽的担心，使哈里面临着巨大的精神压力，随时都可能倒地毙命。在这里，厄普代克正是通过对哈里的描写，以拟人化的手法对美国当代缺乏精神支持的物质主义文化进行了嘲讽和抨击。此外，书中通过丰田公司高管岛田（Shimata）之口，进一步说明了曾为世界文明标杆的美国衰落的原因所在：

  在美国，秩序与自由之间的斗争很吸引我。人人都谈论自由，所有的报纸，电视节目主持人及所有的人。对自由有深切的热爱和许多议论。滑旱冰的人要求有在海滩的人行道上滑行的自由，把老人们撞到。有收录机的黑人要求有表现自我的自由，收录机的声音震破人们的耳膜。男人们要求有携带枪支的自由，然后在高速公路上对旁人胡乱扫射。在加利福尼亚，狗的粪便令我吃惊，无处不有狗屎，狗一定有可以随地大便的重要的自由。狗的自由比清洁的草坪和水泥路更重要。（厄普代克，1993：512-513）

以上内容与《兔子富了》中哈里对纳尔逊所发的感慨又一次呼应，厄普代克试图通过一个外国人的视角来为逐渐衰弱的美国开出一剂苦口良药，剖析美国人自以为是的自由观，指出正是这种对自由的盲目崇拜导致了美国人缺乏发展科技、工业，乃至提升整体国力急需的国民纪律性。无疑，这是一位肩负社会责任的主流作家对美国的外强中干所表现出的应有的忧国忧民之情。

（二）反映了白人中产阶级群体对新文化的厌恶和抵制

  小说中的另一个主题则是通过纳尔逊的人生轨迹来说明经历了20世纪60年代和70年代的政治文化运动之后，普通美国人饱受毒品、艾滋病困扰的严酷事实，这自然也在一定程度上反映了厄普代克本人，以及20世纪80年代美国趋于保守的政治态度。上大学期间，纳尔逊便与注重自然和生态、有着东方宗教信仰的女孩子米兰妮相处。《兔子富了》中对米兰妮的环保意识、素食习惯、对东方宗教的追求，以及随意的性行为的描写试图说明嬉皮士文化已经无孔不入，其也进入了传统的富人和中产阶级家庭中，影响着哈里、简妮丝，甚至斯普林格太太这样思维较保守的普通美国人，正如在《兔子回家》中蚊子和吉尔对哈里和纳尔逊产生过的影响那样。在《兔子安息》中，纳尔逊虽然已经成为丰田车专营公司的总经理，但却无法适应社会地位赋予他的保守生活方式和社交圈，他依旧与哈里看来在道德行为方面存在瑕疵的年轻人来往，并认同他们的行为方式和生活态度。与纳尔逊交往的人中不乏吸毒者和由于同性恋而身染艾滋病的年轻人，而这些人却是"垮掉的一代"和"反文化"的后继者和拥趸。对这些人的描写无不反映出厄普代克高度质疑的政治态度，在他的笔下，纳尔逊的那些新文化催生出的同性恋者和吸毒者不仅慢慢地毁掉他们自己的生活和生命，同时也像蛆虫一样，偷偷地蚕食着斯普林格先生和哈里奠定的全家赖以生存的基业，直至它成为一个空壳，并失去丰田产品的经营权。这些"狐朋狗友"不仅毁掉了纳尔逊，诱使他染上毒瘾，而且也给哈里一家带来了空前的灾难。如果说在《兔子回家》中是哈里"引狼入室"，将具有前卫激进思想的人带到了思维保守的白人中产阶级社区，最终导致自己的住房被人烧掉，那么这一次则是纳尔逊。像 20 年前的哈里一样，纳尔逊把"新文化"这匹恶狼引入自己的公司，为了抵债，弥补纳尔逊的愚蠢行径给公司造成的亏空，哈里和简妮丝不得不将那所坐落在富人区的住房卖掉。在厄普代克的笔下，新文化的冲击再一次使哈里失去了家园。

（三）女性的崛起与男权的衰落

对女性的描写一直以来是这位主流作家最受诟病的两个方面之一。其对性的描写过于露骨，而对妇女形象的塑造曾引发过许多女性主义批评家的非议。例如，艾莉森·卢里（Alison Lurie）认为厄普代克是一名男性至上的仇视女性者（Lurie, 1988）。然而，纵观厄普代克不同年代出版的作品便可以看出，虽然其中缺乏像海丝特那样的新女性形象，但社会变革确实给那些原本生活方式保守的妇女带来了巨大的变化,而这些变化在兔子四部曲中尤为明显。

本书第八章中谈到,在《兔子回家》中,哈里仅仅是一名排字工人,虽然政治态度与普通中产阶级一样保守,但其经济实力已无法和在自己家族企业工作的简妮丝相比,最终还因新型电脑排字技术的引入而失去了工作。在《兔子安息》中,男女主角此消彼长的现象再次出现。与哈里因整天无所事事,钟情于各种零食的不良的生活方式而失去健康和生命活力不同,书中的女性角色,包括简妮丝和露丝,反而在 50 岁以后开始了自己的职业生涯。面对汽车销售公司不明朗的前途,简妮丝率先想到自己可以去找一份房地产代理商的工作,于是很快进入大学开始接受相关的培训,并与众多的年轻人交往,这使她在各个方面更加新潮、更加充满活力,所具有的潜能得到了很好的发挥。书中简妮丝的变化与哈里的衰落形成了鲜明的对比:

> 简妮丝的淡灰色凯美瑞缓缓停在了门口。她刚刚从宾州州立大学的松树街上的分校上完课回来。下午的课程:"房地产数学——基本原理与应用"。她穿着学生装;凉鞋,麦色连衣裙,一条大孔开襟羊毛背心披在肩上。她的前额上没了蔓米·艾森豪威尔式的刘海。她精神饱满,容光焕发,看上去比她的实际年龄要年轻。(厄普代克,1993:610)

和简妮丝相似,曾经作为妓女、之后做了多年的农场主妇的露丝在步入 50 岁之后反而外出工作,成为一个律师事务所的法律秘书的管理者。对哈里来说,自己十多年来的经济地位带来的在家庭中的权力正在被纳尔逊的愚蠢行为一步步消解,最后他引以为豪的高尚社区住宅也被简妮丝作为自己的第一单业务卖掉。作为男人,他在家庭中的权力和地位已经消失殆尽,而与普露的一夜情则使他再一次像《兔子,跑吧》中那样成为一只在恐惧中奔逃的兔子,被家人抛弃。

此外,这种男女权力的此消彼长在第二代人身上也有所体现。纳尔逊沉溺于毒品,将家族财产挥霍殆尽,最后不得不被送进了戒毒所，而在戒毒所期间，纳尔逊出人意料地找到了他的上帝和生命的意义。他决定放弃那已经不再存在的汽车销售公司，去做非营利的戒毒者协助工作。至此，纳尔逊与普露之间的权力天平也发生倾斜，随着纳尔逊经济地位的降低，他在普露心目中的一家之主的形象坍塌，使普露觉得一种新型平等关系在他们之间建立起来，这种关系也使他们有了更多的互信，使得普露向纳尔逊坦白了自己与哈里的不伦之恋，当然，这也最终导致了哈里的出逃和死亡。哈里还有一个私生女安尼贝尔（Annebell），哈里再次看到她时，安尼贝尔已经由当年羞涩懵懂的农村姑娘成长为一名成熟大方、恪尽职守的护士。对将要走到人生终点的哈里来说，意识到自己除了不成器的纳尔逊外还有这么一个女儿，确实是个不小的安慰。

厄普代克作为一名态度保守的白人中产阶级男作家，他对女性、少数族裔，以及包括同性恋者在内的社会边缘人士的态度颇受一些文学批评家的指摘。在身为同性恋者的美国文学批评家戈尔·维达尔（Gore Vidal）看来，屡获重要文学奖项的厄普代克已经成为政治体制和权威的代言人和"好孩子"（Vidal，1996）。那些奠定他主流作家地位的奖项基本上都是在共和党执政时期，或保守思想回潮的年代获得的。厄普代克笔下的人物与契弗、威尔逊等人书中的人物在从众思维方面并无大的区别，但厄普代克对整体文化的变迁的反映和记录，尤其是对宗教信仰的执着和对新文化的怀疑态度，却是后者没有的。因此，说厄普代克是美国中产阶级保守文化的代言人并非没有道理。然而，对一位一生致力于忠实记录美国文化变迁和中产阶级生态的作家，无论他的政治态度如何，他的作品都是研究这种变迁下芸芸众生的生存状态的绝佳文本。

总之，随着世界进入 20 世纪 70 年代和 80 年代，美国社会也步入了后工业、后现代社会。虽然美苏争霸导致的冷战随时可能引发核战，但许多美国人从开始的惶惶不可终日逐渐变得可以泰然处之，转而相信通过政治谈判达成的两大阵营之间的力量平衡可以使世界步入一个相对和平的时期，因此他们较 20 世纪 50 年代末 60 年代初有着更强的安全感。同时，由于消费主义已经成为一种经济领域的意识形态，一大部分中产阶级能够醉心于这一生活方式，安于享受经济发展给他们带来的各种红利。自20世纪60年代民权运动以来的一系列政治文化运动已经使美国人对个人自由的追求和摆脱社会规范束缚的抗争变得表面化、规模化、系统化、全面化，并开始影响美国主流文化的各个方面，正如德里罗和厄普代克作品中所反映的社会现实那样，与20世纪50年代思维保守、乐于从众的中产阶级不同，此时的中产阶级，特别是中产阶级妇女已经开始看到以群体为主体的政治运动对她们个人的生活和权益可能产生的正面效应，因此也开始积极地投身于此，客观上使这些政治运动更为广泛和深入，最终使它们代表的美国主流文化朝着多元文化主义的方向大步行进。

第十章 多元文化主义与从众思维的嬗变

进入20世纪80年代，多元文化主义作为一种政治文化运动逐渐在美国发展壮大。多元文化主义是在此前数十年里美国所发生的几乎所有的政治运动的基础上发展起来的，其理念因此也继承了包括女权主义、反战、反种族歧视、反性别歧视、反殖民等在内的思想体系，同时有着鲜明的后现代主义色彩。1989年，多元文化主义正式作为一个词条被编入牛津词典。多元文化主义开始逐步成为美国乃至西方社会的意识形态，并对社会各方面产生重大影响。在文学作品中，多元文化主义也逐渐成为20世纪末美国小说创作的重要主题。本章将结合20世纪末美国社会文化的特点，对描写这一历史时期中产阶级生存状况的小说进行分析和解读，以描绘出这个时代中产阶级文化的整体面貌。

第一节 后现代社会与多元文化主义

后现代社会的存在和发展与大众文化息息相关，大众文化既是后现代社会的基础，又是它的终极体现，而后现代社会则决定着大众文化的性质和形式。随着后现代社会的进一步发展，美国主流文化开始背离以白人盎格鲁-撒克逊新教徒为主的单一文化模式，逐渐向多元文化模式转变，而普通人最能直接感受到这种变化的地方就是大众文化。本节将集中讨论大众文化的多元化、后现代文化与多元文化主义的关系，以及中产阶级群体对多元文化主义的态度等方面，以揭示

20世纪末的中产阶级文化现状。

一、大众文化的多元化

大众文化在20世纪初经历了标准化发展后，到了20世纪70年代开始出现多元化发展的趋势，而到了20世纪80年代和90年代，这一趋势又得到了进一步的加速和深化。虽然沃尔玛、百事达等大型零售连锁公司，盖普时装连锁公司，以及时代华纳、迪士尼等影业公司依然主宰着美国人的日常物质和文化生活，但以特殊人群为服务对象的零售业和娱乐业也开始不断发展壮大。这种"定向"理念最早源自为富人、老人、青年、儿童、妇女等不同群体服务的定向广告，后来专门为不同群体制作的电视节目开始出现，随后在各个频道，特别是在有线电视中大量播出。

这种"定向"理念的结果就是电台和电视媒体的分割性增强，以往所谓的"统一经历"开始减少。而且，这一理念随着好莱坞的加入日趋常态化。那些不知名导演的小制作影片因为有明显的群体针对性，所以有时可以媲美大投入、大制作的"大片"。少数族裔，即非裔、西裔、亚裔等群体，也开始成为这些小成本电影的目标观众，如1993年9月发行的《喜福会》（The Joy Luck Club）等。这部电影改编于美籍华裔作家谭恩美（Amy Tan）1989年出版的同名小说。谭恩美和美国其他少数民族作家，如非裔作家托妮·莫里森（Toni Morrison）、艾丽斯·沃克（Alice Walker）、美国印第安女作家莱斯利·M. 希尔科（Leslie M. Silko）等，开始在20世纪80年代成为美国多元文化主义运动的倡导者和积极参与者。他们的作品首次作为美国文学经典的一部分被收录于各类文学选读教材中，成为美国许多大中学文学课的必读内容。

二、后现代主义与多元文化主义运动的兴起

那么什么是多元文化主义？多元文化主义为什么会在美国出现？它与后现代主义又有什么联系？首先我们应弄清多元文化主义到底是

什么。王希认为，多元文化主义具有多种功用，既是一种教育思想、一种历史观、一种文艺批评理论，也是一种政治态度、一种意识形态。它们之间的共识可以概括为：第一，美国是一个多元民族和族裔构成的国家，美国文化是一种多元的文化；第二，不同民族、族裔、性别和文化传统的美国人的美国经历是不同的，美国的传统不能以某一个民族或群体的历史经验为准绳；第三，群体认同和群体权利是多元文化主义的重要内容，也是美国社会必须面对的现实。从广义上看，多元文化主义是对美国化运动的一种抵制，要求的是白人社会（或欧洲文明）内部各种文化之间的平等。多元文化主义争取的不仅仅是对美国社会不同种族和族裔的文化和传统的尊重，而且是要对传统的美国主流文化提出全面检讨和重新界定；它要求的不只是在文化和民族传统上对有色种族的尊重，而且是改变美国政治的基础，要求将种族平等落实到具体的政治和经济生活中去。多元文化主义所包含的文化的内容超越了传统意义上的文化范围，实际上成为一种明显而直接的政治诉求（王希，2000）。

理解多元文化主义的兴起与后现代主义之间存在的联系还要从后现代主义的成因和发展过程来入手。在后现代社会中，个人主体性不断得到增强，这一现象并非出于偶然，其中的首要原因就是经济因素。后现代社会也是后工业化社会。在第二次世界大战之后的西方世界，科学技术取得了前所未有的发展，并极大地促进了生产率的提高。由于西方企业在世界商品供应链上一直处于高端位置，这就使得他们一直能维持较高的利润率，不仅能维持雇员较高的薪金水平，而且也能使政府获得大量的税收，其中有很大部分投在教育领域。教育方面的高投入保证了高端管理人员、工程师，以及技术工人的培养的顺利进行，而这些人才进入生产领域又进一步提高了生产率，加强了产品和服务的竞争力和附加值。这样的良性循环使西方国家能够很好地解决就业问题，同时使国民能够维持较高的收入水平。不仅如此，西方国家大都建立起了完备的社会福利体系，为国民的生活提供了有力的保障，使大多数人没有后顾之忧。经济快速发展的一个重要结果就是方便快捷的交通工具的普及、四通八达的高速公路系统的建设。便利的交通使人们在不同区域之间的流动性得到了很大的提高，使物理距离不再是人们不可逾越的障碍。因此说，较高收入的工作岗位、完善的国家福利体系和发达的交通体系使西方人在生活上不再像传统社会中的人们那样依赖于出生时决定自己身份的群体，他们可以根据自己的需要对工作岗位和生活环境，甚至是所在群体进行选择。除了肤色无法改变之外，他们的其他身份特征都会随着移入或移出某个社会群体而改变。

此外，如前所述，20世纪20年代以来开始盛行的消费主义生活方式使个人消费成为推动美国经济发展的重要动力。商品的极大丰富使消费者有了更多的选择空间，而了解消费者的需要和好恶成了商品生产厂家在竞争中得以生存的必要手段，他们必须按照消费者的需求进行产品的研发、设计、生产、销售和售后服务，只有这样，商品生产厂家才能击败竞争对手，同时使利润最大化。因此，从某种意义上讲，后工业化时代的消费者在消费领域有着极高的话语权。这种"当家作主"的感受自然会加强个人的主体意识，并能使这种意识向消费以外的领域延伸。

主体性增强的第二个原因则是政治因素。在美国的选举制度中，利益集团和权益组织通常扮演着举足轻重的角色。其中一些代表不同群体权益的组织在包括州和全国的各个层次的选举中施加影响，而被选举者也会针对选区选民的意愿调整自己的竞选纲领和未来的施政方针，提出改善选民生存环境和满足他们精神诉求的政策。因此，基层民众的意愿可以借各种选举得以表达，并被作为国家的立法依据。此外，各种集会游行也是民众表达观点和对政府施压的有效途径。一些被边缘化的群体通过不同形式的抗争最终迫使立法机构颁布保障他们权益的法律。自20世纪60年代以来，美国的一些群体，如少数族裔、女性、同性恋者等，此外还有包括全美工会在内的各种行业协会等，都通过不懈的斗争获得了应有的平等社会地位和合法权益。它们往往利用一些突发事件，如个别人的不幸遭遇，借助于媒体的放大功能，使那些平日主流社会习以为常或漠视的社会不公现象呈现在公众面前，引发公众的深思和同情，以获得多数人道义上的支持。在选举年中，为了争取选票，无论是共和党的候选人，还是民主党的候选人，都不得不通过专业调查机构等途径了解不同群体的诉求，来调整自身的政策和施政理念。在非选举年中，这些权益组织往往通过游说，来向总统和国会议员施加影响，使相关法案得以起草和通过。在过去的半个世纪中，美国政府迫于各种利益集团和权益组织的压力，不得不越来越关注基层民众和个人的疾苦和感受，并依法为他们的权益提供保护。虽然还存在着诸多的社会不公现象，如一些法案的通过使某些群体受益，但使其他群体的利益受到损失，但是从整体上看，在美国的政治架构下，个人，特别是少数族裔、女性、同性恋者等群体成员的主体地位和合法权益得到了越来越多的重视。

作为政治变革的具体表现，后现代社会的文化环境对个人主体性的增强起到了引导作用。简明信认为，在后现代社会，与其他二元对立关系一样，高雅文化和流行文化之间、经典文学和通俗文学之间的界线日渐模糊。随着教育，特别是高等教育的普及，那些在传统社会中只有精英阶层才有机会和能力欣赏的艺术形式如今也能够被社会下层人士接触和了解。印刷及信息技术的发展使文学、影视、美术、音乐作品能以前所未有的速度进行复制和传播，这就意味着文化已经成为一个有利可图的产业（简明信，1997）。作为文化的接受者，个人的趣味好恶、审美能力和欣赏水平逐渐开始左右文化产品的生产。高雅文化不再占据统治地位，而是必须经受市场的考验，不得不与流行文化一起成为来自社会不同群体的个人的选择。精英阶层在文化领域的作用从领导潮流演变为顺应中下层需求、从教诲者演变为对话者。

此外，盛行于 20 世纪末期的多元文化主义运动使以白人盎格鲁-撒克逊新教徒群体所代表的美国主流文化的独大地位受到了冲击。来自不同种族、族裔和宗教背景的美国人不再单一地接受主流文化，而是同时将自己的文化身份和文化特质展现出来。在这样的文化氛围内，个人可以向他人显示出自己的不同之处，而不是盲从于大多数人，可以向与自己具有相同或相似文化背景的群体表示认同，而这一群体可以是不同于其日常生活、工作所处的群体。这就造成了个人多种身份认同同时存在的情况，使每个人都不同于他人，都拥有只属于自己的特性。因此，多元化的文化环境促使人们寻找自己特有的文化身份，从而增强个人的主体性。

一些新的体制、制度在每次规模宏大的政治文化运动后由于新法律的制定而产生。例如，由于受到 20 世纪 60 年代的黑人民权运动和平权法案（Affirmative Action）[①]的影响，美国国会通过了一系列旨在保障妇女、非裔美国人和其他少数族裔平等权利的法案。各州议会也相继颁布了各自的相关法律。根据这些法律，非裔美国人不但拥有选举权，而且能够到以往只向白人开放的学校读书。在大学，非裔学生拥有固定的招生比例，以弥补其在小学和中学时和白人学生之间存在的相对劣势。同时，在南方各州，乃至全国各地，在就业以及各种公共场合和公共设施方面，都取消了以往限制黑人的歧视性规定。这样，从法律和制度上，非裔美国人开始享受和白人一样的权益。

20 世纪，妇女坚持不懈地争取平等权利的努力是后现代社会文化演变的重要推动力之一，同时，女性主体性的增强也受益于文化的这种演变。传统的男女二元对立关系同样被颠覆，男性的统治地位受到了挑战和削弱，女性在政治、经济、文化、教育等领域的合法地位逐渐得以确立，女性的主体意识通过各种各样的政治斗争在不断地增强。女性不再被视为二等公民，虽然在实际生活中对女性的歧视依然存在，如一些行业中存在的同工不同酬问题，但在文化领域，女性的主体性得到了充分的肯定和尊重。无论是在文学创作，还是报纸杂志、电影电视中，女性有着与男性同样重要的地位。女性的话语权得到确立，因此在许多文学和影视作品中，女性被塑造成领导者，甚至是拯救者的形象。与传统女性不同，这些以强者身份出现的新女性不

---

① 平权法案一词第一次出现在肯尼迪 1961 年 3 月 6 日签署的第 10925 号行政命令中，该行政命令要求承揽联邦政府出资建设项目的承包商对所有在雇佣期内的雇员都必须平等对待，无论他们的宗族、宗教信仰、肤色和原国籍如何。

但具有女性应有的迷人特质，而且还拥有高智商、良好的身体素质和出众的领导才能，同时显示出非同寻常的人格魅力。这样的文学和银幕形象不仅打破了人们的刻板认识，而且还有助于广大女性提高平等意识和为正确合法权利进行斗争的精神。总之，女性的主体意识在20世纪得到了前所未有的提高。

三、从怀疑、抵制到默认、顺应——中产阶级对多元文化主义的态度

伴随多元文化主义运动而来的便是美国社会与文化的分割性，以及由此改变了的不同阶层和族裔之间的争论。值得注意的是，以往美国各阶级之间的对立开始减少，而各种族、族裔、性别群体之间的对立却日显激烈。正如上一小节中所提到的，传统上的弱势群体，如女性、少数族裔、同性恋者和其他边缘化群体等，自20世纪60年代以来，通过艰苦卓绝的斗争，获得了自身权益的改善。他们对自身权利的彰显则通过更加多元化的文化来加以体现，这就不免会与传统的以白人男性为主体的美国主流文化出现冲突，其结果便导致了美国文化的分割性，于是就形成了左翼自由派与右翼保守派在政治文化领域相互抵制的格局。随着以"政治正确"为目标的身份政治在文化领域逐渐占据主导地位，传统主流文化就面临重新自我调整的艰难过程。这一结果对一些身为保守派的白人中产阶级男性来说是无法接受的。

因此说，过度多元文化主义实际可以被称作"文化分离主义"，它的危险性在于，由于过度强调和推广少数族裔的固有文化，从而忽视其与主流文化和其他族裔文化之间的联系，其结果会割裂少数族裔与主流社会及不同族裔之间的联系，使国家在政治和文化上失去凝聚力。因此，美国政府虽然适当给予了多元文化主义一定的发展空间，但也将会全力捍卫主流文化的统治地位。同时，主流社会本身也只会愿意接受主流文化框架内的多元化文化产品，而任何脱离这一框架的产品都会遭到摒弃，进而失去存在条件和价值。在这个问题上，中产阶级再一次扮演了社会稳定器的作用，从客观上来讲，他们使多元文

化主义运动的发展温和化，对其极端化的倾向起到了反拨的作用。

从一定意义上讲，多元文化主义运动的发展过程是中产阶级左中右派势力相互博弈的过程。按照米尔斯的分类方法（米尔斯，2006），美国知识分子阶层属于中产阶级的范畴，而在从民权运动以来的历次政治运动中，他们大多数都站在左派的立场之上，来推动一系列的社会变革，使女性、少数族裔等社会群体的权益得到了改善。在多元文化主义运动中，他们中的多数人依然能够站在潮流的最前沿，来推动美国朝着多元化社会大步迈进。虽然在他们之中，最初也不乏一些同情甚至支持白人保守派的人士，但是他们自身活跃的思维和开放的生活态度，使他们能够逐渐接受"政治正确"和一系列平权法给政治、社会和文化带来的变化。除了白人知识分子和受教育水平较高的城市中产阶级外，非裔、西裔等少数族裔群体和同性恋群体等，多数都是左翼自由派人士或他们的支持者。

右翼保守派人士以"婴儿潮"时代出生的白人男性居多，中小城镇居民、商业人士、下中产阶级、白人蓝领阶层等成为这一群体的主要组成部分。与左派人士不同，美国的右翼保守派人士以共和党人为主，他们多数人坚持传统的家庭理念和基督教信仰，以及以白人盎格鲁-撒克逊新教徒为主体的美国主流文化。他们难以接受多元文化主义给政治、经济、社会、教育、文化等各个领域带来的变化，以及对他们珍视的文化与价值观的侵蚀。虽然右翼保守派人士中存在着种种差异，但整体上来说，他们趋向于坚持传统家庭伦理，反对同性恋婚姻，坚持基督教信仰的主导性，坚持维护美国宪法第二修正案对个人拥有和持有枪支权利的保护。美国极端右翼势力通常被称作白人至上主义者、新纳粹主义者，他们的前身可以追溯到"三K党"，因此无法被主流文化所接受。

与左派和右派相比，"沉默的大多数"对多元文化主义的态度较为模糊不清。为了避免冒犯他人，他们更倾向于遵照传统的规则，把自己的真实态度隐藏起来，对涉及性别、族裔的话题避而不谈。他们中也不乏对政治时事漠不关心、缺乏个人观点或者政治立场左右摇摆的人士。即使接受媒体采访或民意调查，他们也无法给出真实可靠的想法。然而，选票能反映他们的真实态度。因此，在大选期间尽力倾听、了解和满足这一庞大群体的诉求是总统选举人赢得各个摇摆州支持，以及大选胜利的最重要选择。

到了 20 世纪末，美国中产阶级的构成已经产生了变化，中产阶级不再仅仅包含白人群体，少数族裔中的精英通过努力已经逐渐成为这一阶层的重要组成部分，例如信息时代的迅猛发展使许多少数族裔背景的移民一跃成为美国的富人阶层和上中产阶级成员。同时，对政治的关注和积极参与致使中产阶级本身因不同的政治取向出现了分野。诚然，20 世纪末的美国中产阶级已呈现多种族的特点，同时，他们中间不乏思想激进的知识分子和文化精英，他们是社会变革的重要推手。然而，在当时的政治体制、法律制度和社会规范的约束下，中产阶级中的大多数，其中甚至包括许多少数族裔中产阶级，依然可以被视为是当时秩序的遵循者和守卫者，他们对旨在改变当时法律和制度的努力的态度一般都是从开始的抵制、怀疑，演变为默认、顺应。重要的是，他们绝非只是被动接受，也通过参与将自身的温和中庸的态度融入社会变革中，来避免或中和任何激进和极端思潮对社会的冲击。他们不希望社会环境向不利于自己的生存保障、财富的积累和对幸福的追求的方向发展。一旦出现这种趋势，他们就会利用其代言人所掌握的话语体系和自身拥有的选举权进行阻止，甚至会采取游行示威等抗争手段，以迫使政府和其他权力机构修正甚至放弃指定的方针和政策。甚至，他们将会在下一个选举年极力通过手中的选票推举出更能反映自身利益的参众两院议员和总统。他们对于知识界的那些有利于提高个人幸福感的思潮、理念和呼声会乐见其成，积极响应，并通过自身的努力身体力行，对各种制度、体制和规范施加影响，使它们产生改变，而其结果也必然促使美国整个宏观文化环境发生变化。

本章的后几节将结合以上内容对罗斯和弗兰岑的作品进行分析，以解读书中的中产阶级人物在这一文化变迁过程中的态度和应对方式。

第二节　菲利普·罗斯与《美国牧歌》和《人性的污秽》

罗斯是美国当代最有代表性的犹太作家之一，被称为"描述犹太中产阶级生活的天才"（Baym，2003：2276）。他是唯一一位活着的时候全部作品便被收入"美国文库"的作家。

作为一名后现代作家，罗斯在创作中广泛采用元小说的写作手法，通过巧妙娴熟地使用共时性的叙事方式，来给读者呈现出一个多维世界。然而，罗斯对美国文化的贡献却更多地体现在他对当时体制和文化的质疑和批评上。他那拒绝屈服和顺应任何约定俗成事物的态度使他成为与厄普代克创作题材相近，而政治态度却大相径庭的另一位文学大家。罗斯的小说通常是通过中产阶级人物如祖克曼（Zuckerman）、凯佩什（Kepesh）、罗斯（Roth）等与犹太群体冲突和对犹太传统价值观的背离来表现他们的个人主义追求，他们基本上都可以被称作为了这一追求而自我流放的独行者，同时在面对犹太人和美国人这两种身份时，他们似乎更趋向于选择后者。而且作为极端个人主义者，他们在实现个人理想时会显得不择手段，不惜被家庭和群体唾骂和苛责，如《被释放的祖克曼》（Zuckerman Unbound）和《解剖课》（The Anatomy Lesson）中的主人公祖克曼，为了追求名利双收而将犹太道德体系纳入读者的审视范围中。在美国三部曲中，特别是在《美国牧歌》和《人性的污秽》中，书中人物不再仅仅来自犹太群体，而且被置于更加宏大的历史和社会环境中。为了个人理想和追求，他们不仅仅和自己的家庭和群体发生冲突，而且对主流社会中那些他们认为是"非美国""非个人主义"的人和思潮进行执着的反叛和抗争。更值得关注的是，在描写主人公们个人主义奋斗精神的同时，罗斯在十余年的作品中开始逐渐突出描写在失去家庭联系和种族身份的情况下，个人主义者在与日益多元化的、被身份政治主导的主流社会和群体价值观、话语权的抗争中所表现出的脆弱无助以及最终悲惨凄凉的人生结局，在美国三部曲之后出版的多部小说中，自绝于群体的男主人公，如祖克曼、凯佩什、爱克斯勒（Axler）等在逐渐老去，他们不再像早期作品中的人物那样自信、充满活力，而是往往在孤独哀伤中了却残生，而美国三部曲则标志着这一变化的开始。

一、《美国牧歌》

作为美国三部曲的第一部，《美国牧歌》通过写实和虚构的方式追溯了本书叙事者祖克曼儿时的朋友"瑞典佬"利沃夫（Levov the Swede）年轻时期以及利沃夫一家在20世纪60年代中期美国政治运动风起云涌时期的经历。与厄普代克记录那段历史的《兔子回家》不同，罗斯的这部作品是在20世纪末21世纪初对30余年前的往事进行追忆和反思，以当代人冷静的眼光来评述当时幼稚的行为、狂热年代的是非曲直，以警示世人。

该小说从20世纪末在纽瓦克（Newark）举办的一次校友会开始，祖克曼与儿时的同学和朋友杰里·利沃夫（Jerry Levov）以及其兄"瑞典佬"利沃夫不期而遇，曾是体育明星的"瑞典佬"当时已是一位白发老人，带着他与第二个妻子生的孩子。祖克曼与"瑞典佬"当时并未有过多的交流。数年后再次在校友会相见时，杰里告诉祖克曼"瑞典佬"已经过世。对"瑞典佬"一直抱有一种追星情结的祖克曼决定写一部有关这位传奇人物的小说。祖克曼采用了儿时的记忆、与杰里和"瑞典佬"的书信，以及虚构的方式逐步对主人公"瑞典佬"，以及其父母、妻子和女儿的命运多舛的人生进行了建构，暗示了人们不管个人力量有多大，事业有多成功，在历史文化变迁面前只是湍急大河中的一叶轻舟，不得不随波逐流，而无法预见和控制自身的走向，稍有不慎便船毁人亡。

（一）在"犹太性"和"美国性"之间徘徊造成的身份困境

在学生时代，"瑞典佬"利沃夫就已经具有卓尔不群的特征，虽身为犹太人，但他身上的犹太人特性很少，他对人讲话时和那些有北欧血统的身材高大、金发碧眼的球星一样。起初,同学和教练为了把他和他弟弟杰里区分开,就叫他"瑞典佬"。到后来,这一称号就留在了人们的记忆当中,以至于他们永世难忘。利沃夫带着"瑞典佬"这个绰号如同看不见的护照,越来越深地侵入了一个美国人的生活中,"直接进化成一个大个头的、平稳乐观的美国人,他那些相貌粗犷的先辈们——包括他那对美国性很看重的倔强的父亲——也从来想象不到自己会成为这样的人"(罗斯,2011a:175)。同学和朋友们对待"瑞典佬"时"无形中将他与美国混为一体,这样的偶像崇拜让大家多少有些羞愧和自卑。由他所引起的互相矛盾的犹太人欲望马上又被他平息下去。犹太人既想融入社会,又想独立开来;既认为与众不同又认为没什么特殊的矛盾心理"(罗斯,2011a:15-16)。在两种身份之间纠结徘徊的"瑞典佬"的这一心结正是20世纪美国犹太人所面临的身份困境,同时也是罗斯作品中的一个永恒的主题。

和罗斯笔下大多数主要人物一样,"瑞典佬"致力于做一个真正的美国人,"他生活在美国就如同生活在自己体内一样……赋予他那些成就意义的每样东西都是美国的,他爱的一切都在这里"(罗斯,2011a:181)。

然而,"瑞典佬"与他的犹太家庭和身份有着千丝万缕的联系。他与身为天主教徒和新泽西选美冠军的多恩·德威尔(Dawn Dwyer)结婚,并搬到了远离纽瓦克犹太社区的乡村居住,开始了自己"乌托邦"式的田园生活,显现出了一位理想主义者的超凡勇气。

"瑞典佬"的美国梦却被他这种美国式的结合造成的身份和信仰冲突所干扰,而对于女儿梅丽·利沃夫(Merry Levov)应该信仰犹太教还是天主教的争执造成了家庭成员感情上的第一道裂痕,同时也让一直认为自己是美国人的"瑞典佬"意识到他此前一直忽视的与犹太家庭和群体那种不可割舍的联系。然而,他还是拒绝了母亲让妻子皈依犹太教的请求。对以下一代信仰谁为主导的权力之争也预示着他们的女儿将成为一个具有高度不兼容内心世界的问题女孩。

尽管如此,"瑞典佬"在扮演美国丈夫和女婿的同时,却没有丝毫疏远他那犹太传统意识颇强的父母、家人和朋友。他极力融合两个种族之间的区隔，使他们像美国人那样和平共存，相得益彰。

感恩节是利沃夫一家聚会的日子，来自两个不同宗教背景的家庭坐在一起，度过一个"中性的无宗教色彩的感恩节，大家都吃相同的食物，没有谁溜出去吃可笑的东西——没有古吉尔①，没有苏式冷鱼，没有苦草，只有大火鸡，供两亿五千万人吃——一只巨型火鸡把所有人都喂饱"（罗斯，2011a：351）。

无论"瑞典佬"如何费尽心机，将感恩节搞成一个皆大欢喜的家庭庆典，其中的缺憾仍不言而喻。感恩节是美国的传统节日，同时也是一个基督教色彩浓厚的宗教节日。忽视其宗教意义必定在很大程度上冲淡了这一节日在人心目中的神圣性和固有含义，因此这一节日很容易成为仅仅是亲戚之间礼节性、高度表面化的拜访和聚会，很难产生更深层次的共鸣，也很难建立更加牢固的亲情关系。在某种意义上，"瑞典佬"和多恩的婚姻看上去更像郎才女貌的真人秀，这种缺乏牢固亲情关系的结合无法经受住时间和历史的考验，在危难面前必将分崩离析。

（二）梅丽——国家的罪犯和"乌托邦"式家庭生活的终结者

在罗斯的笔下，"瑞典佬"与多恩的女儿梅丽是他们爱情的结晶，但同时也是两个种族不同信仰、不同文化习俗之间碰撞的结果。梅丽的成长过程竟然最终演变成摧毁他们婚姻的导火索。梅丽幼年时经常无故高声尖叫，并且无法像同龄孩子那样讲话。等到终于能够讲话时，梅丽却表现出严重的口吃现象，虽经过多名医学专家和心理治疗师的治疗，但效果并不明显。该小说似乎给出了其中的原因：在梅丽出生后，身为天主教徒的多恩按天主教的习惯给她进行了洗礼，而"瑞典佬"的父亲老利沃夫对此颇有微词。

进入青春期后，梅丽开始显现出性格中狂暴的一面。她不尊重权威，经常因为电视节目中涉及的政治内容与父母争吵，反映出极强的

---

① 犹太人吃的砂锅菜，常用面条、土豆等做成。

叛逆心理。作为叙述者,祖克曼感叹道,利沃夫一家从皮革厂起家,曾经是和下层人中最低贱的人相同的,和他们同甘共苦——现在却成为梅丽眼中的"资本主义走狗"。梅丽在仇恨美国和仇恨她的家人之间没有多大的区别。"瑞典佬"热爱的正是她所仇恨的,她对"生活中所有不完美的事情加以责备,并想用暴力推翻的这个美国;他热爱她所仇恨、嘲笑,并想颠覆的这种'中产阶级价值观';他热爱她所仇恨,并只想以她的所作所为进行谋害的这位母亲"(罗斯,2011a:181)。在"瑞典佬"看来,梅丽"对美国的强烈仇恨本身就是一种疾病。可他热爱美国,喜欢当一个美国人,但他那时却根本不敢向她解释为何要这么做,担心激起她可怕的侮辱"(罗斯,2011a:174)。

20世纪60年代的政治文化氛围无疑为因涉世不深而盲目、狂热的年轻人的叛逆行为提供了温床,使他们对其父辈如此珍视和骄傲的国家和制度进行疯狂的破坏,为了毁灭现有制度他们不惜手段,也不计后果。梅丽不顾"瑞典佬"的阻拦参加了所在高中的反战组织,当"瑞典佬"试图阻止她去纽约参加反战集会时,她却受到同伴的唆使在村里的邮局安放炸弹,不但炸毁了邮局和旁边的百货店,也意外地炸死了一位当地的医生。为此,出身富裕中产阶级家庭的梅丽成了被政府通缉的谋杀犯。若干年后,老利沃夫依然在查找孙女如此叛逆的原因,他认为梅丽生活的艰辛就是她母亲给她做的那次秘密洗礼导致的,并坚信那些仪式和习俗"足够让这女孩永远也弄不清楚她到底是谁……也许发生在梅丽身上的一切糟糕的事情,甚至那件最糟糕的[1],都起源于那个时候和那个地方"(罗斯,2011a:338-339)。在这一变故面前,"瑞典佬"痛心疾首。数年后在得知女儿的下落时,她已经形如枯槁、衣衫褴褛。多年来,她隐姓埋名,皈依了一个具有东方信仰色彩的宗教。见到女儿,"瑞典佬"百感交集:

---

[1] 指炸掉村里的邮局和百货店并导致一位医生身亡的那次爆炸。

这女儿失去了，这美国的第四代。这东奔西藏的女儿曾是他本人完美的复制品，如同他是他父亲的完美的复制品，而他父亲又是父亲的父亲的完美形象一样……这愤怒、讨厌、人人唾弃的女儿丝毫没有兴趣成为下一个成功的利沃夫。她将瑞典佬从藏身之地赶出来，他似乎才是逃犯，被误置到一个完全不同的美国。这女儿和这十年的岁月将他独有的乌托邦思想炸得粉碎……这女儿将他拉出向往许久的美国田园，抛入充满敌意一方，抛入愤怒、暴力、反田园的绝望——抛入美国内在的狂暴。（罗斯，2011a：72）

"瑞典佬"苦口婆心地劝说梅丽回归社会，但终被拒绝。随后这个曾经给他带来快乐，同时也带来更多的悲伤和忧愁的女儿淡出了他的生活。

多恩也从失去女儿的悲痛中得以恢复，但也最终与"瑞典佬"离婚，这对"乌托邦"式美国田园神话中恩爱情侣的婚姻在历史无情的操弄下走到了尽头。

（三）被毁掉的物质世界、精神家园，以及破灭的美国梦

作为一名美国犹太裔作家，罗斯在以往的作品中着重表达了他所在族裔群体中存在的犹太性和美国性之间的张力。在美国三部曲中，虽然这一张力依然是一个重要的主题，但罗斯像厄普代克那样把创作重点集中在记录历史上，而且如果说厄普代克重于记录现在，罗斯则重于追溯过去。不同于其他作家，二人以主流文化为出发点，来审视社会变革对普通中产阶级生活的影响和冲击。也许在其他历史学家的著作中，有色人种在20世纪60年代末期的政治暴动对随后的政治法律体制的改革和社会文化的转变有着一定的积极意义，然而，与厄普代克相似，在罗斯的眼中，这些暴乱的副作用远远超出了政治领域，在罗斯的笔下，它们对像"瑞典佬"这样的上层中产阶级的打击是空前的，对他们的疑惑和痛苦的描写是其他历史书中所不得见的。

首先，这些暴乱使他们多年的努力化为乌有。从"瑞典佬"的爷

爷起，一家人把一个污水遍地、臭不可闻的皮革作坊发展成一家跨国公司，其中的努力显而易见，同时这也进一步证明了美国梦的存在和可实现性。然而，正是由于"瑞典佬"相信美国梦，愿意做一个真正的美国人，才过分相信自己的黑人员工由于自己的一视同仁的态度和优厚的待遇会对企业忠心耿耿。然而正是他的这些员工，在暴乱中参与了对工厂的洗劫和破坏。书中通过"瑞典佬"对纽瓦克发生暴乱时的情景的描述，突出了打着争取权益旗号的政治运动在失控下给人类文明带来的浩劫。书中的描述仅仅反映了暴乱发生时的惨象，而其后数年内纽瓦克持续不断的无政府状态才是令"瑞典佬"等曾经以这个城市为家并为之奋斗过的中产阶级心痛不已的原因。暴乱不仅仅毁掉了他们的美国梦，而且使这个城市从此失去了秩序和活力，成为美国最贫穷地区之一。书中对城市暴乱时的癫狂状态，以及暴乱后满是残垣断壁的街景的大量细节描写可谓令人触目惊心（罗斯，2011a）。

在罗斯的许多重要作品中，纽瓦克皆为故事发生地，而在这里，罗斯对这个"失乐园"的描写透着真情实感，是一个曾为这个城市感到骄傲的市民所发出的哀叹。这样的语言和情感的表达是其他历史教科书做不到的。正是鉴于罗斯与这个没落城市的不解之缘，在2005年，他曾经居住过的街道被市政当局命名为"罗斯街"，曾居住过的房子也以他的姓名命名。但无论如何，这段悲壮的记忆将与罗斯的《美国牧歌》一起得以保留，而罗斯的批评和质疑精神也使他成为令人尊敬的大作家。

其次，20世纪60年代末期的政治运动颠覆了美国的传统价值观，使中产阶级的美国梦破灭。以"瑞典佬"为代表的中产阶级通过自己的努力白手起家，建立了自己的物质世界，然而，在代表着新文化思维的人群的眼中，他们是邪恶的有产阶级，代表着不公的社会秩序，是美国国家战争机器的推动力，因此也成为最应该被憎恨的人群；不仅该毁灭他们和其所有，也应毁灭他们的后代，将其变成物质和精神文明的掘墓人。

"瑞典佬"自幼以来一直是周围同龄人的楷模，受到各个年龄段人的仰慕。然而，政治运动带来的变化使他遗失了自己。对激进分子的款待没有使他得到应有的尊重和感激，反而被视作软弱和讹诈的标靶。"瑞典佬"一生都没有明白为什么自己成为这么多同胞的敌人，被他们仇恨，自己的痛苦失落、妻离子散竟然成为他们事业的价值所在。与《兔子回家》中的哈里相比，"瑞典佬"为新文化付出的代价要大得多。新文化带来的变化在哈里的生活中仅仅是个步履匆匆的过客，随着代表人物吉尔和蚊子的死亡和离去，哈里的婚姻不仅恢复到从前，而且还为以后十年兴旺发达的中产生活铺平了道路。然而，"瑞典佬"却失去了太多，他失去了令他骄傲、让周围人羡慕的事业和家庭，并且他还受到了物质上和精神上永久的创伤。虽然多年后"瑞典佬"重新组建了家庭，重新有了孩子，但其美国梦、田园梦和乌托邦之梦的破灭给他的后半生留下了永远的痛，让他在无尽的悲伤中老去。

在《美国牧歌》中，罗斯成功地展示了无法脱离历史、完全"被历史愚弄的人"的生活。"瑞典佬"是一个典型的理想主义者，一直生活在梦幻之中，几乎一生都在迷恋那个现实生活中根本不存在的"乌托邦世界"（林莉，2008）。他的人生悲剧在于他幼稚地相信自己凭借着先天与众不同的外表和一个企业家勤奋努力、勇于开拓的精神，有足够的能力去控制世界，却不相信历史会对他这样的普通人造成重创。最后，小说对利沃夫一家的遭遇叹息不已："是啊，他们的要塞被撞出了裂缝，甚至在这个安全的旧里姆洛克。既然它被打开，就无法再合拢，他们永远不能复原。每件事情都与他们作对，每个人和每件事都与他们的生活唱反调。来自外面的所有声音都在谴责和否定他们的生活！他们的生活到底错在哪里？究竟还有什么比利沃夫一家的生活能少受一些责难？"（罗斯，2011a：370）

二、《人性的污秽》

《人性的污秽》于 2000 年出版，为罗斯美国三部曲的最后一部。该小说自出版之日起就博得了评论界的好评，获得了国内外诸多奖项。

作品的犹太性、身份和反叛是国外对该小说研究的主要方面。身份、反叛及生存问题是国内研究者关注的研究主题。也有研究者关注作品中折射的历史和伦理问题。此外，国内研究者还使用了其他视角对《人性的污秽》进行了解读，例如，用米兰·昆德拉（Milan Kundera）的小说艺术理论分析该小说的叙述艺术，从"元小说"叙事策略方面解读，从新现实主义角度加以阐释，运用存在主义、语言学以及权力话语理论进行研究，等等。本节则对罗斯的身份政治主题做进一步探讨，以了解他所代表的美国知识界对多元文化主义运动的不同理解，以听到有别于左翼主流思潮的声音，从而对当代美国社会形成一个较为客观和平衡的认识。

（一）对身份与家庭的背离：一名个人主义者与时代的抗争

罗斯在美国三部曲之前出版的作品中，小说的主人公，包括祖克曼、凯佩什、波特诺伊（Portnoy）、罗斯等，皆来自犹太群体，他们的人生追求靠的是个人主义奋斗，有时这种奋斗会伤及群体利益，因此小说描述的主要是主人公与犹太文化传统和道德规范发生的矛盾和冲突。在后面的几部作品中，包括美国三部曲、《反美阴谋》（The Plot Against America）、《愤怒》（Indignation）、《复仇女神》（Nemesis）等，罗斯对美国在 20 世纪所发生的重要历史事件进行了反思，这些作品虽然和早期作品一样在人物塑造方面依然离不开犹太群体和个人，但都是以美国人的身份来追述过去。德勒克·P. 罗约尔（Derek P. Royal）指出，罗斯后面的作品，特别是美国三部曲，与其早期出版的小说相比，虽然都在着重表现人物对个人身份的不懈追求，但后面的作品更着重于再现历史事件和思潮以及它们对所有美国人的影响，而不仅仅局限于犹太群体（Royal，2006）。

在《人性的污秽》中，罗斯又一次重复了他擅长使用的为个人主义追求而自我流放的主题，但男主人公的生活空间却与其他小说有所不同。在《人性的污秽》中，主人公的抗争对象不再是犹太群体及其传统道德体系，而是非裔家庭内部关系和主流社会的政治文化。该小说在人物塑造方面不同于祖克曼系列。罗斯巧妙地使祖克曼把主人公的地位让给了科尔曼·西尔克（Coleman Silk），祖克曼则退到了叙述者的位置，以一个朋友和作家的身份来构建这位颇有争议的个人主义者的人生故事。男主人公的改变不但可以使《人性的污秽》与祖克曼系列建立时间和空间的连接，让读者充分使用先前阅读而形成的信息图式，更深入地理解这部新作，而且小说内容所涉及的种族、社会文化与政治问题使罗斯能够站在更高的位置和更广阔的视野来描述和评价美国社会政治文化变迁的是非曲直。

与《美国牧歌》的男主人公"瑞典佬"的人生经历类似，西尔克不惜远离家庭和群体，为选择一种新身份而自我流放。与"瑞典佬"相同，西尔克也获益于天生有别于所在群体的肤色和外貌，同样也不得不承担由于错乱的身份引发的悲剧性后果。造成西尔克身份之殇的罪魁祸首自然是种族主义横行的时代，而西尔克则是这个时代的极具个人主义精神的抗争者和胜利者。西尔克出生于一个黑人家庭，但其相貌和肤色却与白人更为相近。中学时期，西尔克便在诸多方面展现出非凡的能力，但也开始感到黑人的身份给自己前途带来的诸多限制。在学业上，他多年是班上第一，但却被要求故意在考试中出错而把第一的位置让给一位犹太同学，因为这位同学的父亲，即西尔克母亲的上司，希望他的儿子能够以班级第一的成绩进入常春藤学校，而无论如何身为黑人的西尔克也不可能有此前途，只能最终就读于一所黑人高校。他得到的回报是 3000 美元现金和母亲升职的机会。作为一名优秀的业余拳击手，他在匹兹堡打拳时为了获得更好的前途不得不隐藏自己的黑人身份。他幼时为生病的白人同学献血时也因为自己的黑人身份而被同学父母婉言拒绝。所有这些不公的待遇使西尔克决定把握自己的命运，而父亲的去世使他少了一份约束。他发现参军是他脱离身份困境的一个好机会，于是他开始谎报自己的种族，在入伍的申请表上将身份写为犹太人。然而，在与其他士兵一起光顾妓院时，他的身份依然被人识破。这进一步坚定了他与黑人身份决裂的决心。退伍后，他以白人的身份进入纽约大学学习西方文学经典。由于身份的转变，他的前途一片光明。此时，他发现自己的家庭成了他与白人姑娘斯蒂娜（Steena）结婚梦想的障碍，于是毅然决然地与家人断绝了关系。这样，西尔克彻底割断了与家庭和种族的联系，不久便靠着自身的聪明才智和不懈努力成为一名成功的白人教授。在他哥哥沃尔特（Walter）的眼中，西尔克是一个费尽心机的说谎者、一个不孝之子、一个出卖种族的叛徒（罗斯，2011b）。他母亲到死也没有弄清楚他这样做的原因何在。

在本书第一章中我们提到，法国学者托克维尔把个人主义定义为一种只顾自己而又安心理得的情感，它使每个公民与其同胞大众隔离，与亲属和朋友疏远。因此，每个公民各自建立了自己的小社会后，他们就不管大社会而任其自行发展了（托克维尔，1988）。爱默生认为，不盲从、坚持个性和崇尚思想自由对人来说是极为重要的，他在《论自助》（*Self-Reliance*）中特别批判传统社会对人自由的束缚。西尔克背叛家庭和群体的原因在于，作为一名个人主义者，为了一己私利，他竟然将自己的家庭作为报复社会不公的对象和工具，为了追求自己的幸福不惜与家人和自己的黑人身份决裂。年轻的西尔克是一个强者，更是一名个人主义者，"如果他愿意，他可以照样谎报自己的种族。他可以随心所欲地打肤色这张牌，任意选择人种"（罗斯，2011b：97）。这是因为，他"自童年起所向往的就是自由：不当黑人，甚至不当白人——就当他自己，自由自在。他不想以自己的选择侮辱任何人，也不是在企图模仿他心目中的哪一位优等人物，或对他的或她的种族提出某种抗议……他的目标是决不将自己的命运交由一个敌视他的世界以愚昧和充满仇恨的意图主宰，必须由他自己的意志决定"（罗斯，2011b：108）。根据美国的价值体系，这一行为虽然不值得崇尚，但与个人主义道德体系并不冲突，因此，在这一价值体系中，西尔克不应该受到社会诟病，甚至应该得到宽容。同时，像年轻时期的祖克曼、凯佩什们那样，作为一个强者，西尔克将来的生活是充满希望和机遇的。然而，对家庭和种族身份的背离使他成为双重身份和人格的人。西尔克"将机制[①]击败了。在那以后，他大功告成了：再也没有离开过城墙里面的城市，即习俗的保护。或者，宁可说，既完全生活在城墙里面，又鬼鬼祟祟地完全生活在城墙外面，完全关在外面——这便是他，一名创造出来的自我，所享有一切独特的生活"（罗斯，2011b：306）。像所有个人主义者那样，西尔克也将承担自己行为的后果，这种背叛无疑为他晚年孤独悲惨的结局埋下伏笔。

（二）身份政治：个人主义者的时代困境

如果说西尔克在第二次世界大战结束后的自我流放与罗斯早期作品中的类似，那么男主人公之后的人生旅途则更多地反映出他融入主流社会后为了捍卫独立人格、对抗流行思潮而再次自我流放的过程，这一点是《人性的污秽》所特有的内容。作为一个有极端功利主义倾向的个人主义者，西尔克此后的人生一片坦途。他靠国家关于退伍军人的优惠政策就读于纽约大学，毕业后到雅典娜学院任教。随后他与犹太姑娘艾丽斯结婚，并幸运地育有四个白人孩子，这使他顺利地隐藏了黑人身份，逐渐习惯于他的白人身份。同时，他也一次又一次地错过与他黑人家庭和解的机会。作为首位犹太人教授和人文学院院长，西尔克教授将古典文学视为西方文明基础，并成了雅典娜学院教学改革的铁腕主导者。曾经是个黑人的他现在已经成为美国主流白人社会的一名精英人物、一名强者和成功者。然而，spook[②]事件使他不得不提前离职，而艾丽斯也因愤怒诱发心脏病去世。接连的不幸使西尔克充满了仇恨。他不禁感叹，自己在过去因为是黑人而被赶出妓院，而此次却因为是白人而被逐出校园。对时事和势力之人的愤慨使他开始了自我流放。西尔克试图将自我封闭起来，与情人福妮雅·法利（Faunia Farley）建立一个远离时事的世外桃源，安度晚年。然而，西尔克却无法摆脱他人的攻击。在一封他收到的匿名信中，他与情人的关系被描述成一个种族主义和性别歧视者对一名年龄仅仅是自

[①] 笔者注：这里的机制指的是种族歧视的机制。
[②] 此词意为鬼魂，但也暗指"黑鬼"的意思。

己一半的文盲妇女无耻地欺压和利用（罗斯，2011b）。同时，他不断受到福妮雅的前夫雷兹特·法利（Lester Farley）的骚扰和威胁。于是，抱着像"瑞典佬"那样通过自己的个人奋斗建立自己小天地的美国式梦想的、一生以来一直扮演着强者角色的西尔克突然发现自己已经被时代抛弃，如今不得不在来自外界舆论压力和时髦思潮的困扰下苟且偷生，无法被所在的社会和自己的家庭所接受，而最终与福妮雅双双死于车祸，西尔克悲剧性地结束了他命运多舛的一生。

西尔克晚年的悲剧似乎偶然，但却有着很强的必然性。

首先，对西尔克来说，spook 事件是学生和同事对他的误读和进行陷害的口实，然而这绝非一个偶然事件。作为白人生活了几十年的他一直教授白人文化基础的古典文学，在其意识和思维深处自己的白人身份很可能早已发生了内化。贝尔认为，认同危机是由于流动性导致的自我感丧失，"日益增强的空间和社会流动性不断增强着人们对身份的关注。人们不再拘泥于穿着或头衔所标示的那些固定的或已知的身份，而是假定了多重的角色，并不得不在一连串新的情境中证明自己。由于这一切，个体丧失了前后一致的自我感，其焦虑不断增加，并且产生了对新信仰的渴望"（贝尔，2001：4-5）。因此，早年的西尔克为了克服这种在两种身份间摇摆不定而造成的焦虑，必定倾向于彻底摒弃旧的黑人身份，而在内心中完全顺从于新的白人身份所拥有的思维模式。西尔克一再向祖克曼提及青少年时期他曾经受到只使用乔叟、莎翁和狄更斯的准确语言的父亲的谆谆教诲，因此，他不可能不清楚词语的双重含义可能造成的杀伤力。作为一名有多年教学经验的老教师，他应该大致能判断出缺席学生可能的种族身份。对 spook 一词的选用不能不说是意在羞辱学生，不能不说是他以白人身份思考的结果。

其次，西尔克拒绝顺应时代的发展，固执地拒绝学生和同事通过女性主义视角对古典文学进行重读的尝试和建议，这不能不说是他作为强者的男性意识的反应，由此，他得到了一个憎恨女性的恶名。其实，罗斯笔下具有如此意识的人物并不稀缺。祖克曼、凯佩什，特别是《波特诺伊的怨诉》（*Portnoy's Complaint*）中的主人公，往往拒绝顺应社会规范，将性作为排解自身压力、挣脱家庭和群体道德约束的手段，而女性则通常被他们视为实现自己个人主义梦想的途径（Searles，1985）。他们对自己的伴侣往往缺乏真实情感。《人性的污秽》中金发碧眼的斯蒂娜是年轻的西尔克的人生梦想，也是脱离黑人群体的途径。福妮雅不仅在外貌方面与斯蒂娜相近，而且其不大的年龄和卑微的身份似乎能使西尔克恢复强者的信心，使自己变得年轻。因此，系主任德芬妮·鲁斯（Delphine Roux）、福妮雅的前男友斯莫基·霍伦贝克（Smoky Hollenbeck）和前夫雷兹特等人对西尔克的指控并非完全没有道理。

最后，也是西尔克遭遇困境的最根本原因，即他与时代发展脱节。由于20世纪后半叶美国社会各种政治运动的出现，特别是多元文化主义的兴起，人们越来越倚重甚至屈从于群体力量和集体诉求，而越来越少地依靠个人奋斗来达到自己的人生目的，他们为了群体利益情愿牺牲个人利益和言论自由。显然，西尔克多年来似乎生活在雅典娜学院这一个人主义的理想真空中，对如此背离美国立国之本的做法自然不能适应和认同。在该小说中，罗斯意在表明，在当时美国，特别是在构成美国的基础单位小城镇中，大众群体信念的脆弱和行为的盲从，使他们失去了自我判断能力，成为政治潮人愚弄和操纵的对象以及实现他们政治诉求的工具。德芬妮正是通过掌握话语权来操纵社会舆论，将西尔克塑造成一个种族和性别歧视者。因强力推进改革而在雅典娜学院触犯了许多人利益的西尔克除了祖克曼外，无法指望会有人愿意为他辩解，愿意维护他的人格，即使是那些曾经受益于他的人也都成了冷漠的旁观者。在当时的美国，像西尔克这样具有如此"劣迹"的人显然就成了全民公敌，即使是平日难以令人置信的谎言一旦与他产生联系也会变成真理，即使是他自己的子女也不得不相信。众叛亲离的西尔克只能走上再次自我流放这条路。然而，他的死亡确实触动了迷失于群体权益与利益之争的美国人的良心。在西尔克的葬礼上，曾是墙头草式人物的黑人教授赫伯特·基布尔（Herbert

Keble）或许出于愧疚在悼词中对西尔克所遭受的不公正待遇深表同情，同时对他的人格和他的一生重新进行了评价，他把西尔克比作像霍桑、梅尔维尔和梭罗那样的美国个人主义者，他指出西尔克并不认为生活中最重要的事是规章制度，拒绝盲目接受那些其他人习以为常的规范以及被多数人奉为真理的正统观念，同时，也不会时刻按照大多数人遵循的礼仪和情趣标准去生活。他认为西尔克"遭到朋友和邻居野蛮的践踏，以致他孤立地度日直至死亡，被他们道德的愚昧剥夺了他道德的权威"，并承认是他们"道德上愚昧不堪的吹毛求疵的社团，毫无廉耻地玷污了科尔曼·西尔克的好名声"（罗斯，2011b：284），他们出卖了西尔克，也出卖了艾丽斯，而群体此时再一次显现出它易受操控的特性。在悼词的感染和庄严的哀乐的烘托下，本来对西尔克心存芥蒂，只是出于礼节需要和从众心理才来参加西尔克葬礼的人，在西尔克那些"具有召唤悲哀并使之持续的能力"（罗斯，2011b：286）的孩子们的引领下，也同样跟随着人流到达墓地，并对自己先前的行为表示忏悔。这里，罗斯如此描写似乎是借祖克曼之口对当时大多数美国人只是习惯于顺应，进而失去自己的个人主义精神和独立人格的悲叹。

（三）对个人主义者悲剧性人生结局的感叹和反思

与美国三部曲的第二部《我嫁给了共产党人》（*I Married a Communist*）有所不同，《人性的污秽》中的祖克曼和西尔克一样，也是一个孤独的老年人。他"维持离群索居的状态，杜绝干扰，自觉远离一切的功名利禄、社会幻影、文化毒品、男欢女爱，恰似虔敬的教徒将自己深藏于洞穴、地窖或密林的茅屋中"（罗斯，2011b：39），将自我流放。祖克曼认为，作为西尔克唯一的朋友，他有责任来重构这位个人主义者的一生，以此作为祭奠他的挽歌，并借此哀叹美国社会政治文化发展与其立国之本越行越远的现实。正如祖克曼做了罗斯自己无法做的事情一样，西尔克也为祖克曼实现了愿望，同时也承担了相应的风险。与祖克曼相比，西尔克在体力、智力、勇气和胆识方面都要略胜一筹，更具有超人般的素质，因此是当时制度的更有力的挑战者。但西尔克最终输给了他的后继者、个人主义者，但更是当代文化政治潮流弄潮儿的德芬妮，同时也输给了他的敌人们操控的公众舆论。

在同情晚年西尔克的遭遇的同时，祖克曼也对其背离自己的家庭和种族的极端个人主义行为进行了反思。所谓极端个人主义，就是为了一己之利不仅背离了群体，同时也背离了自己的家庭，最终不免孤独一生、无所依靠。对于人改变自身认同，菲利克斯·格罗斯（Feliks Gross）认为："在某些情况下，主观同化与一个人现在的生活方式是一致的。这个人离开自己本土社会、脱离了原来的宗教、为了寻求更好的机会或仅仅为了避免迫害而加入了其他的、占主导地位的民族。通过婚姻、改宗而导致宗教、族属身份变化，是经常发生的事。"（格罗斯，2003：241）同时，认同危机也是一个人改变宗教信仰的重要内在原因。像西尔克这样的极端个人主义者即使在人生的鼎盛时期也不得不为失去与家庭和黑人群体的联系所困扰。通过祖克曼系列小说可以看出，祖克曼和西尔克一样，也是一个极端个人主义者。然而在美国三部曲中，祖克曼因前列腺癌手术而失去年轻时对幸福和理想追求的强烈欲望，他转作为叙事者对主人公凄惨的命运深表惋惜，在重构主人公生活的过程中对其失去与家庭的联系以及家庭对其在道义和情感上的支持尤其表现出哀叹，这也许是罗斯本人的真实情感，这种对家庭关系深表依恋的情感在他的小说《遗产：一个真实的故事》（Patrimony: A True Story）中已有所体现。与西尔克不同，祖克曼尽管与家庭和种族矛盾重重，但却从未与其断绝关系。在祖克曼看来，西尔克一生最大的悲剧莫过于对自己家庭和黑人身份的背叛。看似铁石心肠的西尔克一次又一次地为背离而自责，为自己的谎言而内疚，同时也对自己黑人身份可能败露而恐惧。他"既完全生活在城墙里面，又鬼鬼祟祟地完全生活在城墙外面，完全关在外面"（罗斯，2011b：306）。极端个人主义造就了西尔克的神话，同时也造成了他悲剧的一生。

在重构西尔克一生的过程中，同样一天天老去、陷入孤独的祖克曼也试图发现他自己悲剧的源头，其实这同样也是祖克曼本人的人生之路。

个人主义是强者和年轻人的游戏，对已步入老年的祖克曼和西尔克来说，它意味着孤独，缺乏与家庭和群体的情感联系，这些曾经铁石心肠、雄心勃勃、做事不计后果的人们忽然发现自己竟是那样的脆弱。身体的疾病或事业上的挫折使他们直面死亡恐惧，在曾经被他们视为弱者的女性面前，他们逐渐失去权力，时刻感受着可能被遗弃的恐惧。西尔克的死亡似乎是他摆脱这一悲剧命运的唯一途径。相比之下，祖克曼的结局则幸运许多，他的隐居生活似乎能使他安静地度过晚年，不再感受任何世间烦扰。

总之，罗斯的《人性的污秽》应被视为他具有里程碑式的作品，该小说使他最终跳出了犹太群体的圈子，开始直接涉及美国主流社会的时代关切，使他更进一步成为真正意义上的美国作家。同时，该小说也独辟蹊径，在多元文化主义和身份政治方兴未艾时就对其可能给美国政治文化带来的冲击进行了反思。此外，该小说也预示着罗斯后来出版的小说，在人物命运处理上的悲剧化趋势。在美国三部曲之后出版的多部小说中，如《垂死的肉身》(*The Dying Animal*)、《退场的鬼魂》(*Exit Ghost*)和《低入尘埃》(*The Humbling*)等，自绝于群体的男主人公祖克曼和凯佩什都在逐渐老去，他们不再像在早期作品中那样自信、充满活力，而无不面临着"死亡和腐朽，这个毫无意义的世界无比暗淡的一面"(Safer, 2006: 146)，在孤独哀伤中了却残生。这一悲观情绪不仅仅源于他们年龄的增长，在这个以身份政治为文化核心和意识形态的年代，他们只能发出无力应对的哀叹。《低入尘埃》则因男主人公西蒙·阿德勒(Simon Adler)试图用金钱和自己作为著名话剧演员的地位和影响力来改变身为女同性恋者的女主人公佩瑾(Pegeen)的性取向而再次与21世纪美国多元文化精神发生冲突，因此遭到评论界的诟病(Safer, 2010)。

因此，罗斯这位享誉美国数十年的大文豪不仅未能如愿获得诺贝尔文学奖，而且在美国文坛的地位和影响力也逐渐被更能符合多元文化主义时代警示的年轻一代作家所取代。

第三节 乔纳森·弗兰岑与《纠正》

在反映20世纪末到21世纪初美国中产阶级的生存状态方面，弗兰岑可谓是继厄普代克和罗斯之后的又一位重要作家。他描写中西部小城和费城生活的小说《纠正》荣获2001年美国国家图书奖，同时也入围了美国国家书评奖和普利策文学奖等重要奖项的最终名单。弗兰岑笔下的人物同样经历了20世纪60年代到20世纪末美国文化的变迁，这些变迁对他们的家庭、生活方式和人生产生了重大影响。在这部小说中，老一代人连同他们的价值观和对生活、家庭的期待逐渐随着时代消失在历史的长河之中，取而代之的则是经过新文化洗礼的年轻一代，在新世纪中他们砥砺前行，冲破传统的藩篱，在从众和追求自我之间探索着属于自己一代人的生活之路。本节将通过小说《纠正》对身处这一时代变迁过程中的两代美国人迥然不同的处世态度进行分析，借以说明在20世纪末到21世纪初普通美国中产阶级对时代变迁的抵抗和顺应。

一、不断崩塌的传统价值体系和男权世界与艾尔弗雷德

弗兰岑笔下的艾尔弗雷德·兰伯特（Alfred Lambert）是一个典型的中西部中产阶级家庭的一家之主，他秉承着具有浓厚清教色彩的保守的传统价值观。作为公司的雇员，他工作勤奋努力、恪尽职守，并用大部分的业余时间进行研究，希望为自己的研究申请专利从而出人头地；作为丈夫，他身体力行，不遗余力地承担着家庭支出的重担，同时也希望妻子伊妮德（Enid）对他言听计从，尽好一个妻子相夫教子的责任，因此他对伊妮德往往显现出清教徒般的冷漠，缺乏正常的夫妻之情。对子女来说他是位严厉的父亲，他与他们的关系"仅限于他们成功的程度"（弗兰岑，2007：584），希望他们成为成

功、有用的人，因此经常会纠正他们的缺点和毛病，但他却无法向他们表达自己的爱。他会强迫年幼的次子奇普（Chip）吃下讨厌的食物，直到夜深人静，奇普趴在餐桌上睡着，最后亲自抱奇普上床。和中西部许多老年白人男子一样，艾尔弗雷德对少数族裔的歧视和偏见颇深，竟然会在奇普的英国女友面前声称："'黑鬼'将成为这个国家的祸根，'黑鬼'无法与白人共存，他们只指望得到政府照顾，他们不理解辛勤工作的意义，他们最缺乏的是纪律，它将随着大街上的杀戮而消失。"（弗兰岑，2007：23）

退休之后，艾尔弗雷德不仅越来越远离时代，而且对当代道德伦理规范，乃至商业运作模式和法律程序都已无法理解。他怎么也不明白，自己辛辛苦苦、兢兢业业工作数十载，最后做到了公司的管理层，而结果依然是被公司与社会抛弃和遗忘。他牺牲多年业余时间研究出的产品专利曾使他感到无比骄傲，是他作为一名称职和成功的员工和管理者的证明，同时也是一位受儿女敬仰的父亲尊严的寄托，但公司却只肯出资5000美元来购买。

艾尔弗雷德所遭受的最大打击莫过于他曾经在家庭中的统治地位的消失。艾尔弗雷德因身患帕金森病而行动不便，最终大小便失禁，他感受到他曾经力图维持的那种诚实肯干、令人敬畏的中产阶级父亲形象在逐渐分崩离析，他在家庭中曾经拥有的权力随着子女们长大离开而无的放矢。他自己则因逐渐失去自理能力而开始依赖伊妮德，曾经的夫权也在伊妮德对他行为的鄙视和憎恶面前不断被削弱。他期盼着孙辈们在圣诞节回来看他，却因遭到儿媳的嫌弃而不能如愿。

艾尔弗雷德最终成为家庭中唯一一个需要依赖他人照顾的累赘和负担，这样的过程不仅给他造成了生理上的痛苦，同时对他的心理也是一个沉重的打击，最后他郁郁而终。

二、强势、老派的家庭主妇伊妮德

如果说艾尔弗雷德年轻时是说一不二的一家之主和随时纠正全家人不良行为的道德主导，那么老年的兰伯特夫妇之间的权力天平已经完全偏向了伊妮德。年轻时期的伊妮德与多数中西部小城镇中产阶级家庭主妇一样，恪守传统家庭伦理，勤勉持家、相夫教子，对丈夫的权威有着天然的敬畏。在正直勤劳，但同时也冷漠严厉的丈夫面前，她依然能够尽心尽力，避免与艾尔弗雷德发生正面冲突，用自己的委屈来维持丈夫的威望。然而，数十年后，与年轻时相比，老年的伊妮德在丈夫和子女面前更为强势，尤其是艾尔弗雷德住进养老院之后的几年，她的角色已逐渐从被动、服从、处于附属位置的传统妻子转换成为孩子们真正敬畏、爱戴的家庭中心，以及家庭事务的操控者。如果从女权主义角度来考虑伊妮德的角色转化，就不能忽视时代的变迁在其中所发挥的作用。然而，无论是作为时代变迁结果的新潮思想，还是她个人在年轻时所受的男权的欺压，都未改变她作为一名典型的中西部小城镇家庭主妇通常具有的保守态度。面对子女生活中所发生的一切，她虽无法进行干涉，却不时地通过家庭纽带来给予他们负面的反馈，避免他们在"自由"这条路上走得太远。看到一对来自正统中西部家庭的青年男女喜结连理，伊妮德浮想联翩，她祈求上帝帮她创造几个奇迹，可是她的儿女无一遂愿。

以上内容首先反映了以伊妮德为代表的中西部小城镇中产阶级群体的政治取向。他们固守自己的地方文化，对于政治家们，无论他们的党派如何，都不感兴趣。在他们眼里，两党的总统们，无论是尼克松、里根，还是克林顿，都无法真正让他们信任，都无法代表他们所固守的清教色彩的价值观，他们对政治家们所代表和鼓吹的新文化对于自身文化，特别是对当地年轻人的腐蚀和误导忧虑重重。其次，折射了他们对坚持和延续本地区保守传统的生活方式的渴望，以及对自己子女，特别是女儿丹妮丝（Denise）另类的婚姻观的不解和由此可能给女儿带来的不幸的担忧。因此可以说，伊妮德是该书中塑造最真实、最完整和最成功的人物之一。

三、卡在传统文化和新潮思想之间的加里

在该书的年轻一代中，作为长子，加里（Gary）与兰伯特家的

价值观的联系最根深蒂固，是唯一完成父母赋予的成家立业使命的孩子。然而，作为在费城工作的银行家，以及一位既富有又新潮的女性的丈夫，他摆脱这种与落后文化联系的欲望也是最强烈的。在该书中，加里是一个上中产阶级男子，他通过自己出色的表现在大学毕业后进入银行工作，并向妻子允诺自己会把家庭放在首位。这样的生活态度使他在与同事们的竞争中处于劣势。转变态度之后，加里在事业上开始成功，并得到了提拔。然而，在一定意义上，他成为又一个尽管辛勤工作，但无法赢得家人理解和爱戴的艾尔弗雷德，不同的是，他的生长年代不同，因此其思维方式和价值观也颇具新一代中产阶级的模式，在和父亲一样重视个人事业和发展的同时，他思维新潮，蔑视因循守旧的中西部人，商业意识敏锐，热爱家庭，尊重妻子和孩子，是一个极为典型的20世纪末21世纪初白领阶层的一员。然而，加里似乎感觉到昔日父亲经历过的一切开始在他身上重演。

造成加里心理问题的首要原因是其自身传统的家庭权力观与新时代家庭内部权力重新分配之间存在的冲突。由于聪明能干的妻子卡罗林（Caroline）出身大城市富裕家庭，同时又有强烈的权力意识，从一开始加里就不具备像父亲在母亲那里具有的权力。与艾尔弗雷德年轻时相比，加里从来没有过父亲那样的"一家之主、说一不二"的地位，因为他的妻子更知道如何靠收买儿子们而在夫妻关系中位居上风，如何让他对父母仅存的挂念变为难堪之事，同时又在不断地强化儿子们心目中他抑郁症患者的形象，让他失去威信。在他看来，卡罗林利用一切可能的机会在孩子们面前丑化和诋毁他的父母，把他们代表的中西部人塑造成头脑简单、缺乏见识、粗俗守旧，又自以为是的群体。她尤其是把他们深感骄傲的地方特色饮食形容成难以下咽的既不卫生又不健康的东西。因此，儿子们拒绝与加里的父母亲近，这使渴望见到孙子、享受天伦之乐的艾尔弗雷德和伊妮德一次次失望。加里曾是名优等生，现在又身居银行高管的位置，又在东部大城市生活多年，他自视为社会精英，因此非常鄙视那些不求上进、肥胖粗俗的家乡人，但妻子和孩子的轻视态度却使他难以接受，使他愤懑。加里自然清楚中西部的家乡逐渐被时代所抛弃，自然清楚时代的前进对于传统家庭观念的冲击和瓦解。在他看来，不仅仅是自己的家庭，而且在整个美国，家庭生活的本质正在发生变化——全家团聚、孝顺父母和兄弟情谊不像他年轻时那样受人重视了。

加里对父亲的感情十分复杂，他曾经惧怕父亲，同时也曾对父亲的工作精神敬仰备至，而如今，他开始可怜这位自认为是个了不起的发明家的父亲。

同时，父亲的健康状况引发了他的担忧，虽然他自己被酗酒、抑郁症所困扰，但他那长子的责任感还是促使他先与他的弟弟和妹妹为今后父母的养老问题找出解决方案。鉴于加里与其父之间的相似之处，他的这种对父亲的情感在某种程度上是对其自身处境的怜惜和哀叹。

加里对家里老房子的态度恰如其分地说明了他对传统的复杂心理。那幢曾是他们家庭根基的房子，经过了数十年的风吹雨打，已经和他们老年的主人一样，失去了当年的光彩，变得肃杀凋零、残败不堪。为了避免房子的价值进一步下跌，加里决定把它卖掉。从表面上看，加里坚持卖掉房子是有着合理的对经济原因和实际问题的考虑，但其意义远非如此。通过房子这一隐喻，作者指出了曾经看起来是那么坚实稳固的清教色彩浓厚的中西部文化，在时代的冲刷和东部新潮前卫的都市文化的冲击下，是那么摇摇欲坠，徘徊在土崩瓦解的边缘。同时，这座房子在加里的眼中也成了许多不堪回首的往事的化身，成为他自身的文化自卑和家庭矛盾的根源，因此是他要迫不及待抛掉的羁绊和包袱。更重要的是，卖掉房子是他对艾尔弗雷德父权的彻底解构。当一家人都居住在费城时，他不仅仅是长子，而且也有可能成为控制和支配所有人的家长和可依靠的对象，以填补在自己家中没有权威、不被需要和关心的缺憾。然而，他自己深陷日常工作和层出不穷的家庭问题中，根本无暇帮助自己的父母、关心自己的弟弟和妹妹，显得极端自私、自我。

总之，艾尔弗雷德的故事二三十年后在加里的身上重演，然而，变化了的文化与价值观又使加里的故事有了新的内容和形式。作为兄妹三人中意志力最强的一个，加里虽然有自身的心理问题，但依然能稳健地把控着自己的生活和事业，以积极顺应的态度很好地适应了20世纪末和21世纪初文化大演变过程，因此可被视为美国中产阶级的典型代表。

四、奇普——逃离旧世界，却被新世界抛弃

在兰伯特家的三个子女中，天资聪颖的奇普虽然是艾尔弗雷德最喜爱的一个，但因选择了错误的人生道路，最终却成为最被边缘化的一个。儿时他就常因为违背父亲的命令而受到惩罚，成年后奇普逃离了闭塞、压抑的中西部小城，和加里一样来到开放、自由和新潮的大都市费城。然而，他没有像哥哥加里那样在事业上取得傲人的成就，一直无法真正融入高校的学术环境，依然保持着青春期的叛逆心理，游走在主流文化的边缘，并深陷于自己崇尚自由的个性之路与现行制度和秩序约束之间的冲突之中。奇普幼年时期因父亲过度纠正，并未成为一个从众守序的人，反而对条例规定有着天然的抵触。奇普并不经常回圣裘德看望父母，而是陶醉于自己那个充满性、毒品和幻想的小世界之中。作为一名大学教师，他也无法从自己的教学研究之中获得足够的乐趣和成就感。他的一门重要课程是马克思主义文化批评，"每一年的大学新生似乎都比他们在一年之前更加排斥艰深难啃的理论，每一年批评大众开窍的一刻总是来得迟一点。眼看一学期即将结束，奇普依然吃不准除了梅丽莎之外是否还有谁真正知道如何批评大众文化"（弗兰岑，2007：43）。

这种无法顺从任何一种约定俗成模式、过于随意任性的思维方式无疑也使他难以维系与异性的关系。在经历数次恋情未果之后，奇普与学生梅丽莎（Melissa）开始秘密恋爱，而在梅丽莎的诱导下，奇普开始吸毒，并违反校方规定，替梅丽莎完成了学期论文。此事败露之后，梅丽莎把责任都推到奇普身上，并指控他性骚扰，这导致奇普最终被校方开除。

特立独行的奇普很快就尝到自己目无规范的苦果。失去教职之后，因无生活来源，奇普很快就变得穷困潦倒，与幼年他父亲为他制定的成为一名学者的人生目标愈行愈远。在被解聘后的 22 个月中，奇普变卖了一份退休金，卖掉了一辆性能完好的汽车。他开始在律师事务所上半班，他的薪水水平与美国收入最低的 20%的人口相当，处于贫困的边缘。为了在自己的公寓里招待来访的父母和妹妹，奇普不得不变卖了自己拥有的莎士比亚全集和一套西方马克思主义文艺批评理论著作来购买食物，最后还不得不在超市偷了一块 78 美元的三文鱼，并将它藏在裤裆里，"来回滑动的鱼肉摸上去像是一块冷冰冰饱鼓鼓的尿布"（弗兰岑，2007：102）。

习惯于放纵生活的奇普内心却还保存了其家庭从小给他灌输的廉耻感和价值观。为了掩盖他那无法让父母接受的生活方式，奇普试图使公寓看上去体面些：他买了一套去污用品，清除了红色躺椅上的几大块精液斑，拆去他用酒瓶塞挨着壁炉上方的壁龛砌的围墙，从卫生间墙上取下用特写镜头拍摄的男女生殖器的照片和他的艺术收藏品的精华，换上伊妮德很久以前坚持让人替他嵌在镜框里的三张证书。父母到达之后，他不得不告诉他们自己被解雇的事，同时也不得不耐心地去聆听父亲的训诫："一个工作出色的人几乎不可能被解聘。"（弗兰岑，2007：93）由此可见，奇普一直试图逃离儿时受到的道德伦理上的制约，渴望抒发个性的自由奔放的生活方式，但他却无法逃离代表着这种道德伦理制约的父母。

奇普随后的遭遇恰恰说明了他潜意识中对逃离这规则主宰的现实世界的渴望。他爱上了为他出版小说的女编辑朱莉娅（Julia），继而结识了她的丈夫基塔纳斯（Gitanus）——脱离苏联独立的立陶宛共和国的一名官员。后来奇普竟鬼使神差地和这位情敌成了朋友，并最终听从对方的巧言说辞跟随他到立陶宛"淘金"。奇普发现立陶宛的首都维尔纽斯是个"可爱的地方，有炖牛肉、卷心菜、烤土豆薄饼、啤酒、伏特加、烟草，有同志情谊、颠覆性的事业，同时还有女郎"（弗兰岑，2007：491）。这个"少数权势者则以武力相威胁，迫使多数无权无势者就范"的国度使奇普这位"服膺福柯学说的美国人内心兴奋不已"（弗兰岑，2007：494）。然而，命运多舛的奇普刚刚拿到酬劳，便经历了该国的政变，在政变过程中他不仅失去了所有的收入，同时生命也受到了威胁。从该事件上可以看出，这个父母曾经的"乖儿子"为了实现自我，远离约束，不惜与陌生危险的"他者"为伍，彻底离开自己的舒适区，到立陶宛这个缺乏秩序的混沌之地去冒险、去赌博，最后终因时运不济铩羽而归。

  人生的失败迫使奇普经历了一系列离奇事件，原始的疗伤欲望最终促使他回到圣裘德的家，与家人共度圣诞。奇普最初不情愿担负起照顾父亲这一家庭责任，但他无力抵抗，因为他无事可做、孑然一身，而且没有生活来源。因此，奇普最终同意与母亲一起照看艾尔弗雷德。他的回归重新连接了与母亲和妹妹的亲情。更重要的是，在自己的反叛行为给自身和他人造成了如此之多的痛苦之后，他终于长大，而圣裘德这座小城和他的家人，使他在开始新生活之前又获得了一个新的起跑点。最终，他摘去了耳环，与一名犹太女医生结合。在小说结尾，奇普在芝加哥的一个私立高中任教，同时还进行着电影剧本的创作，而且他还即将成为两个孩子的父亲。从这一结果可以看出，弗兰岑笔下的奇普依然是一个多元文化主义的推崇者，经过了人生中的起伏，摒弃了多元文化主义运动带来的负面影响，最终成为多元文化的表率，给兰伯特家族带来正面的时代气息。

五、丹妮丝——家里的乖孩子到双性恋的蜕变

  作为兰伯特家唯一的女儿，丹妮丝自幼受到父母更多的关爱，完全没有经历过类似奇普那样被父亲严厉纠正和惩罚的痛苦。在她的童年时代，虽然父母这对格格不入的夫妇难得有高声争吵的时候，表面上相安无事，但他们的冷漠却让丹妮丝在内心饱受折磨。她痛恨家乡圣裘德，恨那里的假民主："圣裘德的人假装不分彼此……但是那里的人并不都一样，根本就不同。他们之间有阶级差别，有种族差异，而最根本的，他们经济条件悬殊。可是在这点上，谁都不愿面对现

实。每个人都在装假！"（弗兰岑，2007：437）丹妮丝与两位兄长一样，天资聪颖，成绩出色，却最终辍学，成为一名高级饭店的厨师。然而，从保守的中西部小城来到大都市，她与奇普相似，并未能真正融入主流文化，但是费城宽松、自由的环境使她先前由于伦理禁锢、深藏在心底的欲望得以释放。她表面上依然是个聪明伶俐、孝敬父母、诚实可靠的年轻女子，但她的私生活却令人瞠目。她的反叛行为甚至超过了奇普，只是善于隐藏罢了。从十几岁开始，丹妮丝便先后与两个已婚中年男子产生恋情，一个是她父亲的下属，另一个是她朋友的父亲，但最终都以失败告终。后来她到波士顿发展，在二十几岁时，嫁给了年龄长她一倍的犹太餐厅老板。从丹妮丝的生活轨迹看，其中不乏恋父情结，但也不能不排除她通过如此行为来报复父亲对她行为的过分约束，同时也故意违背父母希望她与家乡青年成亲的期盼。其后，丹妮丝与雇主夫妇之间维持着双性恋关系。在夫妻二人之间的犹豫不决不仅说明她有双性恋倾向，而且也表明她脱离了父母和环境严格的道德约束后，渴望经历那些违背传统道德伦理的事情，来充分体验她新获得的自由。但是，这种体验没有给她带来太多的愉悦和兴奋感，不仅让她感到自己"不道德"，而且最终使她失去了工作和名声，变成一个受人唾弃的社会弃儿。由此，丹妮丝陷入了一种迷失的状态：她不再确定自己对异性或同性是否还拥有真实情感。与奇普一样，父亲的病危和亡故给了她一个机会，让她重新理解家庭和人际关系，重新担负起家庭责任，重新认识自己，重新开始人生。在多元化的新时代自由精神裹挟下迷失了自己的丹妮丝，必定会成熟起来，成为更加稳重可靠的人。她在纽约市布鲁克林区的一个新开张的餐馆担任主厨，虽然依然单身一人，但也开始了新的人生旅程。

从以上的分析中可以看出，小说《纠正》中的主要人物身上都留下了深深的时代烙印。无论代表着传统价值观的艾尔弗雷德对妻子和子女如何纠正，都无法与时代的发展抗衡。最终，艾尔弗雷德的病危和故去代表了旧传统的分崩离析，而他的子女所经历的痛苦和迷茫又显示出在逃离旧时代的约束后，在多元化、充满自由的新时代有着更多的未知因素，需要他们用自己的眼泪和热血去寻找答案，必须回到生命初始的地方，从家庭的关爱和有序的传统世界中获得精神联系和营养。作为一部在 20 世纪末 21 世纪初出版并荣获美国文学奖项的作品，这也是其意义所在。它在宣布传统结束的同时，又预示了美国人在新世纪面临的挑战，以伊妮德为代表的圣裘德，以及美国各地小城镇白人居民的保守态度，与大城市中以奇普、丹妮丝为代表的年轻一代前卫的思维和行为方式之间存在着无法弥合的裂痕，而加里、卡罗琳所代表的受教育程度高的大城市上中产阶级精英阶层对主流文化的控制，以及他们对小城镇传统宗教观、道德观和价值观的蔑视和憎恶则又进一步加深了这条裂痕，使他们所代表的各自群体势不两立，后来在党派政治的推波助澜下逐步造成了美国社会各群体之间的撕裂。然而，他们之间的亲情却又将这个国家维系在一起，小城镇和大都市之间的相杀相融，仍旧是美国文化的一条风景线。

  本章作为本书的最后一章，透过罗斯和弗兰岑的小说对 20 世纪末美国中产阶级文化的变迁以及给普通中产阶级和他们的家庭成员带来的影响进行了解读。书中的这些人物的个人经历无不说明了他们所代表的那个社会阶层的成员在这个辞旧迎新的过程中所面临的痛苦和挑战。他们虽然对一些变化难以接受，但最终还是不得不让自己逐步学会适应，在新的意识形态和社会规范之下继续谋生存、求幸福，同时，去探索新的自由和新的个人发展空间。他们的思维和行为无不预示了在 21 世纪这个更为多元化的美国社会中中产阶级成员普遍的生存状态。他们将继续为了生存、自由和幸福追随主流文化的发展方向，继续在社会生活中扮演重要的角色，继续作为推动社会发展的中坚力量而存在。

结　语

虽然富兰克林、杰弗逊、爱默生、梭罗等美国文化的先贤们一致认为，鼓励非从众思维和行为是美国割断欧洲文化的影响，建立一种独特的新文化的一个重要途径，但是纵观美国历史各个阶段的文学作品，我们都会看到从众思维和行为的表现。尽管人们在思维方面保持特立独行在美国是值得称赞的，但这种思维方式绝不会仅仅停留在思想领域，终究必然会通过人们的行为表现出来，使人们直接面对现行的社会与群体的道德行为规范，并与其产生矛盾。美国社会文化在建国以来所取得的进步和发展自然与对非从众思维和行为的鼓励分不开，但具有这些思维和行为的个人往往会不可避免地与所在社会和群体发生冲突，以致使他们的生存受到影响。为了避免因自己的行为而遭受艰难困苦，深谙生存之道，同时也是现行制度受益者的中产阶级会有意识地调整，甚至控制自己的思维和行为方式，来顺应社会或群体内的多数人，以确保自己的生存质量免受影响，并在此基础上受益。与非从众思维和行为一样，从众思维和行为不只局限于思想领域，它是一种习惯，一种待人处世的方式，一种价值观、人生观和世界观，最终会反映在个人生活中的方方面面。作为多数人的生存之道，从众思维和行为在客观上保障美国社会稳定，降低社会发生激烈动荡的风险性，并促进经济的发展。

虽然作为一个整体，中产阶级往往因态度暧昧、缺乏斗争精神而在政治上并未得到应有的重视，但是在美国发展的各个阶段都能看到中产阶级在维护社会秩序、确保社会渐进式发展方面发挥着重要的作用。同时，中产阶级也绝非仅仅顺应社会道德规范，而是通过对体制规则的理解和利用，以非暴力、建设性的方式推动社会改革，以改善现存的社会体制和道德规范体系，最终获得对自身更为宽松、更为有益的生存环境，同时在客观上也推动社会进步和下层人士生活的改善。

在本书各章节中，通过对文学文本的分析，我们不难看出，作为文化先驱，作家所塑造的男女主人公在思维和行为方面都具备着非从众特质，作家希望通过他们以明确或隐晦的方式来抨击时弊、呼唤个性解放，最终促进社会文化的进步和发展。但同时，这些文本有时却会起到相反的作用，中产阶级读者会通过出版机构对激进作家和他们的作品施压和反制，迫使他们改变自身立场，或对人物塑造方式进行修正，使其惊世骇俗的行为起到警示世人的作用，这样无论作者的初衷如何，作品如果获得出版机会，就必须去顺应潜在读者的价值观需要。正因为如此，最终，他们笔下追求个性的主人公们不免会成为失败者，被群体和社会所抛弃。这也是中产阶级希望看到的结局。为了避免这样的结局在自己身上发生，中产阶级读者会愈发觉得顺应的必要。只有在当代读者和研究者重新解读的过程中，一些作品中所隐含的文化价值、主人公的斗争精神才能被发现。

纵观美国历史我们可以发现，随着经济和科技发展、社会进步、文化多元化，中产阶级文化从众性的内涵已经有了很大的变化。这一点在本书所分析的作品中也有所显现。清教时代的人们迫于恶劣的自然和社会环境，不得不放弃个人追求，忍辱负重地去顺应清教道德规范和群体约束。在中西部大开发的年代中，人们已经不再受苛刻的道德规范的约束，正如凯瑟笔下的亚历山德拉和安东尼亚那样，在严酷的自然环境中，他们自觉地建立由家庭和邻里组成的社区，靠集体的力量在新环境中生存，同时，他们自愿顺应群体内的规范，以建立和谐的家庭和邻里关系。然而，在生存环境和生产条件改善之后，人们便开始脱离原先的家庭和社区，以求更好的个人发展。在美国内战后的工业革命时期，中产阶级文化逐步确立，以豪威尔斯笔下的拉帕姆为代表的新富们为了彰显新的社会地位而情愿去顺应上层社会那虚伪烦琐的文化礼仪和行为规范，以获得与他们经济地位相称的社会承认。这一社会道德规范体系对个性追求往往持有否定态度，像肖邦笔下的艾德娜那样置家庭于不顾去追求个人幸福的人会受到社会的谴责。他们必须像《纯真年代》中的男女主人公那样克制自我，来顺应他人的期待。由此可见，这些约束往往来自自身和社会，自然环境对这一时代的人已经不再有什么控制和阻碍作用了。

到20世纪初，社会流动性增加，人们从乡村和国外涌入美国的各大城市，人口流动促进了经济的发展，但也给城市带来了诸多问题。一些人像德莱赛小说中的嘉莉那样，在流动过程中抓住机会，实现了自己的美国梦，而另一些像赫斯特乌以及辛克莱《屠场》中的新移民那样，或逐渐失去自己的地位，或找不到生存机会。嘉莉和赫斯特乌成为顺应社会发展与违背社会规范的典型代表，《嘉莉妹妹》无疑成了这一时期中产阶级行为规范的警世之作。《屠场》中新移民的绝望并未使中产阶级读者看到剧烈变革的必要性，该书的出版却意外推动了保障中产阶级权益和美国未来发展的食品卫生法和移民限制法的通过。进入20世纪20年代，美国中产阶级面临着两个选择，一是同情左翼人士和他们的事业，同时承担因此所面临的风险；二是顺应社会发展潮流，投身于消费主义生活方式，而刘易斯小说中的巴比特就是其中之一，他最终放弃张扬个性的前者，而像圈内所有人那样选择了后者。对巴比特来说做一个特立独行的人要比做一个兄弟麋鹿保护协会成员、一个中规中矩的丈夫和父亲要困难得多，而且要承担被孤立和诸多其他意想不到的风险。同样是刘易斯笔下的人物，《大街》中的女主人公卡萝尔试图用新文化改造中西部那个沉闷单调的戈镇，但最终发现自己逐渐被那些持有狭隘地域文化的中产阶级邻居们所同化和改变，她为了家庭的和谐和幸福放弃了自己的改革之梦。

到了20世纪中叶，美国中产阶级依然在继续他们的从众思维和行为，但从众思维和行为的目的和实质已经开始逐渐发生变化。美国在第二次世界大战之后迎来了历史上的"黄金时期"，以米勒和契弗笔下人物为代表的中产阶级，为了顺应社会对自己的角色期待，为在外人面前树立一个成功人士和幸福家庭拥有者的形象而戴着面具生存。他们为了扮成好邻居的模样,不得不隐藏自己真实的感受,并用酒精来麻醉自己。从 20 世纪 60 年代初开始,美国中产阶级作为旁观者和参与者,经历了各种政治运动。以《兔子回家》中的哈里为代表的该阶层人士,以保守的政治态度,冷眼面对社会文化的多元化进程和自己家庭随之发生的变化,他们依然坚守着自己的价值观。在随后的年代中,像《兔子富了》中的哈里那样,他们逐渐适应这些变化,便开始顺应多元化进程,并试图从中获取利益。像兔子哈里的儿子纳尔逊那样,他们的后代也逐步开始寻找自己的人生道路和自己的价值认同,同时远离父辈的脚印,不再把父辈当作自己行动的楷模。他们开始追随新的思潮和新的生活方式,而在这些思潮和生活方式的背后,依然闪现着社会精英的身影。

  第二次世界大战之后,后现代文化开始逐渐深入到美国文化的各个角落,而中产阶级世界也不例外。新的政治理念和消费主义生活方式通过大众媒体以比历史上任何时候都高效的方式,对美国中产阶级进行潜移默化的影响。不同的是,此时的中产阶级却自认为比父辈们拥有更多的对生活的控制力。像德里罗笔下的格拉迪尼夫妇,他们已经不再受传统家庭道德规范的影响,他们后现代色彩浓厚的婚姻正是这个时代的突出体现。然而,比任何时候都自由的他们却成了媒体和消费主义生活方式的奴隶,他们无时无刻不在追随媒体、模仿名人,死亡和消费被深深地植入在他们的无意识中。罗斯《人性的污秽》中的主人公西尔克是个极端个人主义者,他的信条就是成功,因此他利用自己天生的肤色优势掩盖了自己黑人的身份,并利用自己的聪明才智和冷酷无情在高校这个白人世界里谋得了一席之地。日益多元化的美国社会使他成了一个歧视黑人的种族主义者,此外他的个人生活也饱受引领时代思潮的同行攻击。西尔克曾通过顺应旧美国白人文化,获得了个人成功,但在新美国的政治正确思维面前却变得格格不入,成为一个无法像周围大多数人那样融入新文化的失败者。西尔克从从众者到非从众者的蜕变恰恰说明了 20 世纪末期美国文化的巨变，那些拒绝接受这一变化的人最终会遭到时代无情的淘汰。

　　进入21世纪，无论人们是否承认，美国文化已经发生了翻天覆地的变化，而主导这一变化的已经是那些代表着新理念、新思潮的社会文化精英，他们悄然地接管了美国。他们控制着每个人的生活和工作，更重要的是，在人们无法察觉的情况下控制着他们的思维和习惯。作为人数最多的社会群体，中产阶级在享受他们从来未曾有过的主体性时，却似乎自觉、自愿地随着一只看不见的手翩翩起舞。他们的价值观和生活方式从来没有像现在这样雷同，因为虽然社会文化在向多元化发展，但小的群体在不断地被整合甚至消失，人们的选择正在逐渐变少，他们逐渐成为那些自认为各行其是、特立独行，但实际上却是在追随他人脚步的人。在奥巴马任期之内，一系列平权法案通过，女性、少数族裔、同性恋者以及其他曾经的边缘化群体的权益获得了空前的提高，这也使美国人比以往任何一个时期都更加倚重于群体的力量。身处于这一变革过程的中产阶级，其成员已经随着性别和种族而发生了分化，在政治方面已经难以被视为一个较统一的整体。他们的个人利益被视为依附于所在性别和族裔群体的利益，若要获得更多的权益，就必须顺应群体的需要和调整自己的言行。从众思维已经在利己主义的前提下逐渐变得高度内化，深入人心。随着全球化造成的美国制造业外移和资本的垄断性集中，中产阶级作为一个群体一直在不断分化，其中部分掌握当代金融和信息技术知识的高级人才逐渐进入富人阶层，另外一部分则因为收入水平降低而成为蓝领阶层的一部分，这一结果必然造成中产阶级在美国人口中所占比例的下降和政治文化影响力的降低。因此在某种意义上，我们可以说20世纪50年代作为米尔斯的研究对象的那个高度均质的，以白人、盎格鲁-撒克逊、新教徒为主体的中产阶级随着时代的发展已经不复存在。然而，鉴于这个社会阶层在美国政治、社会、经济、文化各个方面依然具备的影响力，对21世纪美国中产阶级文化现状和变化趋势的研究应该获得学界的足够重视，而作为中产阶级文化研究的重要部分，针对21世纪美国文学作品的研究将会继续扮演重要角色。

参 考 文 献

埃里希·弗罗姆. 2007. 逃避自由[M]. 刘林海译. 北京：国际文化出版公司.

艾伦·布林克利. 2009. 美国史（1492～1997）[M]. 邵旭东译. 海口：海南出版社.

爱德华·C. 斯图尔特, 密尔顿·J. 贝内特. 2000. 美国文化模式——跨文化视野中的分析[M]. 卫景宜译. 天津：百花文艺出版社.

奥维·洛夫格伦, 乔纳森·弗雷克曼. 2011. 美好生活：中产阶级的生活史[M]. 赵丙祥, 罗杨, 等译. 北京：北京大学出版社.

保罗·福塞尔. 1998. 格调：社会等级与生活品味[M]. 梁丽真, 乐涛, 石涛译. 北京：中国社会科学出版社.

彼得·盖伊. 2006. 施尼兹勒的世纪：中产阶级文化的形成，1815—1914[M]. 梁永安译. 北京：北京大学出版社.

查尔斯·比尔德. 2017. 美国文明的兴起（下册）[M]. 杨军编译. 北京：北京时代华文书局.

陈曙红. 2007. 中国中间阶层教育与成就动机[M]. 北京：中国大百科全书出版社.

崔毅. 2010. 一本书读懂美国史[M]. 北京：金城出版社.

丹尼尔·贝尔. 1989. 资本主义文化矛盾[M]. 赵一凡, 蒲隆, 任晓晋译. 北京：生活·读书·新知三联书店.

丹尼尔·贝尔. 2001. 意识形态的终结——50年代政治观念衰微之考察[M]. 张国清译. 南京：江苏人民出版社.

丹尼尔·J. 布尔斯廷. 2014. 美国人：民主的历程[M]. 谢延光译. 上海：上海译文出版社.

道格拉斯·肯里克, 史蒂文·纽伯格, 罗伯特·西奥迪尼. 2011. 自我·群体·社会：进入西奥迪尼的社会心理学课堂[M]. 谢晓非, 刘慧敏, 胡天翔, 等译. 北京：中国人民大学出版社.

刁鹏飞. 2010. 中产阶级的社会支持网：北京和香港的比较[M]. 北京：社会科学文献出版社.

董小川. 2006. 美国文化概论[M]. 北京：人民出版社.

厄普顿·辛克莱. 1979. 屠场[M]. 肖乾，张梦麟，黄雨石，等译. 北京：人民文学出版社.

F. S. 菲茨杰拉德. 2011. 夜色温柔[M]. 主万，叶尊译. 北京：人民文学出版社.

F. S. 菲茨杰拉德. 2013. 了不起的盖茨比[M]. 巫宁坤译. 北京：中国宇航出版社.

凡勃伦. 1964. 有闲阶级论——关于制度的经济研究[M]. 蔡受百译. 北京：商务印书馆.

菲利普·罗斯. 2011a. 美国牧歌[M]. 罗小云译. 南京：译林出版社.

菲利普·罗斯. 2011b. 人性的污秽[M]. 刘珠还译. 南京：译林出版社.

格罗斯. 2003. 公民与国家：民族、部族和族属身份[M]. 北京：新华出版社.

谷红丽. 2002. 《觉醒》中女性主体意识的建构与解构[J]. 四川外语学院学报，18(1)：54-56.

古斯塔夫·勒庞. 2005. 乌合之众：大众心理研究[M]. 冯克利译. 北京：中央编译出版社.

赫伯特·马尔库塞. 2008. 单向度的人：发达工业社会意识形态研究[M]. 刘继译. 上海：上海译文出版社.

赫德里克·史密斯. 2018. 谁偷走了美国梦：从中产到新穷人[M]. 文泽尔译. 北京：新星出版社.

黄开红. 2006. 社会转型期的"美国梦"：试论嘉莉妹妹的道德倾向[J]. 外国文学研究，28(3)：143-148.

J. D. 塞林格. 1998. 麦田里的守望者[M]. 施咸荣译. 南京：译林出版社.

简明信. 1997. 晚期资本主义的文化逻辑[M]. 北京：生活·读书·新知三联书店.

姜忠平，唐志钦. 2010. 从《纯真年代》看伊迪丝·华顿的"双性同体"文学价值观[J]. 外国语文，26(3)：26-28.

杰克·凯鲁亚克. 2006. 在路上[M]. 王永年译. 上海：上海译文出版社.

居伊·德波. 2006. 景观社会[M]. 王昭风译. 南京：南京大学出版社.

卡尔·阿博特. 2006. 城市美国[M]//卢瑟·S. 路德克. 构建美国——美国的社会与文化. 王波，王一多，等译. 南京：江苏人民出版社：103-120.

卡尔·古斯塔夫·荣格. 2011. 荣格文集：心理类型（第3卷）[M]. 储昭华，沈学军，王世鹏，等译. 北京：国际文化出版公司.

莱特·米尔斯. 2006. 白领：美国的中产阶级[M]. 周晓虹译. 南京：南京大学出版社.

劳伦斯·詹姆斯. 2015. 中产阶级史[M]. 李春玲, 杨典译. 北京: 中国社会科学出版社.

李春玲. 2009. 比较视野下的中产阶级形成: 过程、影响以及社会经济后果[M]. 北京: 社会科学文献出版社.

李颜伟. 2010. 知识分子与改革: 美国进步主义运动新论[M]. 北京: 中国社会科学出版社.

理查德·耶茨. 2014. 革命之路[M]. 侯小翊译. 上海: 上海译文出版社.

梁漱溟. 2005. 中国文化要义[M]. 上海: 上海人民出版社.

林莉. 2008. 论《美国牧歌》的多重主题[J]. 当代外国文学, 29(1): 72-77.

刘易斯·芒福德. 2005. 城市发展史: 起源、演变和前景[M]. 倪文彦, 宋俊岭译. 北京: 中国建筑工业出版社.

卢卡奇. 1999. 历史与阶级意识: 关于马克思主义辩证法的研究[M]. 杜章智, 任立, 燕宏远译. 北京: 商务印书馆.

卢瑟·S. 路德克. 2006. 构建美国——美国的社会与文化[M]. 王波, 王一多, 等译. 南京: 江苏人民出版社.

栾国生, 姜鹏, 区粤秀, 等. 1997. 美利坚浮沉[M]. 北京: 中国人民大学出版社.

罗伯特·戈登. 2018. 美国增长的起落[M]. 张林山, 刘现伟, 孙凤仪译. 北京: 中信出版社.

罗伯特·瑞米尼. 2015. 美国简史: 从殖民时代到21世纪[M]. 朱玲译. 杭州: 浙江人民出版社.

罗钢, 王中忱. 2003. 消费文化读本[M]. 北京: 中国社会科学出版社.

马克斯·韦伯. 2002. 新教伦理与资本主义精神[M]. 彭强, 黄晓京译. 西安: 陕西师范大学出版社.

曼纽尔·卡斯特. 2003. 认同的力量[M]. 夏铸九, 黄丽玲, 等译. 北京: 社会科学文献出版.

米歇尔·福柯. 2003. 规训与惩罚: 监狱的诞生[M]. 2版. 刘北成, 杨远婴译. 北京: 生活·读书·新知三联书店.

乔纳森·弗兰岑. 2007. 纠正[M]. 朱建迅, 李晓芳译. 南京: 译林出版社.

让·鲍德里亚. 2014. 消费社会[M]. 4版. 刘成富, 全志钢译. 南京: 南京大学出版社.

让·皮亚杰. 1981. 发生认识论原理[M]. 王宪钿, 等译. 北京: 商务印书馆.

舍伍德·安德森. 2013. 小城畸人[M]. 王占华译. 合肥: 安徽人民出版社.

沈晖. 2008. 当代中国中间阶层认同研究[M]. 北京: 中国大百科全书出版社.

斯隆·威尔逊. 2014. 穿灰色法兰绒套装的男人[M]. 吴扬译. 上海：上海译文出版社.
索尔·贝娄. 2000. 赫索格[M]//索尔·贝娄. 索尔·贝娄全集（第四卷）. 宋兆霖译. 石家庄：河北教育出版社.
唐·德里罗. 2013. 白噪音[M]. 朱叶译. 南京：译林出版社.
托克维尔. 1988. 论美国的民主[M]. 董果良译. 北京：商务印书馆.
托马斯·索威尔. 2015. 美国种族简史[M]. 2版. 沈宗美译. 北京：中信出版社.
王恩铭. 2008. 美国反正统文化运动：嬉皮士文化研究[M]. 北京：北京大学出版社.
王建平. 2007. 中国城市中间阶层消费行为[M]. 北京：中国大百科全书出版社.
王卫强. 2012. 《觉醒》小说中的"异化"现象解读[J]. 外语与外语教学，264(3)：93-96.
王希. 2000. 多元文化主义的起源、实践与局限性[J]. 美国研究，14(2)：44-80.
威廉·迪安·豪威尔斯. 2005. 塞拉斯·拉帕姆的发迹[M]. 孙致礼，唐慧心译. 南京：译林出版社.
威廉·H. 谢弗. 2006. 妇女和美国社会[M]//卢瑟·S. 路德克. 构建美国——美国的社会与文化. 王波，王一多，等译. 南京：江苏人民出版社：298-310.
辛克莱·刘易斯. 1982. 巴比特[M]. 王仲年译. 长沙：湖南人民出版社.
辛克莱·路易斯. 2008. 大街[M]. 潘庆舲译. 武汉：长江文艺出版社.
徐以骅. 2003. 美国宗教史略[M]//徐以骅. 宗教与美国社会——美国宗教的"路线图"（第一辑）. 北京：时事出版社：31-49.
许荣. 2007. 中国中间阶层文化品位与地位恐慌[M]. 北京：中国大百科全书出版社.
亚瑟·米勒. 2011. 推销员之死[M]. 英若诚译. 上海：上海译文出版社.
杨魁，董雅丽. 2003. 消费文化：从现代到后现代[M]. 北京：中国社会科学出版社.
杨真. 1979. 基督教史纲（上册）[M]. 北京：生活·读书·新知三联书店.
约翰·厄普代克. 1990a. 兔子富了[M]. 张仁坚，等译. 重庆：重庆出版社.
约翰·厄普代克. 1990b. 兔子回家[M]. 李力，单子坚译. 重庆：重庆出版社.
约翰·厄普代克. 1993. 兔子安息[M]. 袁凤珠，王约西译. 重庆：重庆出版社.
约翰·斯梅尔. 2006. 中产阶级文化的起源[M]. 陈勇译. 上海：上海人民出版社.
约翰·斯图亚特·密尔. 2009. 论自由[M]. 于庆生译. 北京：中国法制出版社.
张晓毓. 2010. 从加尔文宗教改革看西方现代性起源[J]. 理论界，(7)：124-126.
周晓虹. 2005. 全球中产阶级报告[M]. 北京：社会科学文献出版社.

朱赫今，胡铁生. 2012. 个体伦理与集体伦理之辩：华顿小说《纯真年代》中房子意象的伦理内涵[J]. 东北师大学报（哲学社会科学版），(6)：155-158.

朱世达. 1994. 关于美国中产阶级的演变与思考[J]. 美国研究，8(4)：39-54，5.

朱振武. 2006. 生态伦理危机下的城市移民嘉莉妹妹[J]. 外国文学研究，28(3)：137-142.

Altheide, D. L. 1997. The news media, the problem frame, and the production of fear[J]. *The Sociological Quarterly*, 38(4): 647-668.

Anderson, T. H. 1995. *The Movement and the Sixties*[M]. New York: Oxford University Press.

Baym, N. 2003. *The Norton Anthology of American Literature*[M]. 6th edn. New York: W. W. Norton & Co.

Beaver, J. 1977. John Wayne[J]. *Films in Review*, 28(5): 265-284.

Braunstein, P., Doyle, M. W. 2002. *Imagine Nation: The American Counterculture of the 1960s and '70s*[M]. New York: Routledge.

Bishop, P. 2007. *Analytical Psychology and German Classical Aesthetics: Goethe, Schiller, and Jung, Volume 1: The Development of the Personality*[M]. London: Taylor & Francis.

Boswell, M. 2001. *John Updike's Rabbit Tetralogy*[M]. Columbia: University of Missouri Press.

Bourdieu, P. 2010. *Distinction: A Social Critique of the Judgement of Taste*[M]. New York: Routledge.

Bourdieu, P. 2018. Distinction: A social critique of the judgement of taste[M]//P. Bourdieu (Ed.), *Food and Culture* (pp. 141-150). 4th edn. New York: Routledge.

Burgess, A. 1966. Language, myth, and Mr. Updike[J]. *Commonweal*, 83: 557.

Cather, W. 1988. *O Pioneers!*[M]. Boston: Houghton Mifflin Company.

Cheever, J. 2000. *The Stories of John Cheever*[M]. New York: Vintage Books.

Chen, J., Wu, Y., Tong, G. Y., et al. 2012. ERP correlates of social conformity in a line judgment task[J]. *BMC Neuroscience*, 13(1): 43.

Chopin, K. 1995. *The Awakening*[M]. New York: Riverhead Books.

Colacurcio, M. J. 1995. *The Province of Piety: Moral History in Hawthorne's Early Tales*[M]. Durham: Duke University Press.

Dreiser, T. 1982. *Sister Carrie*[M]. New York: Bantam Books.

Emerson, R. W. 1993. *Self-Reliance and Other Essays*[M]. New York: Dover Publications.

Entman, R. M. 1989. How the media affect what people think: An information processing approach[J]. *The Journal of Politics*, 51(2): 347-370.

Featherstone, M. 1991. *Consumer Culture and Postmodernism*[M]. London: Sage Publications.

Ford, H., Crowther, S. 1922. *My Life and Work*[M]. New York: Garden City Publishing Company, Inc.

Freud, S. 1921. Group psychology and the analysis of the ego[M]//B. B. Lawrence, A. Karim (Eds.), *On Violence: A Reader* (pp. 227-244). New York: Duke University Press.

Geert, H., Hofstede, G. 2004. *Cultures and Organizations: Software of the Mind*[M]. 2 edn. New York: McGraw-Hill.

Gerbner, G., Gross, L., Morgan, M., et al. 1994. Growing up with television: The cultivation perspective[M]//J. Bryant, D. Zillmann (Eds.), *Media Effects: Advances in Theory and Research* (pp. 17-41). Hillsdale: Lawrence Erlbaum Association.

Glaab, C. N., Brown, A. T. 1983. *A History of Urban America*[M]. New York: Macmillan.

Glaeser, E. 2011. *Triumph of the City: How Our Greatest Invention Makes Us Richer, Smarter, Greener, Healthier, and Happier*[M]. New York: Penguin Press.

Glendening, J. 2010. Evolution, narcissism, and maladaptation in Kate Chopin's *The Awakening*[J]. *American Literary Realism*, 43(1): 41-73.

Gordon, A. M. 2013. Mr. Sammler's planet: Saul Bellow's 1968 speech at San Francisco State University[M]//G. L. Cronin (Ed.), *A Political Companion to Saul Bellow* (pp. 153-166). Lexington: University of Kentucky Press.

Gordon, M. 1991. Good boys and dead girls[M]//M. Gordon (Ed.), *Good Boys and Dead Girls and Other Essays* (pp. 17-22). New York: Vikings.

Gould, R. L. 1972. The phases of adult life: A study in developmental psychology[J]. *American Journal of Psychiatry*, 129(5): 521-531.

Gutman, H. G. 1973. Work, culture, and society in industrializing America, 1815-1919[J]. *The American Historical Review*, 78(3): 531.

Gutman, H. G. 1976. *Work, Culture, and Society in Industrializing America*[M]. New York: Knopf.

Herman, P. C. 2015. Terrorism and the critique of American culture: John Updike's *Terrorist*[J]. *Modern Philosophy*, 112(4): 691-712.

Hewlin, P. F. 2003. And the award for best actor goes to...: Facades of conformity in organizational settings[J]. *Academy of Management Review*, 28(4): 633-642.

Hofstadter, B. R. 1989. *The Age of Reform: From Bryan to F. D. R.*[M]. New York: Knopf.

Hofstede, G. 1991. *Cultures and Organizations: Software of the Mind*[M]. New York: McGraw-Hill.

House, C. L., Ozdenoren, E. 2008. Durable goods and conformity[J]. *The RAND Journal of Economics*, 39(2): 452-468.

Jacobs, W. R. 1991. *Francis Parkman, Historian as Hero: The Formative Years*[M]. Austin: University of Texas Press.

Jodock, D. 1999. What is goodness? The influence of Updike's Lutheran roots[M]//J. Yerkes (Ed.), *John Updike and Religion* (pp. 122-123). Grand Rapids: William B. Eerdmans Publishing Company.

Jung, C. G. 1956. *Two Essays on Analytical Psychology*[M]. Translated by R. F. C. Hull. New York: The World Publishing Company.

Killeen, J. 2003. Mother and child: Realism, maternity, and Catholicism in Kate Chopin's The Awakening[J]. *Religion and the Arts*, 7(4): 413-438.

Lewis, C. S., Hooper, W. 1969. *Selected Literary Essays*[M]. London: Cambridge University Press.

Lurie, A. 1988. The woman who rode away–Review of *Trust Me* and *S*. by John Updike[EB/OL]. https://www.nybooks.com/articles/1988/05/12/the-woman-who-rode-away[2017-01-03].

Lynd, R. S., Lynd, H. M. 1929. *Middletown: A Study in Modern American Culture*[M]. Pleasanton: Harvest Books.

McShane, C., Tarr, J. A. 2007. *The Horse in the City: Living Machines in the Nineteenth Century*[M]. Baltimore' MD: The Johns Hopkins University Press.

Melville, H. 1990. *Bartleby and Benito Cereno*[M]. New York: Dover Publications, Inc.

Miller, P. 1983. *The New England Mind: The Seventeenth Century*[M]. Cambridge and London: The Belknap Press of Harvard University Press.

Millstein, G. 1957. Books of the Times[N]. *The New York Times*, 1957-09-05.

Newman, J. 1988. *Modern Novelists: John Updike*[M]. New York: St. Martin's Press.

Norton, H. S. 1977. *The Employment Act and the Council of Economic Advisers, 1946-1976*[M]. Columbia: University of South Carolina Press.

Olson, K. 1973. The G. I. Bill and higher education: Success and surprise[J]. *American*

Sociological Forum, 7(3): 497-516.

Thoreau, H. D. 1993. *Civil Disobedience*[M]. New York: Dover Publications.

Tocqueville, A. 2000. *Democracy in America*[M]. Trans by S. D. Grant. Indiana: Hackett Publishing Company.

Toth, E. 1999. Thanks Kate Chopin[J]. *The Women's Review of Books*, 16: 34.

Updike, J. 1960. *Rabbit, Run*[M]. Connecticut: Fawcett Publications, Inc.

Updike, J. 1972. *Rabbit Redux*[M]. New York: Ballantine Books.

Updike, J. 1981. *Rabbit is Rich*[M]. New York: Knopf.

Updike, J. 1995. *Introduction to Rabbit Angstrom*[M]. New York: Everyman's Library.

Vidal, G. 1996. Rabbit's own burrow[J]. *Times Literary Supplement*, 4856: 3-7.

Videbeck, R., Bates, A. P. 1959. An experimental study of conformity to role expectations[J]. *Sociometry*, 22: 1-11.

Wallace, D. 2012. *Big Fish: A Novel of Mythic Proportions*[M]. New York: Algonquin Books.

Wenger, J. B., Zaber, M. A. 2021. Who is middle class?[EB/OL]. https://www.rand.org/pubs/perspectives/PEA1141-3.html[2022-06-02].

Wharton, E. 2008. *The Age of Innocence*[M]. New York: New American Library.

Whyte, W. H. 1956. *The Organization Man*[M]. New York: Simon & Schuster.

Quarterly, 25(5): 596-610.

Olster, S. 1993. "Unadorned woman, beauty's home image": Updike's *Rabbit, Run*[C]// S. Trachtenberg (Ed.), *New Essays on Rabbit, Run* (pp. 95-117). New York: Cambridge University Press.

Phillips, W. L. 1951. How Sherwood Anderson wrote *Winesburg, Ohio*[J]. *American Literature*, 23(1): 7-30.

Pinsker, S. 1993. Restlessness in the 1950s: What made rabbit run?[C]//S. Trachtenberg (Ed.), *New Essays on Rabbit, Run* (pp. 53-76). New York: Cambridge University Press.

Riesman, D., Glazer, N., Denney, R. 2001. *The Lonely Crowd: A Study of the Changing American Character*[M]. Connecticut: Yale University Press.

Ristoff, D. 1988. *Updike's America*[M]. New York: Peter Lang Publishing, Inc.

Royal, D. P. 2006. Plotting the frames of subjectivity: Identity, death, and narrative in Philip Roth's *The Human Stain*[J]. *Contemporary Literature*, 47(1): 114-140.

Safer, E. B. 2006. *Mocking the Age: The Later Novels of Philip Roth*[M]. Albany: State University of New York Press.

Safer, E. B. 2010. Philip Roth's *The Humbling*: Loneliness and mortality in the later work[J]. *Studies in American Jewish Literature*, 30: 40-46.

Salzman, J. 1972. *Theodore Dreiser: The Critical Reception*[M]. New York: Davis Lewis, Inc.

Sargent, M. L. 1988. The conservative covenant: The rise of the mayflower compact in American myth[J]. *The New England Quarterly*, 61(2): 233-251.

Schiff, J. A. 1998. *John Updike Revisited*[M]. New York: Twayne Publishers.

Schrecker, E. 1994. *The Age of McCarthyism*[M]. Boston: Bedford Books of St. Marvin's Press.

Searles, G. J. 1985. *The Fiction of Philip Roth and John Updike*[M]. Carbondale and Edwardsville: Southern Illinois University Press.

Shalev, A. Y., Yehuda, R., McFarlane, A. C. 2000. *International Handbook of Human Response to Trauma*[M]. New York: Kluwer Academic/Plenum Press.

Stout, H. S. 1986. *The New England Soul: Preaching and Religious Culture in Colonial New England*[M]. Oxford: Oxford University Press.

Tanner, T. 1987. A compromised environment[M]//H. Bloom. *John Updike: Modern Critical Views* (pp. 37-56). New York: Chelsea House.

Thomson, I. T. 1992. Individualism and conformity in the 1950s vs. the 1980s[J].